墨如欢喜

姚璎
著

百花洲文艺出版社
BAIHUAZHOU LITERATURE AND ART PRESS

图书在版编目(CIP)数据

墨如欢喜 / 姚璎著 .— 南昌 : 百花洲文艺出版社 ,
2019.6

ISBN 978-7-5500-3263-7

Ⅰ . ①墨… Ⅱ . ①姚… Ⅲ . ①长篇小说 – 中国 – 当代
Ⅳ . ① I247.5

中国版本图书馆 CIP数据核字(2019)第 090470号

墨如欢喜

姚　璎　著

出 品 人　连　慧
策划编辑　李　艳
责任编辑　胡艳辉　陈　园
封面设计　仙　境
出版发行　百花洲文艺出版社
社　　址　南昌市红谷滩新区世贸路 898号博能中心一期 A座 20楼
邮　　编　330038
经　　销　全国新华书店
印　　刷　三河市兴国印务有限公司
开　　本　880mm × 1230mm　1/32
印　　张　11
版　　次　2019年 6月第 1 版第 1次印刷
字　　数　240千字
书　　号　ISBN 978-7-5500-3263-7
定　　价　45.00 元

赣版权登字 : 05-2019-116

邮购联系　0791-86895108
网　　址　http://www.bhzwy.com

目录

楔子　念珠红了　001

第一卷　凡心动了

第一章　众里寻他千百度　004
第二章　如莲似麝竟成欲　009
第三章　菩提树下极乐事　017
第四章　幽兰沁人心旌动　022
第五章　一叶兰舟凌波去　026

第二卷　相思怎了

第六章　心存疑窦难化解　038
第七章　醍醐灌顶迷途返　046
第八章　情是枕蝶爱如蛇　053
第九章　看尽落花能几醉　061
第十章　温玉暖香抱满怀　068

第十一章　争锋相对护佳人　076
第十二章　闲离别易断魂　084

第三卷　离时别了

第十三章　水路迢迢风不入　090
第十四章　一入皇宫深似海　097
第十五章　再见伊人心欢喜　106
第十六章　如露如梦幻泡影　116

第四卷　情缠难了

第十七章　金纱帐暖目空寂　126
第十八章　动心起意欲来乱　135
第十九章　东窗未白凝残月　141
第二十章　翠扇恩疏红衣褪　149
第二十一章　抵死缠绵难自控　153

第二十二章　色如梦幻相泡影　159
第二十三章　独处芬芳开无主　167
第二十四章　琼浆玉液酿成醋　175

第五卷　尘缘了了

第二十五章　倒置佛法怎渡人　186
第二十六章　人心难测殊不知　206
第二十七章　再见地牢血红人　223
第二十八章　循序渐进不自知　239
第二十九章　宫阙暗牢夜千重　258
第三十章　欢喜无辜魔心咒　276
第三十一章　柳暗花明连环计　295
第三十二章　妙手回春造浮屠　327
后记　345

楔子

念珠红了

光明好吗？他讨厌光明！

太过刺眼的光线，犹如锋利的刀芒，一点一点肢解他的灵魂，刺痛他的心扉，并在他千疮百孔的躯体里划下深入骨髓的伤痕，而他只能痛着，不能哭。

所以，他要在漫天白光的世界里以血为墨溅洒大地，让黑暗取代光明。

漫天的杀戮声中，无数人的躯体颤抖着，恸哭着……世界惨淡了，最终陷入死寂一般的黑色。黑暗成就了他的圆满，如若没有那股扰乱他心绪的无名香气的话……

特殊的香气渐渐地由淡转浓，而那身着白衫的人影匍匐在赤羽皇宫冰冷的地上，一声不响。

“你的到来是一个错误。”他缓缓地站起身，红色的杀气笼罩着他的全身，他无法看到自己狰狞的脸颊，但是他知道自己在狞笑。

“是你要救赎我吗？我曾在想，谁会来度我，打着正义的幌子，光明正大地掠夺与蚕食！不过，我没想到，竟会是你——”他缓缓地走到白衫人的面前，正想将人提起，但空气中，蓦地犹如有万千花同时绽放，香气浓得让他闭上了眼，有些窒息。

在他错愕的瞬间，地上的白衫人已从地上徐徐站起，双手合十，小巧如樱桃的唇在动，远处望去，犹如口吐朵朵幽花。恍惚间，整个皇宫好像被不断盛开的花朵所包围，空气中充满了檀香与花草混合的香气。

“放下刀吧，墨玺——”默诵完，她低低对他疲倦地说道，本是无喜无忧的眼眸里有着深深的悲悯。

“欢喜——”他低声唤她，嗜血残杀过后，他细长的眼里泛上一丝异色。

他伸过手来便要揽她。

她静静地站着，风不动，她白衫衣袂自飘。他的手刚触碰到她的胸襟上时，却被她身上的结界天光所阻，猛地将他打出结界外三尺！他大大惊诧，却不服，再近前，如是。直至他法力被损，喷血而倒。

“为何我不能碰你？你，你究竟是谁？”他魔的琥珀眼里有着震惊与痛楚。

她低眉诵读，袖中暗藏着一串念珠。她紧握念珠，用以平定她内心的波澜。他为魔，她为仙，仙本应度魔，却反被心魔所毒！她第一次求如王：我想用衣袖为我的念珠挡挡风，它很疼，它们都很疼。

她手里的念珠，究竟红了多少？

墨染青颜欢喜意，不如人间一场梦。

但此刻，谁也没有看见，一颗水珠，毫无征兆地，跌出她古井微澜般的眼，轻轻滑落。

她，哭了。

第一卷

凡心动了

第一章 众里寻他千百度

一年前的赤羽国。

神庙，香客如云，人头攒动。熙熙攘攘的人潮中，善男信女虔诚地朝着仙子神像朝拜。唯有他极力耐着性子，盯着香炉中的袅袅青烟，半晌嘴角徐徐浮起一抹不屑的轻笑。

终究决意拂袖而去，就在他转身之余，却没看到此刻寺庙外的半空中正飘落着一片白色的羽毛，映着天边火红的太阳，泛着柔光，晃晃悠悠地坠落，悄无声息，无人察觉。

“呀——”

她蓦地从松软的草地上坐起身来，睁开朦胧的眼眸，环顾着周围。触目所及，这是一座神似庙宇的建筑物。前廊均为木雕结构，偏殿木雕精巧细致，仰望回廊的天花板，勾线秀丽，色彩古朴典雅。

这是什么地方？是供奉什么神灵的庙宇？她从地上缓缓站起，幸好此刻无人注意突然凭空冒出来的她。

她举步欲迈，却听到一个男人低沉而富有磁性的声音：“紫晏，我们走吧。”

“公子，我们到了神庙不去拜祭吗？据说这里的仙子朴实无华，有求必应，所以香火甚旺。”另一个有些惶惑的声音问道。

“为何要拜这些不过是人模人样的泥土塑像？”那个低沉的声音似乎对拜祭这事很是嗤之以鼻。

“可是，大，大家来神庙不都是这样拜祭的吗？”

那个低沉的声音冷冷笑了两声，道："你到了这种地方，是不是很想下跪磕头，很想许愿？想求这些不同凡响的神仙保佑你从此闲着吃喝玩乐？"

"是……"惶惑的声音轻了下来，但又鼓足勇气道，"我见大家也都是这么许愿的。"

那低沉声音又道："你们离神位这么近，内心却全是最世俗的念头，真是俗人！一边处处小心，唯恐姿势不对得罪了神仙，另一边又要抓紧这千载难逢的机会，急着许几个千秋大愿，一响头，保佑我升官发财；二响头，保佑我早日娶妻；三响头，保佑我快生儿子……"

惶惑声音忍不住笑出声来，道："公子，您可真风趣。不过您倒也真说中我们这些俗人的心事了。其实指不定人人皆是，出了庙门就烦恼皆空，只去享荣华富贵了。不过天合界是我们的主宰，据说这些界内庙宇皆灵验，所谓宁可信其有，不可信其无。"

"紫晏，若不是念在你跟了我那么久的分上，我会让你永远立在这里，也当一尊神像。"低沉声音的男人似乎很是不悦。

"天仙是什么？你们对天合界仙人的了解无非来自幼时的道听途说罢了，至于什么天合界的信徒，完全就是披着慈悲外衣的狼。"那男人的话语里透着冰冷的口气，让人听了有些不太舒服。

"公子，紫晏只是一时失言，请公子不要让小的在这里当泥神像，我是彻底的俗人，一刻也不想成仙，哪怕有仙人指路也不想成仙。求您啦！在小的心里，只有公子才是神！"那仓皇的声音越发惶惑了。

她听到此处，心中不由得微微一动，这是何人，竟然如此排斥天合界，而且口气如此狂妄。她四处张望，但视线被一堵白墙挡住了。等她转过白墙，哪还有什么人的踪影。

她摇摇头，走过回廊，绕到神殿前，见面前这座庙宇香烟缭绕，香客如云，有无数善男信女出入。庙宇占地不大，但是庙宇间浸透着古朴。

她沉思片刻，随着那些善男信女们跨进正殿里去。

刚一进正殿，她便被殿上的神像震慑住了，正殿上供奉着一尊白衣仙子的神像，面庞温润，纤细娟秀，左手执莲花一株，右手控念珠一串，慈眉善目，正俯瞰着天下苍生，接受他们的供奉与参拜。原来那么巧，她竟是到了天合界下的神庙里。仔细看上去，这仙子塑像和她倒有几分相似，想到这里她微微遮了脸。

正在彷徨间，听得大殿旁的黄色帷帐里低低传出一个声音来："公子，这里便是灯草殿了。"

一个低沉的声音应了一声。她认出了这个声音，这不就是那位狂妄的公子吗？

她好奇地抬眼望去，只见烟雾缭绕的香案前站着一个身材颀长的男子，他背对着她，看不到他的脸。他不参拜，却一直盯着大殿中央的仙子塑像看。

"公子……"似乎是随行的清秀少年小厮低声唤着那男子。

那男子不理，只顾仰头看着案上供奉的仙子，并不作表态。似乎是看够了，半晌他才徐徐回过身来。那是一个清秀的男子，殿堂里不少正参拜的女子眼神不由得全集中在那男子身上，偷偷看他。

那男子身着一袭玄色长袍，丰神飘洒，气宇轩昂。质地良好的暗沉布料中夹织着根根细如头发的金丝，随着他的举手投足间不停变化着忽深忽浅的金光，越发显示出他的华贵。

他比她见过的凡间男子都要俊美。

他有一双细长的丹凤眼，微微上挑，目光澄净，那是无法用语言可以表达出来的干净与清秀，仿佛不食人间烟火般清澈得出尘。他站在那里，并不开口说话，微微带笑的眼扫过四周之后，她看见有些妇人的俏脸竟悄然羞红了。

这是一个颠倒众生的俊美男子，她对他做出了鉴定。

若不是事先听到他对天合界的大不敬，她会以为这是一个有善心的富家公子或者诗书子弟。他长得端正，有副好皮囊，假若能如常人一般也敬畏神仙，她会觉得他更可亲些。可他不，他在神庙里既不跪也不拜，只是冷冷地站着。

他身边的小厮不似他那般固执，看到殿堂中央威严的仙子塑像，便忘记了方才对那公子发过的誓言，不由自主地跪在地上磕起头来。那男子见状微微蹙眉，但并无动作，他只是盯了一眼那小厮，便将目光掉转过来望着她。因为她也如他般站着，并没有下跪参拜。

此刻大殿里只有她和他立着，对望。

大殿内香烟弥漫，充满了檀香的气息。他皱了皱眉，好像并不喜欢这种安静的氛围。他凝视着同样站着的她，眼里有着小小的诧异，更有着一丝赞许。他的眼神很直白。

她默默与他对视良久，半晌，终究还是低下头来，弯下腰匍匐在蒲团上，朝着仙子像跪拜了下去。埋首于膝盖的她并没有看到他的表情，她低着眉，未抬头，却仍然能感觉到他的视线依旧停落在她身上。

他向她走近了两步，她从地上抬起身子，借着大殿门微透过来的光线，在殿前光亮可鉴的红木柱子上依稀看到了他投向她的凌厉眼神。她轻轻微阖上了眼，默默地颂起祈祷经来。

他继续迈着大步向前走来，她垂了头，他高大的身影从她肩头边掠过，微风带起了他的衣角，拂动过她的臂膀。他似在她身边停留了片刻，她的鼻翼里闻到了一股男性麝香的气息。她的心一跳，正要睁眼，但一阵凉风拂面，他却已悄然离去。

她定了定神，低着眉，默默祈福。良久，她抬首凝望着殿上的雕像，那尊神像很是传神。她凝视着这位“仙子”，感觉“仙子”似乎也活了起来。她高高在上，俯视众生，让匍匐在地上的她不禁感到些许迷惘。

匍匐在蒲团上仰望高大神像的她，第一次有了一种渺小的感觉。

“快来人啊——救命，救命啊！”殿内一片宁静，却突然听得大殿外一片喧哗。

发生了什么事了？她猛地抬起头来仔细聆听，神殿里已有人从地上爬起，到外面一探究竟去了。外面的惨烈叫喊声更甚，她的心一颤，立刻从蒲团上站起，也快步跟了出去。

只见神庙前，里三层外三层地围着一大群人，口中都争先恐后地喊着：“不好了，不好了，要出人命了！”

有人叫道：“这附近有医师吗？快来救命，晚了就出事啦！”

“怎么了？有人受伤了吗？”她一听，立刻分开挡在她身前的人群，费力地挤了进去。

他大跨步走出神殿，一向冷淡疏离的俊脸上有着一丝迷惘与不解。今日他有点奇怪，微风吹过，他那张英俊的脸庞上还有着未褪的红，还有些许的狼狈。

那个女人，是，是那个女人！他的脑海中浮现出一个纤细玲珑，模样却平凡无奇的女人。他还记得在神殿上与她远远对望，她如弯月般的眼眸低垂，刚才还扇动睫毛平视着他。她的眼神清澈坦荡，毫无半点撩人风情，可说不清是什么原因，他的心里竟然有些骚动。

她并不美，除了那双灵动的大眼之外，她那苍白的脸庞与单薄的身子乏善可陈，并无什么吸引人之处。可奇怪的是，他无法不将注意力集中在她的身上。当然，如果非要列举她的引人之处，当属她那张嫣红的小嘴，丰润圆满，犹若樱桃，强烈吸引着他的目光。

念及于此，猛然一股热力从他的身体深处传来，让他在神殿前伫足半晌，这种热血萌动的震撼感当属方才在殿里站在她身边的那一刻最甚。她的身上有微微的香气，似莲似兰，若有若无，诱使得他在她身边停住了片刻。

他真是出毛病了，竟在庙堂上对一个貌不惊人的女人产生了一种欲念。

向来高傲的他站在神庙前，难以解释自己不能启齿的羞耻，他唇线分明的嘴角微微上挑，有着对自己的蔑视与嘲讽。

第二章 如莲似麝竟成欲

“救人啊，快来救人啊！”

寺庙门前拥堵了一大群人，众人在围观着，看不清人群最中心到底发生了什么。但他连眼皮都没有抬起来一下。无非是些生老病死，厮杀掠夺的事儿，他根本不在意，更不用提去关注了。

他站在高高的台阶上，冷眼看着那些大呼小叫，一惊一乍的人群。那些天合界的信徒不是很激动吗，却又为何不出手救人，也只管袖手旁观当着看客，如此看来与他这个冷血的人有什么两样？他轻蔑一笑，拂了拂一尘不染的衣袖，准备离开这喧闹的寺庙。

以前他总在宫中听说，在他管辖的地域里有个仙子神庙香火甚旺，天合教徒云集。今日是他有些奇怪吧，居然心血来潮要到这个寺庙来看看，结果却和他预想的一样无聊。就在他转身，不悦地等待贴身小厮前来时，却在拥挤而出的人群中发现了一个纤弱的身影。

那个纤细的人影踮着脚尖，拼命昂着头，想极力看清寺庙外发生了什么事。她那张朴实的小脸上有着焦虑的神情。她跟着熙攘的人流用力挤过他的身边，目不斜视地一直朝前奔去。他闻到了她身上让他情动的味道。很淡，但依旧那么撩人。

淡淡的香气从他的鼻孔里吸入，犹如千万只小手，不停地在轻轻挠动他的内心，带着丝丝的痒，带着几分慵懒的挑弄，一下子就挠到了他的心底里。他的身体一紧，不由喘了口气。

他鬼使神差地，看着她匆匆奔前，居然也不禁跟在了她后面，朝着她奔去的方向走去。

“公子，公子……”后面传来了满带惶恐与惊慌的声音。

不用回头他也知道是谁，他没理会，只顾一人向前走着。他身后那个唠叨声音一直喋喋不休：“公子，对，对不起，小的一抬头就发现您不在大殿里了，所以立刻就追来了。请公子恕罪，饶恕小的吧……”

他冷着一张脸，根本不去搭理身后那如苍蝇一样嗡嗡的声音，一心寻找着那纤弱的身影。他那双细长俊俏的眼眸里，顾不上别的，只想再看到那张苍白的小脸。

“公子，公子……”后面跟着的人依旧聒噪，他停下脚步，一个回身，后面的小厮撞上了他宽厚的背，他对着小厮只说了一句：“住嘴！”

他的脸是冷的，微微上挑的眼角眯缝了起来，但那里透出的却是冰冷之极的杀气。小厮额头涔涔地都是汗水，立刻噤了声。

“各位请让让，让让……”她低着头，奋力拨开人群，推离挡在身前的几个高壮男女，挤到了人群中央。只见人群中央躺着一个气若游丝的少妇，她大腹便便，双目紧闭，面如金纸，看来只有出的气，没有进的气了。

而孕妇的身边，有个中年妇人不住声地绝望呼救，眼泪滂沱。

她挤到了孕妇身边，观察着孕妇的脸色，又拉过孕妇的胳膊为她诊脉。孕妇的脉象微薄，险象环生。

一旁的妇人见她为孕妇诊断，连忙扑通一声跪在她的面前痛哭道：“求您啦，姑娘，大夫，请您救救我媳妇……”

那孕妇身怀六甲，气息奄奄，她正待要为孕妇作进一步的诊治时，这孕妇却突然翻了白眼，一口气没上来，断了气。

那中年妇人见此，惨叫一声，扑上前来对着那孕妇的尸体放声痛哭：“不，不，孩子，你不能死！我盼星星盼月亮，就指望着你能为我们家延续香火……你千万不能死啊……”

她微微蹙眉，拉起孕妇的脉搏再听，随后伏下头来，凑近那孕妇的胸口仔细聆听。

她正忙碌着，却听耳边传来一声低低的嘲笑：“别费工夫了，这女人已经死了，你再费劲她也不会活过来。”

她抬起眼来，发现是他——那个大殿上的男子。

她没有吭声，他却继续道：“神殿前死了人，亏得这些人还祈求神仙的庇护！这泥塑还在眼前呢，尚且不可相信，那虚无缥缈的天合经岂不是更无法让人信服了呢？”他低低而冷淡地说道。

“所以这天合信徒不救也罢，死了便死了，信错了，咎由自取。”他那张英俊出奇的脸上毫无半点同情之意。

“众生皆平等，况且天合表法大慈大悲，无有分别，不论男女老幼，一律需平等救度。”她并不反驳他的话，只是轻声继续说道，“救人一命，胜造七级浮屠。”

他低声嗤笑，道：“原来你也是个天合经中毒甚深者。”说着，他锐利的目光如刀一般在她脸上掠过，冷冷道，“既然你认为这仙子是灵验的，那就让我看看她是如何显灵的，难道能将死人复活吗？”

她淡然一笑：“这孕妇并未死，何来复活一说？”

但她的眼角却已瞥见孕妇的身边正站着两个前来勾魂的黑白无常，举着招魂幡，拿着镣铐，准备带新魂走。虽然她已无法力，但依旧能看见这些凡人所看不见的。

“我媳妇她，她未死？”那中年妇人原本正在号哭，见她如此肯定，不由得抬起头来将信将疑。

她不再说话，只是从怀中取出一个锦盒，打开来，从里面取出一根三寸来长的银针，在耀目的光线下，那长长的银针闪着寒光，让见者都有些发怵。

“姑，姑娘，你？”那中年妇人看着她手中拈的针有些迟疑。

她依旧沉默着，心里却微微有些发急，眼见黑白无常已经动手带人了，她立刻手起针落，将那根长长的银针准确无误地插进了那孕妇的胸口！

“啊——”围观的人一阵哗然。

“这么长的针，扎进去该多疼啊……”

“唉，死人不是没有知觉吗？不过人都死了，还这么折腾，对死者大不敬……”

“这个小丫头，分明便是来捣乱的……”

中年妇人原本对她还是持观望态度的，眼下众说纷纭，而孕妇还是面色铁青，没有活转过来的迹象，脸色不由得也变了。

她细细凝视着那孕妇的神色，半晌，她将针从孕妇的胸口中拔出，轻轻地吁了口气。

围伫在孕妇身旁的黑白无常的影子也逐渐淡去。

她微微一笑，收好银针，站起身来，转身便要离开。

“姑娘！你站住！我媳妇本还未死，是你胡乱医治致使她死去，而且你还这般侮辱她的尸身！”那中年妇人经不起围观者的撺掇与怂恿，挂着满面的涕泪，便要找她理论。

“我医治死了她？还侮辱她的尸身？”她望着那中年妇人怨恨的脸，语气依旧平静解释道：“这位施主，你误会了。”

“我才没有误会呢！你既然医治不好我的媳妇，也不能这么折腾她，不成，今日你不给我个说法，就别想走！”中年妇人愤怒叫嚷道，把所有的怨气都发在她身上。

她伫立在人群中，被无数的人团团包围住，她本想解释，但那些唯恐天下不乱的人根本不给她任何解释的机会，未谙这人世间颠倒黑白的她咬住下唇，被人群推搡着，有些招架不住。正在此时，一个高大挺拔的身影闪到了她面前，那人只轻轻一挥手，便将两个想要抓住她的男人打落在旁，满地找牙。

不知什么时候，原先那位贵公子已经站在了她身边，不过他在动手之余投向她的是不赞同的眼神，似乎是责怪她给他带来了麻烦，而他则是被逼无奈才出手的。

也许是他凌厉的气场以及不凡的身手震慑住了众人，原本还是一团喧闹的人群顿时安静了下来。身材高大的他居高临下，望着嘈杂的人群，冷冷地开口：“今日之事，是非曲直，各位其实都是心中有数的。你们围攻一个弱女子，是吃定她孤身一人吗？”

他凌厉的眼神徐徐地从近前的每个人脸上掠过，不少人被他显露的杀气所震慑，不由得胆怯地低下了头。

“我是随她来的，有什么事你们找我来。”他站在她身旁，并不理会小厮在一旁惶恐万状与担忧得快晕倒的表情，“不过，我这人眼睛里容不下半颗沙子，生平最恨他人搬弄是非，黑白颠倒。若是有人存心想招惹，我是不会善罢甘休的。”他缓缓而道，嘴角上有着一丝嗜血的冷笑。

恶人怕恶人，人群见他那般嚣张威胁，竟也无人敢出来与他对峙。原本哭哭啼啼的中年妇人也慌忙低了头，只是抚尸埋首痛哭。

那中年妇人在这时惊喜地大叫了一声：“她，她没死！我媳妇没死！她还活着！”

众人屏息驻足观望，只见躺在地上的孕妇原本铁青的面色竟然回转成正常人色，而且“嗳”地一声，虚弱地逸出了呻吟声！

“活了，活了……”目睹异景的好事人群立刻又将孕妇团团围住。

她便要悄然转身退出人群，但身体一转，却无法拔动脚步。

她回首俯瞰，原来是那中年妇人匍匐在地，死命拽着她的裙裾不放！

“姑娘，你是仙子显灵吗，是我有眼无珠，错怪了姑娘……”妇人不停地朝着她磕头，“我知道错了，不该胡乱怪罪姑娘。”

她微微叹息，低头对着中年妇人说道：“孕妇原本便未死，只因腹中胎儿头部倒置，再加母体跋涉劳累，胎儿因在腹腔窘迫，便用手抓住了孕妇的心脏，所以才致以孕妇窒息假死。至于要使用那么长的银针，是要用银针刺痛胎儿的小手，他吃痛松开手后，孕妇才能醒转过来。”她并不怪那中年妇人，人在情急之下，言语无状乃是难免。

中年妇人脸上有着愧疚之色，连声道：“活神仙啊，是你救了我媳妇，请你帮我，再帮帮我，救人救到底，也救救我媳妇肚子里的孩子吧……”

她正要答话，却听得身边那浑厚的声音响起：“这般愚民，贪心不足，你还想救吗？”

她回转身，先对那贵公子施了一礼，道：“多谢公子方才解围，不过人命关天，还是救人要紧。”

“你！”他看着她，黑眸里有着不耐还隐藏着些许恼怒，但他不再多话，只是拂袖走开。

她望着他挺拔俊逸的背影，心里不知为什么，突然涌上了一种说不清的微妙感觉。这种感觉从未有过，所以形容不出。但很快，她便收摄住心神，专心为孕妇诊断。

在神庙殿前以一群妇女临时围起来的简易产棚里，她替那名孕妇接生了一个七斤重的大胖小子。那中年妇人喜得孙子，跪在地上不住地向她磕头。

也有不少善男信女跪在地上，直呼“仙子显灵”，不住地顶礼膜拜。

她见如此架势，连忙要溜走。她还有正事要办，却先在殿前耽搁了半晌。于是她悄然后退，趁着大家都在磕头拜神时，连忙转身闪入大殿旁边的小路。但刚拐了个弯，她便撞上了一堵坚硬的墙。而那堵墙，竟然还是温热的。

墙会动，她惊愕地抬起眼来，望见的依旧是那张轮廓分明的俊脸。

“你，你还未走吗？”她低低喊出了声，虽是惊疑的语气，但没来由的，心里竟然有一丝如释重负，犹如一块大石移开了来，心里充溢着的全是轻盈若飘的气体。

他微微嘲讽道：“绝世女大夫救完人，究竟多造了几级浮屠？”话虽如此，但他俊秀的眼眸很是柔和，完全没有了方才的凌厉杀机。

她颔首微微抿嘴，却不知该回答他什么话。

“那些愚钝不化，势利奸诈的天合信徒，值得你那么卖力去救吗？”他望着她，出声问道。

她淡然一笑，方才那场被误解的风波对她好像没有任何影响，她回答他道：“无论是好人还是坏人，并没有不可教化的人。人生而有慈悲之心，只是人生存的环境不同，所以导致了人性的不同。而天合经是教化众人向善的，众生皆平等，所以救人不能分善恶好坏。”

“真有众生平等吗？你看，天合界他们自己就有严苛的等级。口口声声讲究慈悲为怀，谦恭礼让，却广建庙宇与其他教派争权夺利。讲求断绝尘念，却出现大量的天合信徒，四处讨钱要饭，尽食嗟来之食！”他冷冷地说道，那张俊美的脸有些扭曲。

她一时有些语塞，看着他良久。尽管她的慧根仍在，可他周身好像有一圈结界护着他，隔绝了所有窥探的视线，让她探究不出他的身世与来历。

她努力了半晌，终究还是放弃对他的查探。她在心里暗怔，却没有忽略他俊脸上满溢的憎恶与怨恨，于是她轻轻地问他：“你为何对天合界如此有成见？你，可是受了什么委屈？”

他不答，目光却一凝。锐利的视线久久停留在她的脸上，半晌才道：“你想看穿我吗？少滥用你的同情心了。”他勾起嘴角冷淡一笑，并不正面回答她的问话。

“我的事，你不懂。”他的神色黯沉，不过只一刹那，他又恢复了平常，“看来你小小年纪，悟性颇深。”他看着她，突然凑近了低声道：“你，愿意跟我走吗？”

“哦……”她愣愣看着面前猛然放大的俊脸，一时间有些错愕，“什么？”

“跟不跟我走？”他问她，骤不及防地握住了她的手腕。

她的手一颤，觉察到他的手很是温暖，不断熨烫着她的手腕，那种震颤扩散至她的全身，带给她骇人的影响，她的心跳开始加速，几乎要从胸腔里蹦跳出来。

她从未与任何男子有过这么亲密的接触，谁知刚到了这里，竟然就被这么一个男人轻巧地握住了手。他神态自若，好像天生就该如此一般。

这个男人也忒大胆了些。她从恍惚中醒转过来，立刻便要甩开他的手，犹如甩开三千烦恼一般迫不及待。

“若是你同意了，我便放手。”他低沉道，眼眸里的热度几乎要将她融化。

他故意用拇指缓缓揉动她手腕的脉搏处，似有若无的挠痒，带着些许暧昧的挑逗，他的声音低沉富有磁性。他边凝视着她，边专注地抚弄着她的掌心，轻轻地用大拇指在上面划着圈，好似特地在抚摩着她，撩拨着她。

他在等待着她的回答。

她猛地抽出了手，将手背在了身后，瞪大眼看着他。

也许是她眼里的不满让他嗤笑出声："怎么，你怕我？"

欢喜，你失态了。她暗自对自己责备道。

她收摄住心神，面前这个俊美异常的男人总让她觉得有种奇特的感觉，他并不是普通的凡夫俗子。

可她，却也并非普通的医女。

甚至，"欢喜"这个名字对她来说，也是个虚空。

第三章 菩提树下极乐事

曾经的天合界极乐。

菩提树下，草色凝碧，明媚阳光，婆娑了树叶。广寒玉天宫，碧树琼花映，日月照耀金银台。仙界一如既往的清静，甚至，有些寂寞。

她仿佛见到自己端坐于师父座前莲花台的模样：云雾微微涤荡开来，身后暗金色的光芒若隐若现，菩提树的枝叶暗影明灭在她身上，白色长袍上倒映着树声光影，在檀香尘雾的笼罩下，她眼里别无长物，心中唯有清明。

那便是原先的她，一个常伴菩提树前的小小仙子。静寂得犹如尘封。

蓦地，一朵寂静的菩提落花，扑簌簌地掉了下来，正好落在那时坐在菩提树下她微微摊开的手掌心中。她的手心轻轻一动，便划破了仙境四周的静谧。

她微微垂下眼，想将手中的菩提花轻轻捻起，也如平日里师父那样，任其自在花开花落。但这菩提花却好似有灵性一般，擅自离开她的手，径直跳落在一块青石上。

霎时，那块青石竟由素淡的青白色变成了鲜艳的火红色，接着坚硬的石板神奇地转化成如水般的柔软镜面，风吹过，还带着浅浅的波纹，而水镜上面，则清晰地显示了一幅幅图画。

这是一面能折射出下界众生百态的红尘镜。

她如水的眼波随着菩提花所及，从红尘镜中看到的是三千红尘中之风情月债。那些凡间有情男女，前一时还为爱哭得撕心裂肺，天昏地暗，后一刻却又为彼此误解消融而兴高采烈。这泪珠儿都含在眼里没有化呢，那厢便又开始卿卿我我，甜蜜如初。

但凡世间男女，总逃脱不出七情六欲的牵绊，看来这情痴爱恨，确实害人不浅。

她轻轻拂动衣袖，平日里她早已见惯了这些众生百态，故而心平如镜，波澜不惊。她收摄心神，正待继续专注诵读心经，却听见四周寂静中传来了师父的一声叹息："欢喜。"

她连忙抬起头来，看到了身披万丈金光，面容慈祥的师父如王，身旁还伫立着大师兄目连与六师兄莲华以及其他师兄们。

"师父为何叹息？"她微微抬起头来，语气平缓而淡然。如王拈起菩提花，作状沉吟半晌，才道："欢喜，你是多次转生修行之神，也是成仙之前全力修行之人，今日菩提树花落，是提醒你还需历经一劫才能修得正果。"

"是吗？"她愕然地抬起眼来，望向如王，惶惑道，"欢喜要历经什么劫难，方能功德圆满？"

如王又叹息一声，半晌才缓缓道："情劫。"

"可是，天合界不是讲求四大皆空吗，何来情字一说？"她还是有些迷惑。

"哎呀，如王老儿也酸，那情不就是爱吗？爱就是情呀！"莲台外那足踏祥云向这行来的是她师叔提灯老祖。他身高丈六，面皮黄色，脖子很长，头顶在上面看起来就像一颗干葡萄。

"丫头，如王的用意应该是要让你下凡度人，历经情爱劫难才能功德圆满。"提灯老祖笑嘻嘻地说道。

她只觉眼前一花，好像看到了提灯老祖在和师父使眼色。她面色沉静，还未接口，就只见那红尘镜面竟突然画面扭曲，不住跳动。顿时镜中红光暴涨，光芒四射，照亮了整个莲花台。

众人皆微微一惊，唯有如王，面色金黄，神色依旧，但开口声音却很低沉："那个杀戮了不少天合信徒的王，又伺机谋动了吗？"

提灯师叔颔首："是！"

如王轻轻一叹，道："那个王是个混世魔王，顽固不化，桀骜不驯，不仅弘扬异教，还百般排斥我天合信徒。我已派人去警告过他，不得无故杀戮天合界门弟子，可他却置若罔闻，依旧我行我素！"言下之意，连使者的法力也无法降伏。

提灯老祖没有对上如王若有所思的眼神，只是道："这墨玺本性并非大奸大恶之人。只因少时饱受摧残，于是内心对天合教甚是排斥。如今他当上国王，自然要老账新账一起算了。"

如王道："即使如此，他也应找到那个冒充天合教徒的恶人，好好感化那个恶人，而不是迁怒于其他无辜的教徒。"如王慈悲，不由得低低诵经。

她垂首伫立，只当这红尘镜中扭曲是平常事，却见身旁的菩提叶一片片地飘落下来，她伸手一接，菩提树叶竟随之如雨纷落，顿时落花潋滟，洒洒扬扬，将她重重包围在青枝绿叶中。她惊愕地仰首，却见整个仙界上空被一层悬空的碧绿菩提落叶笼罩着，已看不清原先清远的天空。

原本红光万丈的红尘镜开始剧烈地抖动，刺眼的光芒更甚。守护在红尘镜前的目连与莲华惊呼道："师父，这红尘镜竟要破裂了！"

她一听，顿时身形一顿，僵立在那里。

她正自惊讶，那红尘镜已经疯狂地剧烈晃动，红光犹如火焰一般，折射得天界犹如火一般的红彤彤的，漫天如霞。更奇特的是，那红光好似长有眼睛一般，直朝她追逼映射过去，她被那耀眼的红光照得睁不开眼来，身子一个踉跄，几乎站立不稳。

目连与莲华立刻冲过来，挡护在她的前面。随着那耀眼的红光闪过，"砰"地一声巨响，那红尘镜已经从中央裂开，一分为二，散落的红尘镜碎片掉落在菩提树前，立刻化为清水，渗入了地下，随之不见。

如火般的红光渐渐暗淡了下来，终于，一切都归于沉寂了。

如王率先于众人的目瞪口呆中反应过来，他用那双睿智的眼望着虽然惊疑但并无多余表情的她，而后闭目微瞑，思算后叹息一声，道："原来，是你的劫数到了。"

"师父，您的意思是，我的劫？这么快吗？"她问着如王，依旧波澜不惊。

“是，到了。而且与你这情劫有关联的，便是这个魔王孽障墨玺。”如王面色冷峻，他之前也没有想到，欢喜的情劫，竟然是和一个魔王相纠结。

“不，师父，请听我说，我早已超越三界六道轮回，无所谓男女性别，如何能与那魔王有瓜葛？”她小声抗议。

在如王面前，她一向端庄谨慎，最为恭谨，但眼下，即使知道劫数已经注定，她也不免要为自己做努力，妄图挣脱强加在她身上的劫数。她不要和一个魔王有孽缘，她宁可修不成仙，也不愿去历经这场天地为之侧目的情劫。

“欢喜，为师也知道委屈你了，不过你的情劫既已开始，只能顺从天命，否则天庭将有大灾难。”如王望着她，心有些微不忍，但看着座下那些龇牙咧嘴，犹如罗刹，瞪着铜铃大眼的弟子们，他摇头叹息，还是坚持原意。

无奈，无可，她无计可施，无法可推。如王指令，天命难违，两座大山压下来，她如何能逃脱？不过，她总觉得事情好像来得太快了点，尤其是师叔提灯抚掌哈哈大笑，看起来好像心愿达成的模样，让她有种被人卖了还帮人数钱的不爽滋味。

但师父宝相尊严，师叔德高望重，她找不出半点破绽来。

“恶魔都长着一张可怕的脸吗？”她问提灯老祖。

提灯老祖张嘴，想了半天才道：“非也，脸皮只是一种表相而已。恶是不恶，光看皮相是看不出来的。”

“为何我事先看不到墨玺的模样？”红尘镜早已破裂，她无法从中看清墨玺的样子，她特意查询了专管魔道的罗刹殿，却也查不到墨玺的半点踪迹。

除了提灯老祖对她说过的一些资料，她对他一无所知。难道，他不是人吗？亦或他是魔，所以不在人册？这个对她来说注定是个孽障的魔王，她对他并无太多好感，所以不想接近他。

提灯老祖想了想，才道：“可能他的身上流着半魔半人的血，所以你才寻不着他吧。”提灯老祖说着话，眼神却有些躲闪。

“是吗？”她看着提灯老祖，“可是……师叔，即便是下界度人，为何师父还要封了我的法力？”她又问道，她全身软绵无力，毫无一点功法。

被如王封去法力后，思前想后，她更觉得这件事有些蹊跷。师叔与师父似乎有意在瞒着她什么，但匆忙中她却找不到解答，因为师父如王已经嘱咐她即刻就要下凡，去寻找魔王墨玺。可如今她一未曾知晓墨玺的模样，二无法力，只与凡人一样，如何去感化度他？

“这个，如王可能是希望你拥有凡人的七情六欲，所以才削减你的法力。你不用担心，若是你度化墨玺成功，如王一定会让你重返天庭，恢复你真身的。”提灯老祖一边支支吾吾地说道，一边带着她往天庭的西界而去。

“你从这里下凡，墨玺应该就在这个方向。”提灯老祖手指下界的一处对她说道。

“师叔，我……”她犹豫不决，用明亮的眼神看着提灯老祖。

提灯老祖避开她的眼神，道：“你下凡以后便是凡人欢喜，今年十八岁，是个孤女，善于医道。你要想尽方法接近墨玺，感化他来皈依天合界。你要记住，你所救赎的是万千天合教徒。”提灯老祖嬉笑的神情不见了，取而代之的是郑重。

“去吧。”提灯老祖从背后将她轻轻一推，她便从高高的天庭坠向万丈红尘。

“师父……师叔……”

她昏沉地飘过云层，恍惚间，她似乎听见提灯老祖在她的上空喊道：“丫头，千万记住，动什么，也不要动了凡心！你一定要回来。”

第四章 幽兰沁人心旌动

如今，眼下的这个男人高傲、诡异，又如此憎恶天合教。一个模糊的念头从她的心头掠过，有几次她好似抓住了些什么，但那些念头却好像长了翅膀般一闪而过，只让她心留疑虑。

“你，你认识墨玺吗？”她突然对那贵公子问道。

他猛地抬起头来，原本温柔的眼神瞬间变得寒冷如刀：“墨玺？”

“是，墨玺。我在找他。”她凝视着他诚恳地回答，心怀坦然，故也眼神清澈。

“墨玺不是赤羽国的王吗，你一个小小医女找他，所为何事？”也许是她眼中的真挚让他觉得无害，他眼里的厉色隐去，换上的是饶有兴味的眼神。

“我找他有事。”在这个似乎很是反感道貌岸然说教的男子面前，她竟有些羞于启齿将自己的来意说予他听。

“有事？”他哧地笑出声来，“到底有何事？你是慕名去见他，还是也找他报仇？”他瞧着她有些疑惑的目光，带了几分吓唬的语气说道，“看你说起道理来头头是道，应是虔诚的天合教徒。墨玺专杀天合教徒的恶名在外，难道你没有听说过吗？”

“我听说过他。”她颔首，“也知道墨玺国王的所为……传说中的墨玺是个半人半魔的混世魔王，不仅弘扬异教，还百般排斥天合教。凡是见过他的天合教徒，无一不被他杀戮，这个赤羽国的子民一听到墨玺的名字，便会吓得四下逃窜。”

“既然知道他如外界传说的那般凶神恶煞，却为何还要去见他？”他细细盯着她看，好看的眼眸眯缝起来，透露出了一丝猜忌与戒备。

“我想去劝他为善，不要再妄加杀戮。”她终于对他说出了自己的打算，却换来他的朗声长笑。

“劝诫一个魔王，凭你？”他挑着眉头看她，眼里并不以为然。

面对他的怀疑与嘲笑，她却丝毫不以为意，她平视着前方，道：“我力量虽小，但总也要尽力而为。至于他听或不听，便顺由天命了。”

他微微一笑，道：“那你可知要去什么地方找他？”

她有些茫然，但随后还是道：“我去赤羽国皇宫找他便是。”

“你知道如何去皇宫吗？”他再问。

她开始迟疑，白皙柔嫩的面颊上有着些许绯红，她不知道。他凝眸望着她有些微红的脸，他的鼻侧里又闻到了她身上所散发出来的香气，如幽兰沁人。他动了动，心旌荡漾，上前一步，伸开手臂支撑在墙面上，有意无意地将她困在自己的臂弯中。

“我认识皇宫的路，你跟着我，我带你去找墨玺。”他俯低了头，凝神望着她，他要克制住自己的冲动，才能勉强不对怀抱中的她上下其手，因为她身上的芳香让他几乎不能自控。

“你，你认识墨玺吗？”她仰头望着他，眼前的那张俊脸就在咫尺之间，这么近的距离，她看到他眼珠的颜色竟是琥珀色的，正透着慑人魂魄的热切光芒。

“当然。”他低声说道，举起手，忍不住用手背轻触她柔白的脸颊。她的肌肤如水般光滑，只凭着她的轻轻呼吸，他都能感觉到这种如缎般的触感。

她猛地一惊，被他这种行为弄得不知所措。男人都是如此的吗？才见面没多久的人也可以做出如此亲密的动作吗？她下意识地向后缩，但后背却顶在了他护在墙面上的手里，他的手一合，用力一揽，便将她抱了个结结实实的满怀。

“啊——”她忍不住粉脸泛红，还来不及挣扎，只觉得一股热浪从脚底一直传遍她的全身，让她全身发烫。

她在他怀中开始挣扎，他却充耳不闻，一心沉醉在属于她独有的芳香气息里。

这个女人，尽管他还不清楚她的来历，但此刻他已被她挑起了自己难得一现的欲望。这也让他下定决心要她。他不想放开这个不谙世事，却倔强如牛又有些笨拙的女人，更不想让她离开他的管辖范围内。

不过眼下他们还在大庭广众的视野里，他也不想做出什么惊世骇俗的孟浪之事来，他必须带着她离开这里，他急需她满足他突然涌起的欲望。

“跟我走！”他平复住了急剧的呼吸，拉着她便要走。

“不，你，你是谁？”她用手扶住墙，顿住身体不肯走。面对着这个神秘的男子，她觉得自己的情绪能轻易地被他左右，这完全有悖她清心修炼的原则。

“我？我叫墨……”他回答着她，满意地看着她吃惊地睁大了眼，他接着道，“可惜，不是墨玺。”

“你是墨，不是墨玺……”她喃喃地重复着他的话，“不是墨玺。”

他微微一笑，道：“你以为墨玺会像我这样随意让人接近吗？都说他是个暴君、魔王，人人恨不得见他诛之。”

他勾起嘴角，她有些疑惑他是在幸灾乐祸。

“你勿要用这种眼神看着我。”他低柔地对她说道，“我不是墨玺，你不用害怕。”

“你找对了人，其实墨玺是我的王，我是他的臣子。他病了……”墨看着欢喜轻声细语道，“你愿意随我进宫去给墨玺治病吗？”

“墨玺……病了？”她看着他，如水般清澈的眼眸里有着些许愕然。

“是人都会病的。我此番出来便是为他寻找良医。”他的视线不离她的脸，“正好，找到了你，你跟我走吧。”

他存心要诱拐她的话还未说完，便见大殿前的大道上尘土飞扬，一队人马扬鞭经过，为首一个将士模样的男人大声喊道：“把这些装神弄鬼的天合教徒们都给我绑起来，统统杀了！”

当下，灯草殿前一片哭喊，善男信女以及天合弟子的嘶喊尖叫声响彻一片。其中有个天合子弟不满，大声喊道：“你们这些狂徒，凭什么要杀我们这些真心向上的弟子们？”

“嘿嘿……”那名彪悍的将士冷笑道，“就凭我们墨玺国王的命令，你们这些天合教徒都该死！”说着，他的手一挥，命令手下的士兵全涌上去，残酷地砍杀着手无寸铁的天合教徒们。

惨不忍睹的一幕看得她身心俱颤，她推开挡在身前的他，便要冲到大殿前面去，她不能眼睁睁看着那些天合界弟子一个个死在墨玺军队的屠刀之下。

但她纤细的手却被他一把拉住了：“你这么出去不是要送死吗？”他的声音在她的耳边响起，“现在你知道这个世道有多乱，墨玺有多狠了吧，你还想找他吗？”

“当然。”她回答着他，“我必须要找到墨玺！”她必须要度化墨玺，让他放下屠刀，而且越快越好！

“那，你愿意跟着我进宫去见墨玺吗？”他再一次征求她的意见。

她没有选择的余地，颔首同意。眼下的她并无法力，若是凭借独自一人的力量，等找到墨玺不知是何年月了。他既可以带着她找到墨玺，她便随他去，虽然她觉得他对她有些过分热心，但不知出于怎样的一种考虑，她竟同意了一路与他同行。

在欢喜看来，那墨玺不仅是身体病了，心态也是病态的，她必须马上医治。

不管墨玺得的是何种病，她都愿意为他医治。这其实也是她来凡间的主要目的，而那所谓的情劫，就让它去吧，也许根本就是如王和提灯老祖让她下凡找的借口。

也许是她对凡人毫无戒备之心，也许是此刻她的慧根暂时消失了，一心想要找到墨玺的她没有发现此刻墨的眼角闪过一丝异样的光芒。

第五章 一叶兰舟凌波去

晴空如洗，万顷江面，碧波荡漾。

画舫在波浪起伏的水面上缓缓前行，船桨在江心划开涟漪，一圈接着一圈扩散开去。

布置奢华雅致的辉煌画舫内，神情疲倦的她随着船身的晃动昏昏欲睡，面前摆放着一桌子精致茶点。

四干果碟、四水果碟、四小菜碟、四冷荤碟、四点心碟齐齐摆了一桌子，琳琅满目，应有尽有。其中的冰糖话梅晶莹剔透，酸甜可口；桂花黑白芝麻饼香酥绵软，入口即化；蟹粉小笼包汤汁鲜美，咬上一口颊齿留香。

可她对着满桌的佳肴却无动于衷，因为她素来对这些美食并无太大兴趣，她还听说食物有浊气，多吃无益，且会降低修为。

原本服侍她的是墨的贴身小厮紫晏，他才刚刚退下，船舱的帘子又被撩开了，进来的是墨。墨的视线先落在满桌子未动的菜肴点心上，后又转回来看着她。

“欢喜。”他低声轻唤着她的名字，声音富有磁性，“这饭菜为何都未动过，是不合胃口吗？我让人去重新换过。”

“不，不用了，我只是舟车劳顿，有些犯困，所以吃不下东西。”欢喜连忙回答着墨。她害怕墨又为她四下张罗，她习惯了凡事亲力亲为，并不习惯墨华贵而浩大的排场。

欢喜原本以为墨随身的只有一个小厮紫晏，没想到当她被带到这画舫上时，才发觉墨身边的侍卫众多，阵势庞大，个个态度恭谨，可见墨的身份非富即贵。不过这艘大船上的人大都目不斜视，面色严峻，对于欢喜探究的眼神没人敢多一句话。欢喜心中虽然对墨仍有疑惑，却也不得其解。

“哦？”墨微微一笑，他在她面前坐了下来，“你已经一天一夜未吃东西了，这么下去，怕是未到皇宫，就先把身体弄垮了。”

欢喜抬起头来，正好与墨的视线对着，墨的黑眸里有着温情与关切。欢喜不太习惯墨如此直勾勾地看她，不由轻咳一声，道：“我不饿。”

“不饿？难道你是天上的神仙不成，可以不用吃东西的吗？”墨又是一笑，他身着一袭墨绿色的长袍，丝线滚边的袍子下摆绣着精细的墨梅，外头套着一层黑色薄纱，更显得他面如冠玉，神采飞扬，华贵不凡。

欢喜的心一跳，也觉得自己的不吃不喝容易让人起疑心，便胡乱指着桌子上的一碟碧绿色的东西，道：“我刚吃过一些，味道挺不错的。”

墨的眼神落在那碟绿油油的东西上，笑道：“原来你喜欢吃凉拌椿芽。这是山上采摘的新鲜椿芽，过水后凉拌，味道清香，有山野风味。”

“是，是挺好吃的。”欢喜有些支吾道，她根本未尝过这些凡间的丰盛美味。

“来，尝尝这个。”墨拿起桌子上的银箸，夹了一块如金元宝般可爱，还带着花边儿的吃食放在欢喜面前的青花瓷小碟里，“这是糖酥饺，味道酥甜可口，你应爱吃。”

欢喜原想推托，但墨却夹起酥饺，一动不动静止在她嘴边，他固执地要让她吃点东西。

盛情难却，欢喜无奈只好张开嘴，轻轻咬了一口墨手中的糖酥饺，果然甜绵酥糯。从未真正吃到凡间食物的欢喜有些意外，她一直以为这些人间食品是淡而无味的，一如她平日所汲取的广袤大千世界的烟气一般，却没料到竟然是如此有滋有味。欢喜怔怔地，随着墨的喂食动作竟然吃下了不少东西。

墨看着欢喜吃下食物，心中欢喜，道：“看来，你喜欢吃香脆的东西，赶明儿我让下人再给你做萝卜丝酥饼，那酥饼和这个糖酥饺一样，馅为猪油酥和芝麻……”

“等等，你，你说什么，猪油酥？就是这饺子吗？”欢喜捂住嘴，望着墨问道。

“是啊。”墨刚回答完，欢喜便面色苍白，天，她到底吃了些什么？荤腻的猪油酥！

天合界忌杀生，不食荤腥，而她无意间的尝试，便犯了大忌！

他是故意的吗？欢喜掩袖夺舱门疾奔而出。

“欢喜，”墨跟在欢喜后面出了船舱，看着欢喜扑到船沿边张口想呕，“你怎么了？”墨立在欢喜背后，语气有些忧心忡忡，但嘴角却藏着隐隐的笑意。

欢喜顾不上和墨说太多，她所吞下的食物就在她的咽喉处打转，想呕却又呕不出来。

墨张开手，为欢喜轻抚着脊背，想让她好受些。欢喜有些狼狈地直起身，已经吃下的东西根本无法呕出来，她费劲了周折，也于事无补。

“难道你……真的是天合教徒，碰不得荤腥吗？”墨站在欢喜的身后低声问道。

欢喜颔首，一向清心寡欲的她神色并无多大变化，但心里却慢慢涌上一丝悔意。飘落凡尘，再食荤腥，她所做的皆偏离天道甚远。

“既然碰了荤腥，干脆不要当那劳什子的天合弟子了。”墨劝解着欢喜，“我只愿你是个普通的女人，跟着我，我愿意承担你的一辈子。”他转过欢喜单薄的身子，让她仰头看着他，“我从来不对女人许诺的，你是第一个！”他细长的眼眸里满是认真的柔情。

欢喜有些怔怔地看着墨，什么是许诺一辈子？这是凡人发誓的时限吗？墨似在对她表白着什么，为何她有些懵懂？

“我，我不知道，你别对我说这些，我不懂。”欢喜的手撑在墨宽阔的胸前，避开墨灼热的眼神，她不想去深究这些让她头痛的事，她有自己的任务与使命。

“不懂吗？”墨钳制住欢喜想要逃脱的身子，他用大掌托着她的腰背，强迫欢喜正视着他，“我来教你懂。”墨说完，那张英俊的脸已经俯了下来。

紧接着，欢喜感觉眼前一黑，一团黑影罩在她脸上，随之，她的唇上传来温热柔软的触感，墨的嘴覆盖在了她的唇上。

欢喜的脑子一片空白，连挣扎都忘了，只能睁大眼任由墨的唇在她的嘴上摩挲，碰触。墨抱着欢喜，肆意地享受着她嘴唇柔软的芳香，而欢喜身体散发出来的销魂香气让他自她上船后便一直忍耐的欲望，越发开始冲动起来。

顾不得光天化日之下自己的行为失仪，墨气喘着恋恋不舍地松开嘴，随后抱起惊呆了的欢喜，一路大步踏进了布置华贵的船舱内。

“欢喜，欢喜……”墨狭长的眼眸里满是情潮之色，迫不及待地伸手想去解开欢喜的衣襟。

“你做什么？”欢喜总算从失声的状态中反应过来，她推开了墨的手，喊道：“你，你走开，不要靠近我！”即使不知道凡间男女之事，但凭着直觉，欢喜再迟钝也明白墨此刻想对她不轨。

墨看着欢喜原本平静无波的瓜子脸变得苍白，惊吓得缩成一团。他伸出手，想安慰惊慌失措的欢喜。但邪门的是，欢喜身上传来的勾人香气却让墨无法自控，让他顿然又忘记了节制。他猛地再次用力抱住欢喜，两人一起滚落在船舱里休息用的软榻上。

“墨，你走开。”欢喜几乎说不出话来，她为自己轻易便相信墨，又跟随着他来到这艘船上的行为感到后悔，是她有眼无珠，识错了人。她承受着墨身体的重量，睁着眼，想呼救，却不知该向谁求救。

惶恐间，欢喜在心头默念起了“爱染心咒”，师父说过，念此咒能转爱染心为清净菩提心，欢喜此刻只希望这心咒对已经失控的墨能有效。

欢喜的嘴一张一合，无声默念着心咒，只见原本还情欲熏心的墨急切的动作渐渐和缓了，他那双原本变得通红的眼眸消去了戾气，而他覆盖在欢喜躯体上的紧绷身体也松弛了下来。

欢喜心里一松，立刻加速念起了心咒。不管是否有效，先念了要紧。

终于，压在欢喜身上的墨安静了下来，他睁开有些困顿的眼眸看着周围，似乎对自己此刻的反应有些迷惑，他低头看着依旧被压在他身下的欢喜，说了一声："欢喜，别离开。"便伏在她柔软的身体上迷糊地睡了过去。

欢喜一动也不敢动，直到半晌再不见墨继续动作，方才小心地推开了墨，坐起身来。

但欢喜刚一坐起身，墨就立刻清醒了过来，他跟着欢喜坐起身，晃了晃还有些晕眩的脑袋，用疑惑的眼神看着欢喜。

欢喜连忙低垂下眼眸。

"欢喜，我方才怎么了，怎么我像做了一个梦似的？"墨低声问着欢喜。欢喜不语，只是将身上凌乱的衣衫拉好，而后飞速躲离墨，远远地不再看他。

疑窦未消的墨斜靠在软榻上，墨绿色的长袍敞开，露出了白色的里衫，他并不急着起身去追欢喜，只是用若有所思的目光紧盯着她看。

"请你送我下船。"欢喜远远坐在雕花的梨花木椅上，低头对墨说道，那张素净的脸上并没有多余的表情。

"为何？"墨眯缝起细长的丹凤眼，望着欢喜，微微蹙了眉。

"我，我不愿再在这里待着了。"欢喜并不看墨，天色已晚，谁也看不到她素淡的脸在黑暗里烧着。

"你是嫌我冒犯了你吗？"墨那张好看的脸隐没在灰暗的光线里，欢喜没有回答。

"若你不喜欢我这么对你……"沉默半晌，墨又开口说话了，"我以后会尽量克制住，不会再如今日这般。"他的声音低沉，带些粗哑，"但，既然你上了我的船，中途我是不会放你下船走的。你要记住了，我想要谁在我身边，便无一人能离开！"墨的声音不大，却充满了冷冽的威胁之意。

夜深人静，空无一人的甲板上，伫立着一条纤细而单薄的白色身影。

悄然从船舱溜出到了甲板上的欢喜，仰望着广袤的夜空，低声祈求道："师叔，师父，请你们现身，恢复我法力，将我接回去吧。"

江上的风呼啸，吹起了她的裙裾，也吹乱了她发鬓的散发，欢喜凝望着夜空，那张素净的脸庞显出虔诚与庄严的法相，在朦胧的夜里，她的全身仿佛笼罩在一片金光之中。

但夜空寂寥，繁星点点，没有任何影子出现，回应她的求助。

欢喜深吸了一口气，想从甲板上旋身而起，飘然飞天，但她的身形刚一飞起，地上却仿佛有吸力一般将她往下拽，跌落在甲板上的她只能踉跄地勉强在甲板上立住脚。

她，已完全失去了法力。此刻的她，只是普通的凡间弱女子——欢喜。

天地之大，无处可躲。四面是水，无处可逃。大船的甲板上，有些黯淡的月光，将医女欢喜孤寂的身影拉成细长的一条，很渺小，寂寥。

她对他起了戒备之心。

墨远远地坐下，信手端过小厮紫晏奉上的茶，铜茶壶、锡茶托、梅花烫金瓷碗，精细全套泡成的毛尖儿，色、香、味、形皆全，清香扑鼻，透人心脾。墨手持茶盅，隔着盖儿细细啜饮，随着茶水缓缓入口，带给他几分爽心惬意，但这种惬意却在他注视着欢喜的瞬间有所减弱。

“还生我气呢？”墨放下手中的茶盏，挑着眉问着欢喜。

依旧一身素白的欢喜默不作声地坐在船栏杆边，凝望着江水，耀眼炫目的阳光下，她那张白皙的脸几近透明，眼神清澈如一江春水。她专注地凝望着一望无际的江水，偶尔透过清澈的水面隐隐约约可见江底的水草忽隐忽显，碧绿苍翠，蜿蜒曲折。

此船是开往赤羽皇宫的方向，天色刚亮，江面上的一切均被笼罩在白茫茫的浓雾中，四周山色如水墨，水光潋滟。

鱼肚白的天已经光亮了起来。清风吹拂着欢喜的柔发，她一夜未眠，却无疲倦之色。

墨支使紫晏为欢喜送去各色精致菜肴，但欢喜一点都没有碰过，就连茶水也不喝。墨原本并不想先低头认错，但见欢喜好几日不吃不喝，终于还是按捺不住。

墨站起身来，走到欢喜的身边，低了身俯瞰着她，道：“欢喜，吃点东西。”说着，接过紫晏递来的一碗清粥，便要亲自喂给欢喜。

欢喜低垂着头，连头都不抬起来一下。紫晏在一旁看得有些胆战心惊，这小医女胆子很大，据他以往的经验来看，惹公子墨不高兴的人，通常都没有什么好下场。

紫晏对自己主公墨阴晴不定的性格实在是太了解了，因此不禁为欢喜的不识时务开始担忧，搞不好生起气来的公子墨会直接把欢喜扔到江里。

紫晏心自揣揣，果真见公子墨面色一凛，那张俊美的脸上闪过一丝阴霾。紫晏慌里慌张地想要闭眼，心想，这下不好了，这个欢喜姑娘要被公子生吞活剥了。

胆小的紫晏眼刚眯成一条缝，却见公子墨并没有凶神恶煞地抓起欢喜姑娘扔到江里，而是神情严峻地飞身到了船舱之前。气氛骤然变得紧张起来，一旁的侍卫连忙将公子墨团团守护在中心。

墨临风而立，他蹙眉看着江心，一望无垠的江面上，并无任何船只，但竟然诡谲地漂浮着无数溺死的浮尸，犹如段段木桩，数目很多，竟将大船的四周包围住。

墨冷冷地一瞥，眼眸里精光大涨，他干脆而果断地吩咐着四周：“列为纵队，围成圈，时刻看紧大船周围，静观其变！”

侍卫们齐声应道：“是！”

布置完毕，墨眯缝着眼又向江心瞟去，带着几分玩世不恭的脸上陡然浮起了一丝嗜血的微笑：“还没完没了啦！好吧，既然还不死心，那就尽管放马过来吧。反正你也已是强弩之末了。”

船上的气氛严肃而沉闷，众人眼见浮尸越聚越多，心中甚感不妙，凭他们过往歼灭敌人的经验来看，这肯定不是什么好兆头，每个人都隐隐感觉到危机四伏。

众人的神经俱是绷紧，突听到一声清脆的女声传来：“是有人落水了吗？”

是那清心无欲的医女欢喜。

欢喜不顾众人的侧目，也挤到了船边。她探出身子，仔细查看着漂浮在江心的那些浮尸。蓦地，她看到其中一具浮尸似乎动了动，“那些人还活着！”欢喜手指着江心，一声惊呼。

“欢喜，走开！”墨的面色顿然一沉，对欢喜喝道。

“不，那些人还未死，我们不能袖手旁观。”欢喜看着那些在水中一上一下悬浮着躯体的人，不由得心中焦急。

“赶紧走开！这些事，你别插手。”墨几乎是从牙缝里逼出那几个字，欢喜在挑战他耐性的极限。即使眼下他将她视作他最宠爱的人，但她也不能如此越矩。

“救人一命，胜造……”欢喜的话还未说完，墨额头上已经出现了黑线，“住嘴，别再对我提你那劳什子的七级浮屠！”

“天合弟子以慈悲为怀，救人于水火是我等弟子的职责，如果坐视这些生命逝去，那修行又是为了什么？”欢喜固执地非要去救离她最近的一具会动的“浮尸”。

那具“浮尸”漂近，欢喜伸手便要去拉，却见那具“浮尸”突然从水中挺身跃起，刹时腥风扑面，那人手掌沾红如血，竟是毒掌，朝着欢喜劈头打来。

欢喜“啊”地一声缩回了手，但身子却暴露在敌人的攻击视野内。

墨见势不好，立刻夺过一旁侍卫手中的船桨，对着那具“浮尸”拍了过去，一桨便击中了那人的前胸，发出了沉闷的声音。

那具“浮尸”被墨一击拍开数尺，跌落水中激起浪花数朵，但那“浮尸”却身首一摆，向墨所在的座船直冲过来。他冲击船板的力道大得出奇，似要同归于尽般使出猛力，船底虽有防护铁板，但也被撞得咚咚作响，摇晃不定。

随着为首的那具“浮尸”的撞击，大船四周漂浮着的“群尸”似乎听到了进攻的号角，竟然全都撕破了伪装，集体动了起来。一具具“浮尸”从水面上翻腾而起，气势汹汹地朝着大船逼近。其中不少“浮尸”包裹的头巾掉落，露出了光洁的脑袋。

紫晏叫道：“不好了，是和尚水鬼来索命啦！”便支使侍卫们操船弄浆，想把船划出去，但水面都被“群尸”所阻，哪还有路？

眼见大船被“浮尸”撞得左摇右晃，原本平静的江面，此时却如涌起惊涛骇浪，随时都有将船只倾覆的可能。墨挑起了眉头，当下率众站立在船头，风吹着他的长袍，哗然作响，犹如一面旌旗。

墨面对着江面，只有江面的那群“浮尸”方能看见此刻墨眼眸里突然闪现出的骇人红光！他原本琥珀色的瞳孔里此刻充满了赤焰般的红光，鬼魅如血。纵然是白天，也让人不寒而栗。只听得江面上有人颤栗地喊道：“他，他发怒了……”

“不用怕他，我们绝不能退缩，誓要为所有的天合弟子报仇。今日不是他死，便是我亡！”说话的人正是方才为首的“浮尸”，此刻他甩脱了头巾，露出了还带着戒印的光秃脑袋，是个和尚。

墨冷然听着这些人的议论，眼中精光更甚，充满了萧杀之色。

那和尚强行克服住胆怯与惧怕，先发制人，一个腾空，手握着一根尖利的长杆，便朝墨当胸刺来。墨还未动手，一旁的侍卫高手就冲上前来，替墨格开，顺手便将那和尚手中的长杆夺过，同时一掌拍出，结结实实印上了那和尚的胸膛。

那和尚惨呼一声，口喷鲜血。墨的侍卫对待刺客从不手软，顺势又将夺来的长杆用力掷出，那长杆在空中划过一个弧度，正中和尚的心口，那和尚立刻跌入了水中，溅起一片带血的水花，那声长长的哀号响彻在江面上，久久不能散去。

欢喜看得惊呆了。墨的侍卫围在船栏边，谨防有人趁乱攻上船来。

“公子，小心脚下！”紫晏忽然大喊一声。公子墨刚回头，便见自己脚下的甲板“轰”的一声，被人从水下钻破，顿时一道巨大的水柱从甲板下冲天而起，淹没了整个船身。

墨身形一闪，避让开了那冲天的水柱。“立刻弃船离开！”墨随之对着船上的侍从们下令道，眼前这艘装修华丽，满载许多奇珍异宝的画舫对他来说，弃之犹如敝履。

墨下令后，回身寻找着欢喜的影子，隔着漫天的水雾，他看见她依旧伫立在船栏处，她需要用双手紧紧抓住船栏，才能不让自己纤弱的身子在甲板上滚来滚去。

不知为什么，此时的墨顾不得责怪这个自以为是的小女子，他瞧着欢喜咬着唇有些懊恼的模样，竟然觉得有趣。也只有她恼怒的时候他才觉得她不像尊冷冰冰的雕像，而是个人，是他的女人。

江里的水不停地灌进船舱，庞大的船只渐渐开始下沉。看来这些贼秃是有备而来的，看着无法弥补的巨洞在狂冒着水柱，墨挑了挑剑眉，不置可否。

该走了，他飞身而起，转瞬便到了欢喜跟前：“抱着我！”他命令着她。

欢喜全身已经被水花溅湿，水雾迷蒙间，她似乎没听见墨的呼唤声。墨摇头，暗自咬牙，上前一把抱住了她：“跟我走！”他再一次出声，抱着欢喜弯身钻入了船舱甲板上早有预留的水下暗洞。

眼前一片黑暗，只听见一片哗哗作响的水花声。欢喜被墨紧紧拖抱着，在水中前行。

“我们，我们这是去哪里？”欢喜整个人悬挂在墨的身上，随着他手脚的游动而前进。即便是黑暗中，她依旧能看到墨的那张俊脸就在她的脸侧，他的呼吸有些急促，在微微喘息。

“你累了吗？”欢喜见墨不回答，等待了很久，听着墨的喘息声逐渐开始加重，不由得又问道。不管怎么说，是她连累墨要弃船而逃的，他大可以抛下她不管，但他却依旧带着她这个累赘一路逃亡。

墨不理欢喜，水中的他犹如蛟龙般矫健，带着欢喜游行根本不在话下，只是，只是他无法对欢喜出声解释的原因是，冰凉的水竟然压抑不下他对她柔软身体起的本能反应。墨滚烫的身体在水中持续散发着热能，若不是多年养成的机敏习惯，时刻提醒着自己是在逃亡的路途中，他怕自己早已经在水里就让欢喜成为自己发泄的对象了。

墨屏息静气，只待自己那股冲动快速过去，但他的鼻翼里满是欢喜身体上的幽香，经过水的浸泡，从欢喜身上传来的芳香更加馥郁撩人。这对他简直就是一种折磨。

墨啊墨，你也有为一个女人这么纠结的时候吗？墨在黑暗中苦笑，但心头却泛起一点点的兴奋与喜悦。在遇见欢喜之前，他对所有搔首弄姿的宫中女人完全没有兴趣。

他一直以为自己已经不是个真正的男人了，过去那段噩梦般的日子消磨掉了他所有的仁慈与善良，也折损了他作为男人的冲动与欲望。他的生活是沉寂如死水般的，他的世界也是灰暗与阴冷潮湿的。

没料到，他在一个貌不惊人的女人身上重新感受到了那种鲜活的冲动。她如白纸般的仿佛天地灵气聚集而成的单纯，让双手沾满血污的他在她面前得到了短暂的放松。

欢喜，是他从前的影子，就如一面镜子，让他看到从自己身上延伸出来的另一个自我。这也是他不肯放开欢喜的最大原因。

有些人，认识很久，仍旧走在彼岸；而有些人，从一开始，就站在你的身边。

欢喜，就在他的身边。

欢喜昏昏沉沉间随着墨在水中漂浮，他带着她在无边的江水下翱翔，他们如两条鱼儿般，一路向前游去……前方是何处，欢喜没再问，墨也不再答。

第二卷

相思怎了

第六章 心存疑窦难化解

江海无涯，但终于，脚还是踏上了岸。

欢喜被轻微的谈话声所惊醒，这是她随着墨漂流两日后的一个早晨。她迷迷糊糊中听见有人低声交谈的声音，虽然谈话声十分低弱，但她仍可听出这是墨与什么人在屋外交谈。

欢喜努力睁开眼眸，自从法力消失后，她的一举一动就越来越像个凡人了，会累，会困。她有印象墨一直拖着她游泳，他们在水中好像无休止地游动，直至她的脚下终于触到了一片松软的地方，她便疲倦地失去了知觉。

眼下，她是在何处？欢喜睁开了迷蒙的眼眸，环顾四周。这是一个简陋的草棚，墙壁与屋顶是用稻草铺钉而成的，屋子里空空如也，她身下所睡的床也只是上面盖了一张草席的稻草堆。

欢喜缓缓坐起身，宽大的白色袖子滑落到她的手肘处，她依然穿着自己的白衫，只是发髻已经全松散了，一头长长的青丝披落在肩头。

欢喜拢过散乱的青丝，正要下床，破旧的柴门“咿呀”一声被推开了，进来的人是一身粗布衣打扮的墨。即使粗布衣衫质地粗劣，式样陈旧，也丝毫不能掩盖墨的俊秀与挺拔。

他看见她起身，不由得露齿微微一笑，道：“你醒了？”墨的牙整齐而洁白，此刻的笑容让他显得更年轻，带着孩童般的真挚。

欢喜颔首，有些迟疑地问着墨：“我们这是在哪里？”

“这是一座孤岛。是岛上的人发现了我们，将我们救上岸来的。”墨回答着欢喜。

“你现在有不舒服的地方吗？”墨炽热的眼神落在欢喜如缎的青丝与白皙的脸庞上，久久不愿离开。

欢喜避开墨的目光，感觉这狭小的草棚有些局促：“我还好。”欢喜回答着墨。

“我让这户救了我们的人家为你送点吃的进来吧。”墨走近欢喜，站在她的身前低声说道。他的手下意识地挑起她的一缕青丝，放在手中把玩。她乌黑的秀发如丝，光滑如水，在他的指缝间滑过。

墨亲密的动作让欢喜有些不自在，她借着拢秀发的动作摆脱了他的手。

她站起身来，道：“不用了，我还不饿，这样不是太叨扰人家了吗？”

“你已经很久没吃东西了，照这么下去，还未等我们回到皇宫，估计你已经如空气一般消失了。”墨站在欢喜身后，那双俊秀的眼眸里有过一丝疑虑，但更多的，却是关切。

“吃点东西吧，在这里歇上两日我们就动身离开。”墨对欢喜说道。

欢喜不回答，也没有再反对。墨转身便要出柴门，欢喜迟疑了一下，叫住了墨：“墨……”

她叫着他的名字，“那些和尚……为何要谋害你？”

这个问题欢喜一直搁放在心中很久了，那些和尚分明是报着必死的信念去与墨拼命的。墨到底做了些什么事，才让那些天合出家弟子对他如此深恶痛绝，想置他于死地？

墨高大挺拔的身影一顿，他在门口立住，沉默了一会儿，轻描淡写地开口道：“那些人不是冲着我来的，是奔着墨玺去的。”

“墨玺？”欢喜望着墨的背影，有些迷惑。

“墨玺犯下的杀孽，自然要由他的臣子承担，我替他受罪，本就是天经地义的事。”墨继续说道，但语气已经变冷，“怎么，你跟着我，害怕了吗？”

欢喜缓缓地摇了摇头：“我不怕。只是觉得刀光血影，无数人丧生在屠刀之下，是天合之悲哀。孽海茫茫，回头是岸，放下屠刀，立地成佛。为何没人能顿悟呢？”

墨沉默了一会儿，才缓缓道："你以为所有人都是执迷不悟吗？这个世道是残酷的，有时你想收手，别人未必肯放过你。若想在这尘世苟延残喘，首先学会的第一件事就是生存。"

"弱肉强食的世道，你以为单凭悟道与积善便有好报吗？"墨冷冷道，"等你面临四处无依，惶惶然如丧家之犬，天下之大却无你可容身之处的时候，你便知道，所有的天理、教道，都是些骗人的大话。"

"你说得有道理，但我认为，只要能了解相信因果，深入经藏，依教奉行，方为解脱之道。"欢喜看着墨，与他辩论道。

"好了。"墨却有些不耐。

他肯对欢喜说这么多，完全是因为喜欢她的人，而不是她那些大条的教化。

若他墨是能用简单天理便可以教化的人，他早不是今日的他了。想度化他的人如过河之鲫，他已数不过来，也早已麻木。眼下的女人，最好不要再挑战他的耐性，他已经给她太多的例外了。千选万挑，他怎么给自己找了个烫手的山芋，吃又吃不得，拍又拍不得。墨有一刹那，几乎要后悔去招惹欢喜这个不解风情的小医女了。

"不要对我说大道理，我听不懂！"墨冷声说道，"我去让人给你送点东西来。"说着，他大跨步出了门，即使是在这荒郊野外，他也习惯了发布号令，奇怪的是，竟然也有人愿意去服从。

欢喜看着墨恼怒而去的背影，不由轻声叹息。还未去度化墨玺，单他身边一个叫墨的臣子便是如此顽固不冥，可想而知，她以后的任务会有多艰难了。

柴门又一次被推开，这次进来的是一个明眸皓齿的妙龄少女。她身穿一身粗布青色衣裳，梳着双丫髻，额前留着刘海儿，眉目清秀，很是伶俐可爱。

"姐姐，你醒啦？"妙龄少女端着一碗粥，小心翼翼地走到欢喜的身前，亲切地笑道，"姐姐，你吃点东西吧，这是刚熬好的粥，是门口的那位公子特意吩咐为你做的。"

欢喜并不饿，但又不忍拂了那姑娘的好意，便接过碗，低声道："谢谢你啦。是你救了我们吗？"

“是我爹爹救的你们。”小姑娘欢欢喜喜地热情说道，“姐姐不要见外，你快喝粥吧。”

一碗在手，欢喜看着碗里乌黑如墨的粥问道：“这……这是什么？”

那小姑娘一笑，露出两个小酒窝，道：“哦，姐姐，这是我爹爹熬的粥，我的厨艺不精，都是我家爹爹主厨。你别看这粥的卖相不好，其实是很好吃的。”

小姑娘说着，用汤匙舀起一勺粥，对着欢喜讨好地笑道：“这糯米粥里有花生、红枣、桂圆和红糖，甜甜的，很好喝呢，而这个粥黑黑的，是因为加了芝麻才如此。请姐姐放心地喝吧。”

欢喜看着碗里的黑粥，又抬眼看着面前的小姑娘，心中觉得有些异样，但她不动声色，只是将碗放在一旁，暂且不用，转过头来对着小姑娘说道：“小妹妹，你叫什么名字？”

“我啊？”小姑娘有些迟疑，踌躇半晌，才道，“我从小只有爹爹，没有娘亲给我取名字，不过大家都叫我莲姑。”

“哦，是吗？对不起，我不知道……”欢喜觉得勾起了小姑娘的伤心事有些唐突。

那小姑娘见欢喜愧疚的神色却笑意盈盈道：“姐姐不用为我难过，我现在有爹爹尽心尽责地照顾我，我娘在天有灵也会高兴的。”

欢喜含笑颔首，道：“难得你这么看得开。多行善事以积福德，你将来会有好善缘的。”

“是吗？”小姑娘很是高兴，对欢喜道，“姐姐，多谢你的吉言。对了，你觉得闷吗？我们这里是小岛，很安静，你若是闷了，可随我跟爹爹去捕鱼。”

欢喜点头道：“多谢你的一番美意了。”说着，欢喜似乎迟疑了一下，又问莲姑，“那位，和我一起来的公子……”

“哦，他在外头呢。你昏迷不醒的时候，是他让我帮你换的衣裳……”莲姑说道，似乎又想起了什么，连忙将话题撇开，道，“公子就在外头，你要见他吗？”

欢喜低垂下眼眸，脸上依旧是波澜不惊，但长长的睫毛却有些颤动。半晌，她才对莲姑道：“我，想出去走走……”

欢喜的细微表情尽落在莲姑的眼里，她一愣，但随即娇笑道："姐姐，我带你出去吧。"

欢喜出了柴门，迈过破落小院，眼前所见的是一个岛上的小村落。

宁静的小村落，江水缓缓从这里流过。处处可见错落的低矮柴房，斑驳的门板显得有些陈旧。不过这里有着水洗过一般的碧蓝天空，干净高远。空气的味道是清冽的、潮湿的。简陋柴房的四周围着竹子篱笆，里面种着绿油油的芥菜，引得不少蝴蝶停在上面扑扇着翅膀。岸边不远处一叶孤舟上，依稀有渔民在捕鱼。

一条弯曲的小径通往村子的最深处，整个村庄静谧而祥和，隐约还透着鱼米酒香。

欢喜的眼不在远处的风景上，而是在院落不远处的那个高大挺拔的背影上。

墨独自一个人背对着她，站在院落门口的一侧，凝视着远处的江水。远远望去，云霭沉沉，天地广袤，而墨瘦削的背影竟给欢喜一种寂寞而孤单的错觉。

莲姑想上前呼唤墨，却被欢喜阻止住了。莲姑善解人意地朝着欢喜笑笑，便跑开了，留下欢喜与墨一前一后对着无边的江河发怔。

许久，欢喜鼓足了勇气想上前，刚走了两步，却听到墨在前面低沉道："你出来了？"

他没回过头，却知道她来了。

"嗯。"欢喜回答着墨。墨转过身来，高高的天空下，他琥珀色的眼眸灿若晨星。他的光芒有些灼了欢喜的眼，让她平静无波的心湖猛地跳动了一下。

"吃过东西了吗？"墨问她，欢喜点了点头，又摇了摇头。

墨有些无奈地叹息了一声："你这么不食人间烟火，难道真是个神仙？"说着，他的眼眸里竟有些许促狭的笑意，驱散了原先的清冷。

他在微微的江风吹拂下，看着欢喜的白衫白裙袅娜地迎风飘扬，仿佛乘风驾云似的，再衬上她那张圆润平和的脸庞，真的犹如仙子一般。

墨的心一凝，总觉得此刻的欢喜有些面熟，却又想不起来在哪里见过她。他深深凝视着欢喜，剑眉微蹙，若有所思。

"姐姐——"突然传来了一个清脆的声音，原来是莲姑抱着一只活蹦乱跳的大鱼，嘴里兴奋地说道，"你看，我爹爹抓到了一只大鱼！"

欢喜抬眼望去，果然看见一个戴着斗笠遮住大半张脸的男子从一条小舟上下来，走进院子来，手里还提着两个鱼篓，看样子是满载而归。

欢喜见着那条大鱼直翻白眼，四下挣扎，心中升起不忍。正待说话，却见墨抚摸着自己的鼻子，提醒般轻轻咳嗽了几声，于是她到嘴边的话又咽了回去。

欢喜抬眼悄然望向墨，却见他嘴角的那抹促狭笑意一直没有隐退，不由得低下头不说话了。

墨转身对着莲姑道："多谢莲叔与莲姑娘。连日来一直叨扰，在下感激不尽。"

墨的语调平和，文质彬彬，尔雅俊秀，让人心生好感。那捕鱼的男子走近来，魁梧的身板让人有种压迫感，他也不多话，只是将手中的鱼篓往地上一放，也不客气，瓮声瓮气道："既然有缘，大家就都是朋友。不要见外，就安心住下吧。"

说着，拿起鱼便要到一旁简易搭起的厨房去做饭，莲姑连忙道："我去打下手，把这些鱼给杀了。"

这父女俩卷起袖子便要动手，莲姑还回首偷瞄了一眼欢喜。欢喜并没有动，也没有说出"不要杀生"之类的话语。连墨都不禁多看了她几眼。

待莲叔父女俩进厨房去忙活后，墨转脸看着欢喜，低声笑道："奇怪，你怎么不阻止他们？难道你不怕杀生了吗？"

欢喜不答，半晌，却也一笑，道："我不劝自有我的道理。"

她的素颜向来无太多表情，此刻突然莞尔一笑，犹如临花照水，她一侧身一低头，纤纤玉指拢过鬓角的姿态，婉约温柔，纵是无情也动人，看得墨有些发呆。

欢喜掩袖而笑，半晌才觉察出墨的异样，见着他的眼里又出现了她所熟悉的炽热神色时，欢喜后退了一步低头道："我，我先回房了。"

墨并没有拦她，欢喜回到了柴房里，虽然没有回头张望，但她依旧能感觉墨那双带着火苗的眼眸一直注视着她的背影，犹如黏在她的背上，怎么挣也挣不掉。

转身关上房门，欢喜缓步走到床前，坐在稻草席上，却觉得自己的腿突然有些发软。而她的心，不似往常的淡定与清静，而是在她的胸腔里不受约束地加速跳动。

她这是怎么了？难道这是所谓的生病症状吗？欢喜只觉得胸口的热一直涌到自己的脸上，她用颤抖的手捂住了自己发烫的脸庞，不由轻轻叹气。这生了病的滋味确实不好受，让她的脚如踩在棉花堆里一样，软绵绵的，没有一丝气力。

……

晚餐的时候，欢喜千呼万唤才出来，她埋着头，任由莲姑领着她，细步缓慢地走到桌边坐下。她的身旁就坐着墨，另一边则是五大三粗的莲叔，对面是莲姑。

莲叔已经摘去了斗笠，他是个黄脸的彪形大汉，坐下便占去了大半的桌子，让本就不大的空间骤然更加狭小了起来。

“来，快吃饭！”莲叔是个直率的人，也不多客套了，打了声招呼便开始吃起饭来。

桌子上的饭菜倒是简单，将卤水豆腐与香菇、枸杞、竹笋蒸制成一盘下饭菜，清炒了一盘绿油油的芥兰菜，还有一碗黄花菜木耳汤。

简单清淡，没有荤腥，欢喜这才放下心来。她悄悄地看着墨，担心富贵而讲究的他吃不下这些粗茶淡饭，但墨却不发一言，低头也吃着这些饭菜，并没有任何挑剔。

莲姑往欢喜的碗里夹了一筷子的芥兰菜，热情招呼道：“姐姐，你吃点这个吧，这个菜很新鲜，是我刚摘下来的，很好吃。”

欢喜朝着莲姑微笑，轻声道：“谢谢，你也吃。”

接下来四人不语，直到将饭菜吃完。莲叔站起身来，莲姑便要去收拾碗筷，欢喜想帮忙，但莲姑却阻止了她，道：“姐姐应该没干过这种重活，还是我来吧。”说着，将欢喜往墨的方向推了推，道，“姐姐与公子多聊聊吧。”

欢喜被莲姑的动作弄得有些错愕，但随之她似乎想到了什么，不由得微微一笑，并不多言。却不知道自己的笑容落在一旁墨的眼中，他深邃的眼眸中浮现出独占的火热光芒。

村里的人知道莲叔父女俩救了一对男女回来，都很好奇地来看。

村民们先是对俊朗清秀的墨很感兴趣，但很快便被墨身上散发出来的冷冽如冰窖的寒意所逼退，于是村民们又转移了目标，将目光投注在相貌平平却和蔼可亲的欢喜身上。

围观的人群中有常年生病的老人与孩子，欢喜为他们诊脉看病，几乎是手到病除。顿时，莲叔家出了个妙手神医的消息迅速在全村里传开，越来越多的人向这个简陋破旧的柴房里涌来，很快就将柴房围得水泄不通。墨冷着眉眼，站在柴房门口看着那些闻讯涌来的村民，脸上俱是无奈与不满。

昏暗的柴房里，忙碌的欢喜正为患者把脉、诊断、写药方，忙得分身乏术，还得扯上莲姑前来帮忙。

治病之余，欢喜还不忘回答一些病人的问题与疑虑。

有个膀大腰圆的中年男子捧着一只胳膊等着欢喜为他查看，他的右胳膊已经好几天都不能动弹了，痛得直钻心，还是靠着邻居的搀扶才来到这里的。

见看病的人很多，中年男子等得焦躁，手又痛得难过，忍不住对邻居发起了牢骚：“我这手简直不能要了，唉，干脆剁了得了！”

邻居大吃一惊，道：“你别胡说啦，你全家就靠你这只手吃饭，你没了手，怎么养活你家人？”

欢喜闻言抬眼看了看那中年男子，见他面有横肉，带有凶光，但神情疲惫，眼神黯淡。欢喜心下一动，听见旁边有人道：“这不是村东头的王屠夫吗？他的手不能动了吗？”

第七章 醍醐灌顶迷途返

王屠夫听见有人说他，不由恼道："哪个在说我？"他声音洪亮，带着几分威胁，众人顿时噤声。平日里这王屠夫性情急躁，又是个提刀杀猪的，总让人有几分忌惮。

"王大，你的手不能动，是不是你平日里太狠，作孽太深啊？"村民邻居笑嘻嘻地半真半假地对着王屠夫说道。

"我狠？我作孽？"王屠夫本就是个火爆性子，即便此刻胳膊疼得厉害，也听不得别人的冷嘲热讽，便开口道，"我再狠有咱们国王墨玺狠吗？有他造孽深吗？"

提到墨玺，所有的人都安静了下来。半晌才有人战战兢兢道："王大，你，你不怕死吗？若是被国王墨玺听到，你我可就都没命了啊。"

"哼，墨玺？墨玺能上咱们这个小破村庄来吗！"王屠夫不以为然。

"虽然我们没有见过国王墨玺，但是他手下的爪牙眼线众多，而且心狠手辣。你还是噤声吧，若是被人听到你说这么大逆不道的话，死的就不是你一个人了，而是我们整个村庄！"村中人郑重地告诫着王屠夫。

"是呀，王大，你不要动不动就发怒，还是多吃斋念经，赎赎你的罪孽，免得老天降罪你。你瞧瞧你这胳膊，是不是上天惩罚你作孽太多啊？"虽然有人害怕，但一旁却还有人不怕死地嘲弄王屠夫。

那王屠夫一提到胳膊，整个人便像只泄气的球一般，不说话了。半晌他才抬起头来，有些敬畏道："你们说，是不是真是仙子降的罪？奇了，我这胳膊不摔不折，一点毛病也没有，可是却怎么也抬不起来。”

“我这胳膊可能要废了。”王屠夫沮丧而哀切道，“唉，都怪我，我不该杀了母猪还想着去杀小猪崽子，这是老天惩罚我，我罪有应得啊……我以后都不知道该去干啥了，只可怜我一家大大小小要跟着我挨饿了……”

众人虽觉平日里王屠夫凶残，但眼下见王屠夫如此哀戚，也都不说话了。

欢喜静观半晌，对着那王屠夫道：“这位施主，你信有老天惩罚吗？”

王屠夫抬头，见是神医与他说话，于是有些受宠若惊道：“我之前是不信的，从来不信。不过有人劝我说干这行当，下辈子肯定免不了要沦为畜生，所以叫我平日里要吃斋念经，不过我都没有听，如今才有这报应。”

欢喜颔首道：“修行是自己度自己的事，和别人无关。如果你放下屠刀，那么你的慈悲心便可以得以显现。”

“怎么‘放下屠刀’的人就那么便宜？要那么好修行，那只要操一回刀，再把它‘放下’，也从这条捷径上修行成仙去行不行？”一旁也有村民却提出了自己的异议。

欢喜微微一笑，道：“并不是一放下屠刀就修成仙了。而是他开始悔过以往的恶业，潜心修行。王大杀猪，互为因果，但不知者不罪，屠夫也是为了生存杀猪而活一家人。是真性情，就必明白，不必言破。不过往后王大，你若想做到心中有有善，那应先从减少杀屠，少吃荤腥开始，方能真心向上。”

“我会的，我会的。”王屠夫忙不迭声地答应，困扰他心中多时的问题解决了，让他如释重负。他暗自发誓，假如他能得回自己的胳膊，他愿意从此放下屠刀，重谋生路。

见王屠夫悟道，欢喜微微一笑，正待低头再为人看病，眼角的余光一瞥，却见站在柴房外面修长的人影一动不动，似也在听她的一席话。欢喜的心一动，抬起头来正要出声，却见门口那条挺拔又孤寂的身影消失了。

欢喜眨着长长的眼睫毛，心里微微有些失落。

此时正好也轮到王屠夫看病了，欢喜连忙回过神，替王屠夫诊断，很快便给王屠夫作了针灸，并给他开了药方。

王屠夫在欢喜用针后试着甩动了一下胳膊，发觉自己好几天不能动的胳膊竟然可以活动自如了，他心下大喜，直想喊出声来，却见欢喜含笑朝他微微颔首。

王屠夫看着欢喜那亲切圆润的脸庞，心里一动，便脱口而出，“仙子，神仙仙子啊……”说着便推开椅子，要朝欢喜下拜。

欢喜连忙托住王屠夫，笑道：“王大，你太高看我欢喜了，欢喜只是一个小小医女而已。”

王屠夫却跪拜不起，道：“欢喜姑娘即便不是仙人，也应是仙人派来点化我们这些愚民的，请受我一拜！”说着便在地上咚咚地磕起响头来。欢喜拉他不及，只得受他拜谢。

见欢喜的医术如此了得，又劝人向善，在场的村民更是把柴房围得水泄不通。很多人赶来不是请欢喜看病，而是来听她讲解天理经文。

莲叔与莲姑为了招待客人也忙得不亦乐乎，不过好像越忙越高兴。只有在没人的时候，这父女俩才对视，交换了一个心知肚明的眼神，同时不出声地笑了。

……

夜深了，他一人漫步在这个陌生而寂静的小村落里。

月光静静洒落在他的肩头，给他俊美的轮廓披上一层银色的光芒。他独自行走，因为孤独已久，所以反倒不知此时自己是孤单的。

放下屠刀，得道成仙。他在黑暗中勾起了嘲讽的嘴角。有多少人曾对他这么说过，他权当是笑话，而说过这些话的人，通常也都丧命在他的屠刀之下。如今又有一人对他叨叨此话。而他，第一次为这句话而感到焦躁与不安。这说明了什么？是他老了吗，听到这句劝诫的话竟然有些微的触动。

他仰头望着星空，夜空清冷，繁星点点，却有些纷乱，犹如他的心绪。

这个村子太小，全村只有一个小酒楼。他缓步来到酒楼前，想喝点酒，平定一下自己。

酒楼的掌柜是个大胖子，见着有人深夜上门，也不多言，只是作了个手势，请他上楼。

随着他们的走动，胖掌柜的屁股像被拍了一个大巴掌似的，肉在不停地摇晃，而一级一级陈旧的楼板也一直在摇晃。

整个酒楼就他一个顾客。上了楼，掌柜请他坐下，然后见四下无人，毕恭毕敬地上前，扑通一声跪了下来，拜行大礼："主上……"

这厢的破落柴房，终于送走了最后一位病人，莲姑打着呵欠进来帮忙收拾，见欢喜在对着油灯发愣，便笑道："姐姐，你是铁打的不成？为那么多人看了病，又度化了那么多人，还不累吗？"

欢喜从恍惚中醒过神来，有些不好意思道："是你啊，莲姑。我寄住在这里，却让你和莲叔跟着我受累了。"

莲姑笑道："姐姐千万不要这么说，你的医术那么好，人又慈悲，我和大……"莲姑的话刚一出口，便知失言，连忙咳嗽道："咳咳，那个……我和爹爹，都很开心呢。"

"是吗？"欢喜有些心不在焉，她迟疑着，憋了半晌，终于还是问正在忙碌着的莲姑道："莲姑，你……你看到墨了吗？"

一整天她都没有看到他，他去哪儿了？

"哎呀，你说墨公子？"莲姑这才恍然大悟道，"我到现在都还未看到他呀。晚饭他也没回来吃，我也不知道他到哪里去了……"莲姑说着，那张灵巧清秀的俏脸上有着思忖的表情，"要不，我去村里找找吧，指不定他迷路了呢。"

"这么晚了，你别出去了。"欢喜连忙唤住了莲姑，"墨，他不是个会迷路的人。"

欢喜与墨接触的时间并不长，但她已经能感觉出墨像是那种在任何贫瘠土地上都能生根繁衍的荆棘植物一般，生命力极强，没有任何事物能将他打倒。

他是一个刚毅坚硬如顽石的凡间男子。他的身上气场惊人，她甚至感觉到连自己都身不由己地被他所左右。就如现在，她懊恼自己为何要去关心他，却好像无法左右自己脑海中的念头。

欢喜咬着唇在昏暗的灯火下发怔，虚掩着的门却被推开。莲姑抬头，惊喜地喊了一声：“墨公子？您回来啦？”

欢喜蓦地随之抬首，视线与刚进门的墨对上，他正凝望着她，而她一眼便瞧见墨俊脸上有疲倦之色，欢喜迟疑着站了起来，却不知道该说什么。

墨立在门口，看了看屋里的两人，道：“人都走了吗？”

莲姑“嗯”了一声，伶俐道：“墨公子吃了饭没有？若是没有，我叫爹爹下厨去给公子做点什么。”

墨抬手阻止了莲姑：“我已吃过，勿要再操劳，有劳姑娘了。”说着话，那双星眸一直盯着沉默的欢喜看，眼眸深沉，目不转睛，竟不顾莲姑还在场。他目光灼灼，但她却只低着头。

莲姑望望正僵持着的这对男女，机灵地感觉到了围绕在那二人之间的微妙传递，莲姑正要开口缓解一下屋子里的气氛，却听墨说道：“莲姑娘，多谢你了，天色晚了，你也早点休息吧。”

莲姑有些犹豫地看了一眼欢喜，停住了手中忙碌的活，在彷徨间，墨再次开口了：“你先休息去吧，我和欢喜姑娘还有话要说。”

莲姑本不情愿离开屋子，却拗不过墨冷冽执着的目光，见墨如此坚持要她离去，无奈之下只好对着欢喜道：“姐姐，那我先出去了，你有事就叫我。”

墨颔首赞许，但欢喜抬起头来唤住了莲姑：“莲姑，你不是与我同住的吗？”

莲姑已经走到了门边，闻声回首一望，有些呐呐道：“这几日与姐姐同住的不是我，是墨公子。我给姐姐换过衣衫，但都是墨公子服侍姐姐的……”

“什么！”欢喜看着莲姑，又看看墨，微微张着唇，却说不出一句话。

莲姑朝着欢喜与墨深施一礼，便回身出去了。在门口，她踌躇着回头看了一眼欢喜，俏脸上悄然掠过一丝忧虑，但她还是将门给他们带上。

屋里的空气顿时与方才不一样了。

欢喜站着，低垂着眼帘，只顾看着自己的双手，仔细瞧去，她纤长的玉手微微颤动了一下。耳旁有脚步声，欢喜觉察到面前的地上有一双男人的靴子时，她的睫毛扑扇了起来。

“你累了吗？”墨平静的声音在欢喜的耳旁响起。

欢喜点了点头，又摇摇头：“我……你……莲姑……”

她的语句有些混乱，但墨知道她指的是什么，他点头望着她道：“莲姑说得没错，这两日你昏迷时睡在你身边的人，是我……”

“你……睡，睡在我身边？”她抬起头，那张总是素淡无波的脸庞已起了变化，即使告诫自己不要情绪如此波动，但她面对着墨却几乎连话都说不出来了。前两日她在昏迷中也不记得他对她做过什么，只记得有人温柔而又专注地守候着她醒来。她一直以为那人是莲姑，没想到竟然是墨。

“是，不过你昏迷着，我什么也干不了。”墨看穿了欢喜的心事，轻声嗤笑道。

“天色已晚，我也累了，睡吧。”他说着，径直走到了稻草榻前，随意地脱去靴子，自然地往上一躺，同时将手臂交叉着隔在头上，好整以暇地对着欢喜道，“你还不睡吗，快过来吧。”

欢喜看着稻草席上带着懒洋洋神情的男人，无言以对。他，他怎能如此大胆，她从没见过如此放肆的男人。

欢喜并不理会一脸带着捉弄之色的墨，转身走到原先的诊桌前坐下，她端坐在桌旁，拿起一叠药方纸，提笔在纸上认真写字，想平复自己心中泛起的不安与忐忑。他只是一个凡间男子而已，她怎能为了他而扰乱了自己的心绪？

与孤身男子共处一室，本就让欢喜不自在，更何况他曾那么亲密对她。想起当日在画舫上墨对她做过的事情，一心想要镇静的她握着毛笔的手不由得有些颤抖。

墨躺在榻上饶有兴味地看着灯火下神色如常的欢喜，她虽面色平静，但扑簌簌抖动的眼睫毛却显露出了她此刻内心的紧张。他微微一笑，今晚本来有些阴郁的心在见到她羞窘之后，竟然渐渐清朗了起来。

若是欢喜知道此刻他心里的算计，估计会认为他是个变态狂，喜欢虐人为乐。

可是，他就喜欢这么逗着她。只有在她面前，他才能稍稍松弛一直紧绷的那根弦。

欢喜在灯下专注地写着字，并不理会墨火辣辣的眼神。

夜已深沉，万籁俱寂，屋里也静悄悄的，甚至能听得见彼此呼吸的声音。

突然，灯花猛地一窜，欢喜只觉桌前光影晃动，拿着笔的纤手被一只温热的大掌握住。“在写什么？”墨温和有磁性的声音在她耳边响起。

他暖热粗糙的掌，指间的厚茧轻轻摩擦着她的手背，带来微微的疼。

欢喜手一动，手里蘸满浓墨的笔在纸笺上划下了重重的一笔，还拖着长长的尾巴，就像她心里发出的惊叹号。

她听见墨在轻声发笑，忙掩住自己在纸笺写的字，不让墨看。

“让我看看。”墨轻柔地对欢喜说道，他握着她的手，好奇地想拉开她拼命盖在纸上的另一只纤手。

“不要看。”欢喜低声地对墨道，灯火下她如玉般的耳根依稀传来些许火辣的感觉，但她并没觉得因此而不舒服。

第八章 情是枕蝶爱如蛇

墨拉开了她的手，看到满纸密密麻麻写的都是“墨”还有“情劫”等字。

“情劫？”墨挑了挑眉头，不解地望着欢喜，“这是？”

“我，我只是随便写写的。”欢喜说道，方才她满脑子里想的都是师父对她说过的谶语。她到这里来，一方面是度化墨玺，另一个重要原因则是化解情劫。

与她有孽缘的墨玺究竟是个什么样的人，是和墨一样的男人吗？欢喜对着白纸出神。

她的心湖渐起涟漪，先在脑海里勾勒着墨的脸，再由此凭空想像墨玺的样子，而她的手则在纸笺上下意识地乱画，写的都是她心中所想。

“你在写我的名字。”墨看着纸笺上的字，眼眸里含着一丝愉悦的笑意，但当他的视线落在“墨”字后面跟着的“墨玺”二字时，那张俊脸顿然冷了下来，“为何还有墨玺的名字？”

欢喜看着墨，不知该如何回答他，却感到墨慢慢放开了她，收回了手。他大手微糙的触感仿佛还停留在她手中，带着些许余温，让后知后觉的她，全身又开始一点点热烫了起来。

欢喜低垂着头，并不抬眼看墨，半晌道：“我只是在想何时能见到墨玺。”

墨的声音冷得像冰块：“我带你回宫，你自然就见到他了。难道片刻的工夫你都等不及了？怎么，急着要去讨他的欢心吗？”他冷淡地说着，隐藏在温文表相后面的臭硬脾气上来，可看着她羞红困窘的模样，又不忍对她发作，涌到喉头的这口酸味才勉强咽了下去。

“我只是想早点劝墨玺放下屠刀，为苍生着想而已。”她低声地自语道，“见过他之后，我会很快离开皇宫的。我，我不想与他有瓜葛。”不知为什么，此时的墨玺在她的心里只是一个遥远飘渺的影子，还不及面前的墨让她印象清晰。

欢喜的话犹如甘泉，清凉地涌入墨的心底。他先前的满腹恼意，只因她这一句，顿时烟消云散。

他挑眉继续看着纸笺上的字，沉吟半晌，道：“情劫，你一个小丫头懂得什么是情吗？估计你连什么是谈情说爱都不知道吧？”他看着她圆润的脸庞，心中不由软软地一动，她此刻的模样让他又想拥她在怀中。

他微合着眼，呼吸着混有她身上香气的空气，勉强压抑住内心的悸动，继续道：“未曾动情，未曾爱人，未曾为情伤过心，便不叫情劫。”

“是吗？原来要先爱上一个人，动情后伤了心，才是情劫的滋味？”她抬眼望着他问道，对于男女之间的情与爱，她虽看过不少，但从来不曾真正品尝过是什么味道。

想到与墨玺之间将有情劫，这让她平静如水的心也起了微微的波澜。凡间男女之间的感情真是复杂，眼下听墨说起，依旧让她一知半解，虽然墨似乎是一个好老师的模样。

“当然。俗语说，情是枕上蝶，爱是酒中蛇，其实都是虚幻的。情太深伤心，爱太烈伤身，所以在动情与爱人之前要睁大眼睛才成，不要奋不顾身一个猛子扎进去就好。”他微微一笑，认真回答着犹如一张白纸的纯真女人。

“哦，师父说过，人有七情六欲，各人各不同，叫我好好领会感受。现在听你一说，才知道要想领会这七情的情字，必须先从爱人开始。”欢喜喃喃说道。

“你师父说得对。”他勾起嘴角笑，琥珀色的温柔眼眸里闪过一丝异样的光芒，“你想学会如何爱人吗？”他笑着抬起下巴，凑上前去，直挺的鼻梁差点就抵上她的。

欢喜下意识地站起身来，她想起了那日在画舫上墨对她的唐突举动，不由向后一仰，避开墨这暧昧的动作："你又要做什么？"她用纤长的手推开他靠近的脸。

若是别人，她一定会与他讲天理，但换作是墨，她对他总是突如其来的亲密而不知所措，束手无策，枉费了自己曾是法力无边的小仙。

"我只是想告诉你，我对你，便是爱。"他沙哑地说道，慢慢揽住欢喜的肩头，缓缓地低下头去，细细地在她的额头印上轻柔的一吻，低声道，"你不懂爱吗？那我先来教你如何爱，教你如何来爱我。"

欢喜好像被人施了法术一般，定在那里。

昏黄的灯光下，墨琥珀色的眼眸中带着魅惑的光芒，他的声音仿佛也带着一种蛊惑人心的力量："你能爱我吗，欢喜？也让我爱你，好吗？"

"这是，爱之吻。"他在她耳旁低语，屏住呼吸，排除她身上芳香对他意志力的困扰与考验，这次他要好好教她如何爱上他，他不想再鲁莽地把她吓跑。

墨的吻很是清凉。他的唇轻轻落在欢喜的额头，温柔地吻过她的眉毛，滑过她微颤的眼皮，到她挺直的鼻，精巧的耳朵……而后回到她红若樱桃的小嘴上，重重地印了下去。

那种软绵绵的，全身无力的生病感又袭上了欢喜的心头。

欢喜被墨身上男性特有的气息笼罩住，她极力想推开抱着她的男人，但他的大手握着她纤细的手腕，另一只大手则搂抱住她的肩头，让她无法动弹，只能无力承受着他对她的轻怜密爱。

"欢喜，欢喜……"他粗哑的声音在她的耳边呼唤着她，一遍又一遍。

欢喜迷蒙地睁开了眼眸，墨深沉的眼此时怔怔地看着她，他琥珀色的眸子异常明亮，带着些许神秘的光芒。

欢喜看着墨的眼眸，他的眼犹如黝黑的深潭一般望不到底，眼波又仿佛那不停向她逼近的漩涡，摄走她的魂魄，最后使她整个人都深陷其中。

欢喜只觉得自己的神志一点点地离开了自己的躯壳，离她而去。

“糟了，他好像也会法术呢！”

欢喜怔怔地有些发呆。而墨则张开手掌，他的指尖悄然地寻觅着欢喜柔软的身子，从她身上传来的香气让他全身的所有细胞都觉醒过来，个个鲜活。

欢喜白衫的胸襟微微敞开了，墨修长的手指搜寻到了微凉。他的指尖带着暧昧与渴望，悄然游走在被蛊惑了的欢喜身上，从齿到舌，他都感受到她身上那种圆润带着莲花香气的芳馨气息，让他沉醉其中。

欢喜已经无力站住，整个身子都软得靠在了墨的胸前，墨用手臂支撑着欢喜的重量，她的身子很轻，在他的怀抱中轻盈得犹如一片羽毛。他如获珍宝地捧着她，怜惜爱抚着她。

欢喜心跳得要蹦出胸腔，但她全身却酸软得没有一丝气力。

她闭上了眼，几乎无法呼吸，迷迷糊糊中她被墨抱起，放在了稻草榻上，墨在她的上方，用一双浓黑如墨的眼眸向下俯瞰着她。

欢喜身上的香气愈浓，墨已经无法自制，他放松了手臂支撑的力量，将自己的身体密密实实覆盖在了欢喜柔软的躯体上。

这个夜，这间屋里的温度随着喘息与催眠般的低声耳语在急剧地上升，整个空间都充满了暧昧而温暖的气息。

突然，柴屋外传来了一个瓮声瓮气的粗大嗓门：“欢喜姑娘，欢喜姑娘，你睡下了吗？村东头的徐老大生了急病，想请姑娘过去给看一下。”

这粗大的嗓音顿时唤醒了被墨迷惑的欢喜，她全身一颤，从恍惚中回神，见墨正用力抱着她，他前襟尽解，露着健壮结实的胸膛，而自己也是衣冠不整，与他无比亲密地纠缠在一起。她猛地推开了一脸沉醉的墨，从稻草榻上坐起身来。

他究竟对她施了什么法术，竟然让她成了这副模样。突然清醒来的神志犹如一盆冰水，刹那浇醒了迷乱中的欢喜。她捂住急剧乱跳的胸口，用力挣脱还留恋着不肯放开她的墨，站起身，正要回答门外的人，墨却也跟着下床拉住了欢喜：“不许去！”

欢喜向后缩着身子，极力想甩开墨的再次碰触，她奔到门边，朝着门外的人，慌乱中声音竟也细碎了起来：“莲，莲叔……是你吗？”

门外的人应了声："是，欢喜姑娘，我是莲叔。你能随我去村东头吗？"

莲叔就在门外站着，恭谨地征求着欢喜的意见。

……

柴门"嘭"地一声被打开，出现在柴房门口的不是欢喜姑娘，而是满脸挂着吃人表情的墨公子。

"村东头哪个人病了？"衣衫凌乱的墨紧紧盯着莲叔缓慢地问道。

莲叔不敢看墨阴冷彻骨的眼神，只是低垂着眼帘回答："是赶车的徐老大病了。"莲叔小声说着，一边抬起头来，偷瞥着墨的脸色。

只见月夜下，墨面色铁青，眼神寒冷，莲叔有些胆颤，于是连忙补充道："那徐老大，他，他大半夜的腹痛。估计连吃了五个大肉包，所以吃坏肚子了。"

"欢喜不会去。"墨未听完，便打断了莲叔的话，"你去，叫那个徐老大……"

"嗯？"莲叔连忙洗耳恭听。

"叫他再多吃五个包子。"墨说。

"可是，那不是要撑死他吗？"莲叔呢喃道，憨厚的脸上有着迷惘与困惑。

"早死可以早投胎！若是死不了，就快点洗洗睡吧。"墨一字一句从牙缝里挤出来话，而后"砰"地一声，随手便重新关上了柴房的门。

莲叔一边抚摩着差点被门撞平的鼻子，一边回转身子，朝院子里的角落走去，嘴里还悄声嘟囔道："我就说她不会去的，这个方法没啥用处。"

院子里角落的阴影处走出一条纤细的影子来，她好奇地踮起脚尖往屋里望了望，嘻嘻笑道："没事，我们这样就可以了。"

"这样就可以了吗？"莲叔丈二金刚摸不着头脑。

"是啊，我们的要紧事不就是棒打鸳鸯吗？及时敲个警钟也就是了。"月光下，莲姑娇俏的脸上浮现出狡诘的微笑，但很快，她清亮的眼眸渐渐又蒙上了一层忧虑的薄雾，"苦海无边，回头是岸。欢喜，你什么时候才能回头？"

“过来，别离我那么远。”墨坐在床榻上，俊脸上有着一抹暗红，他眯缝着欲望未解的细长眼眸，对着远远缩在角落里的女人轻声细语，煞是温柔。

但欢喜却再也不会上当了。

她低垂着头，端坐在柴屋里的破椅子上，专心念诵着静心咒：“色即是空，空即是色。受想行识亦复如是……”

她虔诚地诵着经，心里头一次有了惭愧的感觉，恨不得此刻回到天界，跳进八德池中将自己身上所沾染的尘垢洗涤干净。

墨蹙着剑眉看着一脸庄严、口中念念有词的女人。他盯了她许久，见她冷若冰霜，再不搭理他，半晌他才死心地颓然往后一靠，仰躺在稻草榻上，不言语了。

被人意外打断了那缱绻美妙的一刻，他心里窝着一团火。都怪那个莲叔，没事为何来打扰他们，墨满是懊恼。若换作平日手握生杀大权的他，那莲叔就是有一百个头也经不起他的砍。但如今他却不能肆意杀人，只因他不想让欢喜看到他血腥的一面。

他从来没有这样顾全过一个人的想法，而且还是一个女人。他不想强迫欢喜做她不愿意做的事。

其实今夜，他本想好好待欢喜，好好教会她如何爱，并不想这么快便与她翻云覆雨的。可是欢喜身上的香气太诱人了，饶是钢铁意志的他，竟也无法抵御。她身上的香气让他有些困扰，为何她的全身会自然散发出如此销魂的味道？

墨仰躺在床榻上，依旧紧盯着对他冷淡疏离的欢喜。

欢喜微微睁开眼，见墨又在盯着自己，连忙将椅子挪了个方向，背对着他继续诵经。

看着欢喜一本正经的样子，墨不由嘲弄地嗤笑出声，末了，他有些失落地独自仰望着破旧的屋梁。这破屋子不蔽风雨，几处斑驳与颓败的地方还可以看见隐隐的黯淡天光。

这间破旧的柴房，让他的思绪回到了遥远的过去，回到了那种食不裹腹，衣不蔽体，饥寒交迫的凄惨日子里。他也想让自己忘却仇恨，忘却耻辱，但他却发现他不能。只要一闭上眼，那种刻骨的仇恨与耻辱便犹如鞭子一般，猛烈地抽打着他的身与心，让他寝食不宁，暴躁张狂。

自从他记事以来，他从未在夜晚睡过一个踏实觉，哪怕在金玉团簇的高广大床上，他做的也是噩梦，时不时地被惊醒。墨清冷的眼睛毫无一点感情地凝视着柴房摇摇欲坠的屋梁，任由思绪翩跹。

就在此时，突然他的全身开始发热，心头烦躁不安，但这次与情火无关。他望着窗户外悬挂着的圆月，蓦地想起今夜是十五。

他感觉全身血管里的血液在开始沸腾奔流，他呼吸急促，低头看着自己的手。昏暗的光线下，他原本光滑细致的皮肤正一寸一寸地变成铁青色的硬皮，虽然他看不见自己此刻的模样，但他知道他的眼正闪着诡谲的红光。

欢喜正低头专心念着静心咒，并没有觉察到墨此刻骇人的变化。

墨紧绷起来的心提着，他静静地躺在稻草榻上，期待着这种全身犹如百虫噬咬，又犹如在油锅中煎熬的痛苦赶快过去。

屋内，欢喜喃喃的诵经声，竟然给了他一种安宁的感觉，他闻着她身上隐约传来的莲花香气，急躁愤怒的心绪竟然神奇地渐渐平静下来，直至进入了放松睡眠的状态。

他好像在做梦，梦里他深陷于黑暗之中，眼前的路很黑很黑，荆棘密布，可他却要一个人往前走，没有人扶持，没有人陪伴，在这鬼魅似的黑暗中，只有他一人。

沉重而压抑的感觉，让他觉得自己身负千钧重担。那是一种想要逃却终究不能避开的心悸，痛楚或慌乱已不足以形容他心底的感觉，心死亦不过如此。

他拼命挣扎，咬牙切齿，无望恼恨得要窒息。

突然，依稀有母亲的手抚过他的脸，动作温柔极了，如同快要被遗忘的记忆那般，依旧那么光滑柔软，却又令人心伤。因为那只手逐渐无力，最后从他的脸上垂落了下来。

他的心好像被什么东西扎破了一般，疼得难以自持。

“别走！”他惊喊一声，猛地睁开了眼，却发现自己依旧仰躺在床榻上，而稻草席前，站着一条风姿绰约的身影。欢喜不知什么时候走到他的床边，正从高处俯瞰着他。

“你怎么了？”她对他依旧有戒心，站离床边有一尺远。而他，却心思更重。

他从床榻上缓缓坐起身来，自嘲道：“怎么，我竟然睡着，还做梦了？”他嘴里说着话，低头看着自己露在袖子外的胳膊，他的皮肤，依旧是细致而富有弹性的。

他微微松了口气，转过头，看见欢喜的眼睛还一直盯着他，便朝她笑道：“怎么这样盯着我？我打呼噜了吗，还是流口水了？”

她不答，调转开目光，怔了半晌，才低声道：“方才，你在梦里发出喊叫声，还，还哭了。”她的话语里有着怜悯的语调。

她心软，在为看到他最软弱的一面而有些许不安。

他的笑容在脸上僵住。许久，才抬手，他的脸有点湿，难道……他做梦还会流眼泪吗？

他沉默着，坐在床榻上，半晌他低低说了句什么，欢喜离他近，她听到他说的是：“无论如何都是错的。我只是不想损失一只死时可以握住的手。”

第九章 看尽落花能几醉

他一生作孽太多，命是悬挂在腰带上的，哪天命没了便死了。

他一直以为自己的生命是短暂的，因为他的双手沾满了血腥，无数的人在伺机复仇，就如当初的他一样，卧薪尝胆，等着去取仇人的性命。

哪怕他坠入了地狱，依旧有很多冤魂等着来索命。但他不怕，因为他早就将生命置之度外了。亲情与雪耻，他已做过一次自以为对的抉择，他毫不犹豫地选择后者。

就是因为他早已经不相信什么是情。这世界上，在权力与利益之前，没有什么是不可以变的。他的人生早已经是千疮百孔。没有亲情，没有友情，更没有爱情。没有人情的生命，有什么是值得他依恋的。漫长的岁月里，他孤身一人，一无所有。

谁都知道他残暴，谁都知道他铁石冷血。但谁也不知道，万人之上的墨也会孤单，也会寂寞，甚至也会脆弱。墨抬起眼，看着一脸悲悯同情的欢喜，坚硬如铁的胸口猛地一跳，她就如天边的月芽儿一般，看似很近，却很遥远，离得比他想象中的还远。

那距离就像他与幸福快乐的距离，就像红尘里她与他的距离，离得近，但心却是疏离的。她的眼里，并没有他期翼看见的爱意与柔情，有的只是同情与怜悯。

原来他的爱恋只是一厢情愿的暗恋这般残酷。他什么都不需要，他需要的不是怜悯，不是！这个寂寞的夜，面对他所喜欢的女人，墨突然发觉原来等待是如此的漫长，原来爱一个人是如此的惆怅，他比她更早地领悟到了。

是的，横竖他总是错了的，将来若是他死，他不求谁的宽恕，也决不原谅谁。

但即使知道自己是奢望，他依旧希望自己残缺的生命在最后一刻，能有一只可以握住的手，能为他擦血擦泪的手，而不是一只背叛他的手。

也许他是在奢求吧。欢喜那般清澈透明，假若有一天发现他最残忍最血腥的一面，她能接受吗？不可一世的高高在上的墨，披挂着厚厚的盔甲，从上到下，无懈可击。但在这一夜的这一刻，心却犹如破了一个大洞，空荡荡的，无法填补。

他定定看着床榻边的欢喜，她正转动着灵动的眼眸怔怔地看着他，她听见他的话了吗？不过即使听见，她也未必能懂得他内心所想。

“欢喜。”他朝她伸出手去，想握住她的柔荑，寻求她的一丝安抚，但欢喜见他靠近，却如之前般惊惶地向后退去。

黑眸里，希翼的光芒渐渐熄灭。

墨从床榻上起身，一言不发，他缓缓地推开柴门，走出去。欢喜低垂着眼帘，没有叫住墨，但她能清楚地感觉到他走得每一步似乎都落在她的心口，撞击着她开始变得有些脆弱的心。

墨一夜未归，欢喜蜷伏在枕上一夜未眠。

天未亮的时候，莲叔来敲欢喜的门，急冲冲道：“欢喜姑娘，看到我家莲姑了吗？她昨晚出去就再也没回来。”

“莲姑不见了吗？”欢喜有些吃惊。

“是的，我们昨夜听到你和墨公子在屋子里好像起了争执，后来墨公子开门出来，莲姑说要去看看，谁知道她一出门，到现在还未回来。”

“她半夜出去了？”欢喜问着莲叔，“那她是与墨一起走的吗？”

“不知晓啊，也许是吧。”莲叔回答着欢喜。

欢喜不说话，但一颗心却猛地往下一沉。

村子唯一的酒楼里，掌柜的在包猪肉馅饺子。

他包的饺子很薄，馅很少。透过极薄的皮子，猪肉馅只是微红一点，像是被薄纱云遮雾罩的胸脯。好看是好看，不过没啥吃头。面对食客的质疑，掌柜的嗤之以鼻，真是乡下人，不懂得吃。

这家饺子酒楼破破烂烂，桌椅也都摇摇晃晃的，生意却分外红火，等着吃饺子的“乡下人”一波又一波地被破椅子翻倒在院子里的两棵玉兰树下，爬起来却还笑嘻嘻。

欢喜由莲叔带领，找到了这家酒楼。

当她踏进院子里时，方才还嘈杂的院子一下就安静了下来，客人的眼光不停地在欢喜身上转动。而欢喜的眼，则停伫在院子角落里的一对男女身上。

“哎呀，是神医欢喜姑娘啊。”掌柜的从门里柜台看到，连忙扔下包了一半的饺子，迎了出来，热情地招呼着欢喜。

“欢喜姑娘，今日怎么有空来到敝酒楼？是想打尖儿还是住店呢？”掌柜的笑意盈盈地问着欢喜。

“哦，掌柜的，我是来找人的。”欢喜连忙回答着掌柜的。她随莲叔来找人，是因为莲姑有两日不着家了。当然，她也有些为同期失踪了的墨担心，自从那夜他出去后，也是两日没回去。

有人通消息说，村里人看见墨与莲姑这几日都在酒楼客栈里，一起饮酒作乐。莲叔听到了风言风语，于是便带着欢喜立刻找人来了。

酒楼的院里有许多客人朝欢喜颌首以示善意，对于治病救人的妙手医女欢喜，大家都深有好感。欢喜浅笑回礼，她的嫣然轻笑让人如沐春风。

于是有不平的客人用同情的目光看着欢喜：“欢喜姑娘，你是来找你家男人吗？”这村子里的人都知道欢喜是和墨一起来的。

“我家男人？”欢喜微微红了脸，一双如水的眼眸悄悄望向那个她所熟悉的身影。

院子里的树荫下，一贯整洁的墨衣衫却有点皱巴，他仰靠在一张太师椅上，那张俊俏的脸庞有些红，挂着一丝慵懒与醉意，他手里端着一只酒杯，正歪着头，专注地听着妙龄少女的诉说。那个妙龄少女，正是这两日消失的莲姑。

眼下的莲姑正一边弯身给墨倒酒，一边用热切而崇拜的目光看着墨，嘴里在轻声细语说着软软的话语，引得墨时不时的朗声大笑。

院子并不大，欢喜与掌柜的对话声传到了树荫下那两个男女的耳朵里。莲姑转过头来，看见了欢喜，她明亮慧诘的眼眸却有些躲闪。

“爹爹，姐姐，你们怎么来了？”莲姑放下手中为墨倒酒的银壶，走到了莲叔和欢喜的面前，怯生生地问。

“你这个丫头，怎么两天都不着家？连对爹说一声都不肯，害得我一通好找！”莲叔敦厚老实的脸上有着恨铁不成钢的神色。

“我，我……”莲姑拿眼偷偷地瞧着墨，半晌才忸怩道，“墨公子这两天一直在酒楼里喝酒，我，我在照料他。”

“他那么大的男人，还需要你照顾吗？”莲叔没声好气道，伸手便要拉莲姑的手，“走，赶紧跟我回家！”

院子里有不少客人见莲叔父女俩争执，都转过头来看着热闹。莲姑俏脸绯红，甩开父亲的手，倔强道：“我不回去！”

“你，你这死丫头！”莲叔气得举起了手便要打自己这个不争气的女儿，却被众人阻止住。

“哎呀，莲叔，你也太死脑筋了，既然莲姑喜欢在这里伺候墨公子那就留下来吧，只要人家欢喜姑娘同意不就好了吗？”一旁风流的客人笑道。

这客人说的话，让众人将目光都投向静静站立在一旁的欢喜。

“欢喜姑娘，请到客栈里休息。”掌柜的一看这火竟然蔓延到了欢喜的身上，连忙悄悄看了一眼正在树荫下喝酒的墨。墨依旧在气定神闲地喝酒，冷冷地并不出声。

掌柜的一时无法揣摩墨的心思，想了想决定还是先让欢喜上楼去。

“掌柜的，别让她上楼。”一直不吭声的墨，却突然说话了，“叫欢喜来陪我喝酒。”

莲姑听到墨的命令，挣脱开莲叔的手，婀娜地走到墨的身边，低声道：“公子，还是我给您倒酒吧。”

墨却面无表情道：“不用。你随你父亲回家去吧，让欢喜过来。”

莲姑的手停在了拿酒壶的动作，她的纤手微微有些颤抖，末了，她放下酒壶，幽怨道：“公子可是嫌我粗手粗脚的吗？我，我可以学着做的。”委屈的泪花在她美丽的大眼睛里噙着，随时都可以掉下来，楚楚动人。

墨抬起眼来看着莲姑，道：“不，莲姑，多谢你这两日一直陪伴我，墨感激不尽。不过，现在我想让欢喜过来为我斟酒，她是我的女人，天经地义要服侍我，照料我。”墨说着话，朝着不远处的欢喜，缓缓道，“你说是吗，欢喜？”

院子里安静了下来，大家都看着欢喜。欢喜站立在树下，阳光从树荫的缝隙中投射下来，照见她有些苍白的脸色，她沉寂着，没有动静。

“你还不过来吗？”墨低头看着手中已经空了的酒杯，不看欢喜，却问着欢喜。

欢喜迟疑了半晌，终于还是缓缓地走上前去，接过莲姑手中的酒壶。莲姑用哀伤而复杂的眼神看着欢喜，欢喜咬着下唇，端着酒壶的手有些颤抖。她为墨倒了一杯酒，随后将酒壶放在桌子上，转身便要走。

但她刚回身，手却被墨拉住了。

“留下来，陪我喝酒。”墨低沉道。

“我不会喝酒。”欢喜背对着墨，并没有转身，只是淡淡道。

“是不能喝，还是不愿喝？”墨低声说道，欢喜听出了他语调里强压抑着的不悦。

“我，我实在是不能喝酒，墨……”欢喜说着便要抽回自己还握在墨大掌中的手，“你，你也别喝太多酒了。”

“你管我吗？好，你走，走了就不要再回头找我。”墨咬牙说道，那张俊美的脸被酒气熏得通红，狭长的眼带着些许异样。但不细看，是觉察不出的。

欢喜有些困惑。墨这是怎么了，他不是一向温文尔雅的吗，怎会变得如此蛮横不讲理？

“你喝多了，墨，好好休息吧，等你什么时候想回去了就回去。”欢喜见众人的目光都落在他们的身上，尤其是莲姑一副要哭了的模样，她轻叹一声，抽回了手，转头对墨轻声说道。

“莲姑，你就随你爹爹，咱们一块儿回去吧。”欢喜又对着莲姑柔声劝道。

“欢喜姐姐，我……”莲姑还在犹豫。莲叔已经走过来，拉着莲姑的手，道：“快走，别在这里丢人现眼了。”

“不，我不！我就要在这里！”平日里柔弱可爱的莲姑，今日的态度却很是坚决。

欢喜正待再要劝说，却听得墨一声冷喝：“走！”酒意酩酊的墨将手里的酒杯重重地往桌子上一顿，“统统都给我离开这里！”他冷冷道。

莲姑奔上前去，蹲伏在墨的面前，声音有些哽咽：“不，墨公子，我不会走的！”说着她仰头对莲叔乞求道，“爹，我求您啦，别再管我的事，成吗？”

莲叔气得全身发颤，却又无可奈何。

墨抬眼看着莲姑，眯缝起俊秀的眼，徐徐道：“你真的不走，要留下陪我吗？”

莲姑抬眼痴迷地看着墨道：“是。”

墨不再说话了，他隔得远远地看着欢喜，垂落在椅子边上的一只手终于抬起，缓缓地握住了莲姑的皓腕。

欢喜远远地站着，视线落在墨握着莲姑的手上。这院子宽敞而且空气新鲜，可不知道为什么，她觉得自己的喉咙好像堵着点什么，让她喘不过气来，沉闷得有些难过。

欢喜定定看了一眼墨，不再言语，她低着头，快步走过那飘着落花与香气的嘈杂院落，瘦削的背影一转，便看不见了。莲叔见莲姑不愿随他回去，只好也跟在欢喜后面回家去了。

在场的其他食客都面面相觑，有人悄声说：“原来是小两口吵架，闹到这里来了。”

这人的话传进墨的耳朵里，他也不说话，只是冷冷地瞥了一眼那人，那人被墨刀芒一样的眼神吓得一个激灵，立刻噤了声。

“大家请都先回去吧，今儿个的酒钱就算我请了。改日再来，好吗？”掌柜的立刻出来打圆场，朝众人陪不是。唉，这个公子墨，脾气一直不改，闹出事来他可担当不起。

院子里顿时都清空了。

墨凝视着空无一人的院子，接过莲姑递给他的一杯酒，一仰脖又喝了下去。

“公子，公子你这又是何必呢？”酒楼老板看不下去了，走上前去，小心翼翼地劝解着墨，“不要再喝了，再喝该伤身了。”掌柜的说着话，拿眼瞧了一下一脸娇羞的莲姑，心里疑虑，听这个姑娘的口气正迷恋着公子墨呢，却为何放任墨这样狂饮，不怕醉吗？

“哼。”墨一声冷笑，如斧凿刀刻的俊秀脸庞上满是自嘲，他看着掌柜的，道，“你也要管我？”

“不敢，小的不敢。”掌柜的慌忙撇清自己，生怕这个墨突然生起气来一刀砍了自己的头。那些乡野村民不晓得，但他却深知墨的毒辣无情。

“走开！”墨一挥手，便要站起身来，却又重新倒向太师椅，连喝了两日，他终于要醉了。

掌柜的与莲姑同时去扶墨，掌柜的身上肉多，动作没有莲姑快，转眼工夫，莲姑已经先搀扶住了墨，她仰首娇憨地对墨道：“公子，我扶您回房休息吧。”

“莲姑，还是我扶公子回房。天色也晚了，你也回你的房间去休息吧。”掌柜的看着莲姑道，“姑娘这几日在客栈的花费都算在我的账下，你不用担心，好好住着吧。”

看在这位莲姑娘一直照料公子墨的分上，掌柜的对她还是很客气的。

“多谢掌柜的，你辛苦了。墨公子是我的朋友，我照顾他是理所应当的。您整日忙碌也累了……”莲姑巧笑嫣然地对着掌柜的说道，一双纤手牢牢地扶住了墨，“还是由我送他回房吧。”

掌柜的还要说什么，莲姑已经搀扶着醉意醺然的墨上了楼，进了上房。

掌柜的瞧着那二人相依偎的身影，叹口气，自言自语道：“公子虽然脾气不好，不过还是如往常一般，艳福不浅啊。”说着嘿嘿笑了。

第十章 温玉暖香抱满怀

厢房里，醉酒的墨仰躺在床榻上，莲姑坐在床沿边静静看着墨，眼神错综复杂。半晌，她像做出了什么决定，站起身来，返回门边，将门栓落下，而后又回到了床榻边。

莲姑对着桌子上的铜镜照着自己如花的姿容，舔了舔干涩的唇，镜中的人有着一双柔媚的眼睛，还有一张如灌满琼浆果的唇，带着淡淡的颜色，微微开启，散发着淡淡的芬芳。

她对着镜中既陌生又熟悉的自己露出了迷人的微笑。

她站在墨的面前，柔软的胸膛不住起伏着，她盯着昏睡中的他，满眼都是复杂的情绪。

她转过身去，伸手到胸前，缓缓解去了系带，整件上衣徐徐地从她的肩膀上滑落下来。衣衫褪去，只留着一件荷花色肚兜的她微微转身，绸缎的肚兜儿虚掩着那冰肌玉肤，滑腻似酥。

她瞧着墨良久，悄然地坐上床榻，躺在了他的身边。随着她的动作，胸前诱人的浑圆若隐若现，她蜷缩在墨的身边，轻轻地偎紧了他。

墨在昏睡中，迷迷糊糊地翻身抱住了莲姑。

“欢……欢喜……”他低喃道。

莲姑秀眉一蹙，刚启开红唇想要说些什么，墨拥抱着满怀的软玉温香，呼吸开始急促，他的手开始无意识地上下抚摩着莲姑。莲姑躺在墨的怀抱里，却丝毫没有娇羞的模样，她好奇的大眼里闪着光芒，神情好像迫不及待。

墨的手在抚摩了莲姑两下之后，猛然停住了。

“是谁？”墨猛地睁开了眼眸，灯光下他那醉意的溃散眼眸，顿时充满了机敏与戒备。

莲姑还未来得及发出叫喊声，便被墨一把扼住了咽喉：“是谁？”

莲姑柔弱细长的脖颈在墨如爪的手指中发出了咯咯的响声，她无法呼吸，不住翻着白眼，简直要窒息而死。“我……我……”莲姑嘴里只能发出破碎的求饶声。

“莲姑？”墨闻声蓦地松了手，莲姑颓然地倒在了枕头上，不住咳嗽着，泪眼迷离。

“你怎么会在我床上？”只一会儿工夫，他的身边竟多出了一个女人，墨蹙紧剑眉，四下寻找着酒楼的掌柜，那该死的家伙失职了。

“我，我……”莲姑半裸着身子，倒在床褥间呜呜地哭泣。

墨坐起身来，根本不去看莲姑雪白无暇的柔美身子，他面无表情地穿上衣裳，而后站起来，走到桌前，拉开木屉子，信手拿出一个锦盒来。

墨修长的手指一弹，那盒子的盖便哗地一下打开了，映入莲姑眼帘的是满匣珠玉！珍珠与玛瑙闪着圆润的光泽，美轮美奂。莲姑呜呜哭泣，抬手一挡，眼不敢看，但那光亮却仍丝丝缕缕地透过薄轻的床帷纱映入她眼帘。

“念在你这两日照顾我的分上，你拿上这些珠宝赶紧走，我不再需要你伺候了！”墨冷冷发令道，与他平日里打发女人的做法无异。

“公子……”莲姑手捂住赤裸的胸口，不甘心地抬起头，想请求墨不要让她离开，“公子，你要了我吧，我，我喜欢你啊！”

“赶快离开这里。”墨的脸毫无一丝怜香惜玉之情，“在我还未厌烦你之前。你听见了吗？”墨的眼锋锐利如寒冰。

莲姑见墨铁了心不要她，不由得“哇”的一声，一边哭一边穿好衣衫，而后开门飞奔了出去。

墨伫立在床榻前，凝视着桌子上满匣的珠宝。半晌，他的手一挥，那匣光芒四射的珠宝顿时倾涌而出，珍珠的珠链断了，珠子散落了一地。

易得无价宝，难得有情人。

满目的璀璨珠光宝气下，他面色暗沉，琥珀色的眼眸复杂难懂。

破旧的屋子内，欢喜低着眼帘，听着满怀愧疚的莲叔在对她讲道理。

莲叔唉声叹气道："欢喜姑娘，我家莲姑不懂事，她还是个孩子，你别往心里去啊！"

欢喜微微一笑，第九十九遍回答着莲叔道："莲叔，你休息去吧，没什么的。我与墨公子只是路上遇见的，原本并不相识，所以你别再为这些事操心啦。"

"可是，欢喜姑娘，总是我们父女亏欠了你啊！"莲叔边说着话，边真心实意地对欢喜表示着关心，憨厚的脸庞满是爱护与怜惜。

欢喜看着莲叔敦厚老实的脸，心里突然一动，她紧紧又盯了一眼莲叔。莲叔感觉到欢喜的眼神有些慌乱，忙侧过脸，嗫嚅着对欢喜道："欢喜姑娘，你在看什么？"

"哦，没什么，莲叔，我觉得你很像我一个亲人。"欢喜看着莲叔说道，"我，我很想念他们。"欢喜说着话，心里微微有些波动。在尘世间久了，她原本空洞洞的心竟然好像逐渐长出了五脏六腑，也渐渐有了七情六欲。

原来人活着，会有那么多的感觉与思想，活着有时，真是很累。

"亲人吗？"莲叔憨憨地笑。

欢喜紧盯着莲叔，道："是的，莲叔，你很像我的大哥。我自小生活在深山老林，大哥和六哥最疼我了，有什么好东西尽想着我。我大哥和莲叔你很像，也是这般憨厚，凡事为人考虑的。我，我很想回去，回去和他们在一起……"

欢喜说着，素来平静无波的脸上掠过了一丝哀伤的神色，看得莲叔不忍。他静默了半晌，突然道："欢喜，你也不必太难过了，放宽心些，总有一天，你会回家去的。"

欢喜强笑着颔首，道："多谢你了，莲叔，我没事，你别为我担心，去忙吧。"

“可是，可是，我……”

莲叔还要说什么，欢喜低声道：“莲叔，我累了。”

莲叔见欢喜满脸疲倦之色，这才甘心退下，离开柴屋时，莲叔还郑重其事对欢喜道：“欢喜姑娘，你放心，我会为你祈福的，争取早日让你回去。”

欢喜感激地笑笑，不可置否。

夜深人静，一条人影悄悄从破旧院落的屋子里闪了出来。这条人影的个头高大，甚至算得上魁梧，他一步三回头四处张望着，鬼鬼祟祟地钻进了距离院落不远处的密林中。

昏暗的密林内，有一条娇小纤细的身影在等他：“怎么才来啊？”娇小人影责怪道。星稀月朗，照得人影的面孔白皙，很是俊俏。

“别催了，我刚劝说好欢喜才溜出来的。”魁梧人影压低嗓子问着纤细人影，“你呢，得手了吗？”

“哪那么容易？那墨果然是个铁石人，我折腾半天了也诱惑不了他，结果自己还被灰溜溜地赶了出来……”那人影有些沮丧，黑暗中听见她恨得牙齿咯咯咬的声音。

“算了，失败了咱就再来，不怕的。”魁梧男子对着那纤细人影安慰劝解道。

“咱们是可以不怕，但是欢喜呢？欢喜怕这一劫吗？一想到她历经情劫可能有去无回，我这心里就像油煎一样。”纤细人影咬着唇，那双大眼里有着浓重的焦虑。

“据说情劫很可怕，若是无法摆脱，轻者状若痴呆，六神无主，重则失魂落魄，伤心至极。不，我不能让欢喜从此坠入深渊而万劫不复。”纤细人影喃喃自顾自地说。

“问世间何物最苦？情也！问世间何物最甜，亦为情耳！为情所困，心中苦痛。”憨厚男子虽然话语不多，但句句珠玑。

“我不懂这人世间的情字。”纤细人影道，“我只是想救欢喜于无边苦海。”说着，那纤细人影摇身一变，浓雾散尽处，方才还是俏美娇娘的她，此刻幻化成一个高大英俊的男子。

魁梧男子望着那英俊男子，低低说道：“情劫是欢喜注定的宿命，天意若此，我们谁也无法改变。”

“宿命？难道我们忍心将欢喜抛下吗，难道我们要眼睁睁看着她跳进泥潭里，被那个魔王围困住，而不动手去拉一把？”英俊男子越说越激动，一掌拍在密林的一棵树干上，震得树躯干一阵作响。

那魁梧男子叹息了一声，道：“你别顾着泄愤了，赶紧想下一步该怎么办吧。”

“我能有什么办法？现在欢喜已经一步步朝着她的劫数去了，我们也无可奈何。如今唯一可行的，便是让那魔王离开欢喜，自动消失最好。不过，看来他好像已经对欢喜情根深种，这下更是难解。”英俊男子说道。

魁梧男子也沉默了，半晌，才道：“师父给你的结界天光呢？”

“在这里。”英俊男子的左手一扬，他的手掌中出现了一团金色的光芒，那团光芒悬浮着，光圈越来越大，慢慢上升，瞬时柔和明亮的光芒照亮了整片密林。

“不到万不得已，我是不会将这结界天光给欢喜植入的。”英俊男子暗暗说道，“我要让欢喜逃离此劫，跟着我回天界。”

“我们……这样算不算违背师父的命令，背叛师门？”魁梧男子挠挠头，敦厚地问。

“只要能让欢喜逃过此劫，又有何妨？师父会同意的。”那英俊男子说道，手心一收，已经将那团火焰收入手中，树林里顿时又恢复了黑暗与静谧。

魁梧男子叹了一口气，也不说话了。两人相对无语，却突然听到有脚步声朝着密林这方向而来，两人对视一眼，立刻施展法术腾空而起，隐没入了两棵树的枝梢间，消失不见。

“咦，难道我看错了吗？我方才明明看到树林里有天光出现的。”欢喜白衫飘飘，顿住了脚步站在密林前，有些诧异地看着一片漆黑的林子，“是我的错觉吗，我竟看到树林里有天光？”但此刻的树林里一片漆黑，毫无人迹，还带着一股特有的潮湿味道。

师父是不可能来这密林的，欢喜摇摇头，有些失望，正待转身要走，却见远处奔来了一条颀长的人影。见到那人，欢喜的心口一窒，突然有了一种想逃跑的冲动，她转过身去，快步想要往回走。

“欢喜。”那人叫住了她，声音沙哑，带着浓浓的倦意。

欢喜站住了脚，垂首不语。

“欢喜。”那人再次低声轻唤着欢喜，走上前去，站在了她的面前，“我方才回到小屋去找你，你却不在。发现你往树林这边走，所以我也跟着来了。”

皎洁的月光下，欢喜站在那里面庞如月，低眉敛目，墨用痴恋的目光看着欢喜，他想触摸她那一头柔顺的秀发，揽住她纤软的腰，抚摩她在月光下的轮廓。

他朝她伸出手去，但她却后退了一步，静静道：“公子，夜深露重，请早点回去休息吧。”

“欢喜！”墨终于无法抑制地出声，“你是天上的神吗？那种假仁假义的神我见得多了，端的就是你这副冷冰冰的样子！可是你不是神，为何非要用这种拒人于千里之外的口气与我说话呢？”

他看着她，一向高傲的俊脸上满是受伤之色：“你为何对我总是如此冰冷？”

欢喜静默着，半晌才道：“公子，我们素昧平生，况且男女有别。欢喜生性淡泊，并不善于与人打交道。若是有得罪之处，请公子多多海涵！”

“去那些该死的男女有别，该死的素昧平生！”墨低低地诅咒一声，向前猛跨了一步，猝不及防地就将欢喜抱在了怀中。

“公子……”欢喜浑身一颤，想挣开墨。

“叫我墨。”墨低哑地说道，接着寻找到欢喜颤抖的唇，狠狠地吻了下去，将欢喜的惊呼声堵在了咽喉里。

他的吻很重，很深，很狠。

像是在发泄怒气，又像是在惩罚着什么，用力再用力，几乎深入欢喜的咽喉。

欢喜无从挣扎开墨狂野的吻，她的脑子一片空白，在墨宽大健壮的胸怀中，她犹如一朵脆弱的小花，任由他采摘、蹂躏。

“你是知道的，欢喜……”墨猛力吻着欢喜散发着香气的红唇，她的唇如花瓣般柔软清香，让他欲罢不能，他低喃道，“为何你对我总是这么冷冰冰？我用这么热的心来捂住你，难道还不能将你捂热吗？”

“墨……”欢喜半晌才缓过气来，她正欲张口，便又被墨堵住了嘴，“住嘴，我不想听你那满口的仁义道德，礼仪廉耻。我只要你，只要你……”墨的话渐渐低了下去，变成了低低的喘息声。

两人在密林中的古树下纠缠，而密林中的上空则悬浮着两条人影。

“看到了吗？那个墨，好似对欢喜动了情。”面目憨厚的男子居高临下叹道。

“他对她有情吗？不过是欲罢了。”英俊男子冷然道，一双如星般的眸子里隐隐藏着复杂的心事，“但凡世间男子，有几人能有真感情？不过是贪图色欲而已。”

“师弟，你此言差矣。”憨厚男子低低道，“凡人既有七情六欲，那情与欲是不能分开的。情是心，欲是身，身心融合，才所谓爱情。有情自然有欲，没有情哪来的欲？没有欲哪来的情？情可以生欲，欲也可以生情。没有情，没有欲，六根清净，四大皆空，不食人间烟火，没有儿女情长，没有悲欢离合。这样的人不是尼姑、和尚，就是我们这样的神仙神灵了。”

憨厚男子感慨良多，在人间一段时日，他的想法也与过去不尽相同了。

英俊男子一言不发，只是怔怔地看着那纠缠在一起的两条身影。

蓦地，他的胳膊朝着空中一扬，手心中多了一朵盛开的雪莲。他盯着墨的后背，那朵娇艳欲滴的雪莲竟然化为一朵带着锋利尖芒的刺莲，朝着墨的后背飞去。

“师弟！”憨厚男子刚发表完长篇大论，没提防师弟竟然会突然出手，他阻挡不及，只能看着刺莲飞旋着朝墨凌厉而去。

沉浸在痛楚与甜蜜折磨中的墨，虽已忘情，但天生的机敏还是让他感觉到了来自他身体后方的凌厉风声。他立刻停下了动作，身手敏捷地抱着欢喜腾空而起，躲过了那朵刺莲。

那朵刺莲带着呼啸的风声，险险地掠过墨和欢喜的肩头，“咄”地一声，深深地钉入了青翠的枝干上。

“什么人？”飞落到地面上的墨冷喝出声，四处察看有无异样迹象，但夜幕下整个密林静悄悄的，并无半条人影。

墨警觉地揽紧了欢喜，低声道：“搂紧我，我们赶快离开这里！”说着，胳膊一紧，轻而易举地便将欢喜抱在胸前，身形一展，便要飞掠出这片黑暗的密林。

欢喜被墨抱在怀里，妙目却一直盯着深嵌进树干的刺莲，那朵她依稀见过的莲花在月光下闪着寒光，欢喜的心却从深处泛上一丝凉意，她咬紧下唇，抬头仰望着密林的天空。

天空中并无她所想看见的人。又是一阵凉风吹过，抱着她的墨却闷哼一声，身体猛地向前倾去，欢喜一声惊呼，看见了另一朵带刺的雪莲深深嵌入在了墨的左肩上。

第十一章 争锋相对护佳人

原来墨早已听到身后又传来紧追不放的呼啸兵刃风声，以他的身手他本可以回身接住暗器，但他怕伤到怀抱中的欢喜，于是生生用自己的肩头去挡了这一击。刺莲扎进皮肉里，渗出了红色的鲜血，墨见血后心中惊诧，但立刻全身紧绷，专心致志，如临大敌。

墨的身手在世间已经少有人能敌，眼下能一出手便伤得了他的，想必功夫一定不弱，而他又带着欢喜，这场打斗胜负难以决断。

墨冷声地对着密林中不知隐藏在何处的敌人道："是哪位高人神龙见首不见尾？既然有胆量挑战墨某，也该有胆量站出来才是！"

墨的话音还未落，便有一条颀长的白色身影从高空中落下，同时墨感觉一阵掌风扑面，那人的一掌攻到面前。

墨抱着欢喜，见那人的掌已到跟前，他怕欢喜受伤，连忙将欢喜轻轻地往旁边一送，将欢喜甩到了一棵大树下，而后全心迎敌。墨与那蒙着脸的敌人掌心相触，两个人都退后了一步，墨暗暗心惊，此人的技艺高强，不在他之下。

墨看着那敌人来势汹汹的模样，心下顿起杀机，他冷笑一声，用力凝息静气，突然一个转身，只听"叭"地一声，原先扎在他肩头的刺莲竟被墨硬生生拔了出来，还带着淋漓的鲜血。

刺莲在墨手中，他面不改色，突然将手中的暗器转了个方向，朝着那敌人的面门直击而去！那敌人连忙躲避，但刺莲已经贴着他的咽喉掠过，在他的脖子上留下了一条长长的划痕。

“一报还一报。”墨正要施展身手再下痛手，却看到密林上空又飘下一个蒙面的人影，原来敌人还有同伴。

墨冷冷道：“都一起上吧。”他的嘴角挂着一丝嗜血的轻蔑笑意。

……

原先那敌人被墨不屑一顾的模样激怒了，低吼一声，便要冲上前去，却听到一声清脆柔美的惊呼声：“六师兄！大师兄！”

两个敌人都不由自主地往声音发来的方向望去，只见欢喜扶着大树，睁大了一双水灵美目，正盯着他们的高大身影，不可置信地喊道。

“糟了，师弟，被欢喜发现了。”目连对莲华低声叫道。

莲华望着树下的欢喜，面巾下的脸瞬间起了无数的变化，连他自己都吃惊何来如此复杂的心绪。不过，幸好他蒙着脸。

莲华与目连正惶惑被欢喜发现时，墨的掌风已经跟到，莲华没有提防墨会突然出击，结结实实挨了一掌，嘴角渗出了鲜血，踉踉跄跄跌出几步。

目连见状怒喝一声，出手相救。但墨伸出未受伤的右手抵住目连的手肘，另一只手猛地拍向目连的心口，正在此时，欢喜已经从后面扑上前去，抱住了墨的胳膊：“墨，不要伤了他！”

墨正要拍下的掌顿时收住，他蓦地回过头来，看着欢喜道：“为何？他们与你有关系吗？”

“是，请你们不要再打斗了。”欢喜乞求着墨，又转头看着面前蒙面的两个人，她有预感，这两人一定是大师兄与六师兄，只是他们蒙着面，不愿与她相认而已。

“算了，师弟，咱们还是走吧。”挣脱开墨的桎梏，目连对受了伤的莲华道，“别在欢喜面前与这厮打斗，免得我们泄露了天机。”

莲华没有回话，他心有不甘地狠狠瞪着墨，但手下已经收回了准备攻向墨的凌厉攻势，“走！”他低哼一声，与目连二人双双腾空而起，转眼便消逝在林梢中。

“大师兄，六师兄……”欢喜放开墨，奔上前来，连声呼唤着两位师兄，但哪里还有他们二人的踪迹。

他们为何会在此出现？为何要刺杀墨？又为何突然消失？这都让欢

喜百思不得其解。欢喜叹息了一声，蓦地记起墨还受了伤，于是连忙转过身来，却见墨一双微微上挑的丹凤眼在望着她，眼神中似乎有猜疑与揣测。

"大师兄，六师兄？"墨问着欢喜，声音逐渐冰冷下来，"他们是谁？"

欢喜避开墨猜忌的眼神，低垂下眼帘，有些躲闪道："我……他们，是……是我的师兄。"

"原来你们都是旧相识了。"墨看似平静道，但垂握在身侧的手却握紧了拳，"他们怎会出现在这密林里？又怎会向我出手？"

"这……我，我不知道……"欢喜为师兄们出手伤了墨而感到愧疚，但她也和墨同样困惑，"我不知道他们为何要这样对你。"

"你也不知道？"墨盯着欢喜问道，但狭长的眼眸里却闪现出一丝寒光，看来欢喜的答案并不能让他信服。

欢喜还要解释，却被墨阻止了："夜深了，我们回去吧。"说着，墨转身要走。欢喜跟在墨的身后，惊呼一声："血！"

从肩头伤口里渗出的鲜血已经将墨的一身青衣染红了半边，但墨却面无表情，不露丝毫痛楚之色。这样的伤对于他来说，已经是家常便饭了。

欢喜有些慌乱，奔到墨的后背，伸手便要替他包扎，但墨身形一转，却不露痕迹地避开了欢喜的手："这小伤不碍事的，我们回去吧。"说着转身便走，也不管欢喜是否跟得上他的脚步。

欢喜收回手，望着突然冷淡下来的墨。见墨迈着大步往前走，她愣怔了一下，也提着裙裾向前追去。

到了欢喜原先居住的破旧院落，墨站住了脚，道："你进去休息吧。"

"那，那你呢？"欢喜有些忧心地看着墨肩上的伤，他的后背全是伤口流出的血，那朵刺莲生生被墨拔出，撕裂了皮肉，伤口很深，流血不止。

"你别管我了，去休息吧。"墨冷淡地说完，转身要走。

"你先别走，我替你上药包扎吧……"欢喜见墨要走，连忙追上两步出声道。她也不知道为何此刻她的心也有些疼，可是受了伤的人不是墨吗？为何她也会痛？

“小伤而已，不碍事。”墨不露声色地闪开欢喜要搭上他肩膀的小手，疏离道，“我自会包扎，不用你操心了。”说着，大步向前走去，再不看欢喜一眼。

欢喜怔怔地看着墨倔强而又高傲的背影，默默地出神，直至看不到墨的背影了，半晌，她才叹息一声，进了院子关上了门。

酒楼客栈里，墨随手燃起了蜡烛，飘忽不定的烛光下，墨的脸色有些发白。

他随意抬手，将身上湿透了的袍子扯了下来，左肩伤口的血已经干涸，皮肉粘合在衣衫上，被他一扯，火辣辣得疼。墨倒吸一口冷气，右手缓缓探至左肩上，摸到满手的鲜血。他低垂着眼，线条完美的嘴角勾起冷冷的笑意，三分冷意，七分自嘲。

欢喜，欢喜。她是什么人，从哪里来，又有何目的？她是个隐藏至深的谜。

今夜会受伤，确实是他太大意了。

依照往常的敏锐，他原本不该犯这么大错误，把一个来历不明的女人放在身边这么久，而且还抛下国事，突发兴致与她在这荒野小岛上谈情说爱，卿卿我我。

其实从一开始他就有疑点，一个普通的医女为何要一直寻找墨玺，她的身份可疑。他以为像她如此平常普通的女人，应是和那些杀手所惯施的美人计不沾边，但今夜在树林中的一幕，却推翻了他对她所有的信任。

她是杀手组织的一员吗？若是将她带到皇宫，她会杀了墨玺吗？暗沉的光线下，墨那张俊脸上的神色也如烛光一般，飘忽不定。

尽管还不能确定欢喜的身份，但有一点他肯定，从今往后，他不会再为她流一滴血。

更不会再为她痛一次心。

对于背叛他的人，他一向毫不留情，绝不拖泥带水。

欢喜关上屋门，刚转身，就停住了脚步。她思忖半晌，还是回身开房门走了出去。

院落里静悄悄的，花木轻摇，疏影横斜。一轮明月如钩，原先厚重的乌云渐渐消散。欢喜定定看着莲叔紧闭的房门，凝神思忖。

思索了片刻，欢喜来到莲叔与莲姑的门前，轻轻地敲着门。门内没有动静，欢喜一改平日里的礼貌，手上稍加用力地敲门，大有不敲开门就不走的固执。

门终于开了，莲叔打着呵欠来开门，见是欢喜，忙道："欢喜姑娘，这么晚了你有啥事？"

欢喜只是盯着莲叔瞧，好像根本没有听见莲叔的话一般。她盯着他半晌，突然开口了："大师兄？"

"什么，什么大师兄，欢喜，欢喜姑娘你大半夜的说什么呢？"莲叔面色微变，却还强撑着问道，但他僵硬的笑容与结巴的语句已经说明了他内心的紧张。

欢喜凝视着莲叔半晌，并没有因为莲叔的否认而放弃，她看着莲叔黄黑的脸，眼波流转，俏皮地微微一笑，上前便拉住了他的袖子，低声道："大师兄，你别装了，我知道是你。"

莲叔还想强辩，他的身后却闪出了一条靓丽轻盈的身影。

"欢喜姐姐——"正是与欢喜抢男人的渔家少女莲姑，她与欢喜对视着，俏脸上表情复杂。

欢喜注视莲姑良久："六师……兄？"欢喜虽然知晓莲姑应该就是六师兄莲华，但莲华惟妙惟肖的妆容与打扮，与凡间情窦初开的少女毫无异样，让欢喜竟也有些迟疑。

莲姑的眼神躲闪，就是不肯承认自己的真实身份，但没能坚持多久，她"哇"的一声，嘴一张，喷出一口鲜血来！

欢喜一时间忘了还拉着莲叔目连的袖子，连忙冲上前去扶住了莲姑，颤声道："你是六师兄，师兄，你受伤了吗？"方才六师兄被墨击中了一掌，伤势好像不轻，尽管心里焦急，但欢喜已确定，莲姑便是六师兄莲华。

“好了，六师弟，就别再瞒着欢喜了。”目连站在莲华的身后，叹气说道。

莲姑眼神复杂地盯了一眼欢喜，终于还是施展法术，恢复了罗汉金身——正是如王座下弟子莲华。目连也恢复了原身，两人望着欢喜只是微笑。

“大师兄，六师兄，真是你们！”欢喜低叫一声，甚是欢喜，“你们怎么也到这凡间来了？”

“我们奉师父之命……”目连憨厚地想将自己与莲华的来意向欢喜说明，莲华却咳嗽了一声，道：“我和师兄是领命来保护你的。”

“保护我？”欢喜抬起黑朦朦的大眼望着目连与莲华，轻轻道，“师父不是让欢喜独自一人到凡尘历劫吗，怎么又让师兄们受累也跟着来这里？”

目连只是嘿嘿憨笑，而莲华看着欢喜，突然低声道：“我们，不放心……你……”说着，捂着胸口呻吟了一声，那个墨，下手真是狠！

欢喜奔前，着急地便要查看莲华的伤势，莲华摆摆手，道：“我……不碍事。”

目连在一旁道：“想不到那个墨，即便是凡人，身手竟然也如此厉害，若是真要全力打拼起来，只怕我和六师弟未必是他的对手。”

莲华哼了一声，道：“我只是怕被他发现我们两人的身份，否则早就使出法术将他收伏了！”

“收伏？”欢喜敏感地抬起头来，“墨不是一个凡人吗？他并非十恶不赦之人，为何要收伏他呢？”

“这……”目连也有些无措，他支支吾吾着正要对欢喜说话，一旁的莲华却将话题撇了开去，道：“欢喜，你是如何认出我与大师兄的？”

“哦，自从第一次喝了大师兄做的粥之后，我就有些怀疑了。”欢喜见莲华存心要避开她的话头，也不便再追问，转而回答着莲华，“那粥只有大师兄才会做，黑黑的一碗，而且很甜。六师兄，你都忘了，以前我们三个在天界里，你见我对凡间的食物好奇，曾经偷偷做给我吃的，那种独特的味道我一直记得。”

“真的吗？”目连说着话，憨憨地笑着。

莲华却一直盯着欢喜，缓缓道：“欢喜，你还记得我们三个在一起的时光吗？”

“那是自然。”欢喜回答着莲华，“我怎能忘记那么快乐的日子呢？在天界虽然寂寞，但是有师父与两位师兄在，欢喜一直很是安心。”

“那……”莲华看着欢喜，一把握住了她的肩头，道，“你随我与大师兄回天庭吧？我们还像以前一般，三个人在一起！”

莲华的力气有些大，柔弱的欢喜忍不住微微蹙了眉，莲华握痛了她。

目连道：“六师弟，你那么激动干吗，有话好好对欢喜说。”

莲华听见目连提醒，发觉自己有些失态，于是慌忙松开手，重新坐到一边去。

欢喜看着莲华，又看看目连，道：“欢喜虽然也想回天界去，不过如今我奉师父的命，下凡来度化魔王墨玺，我的任务还未达成，如何能回去呢？”

“那魔王自有别人来度化，你还是随着我和大师兄回去吧，若是你执意不愿去度化墨玺，师父想必也不会怪你。”莲华低声说道。

“不，师兄，这沿途我见到无数天合教徒被墨玺残杀，若是不能及时救度魔王，只怕生灵涂炭，魔王的杀孽更重，所以于自己于众生，我都需前去寻找墨玺。”

“你不怕你要历经情劫吗？”莲华盯着欢喜，那张俊脸有着浓重的忧虑与担心。

“情劫乃是欢喜的宿命，既然天意如此，欢喜注定无法逃脱。所以，欢喜更要以己之力，诚心治病救人，普度苦海众生才是。”欢喜眼神平静，淡然说道。

“欢喜……”莲华还要说什么，目连已经阻止住了他，“六师弟，欢喜说得也有道理，你就让她再好好想想吧，我们急也没有用。”

“大师兄与六师兄对欢喜照顾周到，欢喜心中感念至极。”欢喜说着，看着莲华与目连，眼波里盛满了感激与信赖，“待得欢喜功德圆满，定会重回天界，与师兄们一起潜心修行，成就天界大圆满。”

“那要等你到何时？”莲华的声音有些沙哑，语调也渐渐低了下去。

没有人回答他，因为连欢喜与目连也都有些迷惘。

半晌，莲华才站起身来，低声叹道：“欢喜，你愿意如何就如何吧，反正我是管不到你了。”他说话的声音竟有些凄凉。

一旁的目连看着莲华突然低落的情绪，总觉得六师弟最近一段日子有些不对劲儿，但又说不出个所以然来。

第十二章 闲离别易断魂

夜深人静，睁着双眼等天亮的欢喜一直望着房梁出神。木窗没有关严，幕夜清辉，皎洁的月光透过窗棂洒落在稻草榻前的地面上，光影斑驳。

欢喜轻轻地叹了一口气。今晚见到久违的两位师兄，让她很是惊喜，但喜悦过后，一丝疑云却又涌上她的心头，为何两位师兄对墨的行为举止都有所忌惮与隐瞒？

尤其是六师兄莲华，似乎很抗拒她接近墨。那日莲华化身莲姑偎依在墨身边的场景还依稀在她眼前出现，六师兄为何要那么做？

是为了她吗？若是为了她，却为何要如此？

欢喜觉得自己的心头有些混乱，她在隐隐惋惜自己因下凡而失去的未卜先知的能力。可一想到墨，她的脑海里立刻浮现出墨如魔如幻的身影。前几日他还在这间屋子里与她同呼吸共命运，此刻屋里却空荡荡的，安静得似无人居住。

这间屋子里似乎还留有墨身上的气息，想到墨曾经抱着她，吻着她的那一幕，欢喜觉得自己的心开始乱跳起来，她坐起身，低低地叹气，她又开始生病了，怎么办才好？若是这样下去，她还怎么能如师兄那样降妖伏魔，救苦救难？

她思绪纷杂，这一坐起身，原先还纷乱的脑海里却顿时电光火石地闪过一个念头："收伏？"

师兄好像说过要收伏墨，可墨不是普通人吗？他不是妖啊。虽然她看不到他的前世今生，但是她知道他只是一个凡人。

与墨相处的一幕幕在她脑海中逐一闪过，欢喜心中的疑点越来越大，最后，凝结在她的心口，成为一团堵住她即将要蹦出心脏的棉花，不断膨胀开来。

所有的一切呼之欲出，但欢喜却不敢正视这个答案。

想起初见墨时他的华贵不凡，以及他的盛气凌人、不可一世，再想起墨身边侍卫杀人的残忍手段，一切的迹象都表明墨并不是个简单的人物。

他究竟是谁？

欢喜百思不得其解，她凝望着窗外皎洁如明镜的月亮，一时间心乱如麻，只希望能早点到天亮，再去找墨仔细问个清楚。

寂静如水的夜，虫儿呢喃，偶而传来林间的几声倦鸟轻啼，柴房内的四壁映着月光的辉影，仿佛压抑着一份诡异。欢喜辗转难眠。

好不容易等到天边亮起了鱼肚白，欢喜匆忙间便下了床，也未惊动目连与莲华，便步履匆匆地去客栈酒楼寻找墨。

但等她找到掌柜的并请他代为通知墨她来了的时候，掌柜的摊摊手，作难道："欢喜姑娘，你这么早把我从被窝里挖出来，这个我没意见。不过你要我帮你找个已经离开的客人，不是有点强人所难吗？"

欢喜俏脸微红，还未来得及向掌柜的表示歉意，心便一沉，她迟疑着问道："墨，他走了？"

"是的，昨日三更就走了。"掌柜的打着呵欠回答着欢喜。他从没见过自己主上那么心烦气躁，意气用事，说走就走，好像与谁在赌气一样。

想起主上，掌柜的又用一双若有所思的眼眸盯着欢喜看，肉肉的小眼睛里有着迷惑不解，欢喜姑娘顶多算得上是清秀，又不是什么倾国倾城的大美人，怎会把主上迷成那副模样？

掌柜的正自想着，一阵微风吹拂，送来如莲花般的阵阵香气，这氤氲的香气让他心生由衷的敬意。他望着面前的欢喜，见她面容祥和，眼神慈悲，就犹如天上的仙子般站在他的面前。

"那墨公子，留下什么话了吗？"欢喜问着掌柜的。

掌柜的不由得心神一震，连说话的语气也恭谨与敬畏了起来："回欢喜姑娘，墨公子临走的时候并没有留话。”

墨公子何止不留话，还是面色冷冽，拂袖而去。

“是吗？”欢喜闻言，眼神慢慢黯淡了下去。良久，她才抬起头谢了掌柜的，牵动嘴角勉强微笑道，“多谢掌柜的，那我走了。”

不知为什么，掌柜突然于心不忍。他见欢喜的脚即将要迈出客栈的门槛，他突然喊了一句：“我想起来了，墨公子临去的时候说了……”

欢喜缓缓地回过头来，期待着掌柜的下文。

“墨公子说，假若姑娘还惦念着他，请去赤羽国皇宫找他，他在皇宫等着你。”掌柜有些迟疑地说完话。

说完了话，掌柜纠结的心便松弛了下来，虽然这句话是他杜撰出来的，但他相信主上应该不会怪他，他就不信主上会真的放下面前的欢喜姑娘。他从没见过一向残忍暴戾的主上会为一个女人在这个穷乡僻壤里待了这么久，自讨苦吃还无怨言。

既然在意，为何要离开？既然有爱，为何要放弃？掌柜的在心里长叹，但他人的感情又岂是自己这等俗人能参悟得透的？就随他们去吧。

“我在皇宫里等着你……”欢喜行走在渔村的小道上，耳旁一直响彻着墨的这句话。墨的突然离去让欢喜的心里腾起了一丝淡淡的惶惑。

是她做错什么了吗？他连告别都没有，就这么消失了。空气里散发着渔村潮湿带着腥气的味道，欢喜立在江边，望着苍茫的江面。

这里，是百川汇入大海的地方。江面上呈现出一条长长的分界线，将江水分为两种颜色，一边是黄浊的江水，一边是蔚蓝的海水，界限很是分明。

大海其实已经包容了江河，但在表面上还是做出了拒绝的姿态。这可是她自己的写照？

欢喜望着奔腾的江水，心绪起伏不定。墨走时，是否在怪她对他太冷淡，可是她又如何对他热情？她是下到凡间的仙子，而他则是带有神秘色彩的凡人。

他们，注定永远都不可能有交集。

所有关于墨玺的谜团，也许都要等到她去赤羽国才能解开谜底。所以无论如何，她也需立刻动身，前去赤羽皇宫。

只是，欢喜望着无垠的江面，一个念头像刚长出的嫩芽儿一样，克服了厚厚的心墙压迫，在她心底里慢慢钻了出来：“这么急切地去皇宫，你为的是墨，还是墨玺？”

欢喜甩甩头，想将自己心中这些纷乱的思绪撇开。她屏住呼吸，竭力让自己如往日一般心静如水。但已经开始波澜起伏的心湖，早已无法阻止涟漪的扩散。

欢喜闭目冥思，再睁开眼时，却发现面前站着一个人。

“六师兄。”欢喜低喃道。

“你，有何决定？”莲华望着欢喜，直截了当地问着她。

他一路跟着她，看着她从客栈失魂而出，又跟到江边见她临江眺望，落魄憔悴，满目愁绪。他的心，竟然有一丝丝针扎般的疼。

“我要去赤羽国。”欢喜平静地回答着莲华，不大的声音里却有着坚定。

“可是这路途遥远，人心险恶，你一人要历经险阻……”莲华凝视着欢喜道。

“这我不怕，正好可以沿途治病救人，为迷途的百姓指点迷津，度化苍生。”欢喜回眸看着莲华，圆润亲和的脸上有着微笑，“六师兄，你不用担心我，我会照顾好自己的。”

莲华沉默不语，半晌，才叹道：“你是主意已定了？”

“是。”回答他的是如他意料之中的，无比坚定的答案。

“也罢。”莲华苦笑道，“此刻，我说什么都劝不动你，对吗？

欢喜不语，半晌才轻轻道：“多谢六师兄为欢喜着想，但师父教诲过，修成仙果，应心怀众生，如今生灵涂炭，我岂能坐视不理？”

莲华无言以对，沉默了片刻，道：“我早已知晓我无法劝动你。”

欢喜闻言微微一笑。

“你何时动身？”

“现在就走。”

莲华抬眼望着欢喜，俊目里浮现出了复杂的眼神。欢喜，也许这真是你的劫数，我一心想要助你逃离情劫，你却一意前行，我眼睁睁看着你一步步走向你的劫难，却又无可奈何。

莲华闭上了眼，长叹一口气。良久，才低低道："好，那你就去吧。"他走到欢喜的身边，用大手轻轻地在她的脊背上一拍。

欢喜只觉得后心一阵炽热，似有什么力量在瞬间注入她的心间。但回过头来看，却只是莲华的一只大手覆在她的后心上。

"好好照顾自己，别让自己受了伤。"莲华低低说道，声音柔和，带着隐隐的难舍，"不仅是你身上，还有这里。"他的大手在她的后心停顿了一下，收了回来。

"伤了身可以治，但伤了心，会万劫不复。你明白了吗？"莲华面色严峻，郑重其事。

欢喜迟疑了一下，还是点了点头。

一叶扁舟在浩瀚的江面上渐渐远去，莲华望着那载着欢喜的扁舟影子越来越小，最后变成一个小黑点消失在天际，他依旧没有没有收回凝望的目光。

他看见荒凉的江边，浪逐着浪，从遥远的天际不停地朝着岸边奔涌过来，带起白色的泡沫，在海岸线上不停延伸，推涌，转眼即逝。

假如有选择，他情愿不成仙，甘做红尘路上一颗粗粝的石子。水湄、绿堤、枫桥。被那一泓柔波，撩了风动，软了尘心。长相守，意悠然，纤指冰弦，琴瑟永合。愿十年渡，百年枕，千年缘，万年情。

不过这可能吗？他也是仙，也知缘起即灭，缘生已空。也知他与她只有思之苦，无姻之缘。他甚至在嫉妒那个叫墨玺的魔王，他的内心曾经问自己："为何我不是她的劫，为何？"

倘若他是她的劫，他愿毁灭了自己，换得她的大圆满，也不至于像现在如此拿不起，放不下。

莲华啊莲华，你放不下吗？他对着苍茫的天际江空，无尽地凄凉一笑。

第三卷

离时别了

第十三章

水路迢迢风不入

水路迢迢，风无孔不入。

烟波浩瀚的江面上，欢喜临风眺望，江上水雾弥漫，令她有一丝错觉，自己好似又身临仙境。但清凉的带着湿气的微风吹拂在她的脸上，她才恍然惊觉自己已是红尘中人。

撑船的船夫转过头来，对欢喜笑道："欢喜姑娘，真的要离开咱们这座小岛吗？"

欢喜含笑颔首。

船夫不舍道："姑娘在渔村中治病救人，分文不取，无数人都感念姑娘。为何不能在此地久留，这么快就离开呢？"

欢喜看着船夫微笑道："王大，多谢你的挽留，欢喜还有要事，所以就不久留了。"她说着，望着晒得黝黑的船夫，甚是欣慰，"王大，你放下屠刀作了船夫，今后还请多行善积德为好。"

原来船夫是原来的屠夫王大。他憨憨一笑，道："多谢欢喜姑娘指点迷津，才将我从深罪恶孽中解救出来，往后我定好好做人，不再杀生，以弥补我过去所犯下的罪过。"

欢喜道："你能悟道求得解脱是你的造化，你撑船为人摆渡，却也是在度人，从此安分守己度一生，也算是圆满了。"

王大受教得连连颔首称是。

两岸青山转眼过，一叶扁舟江中行。远远地，已经看得见天际线那儿出现了百里平川。王大指着那片平川陆地对欢喜道："欢喜姑娘，前面岸上便到赤羽皇宫的境内了。”

“哦，赤羽皇宫范围如此辽阔吗？”欢喜微微有些愕然。

“是的，赤羽皇宫规模宏大，而且戒备森严。姑娘你此去皇宫，千万不要逢人便说你是天合教徒。皇宫境内见信天合教者格杀勿论。”王大心有余悸道。

“是墨玺国王下的命令吗？”欢喜问着王大。

“可不是，据说我们赤羽国王墨玺是恶魔托生来的。”王屠夫说着话，连连查看四周，深恐被人听见，即使是在空寂一人的江心他也如此顾忌，说明赤羽国的百姓有多么惧怕墨玺的威严与残暴。

“大家说墨玺王青面獠牙，丑陋不堪，而且手段残忍。据说他一个不高兴，不仅会吃了人的脑花，还会扒了天合教徒的皮做袄子穿呢。”王屠夫撑着船，腿有点发软，对欢喜说话的声调也带了些许颤抖。

“所以欢喜姑娘，你还是小心些，不要去皇宫了吧？”王屠夫劝着欢喜。

欢喜淡然道：“多谢王大关心，不过我有要事在身，非去皇宫不可。”见着王大忧心忡忡的眼神，欢喜微微一笑，宽慰着王大道，“关于墨玺，道听途说居多，谁曾真见过他的模样？”

看着王大在摇头，欢喜又道：“所以只凭道听途说，并不足以取信。我会多加小心的。”风吹拂起她柔顺的秀发，发梢下是一双如水般坚定的眼眸。

此去经年，可是万劫不复？但她决心已定，无法再回头。

登上赤焰山，这便是赤羽皇宫了。

气势恢宏、精致美观的宫殿连绵成一片，规模盛大，透过高大的城墙，可以看见金碧辉煌的皇宫屋顶，处处鎏金溢彩，尽显豪华。赤羽皇宫的建筑呈“回”字形，以中央的皇宫为中心向外扩张。

最外面是平民百姓居住区域，第三圈是热闹繁华的商业圈，第二圈是皇宫贵族的住宅区域，最里面一层才是皇宫内阁的宫殿。

欢喜站在城门前空阔的广场上，仰头注视着隔着一堵厚厚宫墙的皇宫内院。身边繁华的大街上人来人往，熙熙攘攘。广场上铺着暗灰色青砖，旌旗飘扬，宫灯悬垂，甚是威严。

欢喜有些落寞地叹了口气。她到赤羽皇宫附近已经有几日了，不过依然没有找到进宫的办法，每次她走到戒备森严的城墙面前，便被守城的侍卫阻拦了回来。一个平民女子，想独自一人进入皇宫内院，谈何容易，更何况是想见墨玺王。

不过即使屡次碰壁，欢喜也并不气馁，她在附近替人行医治病，暂时倒也不怕无处安身。

欢喜正望着城门发怔，却听见周围的人群一阵骚动，厚重的城门开了，一队身穿铠甲的士兵押送着一群光着脑袋，披着僧袍的男子走出城墙。那些僧人大多面色苍白，有些人已经站不直身体，被硬拖着在地上走。

围观的人群中一片哭喊声，有个白发苍苍的妇人扑上前去，想扯住一个穿着僧袍的少年僧人，嘶喊哭泣道："儿啊！儿啊，我是娘亲，我的儿……"那少年僧人回首见是母亲，生死当前，再不顾出家人四大皆空，忍不住泪流满面。

妇人见自己的骨肉即将生死永隔，顾不得其他，冲上前去便要把那少年僧人抱住，却被一旁的官兵扯开，推倒在地："走开，这些都是混进皇宫前去闹事的死刑犯，不得近前！"

那妇人被推倒在地上，绝望地痛哭："老天无眼啊，让我眼睁睁看着我儿死去。我这孩子从小没了父亲，若不是家中太穷，我也舍不得让他出家当和尚。我们孤儿寡母，一不偷，二不抢，虔心向天，为何如王不能保佑我们？看来，这天合教也确实不要信了。"

妇人哭得凄惨，引得路人纷纷向那帮侍卫投去愤怒的眼神，但因为害怕出头引来杀身之祸，因此大伙儿敢怒不敢言。

欢喜见此状便要如平日一般上前救人，但转念一想，如今她手无缚鸡之力，如何与一群凶神恶煞的士兵讲大道理？只怕不仅救不了人，反倒被一起抓去了。

正在焦灼间，却听到一旁有人叹道："这是个什么世道，黑白不分，真假不明，故才有此惨剧。"欢喜心下一动，情不自禁地朝着说话的那人望去，却见那人衣衫褴褛，蓬头垢面，拄着一根拐杖站立不稳，似是虚弱之极。

那队押解着和尚的侍卫个个盛气凌人，气势汹汹地便出了城门，押着和尚往城外去。欢喜从旁边的老百姓口中得知，这些和尚先要关押在城门西郊的一个别院内，待得墨玺国王亲自审问后，再行极刑。

侍卫们来势凶猛，一队人马抢道而过，险些将先前那个流浪汉给撞倒，那流浪汉也许是太过虚弱，还未来得及避让，自己便摔倒在了车马道上。眼看就要被车马与人群挤轧受伤，欢喜立刻快步上前去，将那流浪汉搀扶起来，闪到一边。

那流浪汉原以为自己今日必要在马蹄下受伤了，却没料到被一个妙龄少女扶住，不由得心生感激道："多谢姑娘，弄脏你衣衫了。"说着，极力让自己站稳，不敢让欢喜多扶他一刻。

他头发打结，全身褴褛，再加上左腿有伤，早已化脓，散发着阵阵臭味。路人见他皆躲开，但这个姑娘却出手相救，实在让他感念。

欢喜见流浪汉虽落魄，但好像自尊心极强，便微微摇头，淡淡道："先生多礼了，区区小事，不必放在心上。"说着，她如水的眼眸停留在那流浪汉的腿上，见他走路一瘸一拐的，欢喜道，"公子可是腿脚不便？"

那流浪汉本待要走，闻声止住了脚步，苦笑一声道："是，我的腿曾受过伤……"

"那请公子留步，小女子是医师，可为公子看伤。"欢喜道。

"我……我身无分文……"流浪汉说着话，已经脏得看不出原来面目的脸上有一丝羞愧的红。

"无妨，但随我来。"欢喜带着那位流浪汉回到了自己暂时的栖身之处。

这座简朴的院落是欢喜之前救助的一户人家专门腾出来给欢喜暂时安身的，也充作欢喜给病人看病时的医寮用。

即使流浪汉有些躲闪，可欢喜并未流露出一丝对流浪汉腿上已经发炎溃烂伤口的嫌弃之意，而是细心地替他清洗敷药。

欢喜看着伤口，微微蹙起了秀眉，对流浪汉道："公子，你这腿上的伤已经有一段时日了，为何不好好护理？再如此下去，你这条腿该保不住了。”

那流浪汉不答，半晌才缓缓地叹息了一声。欢喜见他面色沉寂，便也不再多话，替他包扎好后，又开了些药方。

她站起身来，准备去抓药。

那流浪汉连忙撑着虚弱的身子站起来，道：“姑娘不嫌我肮脏，细心为我包扎治疗，我已经很感激了，实在不敢再叨扰姑娘太多。”

欢喜微微一笑，道：“公子不用顾虑太多，这是欢喜行医治病的准则，换作是别人，我也一样如此对待。”

那流浪汉见欢喜如此大度开朗，便也不再推辞。他回味着欢喜方才的话，笑了，道：“原来姑娘闺名叫欢喜？”

“是。”欢喜并未抬头。

“我……我叫赤冰……”那流浪汉犹豫了半天，还是将自己的姓名报出，等待着欢喜的反应。

但欢喜只是“嗯”了一声，并未有任何激动的感觉。

赤冰有些讶异道：“姑娘，你……你不觉得惊讶吗？”

欢喜有些茫然地抬眼，道：“怎么了？”

赤冰语塞，他凝视着欢喜半晌，见她是真不知晓他的名字，便道：“姑娘是外地人吗？”

欢喜颔首道：“我刚到赤羽国没多久。”

“那就难怪了。”赤冰恍然说道。

“你的名字有什么奇特之处吗？”欢喜抬头浅浅一笑。

“我的名字没什么特别之处。是我父亲替我取的。”赤冰说着，声音渐渐低了下去，“我与父亲已经很久没有见面了。”

“是吗？”欢喜并未在意，抓好药，将药包递给赤冰，道，“公子将此药包分成六次煎服，应该可以治愈你腿上的伤。你每隔两天过来换药一次。”

“多谢姑娘了。”赤冰感激道，“滴水之恩，他日赤冰将涌泉相报。”

欢喜淡然道：“公子不必将此小事记挂在心上，欢喜行医治病也并非是为了回报，公子若还是耿耿于怀，就请伤愈后多多帮助那些需要帮助的人，便是对欢喜最好的回应了。”

赤冰凝望着欢喜半晌，才颔首道："姑娘说得是。我以后会谨遵姑娘嘱托的。"

欢喜淡淡一笑，道："公子你可以走了。"

赤冰应了一声，动作却有些缓慢，他的眼依然盯在欢喜的脸上，似乎要想记住她一般，久久不愿离开。

赤冰直直的目光让欢喜想起了另外一个人的眼神，灼热得几乎要烫人。她低下头来，轻咳了两声，道："公子……"

赤冰这才缓过神来，尴尬紧张得有些口吃道："我，我这就……就走了。"

欢喜道："公子走好，不送了。"

赤冰朝欢喜弯了弯身，便拄着拐杖向屋门口走去，突然外面跑进来一个十二三岁的小少年，险些要将步履蹒跚的赤冰撞倒。

欢喜连忙出声道："小满，你小心些。"叫作小满的孩子是欢喜房东的孩子，那日他出麻疹，由于没钱看病，险些夭折，他的父母亲在市集上绝望哭泣。恰好欢喜路过，便随小满的父母回家，替他诊治将他治好，从此被这家人尊若仙子，一直挽留到现在。

小满扶住了赤冰，不好意思地吐吐舌头，但小孩子天性很快便忘记了自己的鲁莽，朝着欢喜叫道："欢喜姐姐，我去帮你探听消息了，街坊倒泔水的陈嫂说，皇宫戒备森严，她不能随意带人进宫，否则要招来杀身之祸的。"

"哦，是吗？"欢喜微微有些失望，她请房东一家帮她留意进宫的渠道，可是赤羽皇宫审查严格，百姓闻皇宫丧胆，谁都不敢多事。照这么下去，她何时才能入宫见墨玺？欢喜不自觉地叹了口气。

她的叹息声即使轻微，却也被伫立在门口的赤冰听到了。赤冰收住脚，犹豫了一下，回头望着欢喜，斟酌半天开了口："恕我冒昧，请问姑娘，可是想进皇宫？"

欢喜闻声抬头看了看赤冰，见他神情甚是诚恳，便颔首道："是。"

"为的何事？"赤冰又问道。

欢喜迟疑了一下不知道该如何回答赤冰。

"在下并无其他意思，只是想姑娘若能透露些讯息与在下，在下不才，也许可以为姑娘做点什么。”赤冰诚挚地看着欢喜道。

“我想进宫……找到墨玺王……”欢喜犹豫着道。

“墨玺？”赤冰吓了一跳，他踌躇了一下，重新一瘸一拐地走进门来，站立在欢喜面前，压低了声音道，“你，你找他却是为何？”

“我想……想去劝解墨玺放下屠刀，不要再造杀孽。”欢喜回答着赤冰。

“可是，你以为你能劝得动一个根深蒂固的魔王吗？你不怕他一恼怒，你也会落得和那些僧人一样的下场吗？”赤冰凝望着欢喜异常坚决的小脸，不由得流露出对她的担忧与关切。

“不怕。”欢喜坚定而沉静地说道。

赤冰凝望着欢喜半晌，脏得看不出面容的脸有着复杂的神情，半晌他出声道：“姑娘，我知道进宫的法子。”

第十四章 一入皇宫深似海

赤冰道："姑娘若是信得过我，我教你入宫的法子。"

欢喜迟疑了一下，还是出声问道："公子对皇宫可否熟悉？"

赤冰苦笑一下，道："姑娘是我的救命恩人，实不相瞒，我就是从皇宫里出来的。"

小满在一旁不说话，只是睁着大眼看着赤冰，眼神里有着怀疑与打量。这孩子对欢喜满怀崇敬与爱戴之心，看着赤冰落魄的狼狈模样只是不相信，唯恐欢喜被赤冰所骗。

赤冰朝着那孩子笑笑，道："姑娘可以不相信我，我只告诉姑娘一个法子。姑娘想进宫，不要到正前门与守卫冲突，可绕道到皇宫墙外的西街路口，在那里等候。每日会有各国使者送贡品进宫，我给你写个便笺，你拿去给那管进贡的头领看。那人我认识，他会带你入宫的。"

"是吗？"欢喜不解地抬起头来看着赤冰，圆圆的眼眸里有着探究的光。

赤冰微微一笑，道："是，那人是皇宫中管进贡与采购的大人，你去找他。"他的脸虽然是脏的，可他的牙齿很白，神情举止之间，像极了一个人。

虽然还是将信将疑，但欢喜还是谢过了这个衣衫褴褛的流浪汉。

欢喜拿着赤冰给她写的纸笺，目送着赤冰拖着伤腿行动不便的身影，心头回想着赤冰怎么会给她带来如此熟悉的感觉。

赤冰，面庞眉目间……那笑容，可是像……墨？欢喜骇然被自己心头的念头弄得微微一怔。

第二天，欢喜依照赤冰的嘱咐在皇宫西门等候，果真见宫墙那里停靠着不少进贡的马车。这些进贡的马车需要在皇宫门口等待宫里的总管来验收、登记、入册，然后由专门的人领着送到库房，再卸车、入库。

马车在宫门前排起了长长的队伍，由于进贡者大都是有背景与权势的，一个看似总管模样的清俊男子不停地朝着送礼的使者微笑，指挥手下验收、记册。

“乌兹国进贡，云锦三百匹、盐货二百斤；朱雀国进贡上等佳酿一百坛、人参八十盒、特色果子二十担……”登记官大声朗读进贡礼单，有人笔录登记，有人忙着验收。

这时宫中的下人向清俊男子禀报：“紫爷，那边有位姑娘要找您。”那位姑娘虽然貌不出众，但彬彬有礼，让人感觉很是舒服。这位宫中的下人不由自主地便为她跑腿通报。

清俊男子头也不抬道：“是哪国进贡的美人吗？叫他们按照选妃的程序走，咱们这儿只收死物，不收活物。”

“看样子不是进贡的美人，她只有一个人，说是要找紫爷您。”下人有些呐呐回话道。

“单身？一个姑娘家家的找我作甚？”紫崖白抬起头来，瞥了一眼下人所说的那位姑娘，见欢喜相貌平常，并不是倾城倾国的大美人，便又垂下头来，道，“不管她有什么事，也要等我把手上的事情处理完再说。”

下人唯唯诺诺地领命去了，嘱咐欢喜不要去打扰忙碌中的紫崖白大人，即使她手上有熟人的推荐信也不成。紫崖白大人可是墨玺王身边的亲信，可以说是一人之下，万人之上的风云人物，每天要见他的人多了，他可不是那么好拜见的。

欢喜谢了好心通报的下人，静静地站在一旁等候消息。

紫崖白对着献礼的人总是微笑，这一上午笑得他脸都僵硬了，若是不事先搓揉一把，可能连其他的表情都换不过来。

眼见用来讨好墨玺的贡品越来越多，这一天怕是点不完了，紫崖白僵着脸转过头去，想找一个没人的地方放松一下脸部紧绷着的神经，一转头，看见了远远正隔着人群等待他的欢喜。

欢喜并不出众，但她周身所散发出的平和淡然却让人如沐春风，无法忽视她的存在。

紫崖白龇着麻了的嘴，在阳光下手搭凉棚望着欢喜，盯了半晌，朝着她招招手，就见欢喜轻轻盈盈地走上前来，她身上的白衫随着她前行的步伐微微飘起。

烈日下，紫崖白竟产生了错觉，他发觉欢喜的周身竟然有一层隐隐的金光笼罩着，他连忙晃晃脑袋，那金光又消失了。

紫崖白盯着欢喜，道："听说，你要见我？"

欢喜朝着紫崖白施礼道："是。打扰大人了，民女欢喜有事想请大人帮忙。"

"你，找我有何事？"紫崖白淡淡地扫了一眼欢喜，那双眼眸里有着一丝猜疑与思忖。

欢喜迟疑了片刻，想起了赤冰的手笺，便从袖子里拿出信封递给紫崖白。紫崖白将信将疑地接过一看，刚打开信封，抖开手笺，他的神情便一变。

待得看完手中的信，他对欢喜的态度立刻有了一百八十度的转变："姑娘是写信人的救命恩人吗？"紫崖白问道。

"不敢当。"欢喜连忙回应道，"民女只是机缘巧合，才遇到他的。"

紫崖白原本平静的脸上掠过一丝激动："那他，现在人呢？"

欢喜道："赤冰公子他……"欢喜刚说出"赤冰"的名字，紫崖白便已经推着她的肩头，将她带到僻静的一角，见四下无人，他才压低嗓音问道："赤冰人在哪里？"

他的语气中带着关切与焦急。

"赤冰公子尚好，只是他……"欢喜犹豫着要不要把赤冰的现状告诉紫崖白。

紫崖白又开口问道："他，他没说要回宫里来吗？"

欢喜摇摇头，道："他没有提过。"

紫崖白闻言面色暗淡下来，叹息了一声道："他终究还是不愿意回来。"

沉默了半晌，紫崖白才回过神，他再次看着手中赤冰的亲笔信，又抬头望着欢喜道：“不管如何，他的命总是姑娘救的，我是他的朋友，所以姑娘有嘱托的事，我一定为你办到！”

欢喜微微一愣，单凭一封信，就能让紫崖白为之屈尊差遣，既然和眼前这位紫爷有如此交情，赤冰却为何要流落街头，当流浪汉呢？

欢喜百思不得其解，紫崖白又诚恳地发话了：“姑娘找我有什么事？请尽管说。”

“哦，民女想请大人帮忙，我想进宫见墨玺。”欢喜望着紫崖白直言道。

“见墨玺王？”欢喜的要求出乎紫崖白的意外，“你，你找他……”他迟疑了一下，才缓缓道，“难道姑娘你，也想进宫当嫔妃吗？我们墨王，他并不太喜女色。”

欢喜一愣，紫崖白的话让她有些不解，但随之她心下一惊，明白紫崖白是将她当作进宫谋富贵，以色侍人的民女了。

欢喜避开紫崖白上下朝她打量的目光，不由微微红了脸，她低声道：“大人，您是误会了。我不瞒大人，欢喜此次进宫，是想劝说墨玺王放下屠刀，不要再屠杀天合界师门弟子的。”

“劝说？难道你也是天合教徒？”紫崖白面色大变。

欢喜颔首，道：“是。”

“姑娘，你听我一句劝，立刻离开这里，远离皇宫，免得招来杀身之祸。”紫崖白劝着欢喜，“我们墨玺王一向痛恨天合教徒，你这样贸然进宫劝说，不仅达不到预期目的，很有可能适得其反！”

“可是，紫爷，如今天下人对墨玺王的风评想必您也明白，长此以往，将人心惶惶，物极必反，难道紫爷想看着赤羽国日后分崩离析吗？”欢喜直截了当地问着紫崖白，来人世有段日子了，她已经学会提问题单刀直入，说到人的真心所想。

从紫崖白的言行举止可以看出，他还是很维护赤羽国王墨玺的。因此欢喜直觉紫崖白应也是希望墨玺能有人规劝的。

果然紫崖白叹息了一声，道：“姑娘所言不虚，但此事……”

“紫爷请放心，欢喜会尽能力行事，若是墨玺王不听劝说，欢喜也不会强求于他的。”欢喜见紫崖白踌躇，便对他做了保证。

度化墨玺，也是要看墨玺是否为天界有缘人，若是墨玺顽固不化，她也只能尽自己最大所能了。

紫崖白思索了半晌，才松口道：“也好，那姑娘……就随我进宫去吧。”他看了看面色温和的欢喜，又道：“带你进宫可以，不过，你千万不要给我惹出事端来，否则惹怒了墨玺王，我是保不住你的。”

“请大人放心，欢喜不会给大人带来麻烦的。”欢喜朝紫崖白躬身，作了保证。

一路跟随紫崖白沿着宫墙进了第二层的宫城，欢喜才发觉这位紫崖白大人所言非虚，墨玺忌讳天合教徒的行径已经到达了让人匪夷所思的地步。

据紫崖白大人说，赤羽国城里原先有大大小小三百多个天合教寺院。那时每天清晨，全城香烟袅袅，钟声悠悠，磬声清脆动听，诵经之声不绝于耳。而且寺庙里的弟子可以在街上随意行走，逐家化缘，备受尊敬。

欢喜这一路行来，映入眼帘的果真大多都是巍峨的白塔，红顶的寺院。那些红黄相间的龙尾形屋顶的庙宇，充满了神秘色彩。可是这些原先香火盛极一时的庙宇如今已经人去楼空，静悄悄的，到处都呈现出一派颓败的景象。

紫崖白凝视着那些衰败的寺庙，叹息道：“以前赤麟国王在位时，恐怕也未想过会成为今日这般模样。”

欢喜心中一动，她早在赤羽国百姓的议论中得知赤麟国王原是墨玺的亲叔叔，赤麟很是崇尚天合教，他在全国下令推行天合教，天合教门徒曾经多达好几万人，盛况空前。

不过墨玺国王夺权上台后，这位赤麟前国王便沦为阶下囚，那些天合弟子也被杀戮驱逐一空，往日的盛况再也不复重来，而且墨玺杀戮天合教徒的现象还越演越烈。

究竟什么样的仇恨才会让一个王会对天合教如此恨之入骨，赶尽杀绝呢？

到了内城，欢喜看到宫门的两边各站着一队卫兵，手执矛戈等兵器，戒备森严。

欢喜按照紫崖白的吩咐，站在宫女中，等待通过宫门。正当门卫检查过后，准备放她们进宫时，宫内传出一阵清脆的马蹄声，一队骑兵飞奔而出，每个骑士都挺直腰杆稳坐如泰山，眼中带着精准干练的气势，威风凛凛，腾起片片烟尘。

所有的门卫与官员见状立刻全都跪下，口中齐呼："参见墨玺国王！"

欢喜在宫女堆里悄悄抬起头，好奇地想看看传说中的墨玺国王是何模样，却被一旁的宫女管事拍了一下脑袋："不许看，偷看王是要被杀头的！"

欢喜低了头，但方才抬头的一瞥，却已经让她看见骑在马上为首的墨玺王头戴宝翎金冠，身着暗金色云锦袍，甚是英气逼人，气势非凡。

不过欢喜最想看的墨玺的脸却被一个青面獠牙的灰色面具遮住，让人看不清他的真面目。难怪赤羽国上下都流传墨玺王是个恶魔，谁也没见过他的真面目，但看他那可怖的面具，自然会顿生惧意，随意揣测了。

墨玺精兵马队后面还跟着侍从，人如墙，枪如林，气势森然，杀气腾腾，那架势让在场无人敢出一口大气。

直到墨玺的队伍过后半晌，跪在地上黑压压的人群才缓缓站起，其中一人吐出一口气道："王出宫了。"

四下里顿时传出无数松了口气的声音。但还未等众人这口气完全出完，原本已经驰骋远去的墨玺却突然驾马又返身回来！

在众人忐忑的目光中，墨玺径直骑马到了紫崖白面前，从马上居高临下望着他，道："紫崖白，今儿又收到什么好东西了？"墨玺的声音沙哑且低沉，带着浑厚的回音。

紫崖白一笑，道："还不是小国孝敬您的那些东西，并无太大的新奇。"

墨玺在马上盯着紫崖白半晌，才缓缓道："紫崖白，你若是收到了什么好东西，一定要与本王分享才是，千万不要瞒着我做任何事。"

一股冷意从紫崖白的脚底下升起，他强自笑道：“王请放心，紫崖白绝不敢欺瞒王，也绝无二心！”

马背上的墨玺嘴角勾起一丝嘲讽的笑意，道：“那就好，千万不要让我失望。我能相信的人，也就剩下你一个了。”墨玺话语冷漠，脸上的所有表情都被阻挡在那张面目可憎的面具后。

“是，请王放心。”紫崖白慌忙回应道。

墨玺冷哼一声，面具后的目光掠过不远处的宫女们，在那里停留了片刻，接着持缰纵马，转身便率众离开了。

看着墨玺王离开的背影，欢喜听得周围的宫女在议论：“王这次出宫，不会像上次那般去那么长的时间吧？”

“前些日子我还以为王不会再回宫中来了呢。”有人悄声说道。

“嘘……别胡说，会被杀头的。”

“咳咳——”紫崖白抹去额头上的汗，咳嗽了两声，制止了这些不怕死的丫头们的议论。

欢喜被紫崖白暂时安排在皇宫中的储存仓库中当丫头，每天给宫中收进来的贡品编号，按照种类和质量等级分别放好储存。

由于墨玺出宫未回，因此欢喜也耐心等待机会与墨玺会面。紫崖白已经和仓储的主管以及周围的侍从交待过了，因此欢喜可以借着收入记账的名义在宫中四下走动。

这日，欢喜领了命令随另外一名小宫女为皇宫中的懿太妃送解暑汤水。欢喜捧着一坛蜜浸梅子，跟在小宫女如意的身后缓缓地走着。

欢喜并不多话，如意见欢喜如此沉寂，天性爱说笑的她转过身，对着欢喜说道：“欢喜，你是新来的吗？我见紫爷对你很是照顾呢。”

欢喜淡淡一笑，并不接话。如意又道：“能让紫爷另眼看待的人可不多呢，你……”她一双明媚的眼眸在欢喜身上打量半晌，才道，“欢喜，你好普通哦。”

欢喜浅笑，只是轻轻问道：“如意姐姐，请问我们送梅子去哪里？”

“懿太妃那里啊。”如意瞧了一眼欢喜，道：“你不知道吗，懿太妃是我们宫里除了墨玺王之外最尊贵的人了，我们要好好伺候她才是。”

欢喜颔首，道：“我会的。”

如意点头道，“你虽刚来，不过还好不多事。以后做事手脚麻利勤快点，在主上面前嘴甜一些，加上你有紫爷撑腰，也不怕在宫中站不住脚。”

欢喜低低“嗯”了一声。两人说话间，已经走到一处密林前。刚走到密林边，如意面色有些苍白，拉着欢喜便飞速地一溜小跑过了林子。

欢喜抱着坛子边跑边问着如意：“怎么了，如意姐姐？”

“嘘——”如意带着欢喜跑了好长的一段路，将那片密林远远地抛在后面，方才气喘吁吁地停住了脚步，她见四下无人，才低低道，“我告诉你，你别害怕啊。那，那片密林里经常闹鬼。”

欢喜微微一惊，目光情不自禁地朝着那片密林望去，远远的，那片枝叶茂密的密林笼罩在朦胧的雾气之中，确实有几分诡异。

“快走！”如意拉了一把还在愣怔的欢喜，两人又步履匆匆地向前跑去。

懿太妃的寝宫就在皇宫大殿的西侧，皇宫大殿是墨玺议事的地方，殿前立着十二根汉白玉的柱子，殿前有三百级台阶，台阶前蹲守着六条飞龙，雕工细致，威风凛凛。

顺台阶而上，把如意累得气喘吁吁，欢喜却低头姗姗而上。两人绕过大殿，便来到了懿太妃的寝宫。今日天气炎热，懿太妃感觉口干舌燥，想吃点清凉的东西，见到从仓库冰窖里刚取出的蜜浸梅子，便招手让拿着盘子的宫女过来。

面前的宫女拿过盘子来，细心地用手中的丝帕将盘底冰块融化的水渍擦干，方才递了过去。

懿太妃捻起一颗清凉的蜜浸梅子，眼睛却看着那宫女道：“你有些眼生，是新来的吗？叫什么名字？”

“我叫欢喜。”欢喜低头回了懿太妃的话。眼前的懿太妃身着黑色金丝滚边衫裙，衣摆上绣着精致的牡丹图案，如云的秀发松松挽了个发髻，虽然有一定年纪了，但依然面似芙蓉，肌肤胜雪。

见欢喜性子沉稳，面容清润明净，懿太妃含笑念叨了一句：“欢喜，真是好名字。喜庆得很呢。”欢喜也微微一笑。

懿太妃咬了一口梅子，姣好的面容上有着惬意的神情，但很快便被一层愁云所笼罩。懿太妃叹息一声，望着面前的冰碗，喃喃道："冰儿最喜欢吃这些冰镇蜂蜜梅子了，可惜，我再也见不到他了。"

见懿太妃面色悲戚，一旁的女官连忙笑道："太妃娘娘，方才不是好好的吗，怎么又难过起来了？冰爷只是出宫去了，以后会回来的。"

懿太妃摇摇头，道："那孩子和玺的脾气一样倔，既然他出宫去了，便断没有再回来的可能。"

女官沉默了一下，道："冰爷走了也好，太妃娘娘也明白如今的局势。他走了，对他自己对墨玺王都好，免得两人见面又呛起来，到时候再把旧事掀开来就不好了。赤麟王还在牢里押着呢，可别再节外生枝了。"

懿太妃点头道："是啊，我明白，只是心里头挂念这孩子，毕竟冰儿和墨玺都是我一手带大的。"她拿着冰碗，脸上有着一丝怅惘，"我和这些孩子的缘分如同这碗冰，我将冰拿在手中，冰化了，我才发现缘没了。"

"缘来天注定，缘去人自夺。种如是因，收如是果，一切唯心造。"见懿太妃叹息，一旁的欢喜低低道。

懿太妃抬眼看了看这个灵巧的姑娘，不由笑了："小姑娘倒是善于讲经解文，不过，我只信缘。"

欢喜也笑了，道："一切皆为虚幻，笑着面对，不去埋怨。悠然，随心，随性，随缘。"

懿太妃听了欢喜的话，眼眸微微发亮，虽然没有说话，但眼神却是赞许的。

第十五章 再见伊人心欢喜

如意带着欢喜出了太妃殿，刚出去，如意便拍着胸口，道："欢喜，你好大的胆子，竟然敢和太妃那么说话。你知道吗，太妃是墨玺王的乳娘，虽然墨玺王不是她亲生的，但墨玺王最尊敬的人就是她了。"如意说着话，啧啧叹两声，上下打量起欢喜来。这个相貌顶多算得上清秀的小姑娘，却能让懿太妃那么喜欢，连她也沾光得到了进宫后的第一次打赏。这个欢喜，还真有两下子。

但欢喜却只是淡淡一笑。

自此欢喜便和小宫女如意熟络了起来，如意经常替嫔妃们领取生活用度，常拉着欢喜一起去。于是欢喜得以多了在宫中走动的机会。常在皇宫中穿行，欢喜这才发现赤羽皇宫的浩瀚远远出乎她的想象。

皇宫的建筑构成八角形，分别有六个城门，临河一面的城墙高达十余丈，雄伟壮观，气势磅礴，戒备森严。皇宫的内殿都是用大理石与红砂石砌成，配上金色的屋顶，灿烂夺目，尽显奢华。

除了金碧辉煌的皇宫让欢喜对赤羽国雄厚的国力重新估量之外，也让她感觉到觐见国王墨玺的艰难。且不说皇宫之大，墨玺行踪不定无人知晓，即便知晓了墨玺王的落脚之地，依照她一个小小宫女的身份，也绝对靠近不了墨玺。

"除非——成为墨玺王的嫔妃。"这是如意告诉欢喜的，"若想接近墨玺王，除非他钦点你，否则没人引荐的话，咱们就算是在宫中待上一辈子也未必能见得到王。"如意很是认真地告诫欢喜莫要不切实际地胡思乱想。

欢喜闻言低头不语，如意的劝告她何尝不清楚，但眼下找到墨玺乃是她首要任务，无论他是不是她的劫，都比不上阻止墨玺继续杀人来得重要，因此再困难她也必须要面圣。

说到墨玺，其实让欢喜心头更记挂的是不辞而别的墨。初入宫时，她也曾小心翼翼问过如意可曾见过宫中的墨大臣？如意却一头雾水道："谁是墨大臣？我从来没听说过呀。再说了，宫中谁敢取和墨玺王相近的名讳，也不怕被杀头？"

欢喜顿时困惑了，难道她所遇见的那个墨，是个骗子？她的心头有种怅惘的情绪悄然涌起，她有些微愕自己的心绪，连忙努力让自己静心等待遇见墨玺的机会。

对她来说，也许墨，只是她化解情劫路上的一段插曲。而墨玺，才是她真正的劫。

这日，欢喜帮如意给皇宫中的嫔妃分别送去邻国进贡的新衣裳。就像如意所说，墨玺并不算好色君王，他的后宫只有屈指可数的几位嫔妃，但个个都是天姿国色，倾国倾城。

如意送完美轮美奂价值连城的新衣裳后出了宫殿，和欢喜走到没人的地方，这才叹息一声，道："什么时候我们才能有娘娘那样的待遇，这样就不用天天如此辛苦跑腿，还要陪着笑脸服侍人。"

欢喜淡然一笑，道："荣华富贵虽好，何堪比贫贱之常安无虑；水流花落易逝，尽显展乾坤之境静意闲。我们既来之则安之吧。"

如意听欢喜又是如此说话，不由摇摇头，道："欢喜，你看起来还真不像个粗丫头。你总是说些稀奇古怪的话，不过虽然我听不懂，但每次看到你安详的神情，我心里也安定了不少。你说这是不是很奇怪？"

欢喜轻轻抿嘴。两人说说笑笑，顺着来路往回走，又经过了那片禁忌的密林，欢喜远远地感觉到那片密林氤氲着一层浓浓的怨气。她缓缓地停下了脚步，身旁的如意却非要拉着她一路再狂奔回去，欢喜淡然说道："不要着急。如意，你看，那密林里有人。"

如意哆哆嗦嗦地顺着欢喜所指的方向望去，面色刷地一下变得煞白，她颤抖着手，指着密林里那条红色的人影，吓得连声都发不出来。

"如意，怎么了？"欢喜问道，眼眸却紧紧盯着那个身穿红衣的人影，如若她没有看错的话，那条红色的人影应该是未散去轮回的魂魄。

如意扇动着嘴唇，半晌才“啊——”地一声尖叫出声，“鬼，鬼，真的有鬼！是，是美姬娘娘的鬼魂。”如意吓得魂飞魄散，连滚带爬地尖叫着，一路飞奔着离开了密林。

“美姬娘娘？”欢喜微蹙娥眉望着远处的影子，只见那条魂魄有些畏缩，只是远远地朝她观望，掩面，并不近前。欢喜正要上前询问，却听见身后传来一声沉喝，“皇宫内不得喧哗，成何体统！”那条魂魄见有人靠近，便悄然退隐消失在密林之中。

欢喜转过脸去，发觉自己身后站着一队身着统一黑袍的侍卫，为首的侍卫道：“你是哪里来的宫女，在这里大呼小叫的？你……”

侍卫头领正要接着往下训话，在看清了欢喜的模样后，却惊讶地出声道：“欢，欢喜姑娘？”

欢喜闻声望去，发觉面前的侍卫头领竟是她之前见过的墨身边的侍卫紫晏！

紫晏看着欢喜，清秀的脸上掠过一丝惊诧，但很快便喜不自胜：“欢喜姑娘，你到我们皇宫来了吗？”

欢喜也有些意外，内心深处不由渗出了淡淡的欢喜，看到紫晏，也许就能见到墨了。

欢喜颔首，对紫晏行礼道：“是大人您啊。”

紫晏笑得合不拢嘴，恨不得立刻跑去禀报墨，说欢喜来了。对于自己的主子墨的心思，紫晏很清楚，之前墨悄无声息地便和欢喜姑娘一起消失了那么久，前不久才突然冒了出来，回到宫中，不过身边并没有带着欢喜。

紫晏心头正纳闷呢，却又不敢多问，直到接了小荒岛上的线报，才知道墨和欢喜姑娘闹起了小别扭。话说揣摩主上的心意是他做臣子的责任，他也有义务为主上做点让其高兴的事儿，他刚想派人去寻找欢喜姑娘呢，没想到欢喜姑娘竟然自己出现在宫中了。

“欢喜姑娘，你能来宫中真是太好了。”紫晏乐呵呵地说道。

欢喜浅笑，迟疑了一下，才低低问道：“大人……可曾看到过墨公子？”说这话时她心头竟有几分忐忑，担忧紫晏也和如意一样，回答她没有墨这个人。

“当然，我才陪着他回宫。”紫晏心直口快，但很快就想起了墨的命令，于是立刻改口道，“我和墨公子刚陪着墨玺王回到宫中呢。”

“是吗？”欢喜微微红了脸，竟有些忸怩。

“对了，欢喜姑娘，方才你在尖叫些什么？”紫晏想起了什么，问着欢喜。

“不是我叫的，是我们看到密林里有人影。”欢喜道，“大人，能问您一下，谁是美姬娘娘吗？”

“美姬娘娘！”紫晏面色也煞白了起来，“你是说，你，你看到密林里出现了美姬娘娘的影子？”

“是。”欢喜回答着紫晏。

“那你看到的美姬娘娘是什么样子？”紫晏问道。

“她身穿一身红衣，头挽流云髻，鹅蛋脸，纤细身影。”欢喜看着紫晏，“我见她站在树后，好像很有冤屈的模样。”

“大人，大人？”欢喜呼唤着已经惊呆了的紫晏。

却见紫晏和他身后的侍卫俱是面色如土，半晌不知是谁大喊一声，“天哪，大白天的，见鬼了啊！”接着，一队人马慌乱得如同没头的苍蝇作鸟兽散。

欢喜拽住了也想跑的紫晏，问道：“怎么了，大人？”

“哎呀，放开我。美姬娘娘，大白天的，请你千万不要出来吓我们啊，我们知道你有冤屈，不过，不过那些恶人已经被墨玺王关押起来了啊。”紫晏拼命跑着，叫喊声比方才的如意还要响。

空地上，只留下欢喜一个人，她睁着如水的眼眸看着那些惊慌失措的人们，有些疑惑不解。鬼魂有那么可怕吗？她们当鬼之前不也曾经是人吗？她叹息一声，走近密林，却见浓烟散去，杳无声息，并不再见那条红衣人影出现。

只有满地的残花败叶，随着阵阵的狂风飞舞，乱花无尽。

当日下午，墨就派人来接欢喜了。

欢喜在众人猜测的目光中，低着头，随着前来传唤的紫晏缓缓地离开了仓库。紫崖白从头到尾不发一言，不过看着欢喜的眸子里有着隐藏的担忧与不安。

紫晏还未从大白天见鬼的惊吓中恢复过来，他白着一张脸，看着紫崖白恍惚的模样，便停住，过来悄然捅了捅紫崖白，道："哥哥，你愁眉苦脸的干什么？又不是你见鬼了。怎么，舍不得欢喜吗？还想让她再给你当丫头？"

紫崖白冷冷瞪了一眼还在嘻皮笑脸的紫晏，紫晏立刻老实了下来。

"是墨公子让你来带人的吗？"紫崖白特意加重了"墨"字的语气。

紫晏呵呵笑道："当然是。"

紫崖白蹙起剑眉看着欢喜又望望紫晏，低声道："他究竟打的是什么主意？"

"这就不是咱们能管的事儿啦。哥哥，你少操点心啊？"紫晏笑着拍了拍紫崖白的肩头，道，"你还是用点心，想着早点给我娶个嫂子回来吧，哈哈。"

紫晏带着欢喜走到门前，突然站住了脚："对了，哥，你是在哪里把欢喜姑娘给找到的？"紫崖白沉着脸不答。紫晏挠挠头，百思不得其解地走了。

一路走过复杂的路线，方才到了一座雅致的院落前。这是皇宫里的一个偏殿。

偏殿书房里的案几上放着一只三足鼎香炉，炉里燃有龙涎香，空气中弥漫着一股香气。侧旁的门帘纱幕低垂，静无人声。

欢喜咬着唇，站在幕帘后半晌，在紫晏的催促下，鼓足勇气撩开帘子走了进去。一眼便看到了墨，久违不见。

墨站立在木窗前，午后的阳光透过窗棂洒落在他身上，他背对着她，身穿蓝色华袍，上面绣着暗纹，帽冠上镶嵌着明珠，腰带上挂着环佩，一身的华贵与威严。

欢喜的心里不知为何，突然涌起了一股热流，这股热浪在她的内心深处四处蔓延，而丝丝的欢欣就像慢慢萌发的花蕾，一点点在她的心头开放。她感到自己的心脏在抽紧，带着一种奇异的，说也说不上来的悸动。

墨似乎听到了动静，他缓缓地回过头来，两人四目相接，空气似乎凝结了，其实并未多时未见，可好像已经等待了上千年，此刻只有彼此的目光在空中纠缠，凝固。

“你……来了吗？”墨先开口说话了，他的声音有些沙哑，隐隐能听出他话语中隐藏着的渴望与迫切。

欢喜没有说话，只是低下了头，瞧着自己的脚尖。

“过来，欢喜。”墨低声呼唤着欢喜的名字。欢喜垂着头，踌躇了半晌，还是缓慢地向墨走近，她也想问问他，为何那日要不辞而别。

当欢喜踩着细碎的脚步向墨靠近时，墨有一刹那好像无法呼吸。

她在慢慢靠近他，他又闻到了她身上那股芳香的气息，让他控制不住的怦然悸动，甚至他以为自己的心脏有可能会在下一秒钟蓦然静止。他无法骗自己，他是在意面前的这个女人的，即使他不告而别回到皇宫中，他也无法将她忘怀。在他的心里，她依然存在着，而且时不时还会进入他的梦中。

就算此刻欢喜对他表现出她原本的生分疏离，将彼此的界限划分开来，他仍狂喜不已，因为她就近在咫尺，在他伸手可及之处。墨好像听到了自己心跳的声音，待欢喜走到离他一丈远的地方，她已经被他一把拉住，抱进了怀抱中。

“欢喜。”墨低低唤着她，他鼻腔里温热的空气喷在她的耳廓边，让她微微颤抖了一下。

“墨公子。”欢喜抬起眼看着墨，用手撑开自己和墨之间的距离。

墨的眉头一皱，道：“你又这样了，乖一些，好吗？”说着更加用力揽紧了欢喜，不让她逃脱。他喜欢她柔顺的样子，但她从来不。

欢喜在墨的怀抱中，觉得自己原先清凉的体温竟开始微微发烫起来，她挣扎着，从墨的怀抱中挣脱出来。

“公子。”欢喜圆润的脸上有些绯红，但并没有抬眼看墨，她低声问他，“你，你什么时候回宫里来的？”她脸上的红晕在逐步加深，她低垂着头，眼眸如水，心中好像涌动着无边的波浪，柔软像要满溢出来一样。

“你平安归来就好，我，我一直以为你出什么事情了。”面对着他火热的视线，她有些嗫嚅道，“你的伤好些了吗？”

“你，记挂着我吗？”墨狭长的眼微微发亮，欢喜看着墨闪着光芒的星眸，心不由猛地跳动了一下，她有些害怕自己突然心跳失重的感觉，她半转过身，不想和墨再如此亲近而暧昧。

“说，你是否还惦念着我？”墨走上前来，又从背后轻轻揽住了欢喜。

欢喜不答，心绪一片混乱，她在慌乱中连忙摇头否认。

墨的俊脸一沉，他猛地想起了那两个蒙面人，喉头的咽块又堵了上来，道：“原来，一直是我在自作多情，你根本就没有把我放在心上，对吗？”

“你记挂的还是你的师兄们，对吗？”墨冷冷地说着，放开了欢喜，“既然如此，你何必进宫来找我？”

欢喜有些微微失了神，被墨一问，她几乎要脱口而出“我也记挂着你啊”，但话刚到嘴边，她便醒觉过来，慌忙咬着自己的红唇，不让自己出声。

“再咬便要咬破了。”虽然心头依然泛酸，但看见欢喜如此蹂躏自己的小嘴，墨还是舍不得地出言禁止。他上前伸出手，将手指贴在欢喜的红唇上，而后俯下身来，轻轻地在她的嘴上印上一吻，欢喜正要出声抗议，墨已经拿开自己的手指，低哑道：“我亲的是我自己的手指。”

“你……”欢喜看着墨脸上促狭的微笑时，却说不出一个字来。偷香成功，方才稍稍缓解了墨心头因为醋意而产生的不满。他看着欢喜，郑重其事道：“既然进宫来了，往后你就在我身边伺候我，不能离开。”

“可是，我想见墨玺国王。”欢喜慌忙对霸道的墨说，“你不是也答应过我，要让我见墨玺王的吗？”

“墨玺王事务繁忙，恐怕抽不出空见你这个小宫女，所以，你今后就随着我吧。”墨淡淡道，边说边转身开始脱起外袍来。

“你，你要干什么？”欢喜红着脸，连紧握在胸前的纤手也开始颤抖了起来。

墨嗤笑，道：“我方骑马回来，全身汗粘，想沐浴一下。怎么，你想伺候我更衣沐浴吗？”说话间，他已经将身上的袍子脱了下来，光裸着上身。欢喜慌忙将视线调开来，但墨高大的身影挡在她面前，强迫她抬眼看他。

墨结实健壮的肌肉上有一层薄薄的汗珠，在窗棂间偶尔所投射进来的阳光照射下闪闪发亮，汗湿的上衣随意搭放他强健的肩头上，他的全身散出一股浓浓的男性气息，让欢喜险些失神。

欢喜慌忙将自己的视线调转开来，盯着大殿墙壁上的字画看。墨见欢喜如此害羞，也不再逗她，他笑了一声，准备转身去沐浴，却听到欢喜喃喃道："美姬娘娘？"

欢喜在墨书房的墙上，赫然发现了之前在密林中所见到的美姬娘娘的画像。

墨闻声顿住了身形，他蓦地转过身来，盯着欢喜道："你见过美姬娘娘？"

"我，我在密林里见过她。"欢喜望着墨回答道。

墨脸色大变，他一个箭步冲了过来，一把握住了欢喜的手腕，急切地问她："你真看到美姬娘娘了？她，她怎么出现的？"

"她好似有什么事情放不下。"欢喜迟疑了一下，对墨说道，"她好像想对我说什么，不过还没说就消失了。"

墨盯着欢喜半晌，似乎要从她的脸上找出有无说谎的痕迹，他一字一句道："你怎会看得见她？难道你不知道，她已经死了？"

欢喜不语，但低垂下头道："看见她的不只我一个。"

墨细长的眼眸闪过一丝惊疑："你们都看到她了，那为何我从来没能见到她？"

欢喜思忖片刻，方才道："可能是你身上阳气太重，形成了美姬娘娘靠近你的阻碍。"

"是吗？你又如何知晓这些？"墨望着欢喜，眼眸里陡现锐利的精光。但欢喜神情自若，并不被墨敏锐的眼神所影响，因此墨尽管疑窦未消，但也不再问下去。对于欢喜的话他还是将信将疑。他凝思半晌，道："这事比较蹊跷，你暂时不要大行宣扬。"

"嗯。"欢喜淡淡地回应道。

墨这才转身去更衣沐浴，但他走动的步伐有些缓慢。

很快，便过去了一段时日。

欢喜一直被墨留在身边陪着他，他哪里也不让她去，欢喜不要说去见墨玺了，就连宫中的别院她也很少涉足。比起之前在仓库的日子，欢喜觉得自己就像一只关进笼子里的金丝雀一般，每日只是枯坐发怔。

虽然这个鸟笼子很是富丽华贵，但再华丽总也是个笼子。

她一直放不下密林中的那抹红衣身影，她依稀记得那双美丽而哀伤的眼眸。终于欢喜还是瞅了个空子，溜出了墨的住所，靠着记忆在复杂的宫中行走，一路向着密林而去。

天色渐渐黑了下来，通往密林的小路很是凄清，空无一人。

暗灰色的天幕中，有寥落的星辰若隐若现，天空中挂着一轮残月，悄然被乌云遮挡去了，只露出些许的轮廓。脚下不知名的虫儿有气无力地鸣叫着，让这夜有说不出的诡异。

欢喜进了密林，缓缓地前行着，一阵风起，密林中的树叶摩挲着发出细小的声响，几抹黯淡的云雾无声无息地飘荡在林子中，随后凭空消失。

欢喜等待了半天，密林里还是静悄悄的，没有半点动静。欢喜心想，那个美姬娘娘应该不会来了，正准备转身离开时，突然她听见背后的草丛里传来了沙沙的声响。

欢喜警觉地转过头去，映入眼帘的是一张在夜幕下更显苍白的脸。

黑色如漆墨的发髻，纤弱的身形，红色的影子，那双如水的眼眸盛满了深深的哀伤。隔着三丈距离，欢喜依旧能感觉到那魂魄身上所散发的哀怨与不甘。

见那魂魄掩面，有些畏缩，欢喜柔声对她说道：“是美姬娘娘吗？”

那魂魄不答，却转身飘忽而走，接着站住，回头看着欢喜。欢喜心里明白魂魄是要她跟着走。随后欢喜随着美姬娘娘的魂魄进了密林深处，只见杂草丛生处，躺卧着一个巨大的大理石莲花台。由于时间过了很久，人迹罕至，因而莲花台的边缘处都已经长了绿苔。

美姬娘娘的魂魄绕着莲花台四处飘动，她那张苍白如纸的脸庞上满是怨恨之情。

“你有何冤屈，请对我说吧。”欢喜双手合十，微阖着双目，低声诵经为那魂魄超度。

随着欢喜的念诵声，原本睚眦迸裂的魂魄渐渐安静了下来，红色的影子蜷伏在莲花台旁，一动也不动。欢喜知道这是魂魄在积聚力量，这样她就可以与欢喜对话了。

半晌，魂魄从莲花台边坐起，面色由原先的煞白鬼色转为透明的颜色。魂魄睁开眼眸，看着欢喜，站起身来，便盈盈下拜：“是仙子啊……请帮帮我……”

欢喜颔首，道："美姬娘娘不必难过，你有什么心愿未了，可告诉欢喜，欢喜尽力为你做到。"

那魂魄看着欢喜，泪流不止："仙子，美姬我前世是妖，因为受到度化，今世托生为人，原以为人比妖更自在，谁料到却有着更悲惨的境遇。"

欢喜虽然法力已失，但面色凝静，依旧一心专注冥思，半晌突道："美姬娘娘，你可是墨玺国王的母亲？"

"是。"美姬娘娘的魂魄回答着，转向莲花台那边，低声愤恨道，"我在此等候仙子已久了，就是等仙子帮我解开心结。我因怨气太深，分跨妖和人两界，如今又是鬼魂，所以三界无法接收我，我无法去轮回转世，只好在此徘徊。"

"你有何怨气，尽管说出来，否则你带着满身的戾气，更无法顺利去轮回转世。"欢喜看着魂魄低声说道。

"我恨做妖的时候被妖欺凌，更恨做了人之后，又被人如此糟践。"魂魄说着，眼角的泪水不停地流出，滴落在莲花台上，"我好恨，好恨，我死不瞑目。"

做妖的时候她并不美，常常躲在山林里偷偷看那些尘世中的美丽女子，一直向往自己也能成为人的一员，因为人的世界太丰富多彩了。好不容易等她有机会成了人，如王要她从坚强、爱情、美丽和独立四件物什中挑选出两样时，她一心选择了美貌和爱情，她以为作为一个凡间女人，只要美丽和爱情就够了。

谁知道，她错了。

成为一个凡间女人，有时候所憧憬的爱情是根本帮不到自己什么的。而且光靠美丽与善良，根本无法在这个尔虞我诈的皇宫中生存下去，更会引来窥探与垂涎。于是，便有了悲剧。

欢喜借莲花台上魂魄的泪珠折射出来的荧光，用残存的意念去感受魂魄凄惨的过往。她仿佛见到了一个美妙绝伦的红衣柔弱女子被几个如狼似虎的男人压倒在莲花台上凌辱，直至含恨死去，而女子的身边，就躺着她身首异处的丈夫。

欢喜长叹一声，微微合上了悲悯的眼眸。

第十六章 如露如梦幻泡影

那魂魄上前，咬牙道："我既然不能顺利去轮回投胎，请仙子助我一臂之力，让我重新化为妖魔吧，我要报仇。"

欢喜念动真言心息咒语，魂魄躁动不安的情绪又逐渐安稳了下来，欢喜这才睁开了眼，道："退一步海阔天空，天会清，地会宁，才可吉祥，灾难或吉祥，都在人为。"

魂魄呆立着半晌，突然惨然一笑，道："我尘缘未尽，并无慧根，你说的道理，我不懂也不想懂。不过仙子，你知道爱吗？"

"爱？"欢喜有些茫然地睁大了眼，爱这个字很熟悉，墨似乎也对她说起过。

爱？可曾是师父曾经说过的"七情六欲"中的一种？

见欢喜一脸茫然的模样，魂魄难得地露出了一丝微笑："爱是甜蜜的，纯洁的，让你为之生为之死。"

"是吗？"欢喜有些愣怔，"可是天合经上不是说，一切有为法，如梦幻泡影，如露亦如电，应作如是观。凡所有相，皆是虚妄，若见诸相非相，即见如王。你果能如是观行，诸境顿空，不就可以即得解脱，永无苦恼吗？"

"经文上说得是，可仙子是清心寡欲的人，自然不能体会到男女之间的情和爱。"魂魄说着，神色黯淡，"我想和我所爱的人生生世世在一起，却总也不能做到。"

"一念为善，天地增加正气；一念为恶，天地增加戾气。若你真心想和你的爱人在一起，那我就替你念诵度心咒，让你和他一起再世为人。”欢喜望着魂魄说道。

“真的可以吗？”魂魄惊喜地望着欢喜，“可是，这种度心咒据说是很伤念咒语者法力的。”

欢喜微微一笑，道：“尽力一试吧，超度只为使亡魂脱离苦海，重新进入六道轮回。我来帮你吧。”

说着，欢喜让那魂魄坐上莲花台，随之开始念动度心咒，她的嘴一张一合，魂魄随着欢喜的念诵，全身笼罩在一片白光之中，身上白色的轮回超度之光亦越来越浓。

由于失去法力，此刻念诵度心咒对于欢喜来说很是吃力，这度心咒需要念诵七遍才能让魂魄进入六道轮回，加上原先魂魄三界都有牵连，更加大了此次超度的难度。

于是每念一遍度心咒，欢喜的脸色便苍白一些，念到第三遍时，欢喜一个趔趄跌倒在地上，她爬起，不停歇地继续打坐念诵。

莲花台上的魂魄已经缓缓升起，魂魄似乎想起了什么，于是隔着白光呼唤着欢喜：“仙子，我，我还有一事相求。”

欢喜不停，却抬眼望了望魂魄，魂魄在白光中盈盈下拜，道：“请仙子度化我的儿子墨玺，让他失却魔性，引回人性，让他从此洗心革面，重新做人。”

欢喜正要表态，却听见密林外传来了沉重的脚步声，那脚步声正朝着她们走来。

魂魄听着脚步声，满眼都是泪水：“是我的儿，我的孩子墨玺。”

欢喜的心没来由地猛地一跳，却不敢停下口中念诵着的度心咒，因为度心咒一停下，魂魄从此便烟消云散，再难寻觅了。

看到美姬娘娘的魂魄已经在一片白光中腾空而起，密林中的脚步声加快了。随即，一条高大颀长的身影出现在莲花台前，那是一个全身黑袍，戴着丑陋面具的男子。

那便是传说中的墨玺王了。

欢喜有些震撼，却还是不停地念着度心咒，只差最后一遍度心咒便圆满了，欢喜唯恐节外生枝，想要加速念完经文，却看到墨玺冲到莲花台前，伸出手去，拼命想握住他母亲的手，但魂魄已经腾升到半空中了。

这一握，彼此却无法碰触到对方。那魂魄凄凉地朝墨玺一笑，但眼眸中有欣慰，魂魄笼罩在白光中已不能说话，她转头便要从此消失，墨玺大吼一声："母后！"

这一声大喊让欢喜全身颤动，这个声音是那么的熟悉。

但墨玺的呼唤声并不能阻止魂魄的身影越飘越远。

墨玺转过头来，发现是欢喜在念咒作怪，他大吼一声，冲上前来，紧捏住欢喜的胳膊，几乎要将她的肩胛骨捏碎："你对我母亲做了什么？"

一颗颗冷汗从欢喜平滑的额头冒了出来，她全身也在疼痛地颤抖着，但她还是坚持将最后两句咒语念完。她念了七遍度心咒，便看到漂浮在空中俯瞰他们的魂魄已经消失不见。

魂魄在白光的护送下，顺利地进入了六道轮回中。

欢喜这才缓了口气，低声道："美姬娘娘，愿你和你心爱的人缘定三生，再也不用分开。"

"你到底做了什么？为何让我母后消失不见了？你是何方道士，竟然敢装神弄鬼！"墨玺身材高大，居高临下望着欢喜，愤怒与绝望的情绪让他无法自控。

"我在帮美姬娘娘和你的父亲脱离苦海，让他们重新进入六道轮回……"欢喜喘息着，回答着墨玺的话，她的肩头几乎要被墨玺的手指捏碎，疼痛让欢喜不由得轻轻呻吟一声。

"你胡说！分明是你装神弄鬼，把我母亲吓跑了。你知道我等她回来已经等了多少年吗？若不是我今日特意跟着你来这里，我……"墨玺越说越激动，那张戴着面具的脸凑近了欢喜，他对她怒吼，几乎要将脸贴在欢喜的脸上，欢喜感觉到了那铁制面具带来的冰冷。

墨玺的失控让欢喜忍无可忍，她伸手去推开墨玺的身体，但墨玺身形高大，根本推不动。

已经筋疲力尽的欢喜，无力再与墨玺争斗，墨玺冰凉可怖的脸就在她的脸部上方晃动，欢喜头痛欲裂，全身僵直，摇摇欲坠。为了保持平衡，她抬起手来想抓住什么，但手一抓，无意中竟将墨玺一直戴在脸上的面具给一把扯了下来！

面具在欢喜的手上停留片刻，便滑落下来，砸在已经看不出原先面目的玉石地面上，发出了咣当一声脆响。

谁也没有去捡，墨玺盯着欢喜，缓缓地松开了手。

而欢喜则倒退了一步，她睁着圆圆的大眼，有些愣怔地看着墨玺，迟疑了半晌，才听到了自己的声音："墨……你，你怎么在这里？"

可怖的面具掉落下来，现出的竟是墨那张俊美出色的脸！

"你，你就是墨玺吗？"欢喜看着墨，一字一字从嘴里缓慢地迸出来。她没有想到，原来墨，竟然就是墨玺！他是她的劫，她却一直被他蒙在鼓里。

墨没有回答，只是死死盯着欢喜，他的那双琥珀色眼眸，不知道何时竟变成了红色。

"你怎么了，墨？"虽然还是处于极度的震惊中，但此刻墨的异状还是被欢喜发现了。

在密林的上空，悬挂着一轮亮如银盘的月亮，原来的残月神奇地恢复了圆形，今天是十五。

墨仰天望着月亮，用他红色的眼眸盯着，在他的眼中，月光是红色的，如血般照在他的脸上，红色的光把他的脸印得有些阴森可怖。他低下头来，看着自己的皮肤在月光的倒影下变得粗糙不平，看着看着，他自己的影子也渐渐地消失了，地面上只剩下他已经变得如鬼魅般的可怕人形。

红光越来越甚，他猛地睁开了血红色的眼眸，密林中刺耳的虫叫声让他心中那份孤寂不断扩大，他连忙伸手紧绞住胸襟，心里突然有说不出的难受。

他感觉到有团火在他内心燃烧，全身的血液似乎开始沸腾。月光越强越亮越圆，他体内奔腾涌动的魔性就越大。终于，兽性战胜了人性，他已经完全忘记了自己还是个人。

墨玺转过身来，用一双兽般的嗜血眼神盯着欢喜，半晌，突然听见一声金戈相触碰的"当"的声音，墨玺伸出已经变形呈现铁灰色硬皮的胳膊，他带着千钧力量的掌已经朝欢喜的头顶用力拍了下去。

欢喜亲眼目睹墨玺从人到魔的骤然突变，但对于她来说，心中的惊愕与担忧远胜过害怕。见墨玺狂躁发作，生性慈悲的她不避开反而朝他伸过手去，想抓住他的手替他念安定咒使得他平静下来，试图去压制墨变身体内那股难以控制的愤怒。但发狂中的墨玺哪能受控制，魔的掌心带着冷风声已经迫袭近她的头顶。

掌风凌厉，躲闪已不及，欢喜只来得及念了声佛号，便微闭上了眼眸，凝神静气等待着墨的重掌落下。在这千钧一发的时刻，却听得两声惊骇的大叫："墨主子！主公！"两条影子疾奔而来，一条影子从背后猛地抱住了墨的臂膀，将墨的手臂拖开寸许，墨的掌力随之偏移，扫在了欢喜身旁的一棵大树上，顿时将那碗口粗的大树劈成了两段。

另一条影子则赶忙将欢喜拉到一旁，吓得只是嗷嗷乱叫着墨玺的名字："墨主子，您，您又变身啦？"惧怕得连声音都颤抖结巴起来，原来是墨身边的侍卫紫晏。

紫晏护住欢喜之后，战战兢兢地朝着墨望去，见方才的那条影子还在和墨厮缠打斗中，连忙出言提醒道："哥哥，你要小心，墨主子已经不认得人了！但，但你也别伤着主公。"

"我自有分寸，不劳你瞎操心！你别大声嚷嚷，免得被人听到了。"紫崖白费了九牛二虎之力方才拖住墨玺，但此刻的墨玺岂是紫崖白的微薄力量所能制服的，只几下便将他推扯得节节后退。紫崖白急得满头大汗，转过头来对紫晏低吼道："还不快来帮忙！"

紫晏这才放开欢喜，还不忘嘱咐道："欢喜姑娘，你且退到一旁，我得帮我哥哥去了，他一人应付不来。"

欢喜回道："原来紫崖白大人是您的哥哥……"

"是啊，我们两弟兄都在墨主子手下当差，你现在才晓得吗？"紫晏顾不得和欢喜多说，也奔向墨玺。此时紫崖白已被失控中的墨玺一掌拍出，跌跌撞撞地扑在了树干上，嘴里发出了疼痛的闷哼声。

"糟了，墨主公又发狂了，咱们可制不住他呀！"紫晏连忙从后头抱住了墨玺的腿，整个人趴在地上使劲拽住再去攻击紫崖白的墨玺，慌得语无伦次。

紫崖白正面和狰狞可怖的墨玺对峙，他强行镇定，眼角瞥见墨玺腰间的佩剑，便朝欢喜使了个眼色，朝着欢喜打着哑语："欢喜姑娘，我和紫晏都空不开手，你悄悄过去帮我把墨主公腰间的剑拿下来。"

"你……你要我拔剑杀了他吗？"欢喜不由张大了眼睛。

"不，你拔下剑来给我。"紫崖白用口型告诉欢喜，"这剑是墨主公父母亲的遗物，每次墨主公这怪病发作时，只要拔出这把佩剑，他心中的魔性便会被这把剑的锋芒所震慑，他才会恢复……"紫崖白还未打完口语，当胸又挨了墨玺的重重一掌，嘴里顿时喷出鲜血来，他挣扎着将话说完："恢复……正常……"

墨玺眼眸里充满嗜血的杀机，已经完全看不到平日熟悉的人，也听不到任何人的话语，他痛击紫崖白几掌之后，不耐烦紫晏死死抱住他脊背的束缚，探手到身后一抓，便将清瘦矮小不住挣扎的紫晏拎到前面，然后挥起手臂，想当头击下！

情势所急，容不得欢喜多想，她蹑手蹑脚地靠近了墨玺的背后，伸出微微发颤的手想悄悄握住墨玺腰间佩剑，却没料到墨玺觉察出了背后的动静，顿时放开了惊骇得面色铁青的紫晏，蓦然转过身来，与欢喜再次面对面！

"欢，欢喜姑娘，你，你快逃呀。"紫崖白和紫晏同时喊道。

欢喜从看到墨充血眼眸的惊愕中回过神来，刚想迈步，墨玺庞大的身躯就已经紧紧逼迫了上来，使得她只能向后退去。

但退了两步，她便再无法动弹，身后触碰到了坚硬的东西，原来是莲花台。墨玺越逼越近，近得她可以清晰地看到他赤红的眼眸和铁青可怖的脸庞，甚至能感觉他口鼻中的粗重气息扑到了她的脸上。

"墨……"欢喜试探着呼唤墨玺的名字，睁着一双圆圆的眼眸直视着他。她看到他脸上肌肉愤怒抽搐着，眼眸里一片血红，迸发出火一般的凌厉目光，令人不寒而栗。眼前的墨玺和平日里的墨简直判若两人。为何他会变成这副残暴可怕的模样？难道他是受到恶毒的诅咒了？

听着墨玺粗重的喘息，欢喜并没有将自己的眼眸移开，她尝试着让墨玺冷静下来，盯着他，开始为他念起静心咒来。可是静心咒好像对墨玺没有任何作用，反而因为太过靠近，他又重新闻见了欢喜身上那种令他神魂颠倒的异香，令他身体里的魔性更加偾张。

他赤红的眼在欢喜的脸上缓缓逡巡，视线却突然在欢喜白玉般的脖颈处停住了，欢喜虽然姿容并不出色，但她有着白皙而细嫩的修长脖颈，闻着欢喜身体销魂蚀骨的香气，再看着她娇嫩的肌肤，特别是脖颈那隐隐约约透露的蓝色血管里正流淌着的鲜血，全都对墨玺发出了一种致命的诱惑，他情不自禁地吞咽了一下口水。

欢喜清晰地听见墨玺喉头作响，他血红眼眸里突然流露出来的欲望让她觉察了一种陌生的危险，她慌忙向后仰起脖颈，想挣脱开墨玺迫人的羁绊，可是墨却突然一低头，张开了嘴，一口咬住了她纤细柔美的脖颈！

“啊——”从脖子上传来的痛感让欢喜的身体猛地一震，她向后使劲仰去，后背却倚了空，整个人被墨玺覆压在了冰冷的莲花台上。墨玺沉重的身体犹如一座大山，压得她几乎喘不过气来，她很想大喊，张开的嘴却发不出声音，脖颈灼烧般疼痛，只能用双臂拼命支撑开墨玺坚硬的胸膛。

紫崖白和紫晏被眼前这幕突然的变故惊呆了，紫崖白冲上前去阻止道：“主上，你昏了心智，你放过欢喜吧，万万不可这样！”但紫崖白的手臂刚触碰到墨玺的肩头，心智全无的墨玺头也不回地便一掌拍去，紫崖白整个人飞了出去，一头撞在假山上昏了过去。

“哥！”紫晏惊呼着，连忙奔上去查看紫崖白的伤势，却看到墨玺从欢喜身上缓缓回过头来，对他发出了嘶哑而可怖的声音：“滚！”月光下青面獠牙，嘴带鲜血的墨玺犹如地狱中的恶魔一样，吓得紫晏一个激灵，再也不敢妄想劝阻墨玺的暴行，只得对欢喜喊了一声：“对不住你了，欢喜姑娘。”便将紫崖白连拖带抱地带出了幽深的树林。

欢喜在莲花台上不停地挣扎，但墨却无视她的反抗，她死命挣扎的力量对于他来说，犹如以卵击石。他饥渴而急切的嘴唇紧贴在她娇嫩的肌肤上，顺着她修长的脖颈曲线不住啃噬吮吻，甚至灼热的身体因为接触到欢喜身上的清凉，而渴望得到更多，滚烫的大掌猛地扯开欢喜的胸襟，然后探入其中，贪婪地抚摸揉弄起来。

“墨……放……开我……”欢喜的声音中带了颤音，慌乱中把咒语都给忘了，面对墨玺不可抗拒的强大力量，此时她只是个手无缚鸡之力的普通凡间弱女子。

难道满心仇恨的墨玺要在她身上重蹈美姬娘娘的覆辙吗？她向来泰然自若的内心第一次觉察到了任人蹂躏而无能为力的痛苦滋味。

欢喜徒劳无功地在已成魔的墨玺身下挣扎，拼命推拒他的双手。突然她再次触碰到了他腰间的佩剑，这次再不容得她犹豫，她握住了那把佩剑，将剑拔了出来，顿时有无数光芒闪现而出，点点蓝色光华流转，剑锋的光芒洒遍整个莲花台。

紫崖白不是说过这把佩剑可以阻止墨玺继续变成魔吗？但好像对覆压在欢喜身上的墨玺并没有起到什么作用，欢喜拿着佩剑的手反而被墨玺的手压在了莲花台上动弹不得。他的吻犹如雨点般落在她的脸上、耳侧和脖颈处，她早已衣衫凌乱，被扯破的衣襟露出了雪白的肩头和胸前微贲的峰峦……这一切，都加剧了墨玺对她的欲望和渴求。

当墨玺灼热而潮湿的亲吻蔓延到她的胸口时，欢喜再也无法淡定下去了，她趁着墨玺专注于情欲之中而疏于防范她时，举着佩剑猛力挣脱出了他的桎梏。由于用力过猛，佩剑划破了墨玺的肩膀，顿时殷红的鲜血渗出，一滴滴地落在了大理石制成的莲花台上。

肩头的疼痛让墨玺闷哼一声抬起头来，他被激怒的眼眸中充满嗜血的杀机，震慑得欢喜握不住染了他鲜血的佩剑，她的手颤抖着，“咣当”一声竟将佩剑落在了莲花台上。而墨玺坚硬的手却犹如闪电一般伸出，狠狠捏住了欢喜细长柔细的咽喉！

“啊——”欢喜疼痛得只来得及沙哑地叫了一声，便陷入了几近窒息的半昏迷中。

恐怕今日她是难逃一死了，无计可施的她闭上了悲悯的眼眸。耳旁却听见墨玺再次闷哼了一声，随后高大的身躯犹如泰山压顶一般，猛地压了下来，将欢喜柔弱的身体几乎压平。

“欢喜，欢喜姑娘……”

似乎有人在轻声呼唤她的名字，欢喜努力地睁开沉重的眼皮，看到面色慌乱的紫晏手里正拿着她原先掉落的那柄佩剑，全身抖如筛糠。

原来他安置好哥哥紫崖白之后，去而复返。看到欢喜被墨玺钳制得几乎窒息，情急之下他便趁着墨玺分心，捡起莲花台上带着加重饰物的佩剑剑柄撞向了墨玺的侧脑，发出了一声闷响，墨玺轰然倒下。然后紫晏小心翼翼地走上前一看，墨玺已经失去了意识。

“我，我是不是杀了墨主子了？”此刻紫晏的脸色比欢喜还苍白，充满了惊惶和惧怕之色。

悬着一颗心的欢喜忍着咽喉的疼痛和全身的酸痛，从莲花台上费力地挣扎爬起，爬到墨玺的身旁，仔细替紧闭着双眼的墨玺检查了一下，方才轻轻吁了口气，随后安抚着脸色比死人还难看的紫晏道：“他，他只是昏过去了，没有死。”

紫晏一直紧绷的神经这才松懈了下来，舒了口气，频临崩溃边缘的他接着将手中的佩剑往莲花台上一扔，也放任自己昏了过去。

第四卷

情缠难了

第十七章

金纱帐暖目空寂

王的寝宫内，金色帐幕低垂。宫殿内四角立着汉白玉柱，屋子的穹顶有着镂空的雕刻，窗棂则呈莲花曲线形状，地砖与墙壁间隔镶嵌着黄金雕成的精致百花，满室金光耀目，富丽堂皇。

黑色乌木条案上放着一个长方形的炉盘，还有一个焚烧檀香的精致小香炉，盘子前垂着刺绣的炉围，很是庄严美观。一只纤细的柔荑在轻轻拨弄着那檀香，让整个寝宫都散发着这种安神静心的香氛。已经将凌乱不堪衣衫换下的欢喜在冉冉升起的青烟中，神色凝重。

天色已泛出清晨的白，在她身旁的高广大床上，躺着刚经历了一场身心折磨的赤羽国国王墨玺。他袒露着上半身，肩头的伤口已经被欢喜包扎好，狰狞可怕的面容渐渐褪去，取而代之的是他原本俊美的面貌。他从一个恐怖的恶魔重新变回了堂堂的一国之君。

他还未醒来。欢喜咽喉上的疼痛也还未消失，虽然已经换上齐整干净的衣衫，但脖颈处和胸口处残存的淤痕提醒着她昨夜的不堪和惊险，让她向来淡然的神色此刻带了几丝余悸。

方才替墨玺上药的时候，她发现他的脊背竟全都是新旧交错的疤痕，有些疤痕即使愈合也还是能看到外翻的暗红血肉，可想而知当初他受伤时的惨烈和痛楚。看到这些，她的心不由得微微发颤，竟隐隐为他暗自蹉叹。

放下了，才能拥有。一直舍去，舍至无可舍处，是汝放生命处。

从下到凡间到进入宫中，她一直遵从了舍去的心意，可一尘不染的心却在潜移默化中逐渐沾染了七情六欲。会惊，会怕，会忧，这种心境的变化让她开始担忧未来时的欢喜，能否还是原来那个清心静气的仙子？

师父，有让徒儿早日解脱的办法吗？她试图屏息静气，却觉得心头纷乱，难以平静。

床榻上传来的轻微响动惊醒了还在冥思中的欢喜，她循声朝着雕刻着精细暗花的黑色大床望去，对上了一双深不可测的琥珀色眼睛。墨不知何时早已清醒，却一动不动地盯着她看了良久。

宫殿里静悄悄的，唯有彼此的呼吸声。墨终于开口打破了这死一般的寂静："到底……是谁派你来潜伏在宫中的？"

"没有谁派我来，是我自愿来此的。"欢喜对墨玺突如其来的问题怔了怔，随后低低回答道。

"你是巫女吗？"他再问她，语气里满是怀疑。

她缓缓摇摇头。

"那为何在昨夜下诅咒将我母后的灵魂吓跑？"他用探究多疑的眼睛死死紧紧盯住她，不容她随意蒙混过关。

"我只是送美姬娘娘重新进入六道轮回，并无恶意。"欢喜还是重复了昨晚的答案。

"你认为我该相信你的话吗？"墨玺冷笑。

欢喜见他不信，只得不语。

墨停顿片刻，继续道："你不是口口声声说要找墨玺吗，现在见到我了，你还高兴吗？"他勾起的嘴角分明有一丝自嘲和讽刺，昨夜狂乱的记忆并未完全从他昏沉的脑海中抹去。他依稀记得一些事，此刻他的口气充满揶揄和对自己的质疑，但紧握着床纱的手却泄露了他内心的介意。

欢喜低垂着眼帘，低声道："我没有刻意隐瞒什么，是你……瞒了我。"

"是，我瞒了你又如何？"墨玺冷笑，"其实我也想看看你是如何去劝阻一个魔王的。如今我在这里了，你何不使出浑身解数劝我勿要再造杀孽呢？"他冷冽的眼眸紧盯着她的脸庞，想从她的表情中看出点什么蹊跷，眼底里隐现杀机。

欢喜静默半晌，才缓缓道：“我之前并不知晓你就是墨玺，现在知晓了，对于我来说也无有不同。随意宰杀会自结怨孽，杀生罪孽更重，你若是不能及时醒悟，恐怕将来无法回避杀生造成的业果。”

“杀生的业果是什么？”墨玺嘲讽一笑，声音冷了下来：“是会死掉，还是死后会被打入十八层地狱，永世不得超生？我告诉你，不管是生是死，我都不怕，更不怕下地狱！我还恨不得谁早点把我杀了呢！死了我化成厉鬼也不放过我的仇人，我甚至还要追到十八层地狱去，让阎王殿不得安生！”说到这里，他仰头厉声长笑，神情桀骜不羁。

面对墨玺的冥顽不灵，欢喜总算明白为何如王师父和提灯老祖当初为何对这个魔王头痛了。眼下的她，也对这个男人束手无策。面对一个满心仇恨，满身血腥的魔王，她所有的说教都显得那么的苍白无力。

欢喜低垂下眼帘，叹口气，不再说什么，慢慢地站起身来，准备出去。

墨玺收住了笑，叫住她：“你去哪里？”

“你好好休息吧，我让人送点药汤来让你早点恢复。”欢喜淡然地说道。

“不许走！”墨玺冷声说道，“既到宫中，便要守规矩，没有我的指令，你怎敢擅自离开？”

欢喜只得站住，回过身来，道：“那我该如何做？”

“你过来！”墨玺突然挥手让她过去。

欢喜犹豫了一下，还是缓慢地走到了他的床榻边。

“你只要告诉我，现在你的心里头，认为我是做墨好，还是做墨玺好？”他一把拉住了欢喜纤细的手，将她拖到他的面前深深凝视着她。

欢喜怔怔地望住墨玺，迟疑了片刻，才喃喃道：“在我心里，众生平等，不管你是墨，还是墨玺，我都会一视同仁。”

墨玺打断了欢喜的话，忍住不耐继续问道：“我再问你，假如我真的被打入十八层地狱，你愿意陪着我一起下地狱吗？”

欢喜更加惘然，呐呐道：“六道轮回是根据善恶业力决定你的最终去处，你多行善事便不用下地狱。”

墨玺蓦地放开了懵懂的欢喜，气急败坏地指着寝宫的门口，怒声吼道："住嘴，给我出去，我不想再在宫中看到你！"

欢喜见墨玺突然怒发冲冠，一时不知所措。墨玺再次吼了一声："还不快走！"她才从床沿边站起，转过身去缓缓走出了墨玺的寝宫。随着她的离开，从她的背后传来了"劈里咣当"重物坠地和器皿的碎裂声，是墨玺在寝宫中胡乱砸东西发泄心头的怒气。

推开寝宫的门，门外便站着一脸担忧的紫晏。看样子他在门外听进去了不少，他张了张嘴，想安慰欢喜几句，却被墨玺叫进寝宫，欢喜隐约听见墨玺在大声对紫晏喊道："紫晏，马上帮本王传淑兰贵妃来侍候，记住，本王寝宫里再不容许不相干的人胡乱进出！"

紫晏因为昨晚击昏墨玺的事情还在惊惶中，听见墨玺怒声，连忙唯唯诺诺地答应了，殷勤地一溜小跑出去传话，哪里还顾得上安抚欢喜。

欢喜出了寝宫，慢慢地沿着寝宫外的长廊走着，宽阔的长廊似乎走不到尽头，阳光倾斜着射进长廊来，投下的阴影里似乎藏着多少述说不尽的心事。

本平淡无欲的心底，悄然有细微的酸、麻、痛的感觉泛起，像被尖细的针扎了一般隐隐作痛，随着血液的流淌蔓延到了全身，竟让欢喜在明亮的阳光底下微微颤抖起来。

这，又是凡人七情六欲中的哪一种滋味？

欢喜从曲折幽深的长廊里出来，强烈的阳光顷刻间刺得她睁不开眼睛，她站在阳光底下，已然分不清楚方向，恍惚间竟有些迷失。

欢喜回到皇宫储存仓库时，紫崖白还在库房中查点贡品。看到欢喜情绪低落地走进来，站在角落里一言不发，他并未露出惊讶神色。紫崖白若无其事地交代完看管仓库的注意事项后，便走了过来把手中的账簿清单递给欢喜，轻描淡写道："往后你来接这活。"

欢喜微怔片刻，略有迟疑。紫崖白又轻咳一声，压低嗓子道："我早预料到你不会劝说成功的，看看被我说中了吧。还愣着做什么，快过去帮忙。不管怎样，总要让自己有个立足之地，不是吗？"

欢喜终于抬起眼，瞥见紫崖白鼓励的眼神，她的心头一暖，不由自主地接过了紫崖白手中的账簿。紫崖白赞许地颔首道："从今往后，就好生在这个仓房里待着，这里虽然小，但好歹也算是个能遮风避雨的地方。”

欢喜连忙应了，眼底满是感激。紫崖白佯装没理会，铁面无私地径直从欢喜面前走过。欢喜捧着厚厚的账簿清单，望着紫崖白远去的背影心里默默感念。

重新又回到储存仓库，一切看起来与以前未有什么区别。但是没几日，丫头如意来领取嫔妃们的用度时看到了欢喜又在储存仓库里，一双本就很大的圆眼几乎要突出眼珠来。她吃惊道：“欢喜？你不是被墨玺王相中跟着享福去了吗？怎么还在这里？”

欢喜正低头看清单，只是抿嘴浅笑，并不接话。

如意上下打量了一番欢喜，叹了口气道：“我原先就想着你貌不惊人，身子又单薄，但你也算见多识广，所以墨玺王图新奇宠幸你，可如今新鲜感刚一过便把你给退了回来。看来，这女人想要受宠必须还得貌美如花，像淑兰贵妃或者青黛妃子那般姿色动人，才能长保恩宠。”

欢喜早就料到如意必会说这些话，原先她都是淡然处之，但不知今日为何，却让她的心底涌起了一丝悲凉。上次和如意送东西时，她远远看过淑兰贵妃和青黛妃子，虽然只是远处惊鸿一瞥，但那风华绝代的姿容却让所有人折服，也是她所望尘莫及的。

想起离开寝宫时，墨玺传唤的便是淑兰贵妃，欢喜极力忽略心头的那种异样感觉，只是一言不发低着头快速把如意要的东西准备好，然后把清单递过去让如意核对一遍，道：“如意姐姐，都置办妥当了，您可以领去了。”

如意却并不着急离开，喋喋不休道：“欢喜，话又说回来了，难道你回到这个破仓库甘心吗？你怎么也不想想法子让墨玺王回心转意，再好好宠幸你？瞧你这副漫不经心的样子可急死我了，你要听我的话，好好琢磨怎么重讨墨玺王欢心的法子。”

如意还没啰唆完，后面一个沉稳的男声突然响起：“如意，我这堂堂的皇宫国库怎就成了破仓库？难道我这小庙容不下你这个大菩萨吗？”

如意一听那声音，吓得一吐舌头，转过身去赔笑着说：“请紫大人恕罪，小的一时情急，出言无状请多见谅，以后如意再也不敢了。”

紫崖白面色严峻，郑重地告诫如意：“在宫中最好不要口出狂言，否则捅出篓子来，别怪我不讲情面，严惩不贷！”

如意吓得面色如土，连连喊道：“紫大人饶命，紫大人饶命，如意再也不敢随意放肆了。”

紫崖白方才一挥衣袖道：“还不快领了用度离开这里！”

如意慌忙把自己领取的东西胡乱一拢，不忘往清单上签字，却不敢现场清点，抱起来就跑。

紫崖白见如意跑远，方才对欢喜道：“往后再有人对你无礼，你告诉我，我帮你出气。”

“多谢紫大人。”欢喜心头感激，道，“如意也是无心的，请你饶了她吧。”

紫崖白笑了笑，道：“那丫头太疯癫，不吓唬吓唬她，总有一天她会捅出大篓子来，到时候她后悔就晚了。现在说说她，对她有益无害。”

欢喜见紫崖白如是说，便也不再多言。见紫崖白并不立刻走开，她问他：“大人，你有事需要我效劳吗？”

紫崖白笑过之后，笑容渐渐收敛，他看着欢喜说：“我是来叫你送赏赐给嫔妃的。”

“那我让如意回来，平时都是她送去的。”欢喜连忙要叫住如意，却被紫崖白阻止了。

“这次是墨玺王下令赏赐给淑兰贵妃的，赏赐的珍宝很多。而且……”紫崖白拉长了声音，“墨玺王让你亲自送过去。”

见欢喜面露微诧，紫崖白苦笑道：“这是墨玺王特意交代的，我只是皇宫里当差的，你又是我的手下，这么一层层压下来，我也不好说什么……”

欢喜低声道：“我知道紫大人的难处，您放心，我会把赏赐及时给淑兰贵妃送去的。”

紫崖白点点头，道：“那劳烦你了，收拾好叫我，我随你一块儿去吧。”

欢喜领命，在库房里收罗备齐墨玺给淑兰贵妃的赏赐物品。墨玺虽然残暴，但出手向来大方，淑兰贵妃此次获得的赏赐里各色云影锦缎、金银器物不计其数，光头面首饰就好几大匣，其中有珠冠一顶，冠上镶嵌着外国进贡的一粒鸡卵一样大小的珍珠，为稀世珍宝。满满当当装了几大箱子，浩浩荡荡地往淑兰贵妃居住的西宫运去。

墨玺还未立后，因此淑兰贵妃在后宫中的地位，除了懿太妃，无人可及。她所居住的西宫外观宏丽，前后出廊，黄琉璃瓦重檐，宫内布置华丽非凡。她得知消息后早已派出宫女等候在宫门外接领赏赐。

紫崖白躬身求见，口中道："臣紫崖白奉墨玺国王之命，特意前来来为淑兰娘娘送上赏赐。"

等候良久，方才见素色宫装打扮的丽人在宫女的簇拥下缓步迎出来，明眸皓齿，螓首蛾眉，如缎般的青丝长发用盘花金钗挽起，晶亮的眼眸中泛着淡淡的柔光，像一汪微微荡漾的水波，顾盼生辉。

她见着等候的紫崖白，轻轻一笑，仪态万千地回礼道："有劳紫大人亲自送来，替我多谢墨王。"

紫崖白连忙再度躬身道："娘娘客气了，这是臣分内的事，还请娘娘仔细查收，我好回去向墨王交差。"

淑兰贵妃这才让宫女们开箱查看，一时间众人满目都是珠宝耀眼的光华，几乎都被闪得睁不开眼。淑兰贵妃身旁的宫女们不由咂舌，悄声道："好贵重的礼物，娘娘，墨王对您真是恩宠有加。"淑兰贵妃只是轻笑，眉梢眼角都是柔情蜜意。她盈盈眼波在这些稀世珍品上逡巡片刻，不知怎的，竟转到了欢喜身上。

她定睛看了欢喜一会儿，对紫崖白道："这位宫女是新来的吗？看着有些眼生。"说着再看了几眼欢喜，被欢喜的出尘气质所吸引，故而眼眸里有探究之色。

紫崖白连忙接话道："她是臣仓库里看管物品的丫头，因为淑兰贵妃的赏赐丰厚，人手不够，所以臣让她也过来帮忙。"说着转头对欢喜道，"欢喜，还不快见过贵妃娘娘，顺道把邻国所贡的牡丹给贵妃娘娘呈上。"

欢喜端着一盆娇艳的牡丹上前，那花朵盛开有碗口那么大，美不胜收。欢喜朝着淑兰贵妃深施一礼，然后把手中的花递上。

淑兰贵妃听见紫崖白提到欢喜的名字微微一怔，喃喃道："你……就是欢喜？"这几日她在墨玺身旁侍寝，好几次都听见墨玺在睡梦中呼唤这个名字。起初她以为墨玺是因为心中不快所以自言自语，眼下突然见到后宫内院中竟真有个叫欢喜的丫鬟，这让淑兰贵妃心头不由得升起团团疑云。

紫崖白见淑兰贵妃面带疑窦，视线尽锁在欢喜身上，唯恐不谙世事的欢喜无故招来宫闱的算计，连忙在旁岔开话头道："贵妃娘娘，您看这牡丹多美，这株牡丹是朝中大臣奉使西域，得牡丹数本入贡，自属稀世奇珍。墨王见贵妃娘娘喜爱牡丹，特命臣送来给娘娘观赏。"

"哦，是吗？"淑兰终于难按心头激动，亲手接过牡丹，声音微颤道，"墨王对臣妾实在隆恩浩荡，臣妾受之有愧。"

紫崖白笑道："贵妃娘娘向来最为墨王分忧，进退有度，深得上下赞赏。墨王的赏赐也是嘉奖娘娘之意。"

淑兰声音哽咽，满含感激："臣妾今后一定尽职本分，努力伺候好墨王，绝不辜负墨王对臣妾的一番心意。"

紫崖白一脸的恭谨，垂首道："墨王一定会体察到贵妃娘娘的一片苦心，臣愿娘娘和墨王情比金坚，永永久久。"

率队出了西宫回仓库的路上，一直昂头阔步走在前头的紫崖白突然停下，惹得跟在他身后的欢喜也停住了脚步，不解地回望他。

紫崖白让随从先走，见余下欢喜一人，方才问她："你来和我说说，墨王赏赐给贵妃娘娘那么多的礼物，你有何想法？"

欢喜清秀的脸庞上掠过一丝迷惘，思忖了片刻才道："回大人，欢喜并无任何想法。"

"看到淑兰贵妃得到那么多金银珠宝绝世奇珍，难道，难道你……心里头都不会有……羡慕？嫉妒？或者恨吗？"紫崖白见欢喜实在迟钝，干脆直接点醒她。

"墨王不是指名要赏赐给贵妃娘娘的吗？那我为何要羡慕嫉妒恨呢？"欢喜睁着一双黑白分明的清澈眼眸看着紫崖白。

紫崖白不由语塞，半晌才道："女人不是都喜欢这些奢侈品吗？而且不都喜欢争奇斗艳，一山总想比另一山高吗？”他在后宫看到过太多争风吃醋，你死我活的丑态，并不相信后宫还会有不爱虚荣的女人。

欢喜摇摇头，淡然道：“这些东西不过都是生不带来死不带去的身外之物。人生短暂，苦海无边。淡泊逍遥才能宁静致远，功名利禄不过浮云轻烟。偏有看不透的世人一生追逐名利，由此才是贪欲的源头，其实三千繁华，弹指刹那，百年过后，不过一捧黄沙。”

欢喜一番透彻的分析说得紫崖白愣在了那里，半晌他才缓缓道：“原来，竟是你看得比我还明白，我紫崖白在你面前惭愧了。”

欢喜却摇摇头，声音里有些恍惚：“紫大人，您别这么说，我只是班门弄斧随便说说罢了。”无法劝服墨玺放下屠刀，让欢喜对自己的传道讲授能力开始产生了怀疑。

紫崖白叹息了一声，终于才道：“我知晓你不是个贪慕虚荣的女人，但我今日带你去见识贵妃娘娘的赏赐是有原因的。”

见欢喜又睁大了眼看他，紫崖白不知为何心头沉甸甸的，他迟疑了片刻，才道：“我是奉了墨王的命令，带你见识甘心当他妃子所能得到的一切。他让我问你，假如他愿给你这一切，甚至更多，你会动心吗？”说完替墨玺等待着欢喜的回答，自己的心却也跳得很快。

第十八章 动心起意欲来乱

“动心？”欢喜呐呐自语道，“我……怎能动心？动心，起意，欲来，人就乱了。”

“你是不能动心呢，还是不敢动心？”紫崖白向来善于察言观色，一针见血。

欢喜被紫崖白如此直接道破心事，心头一震，连忙收摄住了心神，道：“欢喜只是小小一介宫女，怎敢承接墨玺国王的恩赐，不敢也不能动心，请紫大人替我如是禀报即可。”

紫崖白松了口气，道：“你做此决定甚好，人生在世如处荆棘之中，人不动心不妄动，不动不伤。在这花花世界，你能保持清醒算是难得，我也不用再作多言，你自当明了。”

“多谢紫大人的照顾和指点。”欢喜微微躬身致谢。

紫崖白轻轻摆手，道：“你我之间不必如此见外。以后有事你尽管叫我便是。”

“多谢紫大人。”欢喜颔首。

紫崖白凝望欢喜良久，清风微拂中，她的神态淡然自若，飘然出尘，仿佛眼前所有的一切，都不过是蝼蚁浮云，根本干扰不了她身在红尘众生的超脱，让人心头一动。

甚至连他的心弦都好像被什么东西拨动了一下，带了几许微颤。这突如其来的心理变化让他顿时陷入了迷惘之中。

紫崖白如实禀报给了墨玺。

墨玺原本正靠在皇宫内院水榭旁边的软椅上，懒懒地翻看着一卷兵书，身后参天的大树遮住了午后明晃晃的阳光，只在他俊秀深刻的轮廓上留下了些许斑驳的树影。在紫崖白面前，墨玺没有戴上那个用以迷惑世人的面具。

在听见紫崖白的禀报后，墨玺那双鹰隼般的眼眸微眯，目光慢慢收回。

“她真是这么说的？”墨玺缓缓地问道。

“臣禀报的是她的原话。”紫崖白低声回答道。

墨玺沉默良久，突然将手中的兵书往椅上一扔，站起身冷冷道：“她凭什么拒绝本王？谁给了她这个胆子？本王千方百计，煞费苦心讨她欢心，她总是一屑不顾。别把我惹恼了，否则……”

紫崖白见墨玺震怒，急忙道：“墨王您且息怒，依照臣看，欢喜姑娘生性淡泊，不谙世事，自然不解风情。假如待以时日，总有一日会开窍……”

“等她开窍？”墨玺嘴角勾起一抹嘲笑，“恐怕本王没有那么多的耐性！本王竟然期待一个天合教徒会主动投怀送抱，真是昏了头！”

“天合教徒？”紫崖白不由变了脸色，“原来墨王您，您知晓欢喜的身份，那，那你为何……”

“为何对她着了迷？对吗？”墨玺短促地苦笑了一下，随之便又恢复了那副桀骜冰冷的表情，“本王也不知道为什么，就犹如鬼迷心窍一般，只想留她在身边。可是她处处躲闪，只怕我没有耐心再和她戏耍下去。”

“那墨王，您的意思是……”紫崖白小心翼翼地问道。

“不让她吃点苦头，她是不会晓得本王对她的体谅和纵容！”墨玺发话道，“紫崖白，从今日开始，她就别在你仓库里待着了，让她去洗衣坊里待几天，等她明白本王对她的好后再行安排。”

“可是，墨王，欢喜她太柔弱，恐怕干不了粗活……”紫崖白吞吞吐吐地说道。

“本王的命令，谁也不许顽抗。”墨脸色阴冷，“还有你，别以为本王不晓得你处处维护她。你是本王的臣下，也是本王自小的玩伴，本王不希望你对我也存有私心。”

“臣对墨王一直以来都无半点私心。”紫崖白向来知晓墨玺阴晴不定，喜怒无常的暴戾性格，若是惹得墨玺的疑心，恐怕他有三个头也不够砍的。于是连忙低了头道，“臣对墨王忠心耿耿，从不敢逾越。请陛下明察。”

“我还是相信你的，否则你还能站在这里和我说话吗？”墨玺瞥了一眼明显心虚的紫崖白，淡然说道，但眼底里的警告意味还是浓厚的。

“多谢墨王信任之恩。”紫崖白头压得更低。

墨玺摆摆手，道：“也没什么事了，你按照我的吩咐去做，退下吧。”

紫崖白告退出来，走到内宫外，发觉身上冷飕飕的，原来竟出了一身的冷汗。

欢喜听说自己要被墨玺贬去当宫中粗使丫头倒也不悔，她素来心境平和，而且入皇宫之前她早有预料自己不会那么轻易完成使命，因此面对变故并不惊诧。反倒是紫崖白面带愧疚欲言又止，犹豫再三还是道：“欢喜，若是你实在不愿去洗衣坊，我就再与墨王说一声，劝他手下留情。”

“不了，紫大人，既是墨王下的命令我就遵从好了，免得连累了大人。欢喜会更过意不去的……”欢喜虽然不谙人情世故，但还是能看出紫崖白已经尽了力。

“你不会连累我，我和墨王也算是有几分交情。”紫崖白沉吟片刻，对欢喜道，“或者你再三思片刻，只要答应对墨王回心转意，我想你不仅不用去当粗使丫头，而且还可能飞上枝头当凤凰。”

“紫大人，您不必再劝服我了，欢喜乃天合教中人，尚且不能喜怒形于色，更何况儿女私情？”欢喜低眉敛目温和说道，但语气却坚决得不容动摇。

紫崖白叹口气，道：“恕我无能，未能帮你更多。”

“萍水相逢，这些日子来承蒙您的照顾感念在心，欢喜在此多谢紫大人。”欢喜朝着紫崖白微微躬身施礼，紫崖白伸出手去想去扶，但出于避嫌，还是缩了回去。他盯着她的眼眸道：“反正我还在宫中，你若是去了洗衣坊有何难处，尽管和我说。”

欢喜再次谢了紫崖白，稍微收拾了一下便去洗衣坊里报到。

宫中的洗衣坊专做浆洗的活儿，充当洗衣妇的都是些五大三粗的丫头。欢喜被带进了洗衣殿后，纤弱的身子在一群壮硕的身躯中显得格格不入。不时有好奇的洗衣妇偷眼看她，在心里揣测欢喜是不是做错事被贬罚的妃子，但没人有空去盘问，因为每个人的面前都摆着堆积如山的脏衣裳。

欢喜在管事的带领下熟悉了环境之后，就被分配去干活了。这里每天都有很多的宫中女人和男人换下的衣服源源不断地送来。看来，凡间人自嘲“人是泥做的”玩笑话倒很真切，人总是不停地洗洗涮涮，脏了又洗，洗了又脏，一直这样反反复复，周而复始。

欢喜想，若是人的思想可以像洗澡一般洗去阴暗、狭隘和执拗，那该有多好，也许那样她也能早点完成任务回天庭去吧。

可是，这是她一厢情愿的幻想，很快她便回到了现实中来。她的面前总是摆着一堆洗不完的气味难闻的衣物和被床褥，熏得让周身总是洁净无暇的她有些难受。而她的手天天泡在水里，皮都泡皱了，洗得起了白泡。至于几乎快要被折断的腰肢，因为成天弯着，一天辛苦的劳作下来，晚上躺在狭窄坚硬的小床上，半天都伸不直。

若说之前墨玺对欢喜怀了怜惜之心百般忍让，那么眼下这次将她打入洗衣坊，算是对她真刀真枪的肉体和意志的折磨。

面对繁重的体力活儿，欢喜从最初的难以承受渐渐转化为乐于承受。因为她发现，原来每日辛苦工作过后，相比较前些日子的辗转反侧，她竟然什么也不用想就能顺利入眠。可是在庆幸的背后，她却为自己现在的行为举止骤然心惊，她越来越被凡人同化了。将来的自己会成为什么样子，她已不敢去想。

由于欢喜不偷懒不耍心机，做事妥妥贴贴，又喜欢帮着人，得到了洗衣坊中上下的喜欢。尤其是替洗衣坊管事治好了多年久治不愈的咳嗽之后，欢喜顿时成了洗衣坊中炙手可热的人物。

这些生活在宫中最底层的宫女太监和侍从们，平日里有点小病根本就没有人理睬，更不用说有专门的御医看病了。因此得知欢喜有这门手艺之后，谁有个头疼脑热的毛病都愿意来找欢喜，甚至连附近看守的侍卫都慕名找来。

欢喜也尽心尽力为他们看病解难，一时间洗衣坊成了宫中最热门的地方。

欢喜更得到了宫女们死心塌地的拥护，她们自愿承担了欢喜的洗衣工作，把她尊为女大夫供养起来，好让欢喜能专心为大伙儿服务。

欢喜成了洗衣坊里备受欢迎的人物，这点恐怕是墨玺根本没有想到的。

欢喜在洗衣坊中也算如鱼得水，每日替人看病成了她日常的主要任务，她也乐此不疲。

这日，从地处皇宫外围西北角的白龙庙来了两个看守侍卫，请欢喜抓几副药，说是庙里的几个侍卫好像中了什么邪，全身软绵绵的，总是提不起劲来，所以请欢喜若是方便的话，过去帮忙看看。

欢喜素来心善，自然不会推辞，于是和洗衣坊的胖大婶管事说了说，请她放行。可管事的听说是从白龙庙过来的侍卫，胖乎乎的脸庞上不由露出了几分惊疑之色。但见看守侍卫面带愁容，神色焦急，不便多说，只是朝着欢喜使劲使眼色。

但欢喜生性磊落，自然学不会这些凡人心计，因此并未领会管事大婶的暗示，而是在得到管事大婶的首肯后，便随着那侍卫匆匆离去。

白龙庙位于皇宫外围的山脚下，依西峰东麓而筑，随崖就势，四周奇峰耸天，苍松挺翠。庙门上方凿有白龙庙三字，庙右侧岩壁上有天然形成的飞龙图像，其纹脉清晰形象逼真。庙宇外墙用纯白石条搭就，风格古拙，左下侧有潭，深不见底。

只是这庙宇却寂静且无半点香火，看样子已经荒废了许久。但即使是破败不堪的不起眼地方，外头竟还有不少侍卫在看守，戒备森严。

前去请大夫的看守侍卫本来就有几分忌讳，但因为担忧其他弟兄的病情，因此也顾不得许多便带着欢喜进了寺庙。欢喜见寺庙内原供奉的雕像俱已倒塌，四处蒙上了厚厚一层灰土，连墙角都沾满了白色的蜘蛛网，一片历经过风雨剥蚀，人世沧桑的荒废景象。

欢喜察觉出有异常，便下意识地站住了脚。其中一个看守侍卫见欢喜踌躇，以为她害怕，便轻声说："姑娘莫怕，这里原本是天合教圣地，神仙保佑城民甚为灵验，香火旺盛。但自从墨王登基之后，这里便被当作邪教集散地而遭到封堵，经过了大火的焚烧，便成了眼下这副模样……"

另一个看守侍卫则接口道："现在的白马寺庙已经被派作另外的用场了……"

"什么用场？"欢喜下意识地问道。

两位看守互视一眼，鼓起勇气，异口同声悄声道："地牢。"

"什么？"欢喜微微一怔，抬眼看着二位看守侍卫。

看守侍卫也不答话，径直带着欢喜转到佛龛背面，在庙宇的墙角摸索了一会儿，看样子找到了一个开关，按了下去，墙面竟悄无声息地分了开来，露出了一条地下通道。

"姑娘，请进。"看守侍卫恭敬地邀请欢喜。

欢喜沉吟片刻，便随着侍卫步入地下阶梯，步步向下走去。

此时已不见天光，欢喜只凭着前行看守手中的火把微光观看四周。但见地下通道的头顶及两侧都由巨大花岗岩砌成，略微用灰泥固住，沿壁有石头突将出来，边缘棱角甚是锋利，若是不小心行走，恐怕要划破肌肤。

看守在前头引路，不时提醒欢喜要多加小心。沿路的石面上甚是潮湿，许多水滴凝在石头壁上，不时滴落下来。在甬道行了不过一会儿，欢喜的秀发就被顶壁滴下的水珠所濡湿。幸好再走了不多远便转过一处弯道，前面一片火光跳跃，却是几支火把斜斜插在墙上，熊熊燃着，照亮前面的景象。

这竟是一个人工打造的暗牢，两边都是坚固的石壁，过道很长，没有人把守，墙壁上靠着火把用以照明。昏暗的光线给整个地道增添了几分阴森和恐怖。

欢喜吸了口气，大着胆子继续往前走了几步，赫然发现有两扇巨大的铁狮头锁牢门挡在了面前。牢门前本有几名侍卫看守，此刻却都精神萎靡地靠在门口的墙上，有一名侍卫甚至倒伏在地牢门前的石桌上，面色青白，虚弱得没有一丝气力。

第十九章 东窗未白凝残月

“这？”欢喜迟疑地侧头看着领路的看守。

看守连忙上前搀扶起那名侍卫，焦急地对欢喜道：“请姑娘帮忙看看，我的弟兄们这几日都是这种症状，而且情况一天比一天严重。有人说我们长年窝在这终年不见阳光的地方，是被阴湿邪气所入侵，您帮忙看看，他们是不是中邪了？”

欢喜走上前，仔细查看了那些东倒西歪的侍卫，随后又替他们把过脉，神色渐渐凝重了起来。看守的侍卫问道：“情况怎样？”

欢喜正要开口答话，突然听见一声低沉而愤怒的咆哮迅疾而至，似乎就在她身后。她连忙回过身去，发觉那咆哮的声音是从过道尽头的牢门后传来的，声音里好像饱含着无比的疼痛，又夹杂着出离的愤怒，听起来很是惨烈。

欢喜仔细听闻这濒临死亡的痛楚声音，片刻之后，轻声问看守道：“这是什么声音？有人受了更重的伤吗？”

看守的侍卫也听见了那可怕的声音，脸色不由一变露出了些许惊疑不定的神色，嘴上却宽慰欢喜道：“姑娘不必理会，这是这牢房里的犯人发出来的声音，过会儿没人理会就自动消停了。”

欢喜微微颔首，打开随身带来的药匣，取出银针替先前那位瘫软的侍卫进行穴位扎针。但那咆哮声不仅没有消停下来，反而越来越激昂和高亢，充斥着整个狭小的走道，发出刺耳的回音。两名看守和四周的侍卫终于按捺不住了，互相望了一眼，很有默契地走到牢房前，冲着里头叫喊道："闭嘴，安静！"

牢房里惨烈的叫声嘎然而止，但没过多久，又发出了嘶哑的喊叫声。

看守火大，其中一名侍卫拿出钥匙，开了锁端着油灯便推开沉重的牢门走了进去，那看守侍卫一开门，欢喜便闻到了满走道的血腥气息。没一会儿牢房里发出了沉闷的声音，好像是硬物撞击在软肉上的扑扑声，还有低哑的求饶和嘶喊声。

欢喜的心随着牢房里的抽打声渐渐提了起来。她暂且放开那些急待于救治的侍卫，站起身凑上虚掩的铁牢门向内望了一眼。刚靠近牢房她便被那血腥之气熏得头晕了一下，短暂的晕眩之后她才朝牢房内看去。

由于牢房内看守手中的油灯散发着微弱的光，使得欢喜无法看清牢房内的环境。但只短暂的一眼，欢喜还是看见狭窄而肮脏的牢房里乌漆漆的，油灯照得见的地方，随意摆放着凌乱的刑具，锋利的刑具铁齿上面沾着已经变成暗黑色的鲜血，有些甚至还粘着零碎的血肉，整间牢房散发出浓厚的血腥气味，加上终年不见阳光的潮湿和腐臭味，闻起来令人作呕。

而暗牢中泛着腐烂气息的稻草上，蜷缩趴伏着一个上身赤裸、下身的衣物也都成了碎片，血肉模糊的人影。那囚犯无声无息地躺在那里，碎衣间点点凌乱的血迹和青紫赤红的皮肤昭示着他曾遭受过各种不知名的重刑。

欢喜看到那囚犯的脊背已不见皮肤只能看见整片整片的赤红血肉，微微跳动间，有青色的经脉起起伏伏，带着若隐若现的炮烙焦熟气息，似乎是所有的皮肤都已剥离。像是被烫伤被鞭打或是钉刺或者是被利刃所切割，翻卷得露出了层层皮肉的肌理，血液凝固成暗黑色的坨块状，引得苍蝇在上头来回飞舞。

"啊——"从未见过如此血腥场面的欢喜被眼前的惨景吓得一惊，一声惊叫忍不住脱口而出，她不由得捂住嘴让自己冷静，使得自己稳住身形，不因这惊诧的一幕而掉头逃跑。

看守侍卫见囚犯惊扰了欢喜，心头有气，朝着那囚犯又踢了两脚，道："都是你这个祸害，害得老子们每日都要死守在这不见天日的地牢里，哪都不能去。你一人罪有应得也就罢了，还得叫我们来替你垫背！"

那囚犯被踢又发出了几声痛苦的嘶叫，四肢无力地抽搐着。看守侍卫骂了几声，见囚犯一动不动了，方才呸了一口唾沫，转身走出地牢。欢喜看着躺在地上的囚犯，正要替囚犯求情，却见那囚犯好像觉察出了不同，转过头来，视线和欢喜对个正着。

欢喜顿时感觉到那囚犯乱发后那双眼眸中好像有亮光一闪，随后他拼命挣扎着动起来，似乎想挣扎着向欢喜爬过来，他的嘴里已说不出话，只能发出嘶嘶的声音，加上他无皮肤的血红肉体，犹如一条色彩斑斓的毒蛇在蠕动一般，在昏暗的油灯下看起来令人毛骨悚然。

欢喜不由倒退了几步，随后又觉得不妥，正要再向前看个究竟，看守侍卫已退出牢房外，顺道"砰"的一声将沉重的牢门重新关闭。

看守侍卫的头领看了看欢喜苍白的脸色，歉意地说道："让姑娘受惊了。"

欢喜摇摇头，随后才轻轻问道："这地牢里关押的是谁？"

看守头领迟疑了片刻，才面露难色地回答道："这是皇宫里的重囚，在下很想回答女大夫的问题，只是事关宫里的机密，不便透露。"

欢喜见侍卫如是说，也不好追问，便退回到原来的地方继续替侍卫们看病。她将所有侍卫的症状全都看了一遍，才缓缓道："你们不是中了邪，而是中了毒。"

欢喜一句诊断引来无数人质疑的目光，先前领路的看守侍卫不解道："怎会这样？你是不是弄错了？这里戒备如此森严，我们一直都待在地道里，一日三餐都是宫里送来的，怎么会中了毒？而且，先前我们也请大夫看过了，没人说过是中毒啊……"

"病人口唇和四肢麻木，舌淡质略黯而苔薄，脉细而结，怕冷而心律不齐，这些都是中毒的迹象。"欢喜面对质疑，依旧只是淡淡地说道。

看守头领将信将疑，但还是听从了欢喜的安排，让人给那些中了毒的侍卫们喂服头煎生甘草汁，还吃了几副欢喜开出的药方。不多时，一些侍卫心慌心悸已平稳，麻木感减缓，青白色的脸色也渐渐恢复了正常。看守头领见状大喜，极力夸奖欢喜。

欢喜脸上依旧是淡淡的，见那些侍卫无大碍了，便起身告辞。离开的时候，她不由自主地再次朝着那牢门望去，从那扇门后传来迷迷糊糊的呻吟声，她迟疑了一下，问看守头领道："大人，那地牢里的囚犯需要救治吗？"

看守头领一愣，随后骤然变色，道："他罪有应得，不需要治疗。"

"即使罪孽深重，但相信他也能改过自新，为何不能对他一视同仁？"欢喜喃喃道。

看守头领怔疑半晌，无奈一笑，道："姑娘，您想得太过天真了，赦免这个犯人，咱们还没这么大的权力。若是您真心想替他求情，恐怕只能问过国王墨玺了。但是……"看守突然悄悄压低了声音，道，"这世上最憎恨此人的人，就是墨王陛下。"

欢喜被看守头领脸上古怪的笑容弄得心头微怔，随后也不便勉强，便缓步离去，即便走出了很远，她还能听到身后传来的如野兽般的嘶吼。

回到洗衣坊，管事的胖大婶早已在门口守侯多时，她脸上的忧虑之色在看到欢喜毫发未伤的时候才缓缓散去。她将欢喜挡在门口，悄声问欢喜："你跟他们去白龙庙，看到了什么吗？"

欢喜有些不知所以，便问道："什么？"

管事胖大婶欲言又止，见四下无人，才再次压着嗓子说道："就是，鬼啊。"

欢喜一愣，随后笑着摇摇头，道："那里只有人，哪有鬼？"

"那人便是鬼，人鬼不分，否则怎会将他独自一人囚禁在那座破庙里？听说那人早就死了，是被镇在那寺庙之中的。"管事胖大婶神秘兮兮地对欢喜附耳说道。

欢喜回想起之前看到的那个囚徒，虽然早已面目全非，但并非鬼魂。只是管事胖大婶说得如此信誓旦旦，加上之前那个看守的一脸谨慎，欢喜顿时觉得那个囚徒身份神秘，非比寻常，便轻声问管事胖大婶道："那人究竟是谁？"

管事胖大婶眼珠子骨碌碌转了转，正要回答欢喜，却听见背后传来了一声清咳，把管事胖大婶吓了一跳，脸上顿时升起了被惊扰的不悦，但在回头看到来人时，管事胖大婶的圆脸上又堆起了殷勤而热络的笑容，冲着来人说道："哟，原来是紫晴姑娘呀。"说着拉拉欢喜的衣袖，示意她一起行礼。

那紫晴姑娘生得俏丽，眼神更灵活，欢喜见过她，知道她是青黛妃子的使女。

紫晴姑娘冷漠地朝着管事胖大婶略微点了点头，随后将视线转向欢喜，直截了当地问道："你就是那位医术高超的欢喜姑娘吗？"

欢喜还未回答，管事胖大婶就替欢喜点点头，喜滋滋地说："对啊，欢喜的医术谁都晓得，紫晴姑娘您也找欢喜吗？"

紫晴姑娘根本不拿正眼看管事胖大婶，而是对欢喜说道："青黛娘娘想请你过去。"

"啊？青黛娘娘也生病了吗？"管事胖大婶很好事地问道，"她可是金枝玉叶，怎能找欢喜看病？宫中不是有御医吗？"

紫晴姑娘冷冷地斜睨了一眼管事胖大婶，冷哼道："青黛娘娘只想和欢喜说说话，何时轮到你胡乱插嘴了？"

管事胖大婶被紫晴姑娘一瞪，顿时不敢再说，只能眼睁睁看着性情火辣的紫晴姑娘将不明所以的欢喜一把扯走。等她们走远，管事胖大婶才狠狠地"呸"了一声，冲着紫晴的背影暗暗骂道："你这个小蹄子有什么了不起的，成天摆着死人脸给谁看啊！别以为仗着主子得宠就鸡犬升天了！即使是你们的主子，那不也是从丫鬟爬上去的？"

牢骚归牢骚，但管事胖大婶终究不敢放声痛骂。

墨玺的后宫美女成群，惟独只有两位受宠，那便是淑兰贵妃和青黛妃子。

淑兰贵妃出身名门，青黛妃子则是从区区一个宫女慢慢成为嫔妃的。据说当年青黛是墨玺身边的使唤丫鬟，负责他的起居生活。青黛虽然身份卑微，但她容颜俏丽，善解人意，加上一心讨好墨玺，很快便从宫女直接升到了嫔妃的地位，而且颇为受宠。

青黛妃子住在清源宫，欢喜随着紫晴姑娘进了宫殿，紫晴引她到内室坐下，对她道："你在这里候着，娘娘想问你些话。"

欢喜微微颔首，紫晴转身便走。不多时，一个身着绛红色流彩暗花云锦宫装的绝色女子在紫晴的带领下出现在内室门口。她高挽云髻，生得柳眉杏眼，顾盼生情。裙摆绣着凤凰图案，上头的凤凰栩栩如生，高昂着头，而红色更显出她凝脂般的肌肤，光滑如缎。

欢喜站起，紫晴道："还不快来见过娘娘！"欢喜微微躬身行礼，紫晴又皱眉道，"你好大的胆子，竟然不跪下拜见娘娘！"

青黛妃子却拦住了紫晴，朝着欢喜露出了一丝笑容："你别多礼了，今儿我找你来说说话，别弄那些繁琐礼节，免得倒觉得见外了呢。"说着，走上前去，亲热地拉着欢喜坐在一旁的美人榻上。紫晴在旁看得睁大了眼，心想平时娘娘最看重礼节，谁若是对她有半点不敬，她从不肯善罢甘休，今日真是难得不追究，于是不由多看了几眼欢喜，想看出她哪里与众不同能得到青黛妃子的另眼相看。

可是还没等紫晴将目光收回，青黛妃子就挥手让她退下，紫晴只能低着头退出了内室，还顺道将门给带上了，留下屋内两个女人独处。

青黛妃子上上下下打量了一番欢喜，才缓缓道："今日请姑娘来，着实有些冒昧。不过我素来听闻姑娘医术高超，能治那些别人不能治的病，所以我就让人把你请来，替我看看。"

"娘娘身体不适吗？"欢喜心头先前原在揣测青黛妃子请她来的用意，眼下听她这么一解释，便朝她望去，想看出她身体究竟什么地方抱恙。

可是青黛妃子面色红润，唇红齿白，神采翼翼，欢喜并未发觉她有何异样。

沉吟片刻之后，欢喜道："娘娘为何不请宫中御医？欢喜的医术乃不入流，实在看不出娘娘所患何病，还请娘娘另请高明，否则恐怕会耽误娘娘的病情。"

青黛妃子闻言抽出丝帕痴痴笑了，边娇笑边道："姑娘果然好眼力，不过本宫确实有病，是……"她特意拉长了声音，"心病。"

话音未落，青黛妃子的脸上便出现了一丝惆怅，她缓缓道："本宫也不隐瞒姑娘，你在宫中自然也知晓国王陛下的恩宠对于我们这些女人来说有多重要。现在墨王偶尔会来一趟清源宫，但大多数时间还是在淑兰贵妃那里。墨王这些时日是否真的做到雨露均沾，我不知道，但是淑妃娘娘独占恩宠一事，却让我无法忽视。”

欢喜听青黛妃子这么一说，不由得现出了几分迷惘，她是仙子素无心机，怎能深刻体会到后宫嫔妃争宠的惨烈和残酷。

青黛妃子看着欢喜懵懂的模样，叹口气道："你不是我，不会知晓我日子的艰难。墨王不来，而我身边那些个奴才都是见风使舵，少不得要欺凌我。若是有了龙嗣，这地位就不一样了，他们也不敢太放肆。今后我在宫中也便算是有了依靠。”

“可我，并不晓得能为娘娘做些什么，才能让墨，墨王多来清源宫。”欢喜低声说道。

青黛妃子却流露出不信的神色，她斜斜看了一眼欢喜，道："别人不晓得，可宫中什么事情都瞒不过我的眼睛。听说前阵子墨王很是宠幸你，还将你金屋藏娇，我想知道，你是用了什么媚术将墨王迷住的？”

欢喜被青黛妃子这么一问，愣在当场，随后她才苦笑道："欢喜并无任何媚术，娘娘难道没有看到如今我还在洗衣坊里当差吗？”

“那不同，我也听说了，那是你不服从墨王的命令，惹怒了他才遭到贬黜的。你肯定也是吃醋了，对吗？其实啊，我们每个妃子心中一点都不在乎是假的，只是想得再多也没有用，皇帝是所有人的皇帝，我们注定要与后宫三千佳丽，共同争夺一个男人，哪怕这个男人根本不爱自己。”青黛妃子难得说了一次真心话，眼圈也泛红了。

可是欢喜沉默了良久，才缓缓说道："我和娘娘不同，我，我不爱墨王。”

“你不爱？”青黛妃子一脸惊疑，随后笑道："这爱，便是苦海，不爱最好，免得深陷其中，无法脱身。你是明智的。”

欢喜一言不发，有些走神。

青黛妃子突然探身过来，抓住欢喜的胳膊再次求她："既然你懂医术，能否给我个房中媚术的方子？”

“啊？”欢喜发愣，青黛妃子要的方子从来没有人教过她，她望着青黛妃子殷切的眼神，只得歉然道，“娘娘，实不相瞒，欢喜到宫中之前乃是出家人，所以对这些秘术并不在行。不过倒是可以给娘娘开些安神养颜的药方，让你睡眠充足，容颜焕发。”

青黛妃子大失所望，但看着欢喜清心寡欲、懵懂无知的纯真模样却又不好发作，只得隐忍，暗自蹉叹自己选不对人，找错了路子。

沉默了没几日，青黛妃子却突然打扮得花枝招展，亲自去将墨玺请到清源宫用膳，说是墨王终日繁忙，无暇休息，她特意为墨玺准备了饭后余兴节目让他好好放松。

墨玺本来对这些并无兴趣，但看在青黛曾是他最落魄之时的侍女，又见她如此兴致勃勃，加上这几日他一直心绪难平，去放松放松也好，因此并未拒绝青黛妃子的美意。

第二十章 翠扇恩疏红衣褪

青黛妃子这夜是盛装打扮了的。云鬓花颜金步摇，细步纤腰软烟罗。淡紫色的宫装金色丝边更显华贵，袖口衣襟绣着精致的金纹蝴蝶，外罩锦缎绣玉兰飞蝶青纱，长发高高盘起，用浅紫色和浅金色的丝带挽出了复杂发式，如云的发髻插了一根蝴蝶状的宝石缀簪子，几缕青丝落在肩上，平添了几分风流韵致。

见墨玺如约而来，青黛妃子脸带娇笑，左手轻拈状如兰花，轻提右手衣袖，右手执酒壶给墨玺倒满了一杯琼浆玉液，方才软言细语道："墨王陛下今日肯赏脸赴宴，臣妾不胜荣幸，今夜臣妾必定陪着墨王一醉方休，您说可好？"

墨玺正低着头，摇晃着手中的酒盅，听青黛妃子急切地表着忠心，他的眼底不由得掠过一抹复杂的情感，他一言不发，任由青黛妃子讨他欢心。

美食佳肴，醇香佳酿，美人当前，是何等享受。墨玺懒洋洋地靠在红木椅子上，看着青黛妃子在他面前舞动，她长裙曳地，轻纱飞舞，踏着乐声犹如一只孔雀般舞动，裙尾随着她的舞姿开屏，美不胜收。在侍女们的簇拥下，拿着玉扇的青黛妃子半遮半掩，仿佛便是那百花中的仙子，在不经意中跌落人间，她朝着墨玺含情脉脉，频送秋波，举手投足之间，勾人心弦。

青黛妃子如此妖娆，渴望他的爱抚，可不知道为什么，墨玺心中出现的，却总是忘不掉、抹不去欢喜那空灵清丽、温和柔润的面容，还有欢喜身上沁人心脾的香气，红若樱桃的嘴唇，以及曾被他抱在怀中的柔柳玉脂般的身体。

上天仿佛知道他的心头所想，空气中忽然传来一抹带着诱惑的奇异香味，让墨玺不由得猛地睁开了眼睛，他看到大殿内四周，青黛妃子亲手焚燃的金鼎中，有袅袅的紫烟升腾而出。

即使只是轻烟，却足以使得向来机警的墨玺感觉出异样。他倒吸一口气，鼻翼里都是这种带有浓浓挑逗气息的香料。而青黛妃子则越舞越妖娆，淡紫色的宫装半褪，露出雪白圆润的肩头，还有那纤细的腰肢，犹如水蛇一般蠕动，眉梢眼角尽是撩人的风情。

墨玺眯缝起了眼眸，觉得自己的身子在这袅袅香气和催情般的乐声中成了一座火炉，热力如火柱般升腾而起，热气在他五脏六腑间四蹿，延着经脉四肢奔腾直去，只片刻间，无数热流就如熔岩激冲开来，顿时催动着他全身的情欲。

这股异常的热流无法遏止，让他呼吸急促，脸色涨红。可是为何他心中被勾起欲火时，想到的依旧还是被他贬罚到洗衣坊的女人身影。

“欢喜……”他无可奈何地咬着牙低语。

前方青黛妃子的身影向他越靠越近，而他满眼满脑子晃动的都是欢喜的影子，他想起初见欢喜时她全身的娇柔和芳香，相比较之下，他更想汲取欢喜身上的气息，甚至情不自禁地幻想起欢喜此刻就在自己身下任他亲吻爱抚。

“够了！”墨玺咬着牙关，突然暴怒起来，猛地将手中的酒杯扔在地上，顿时发出“啪”的一声脆响，上好的瓷酒杯撞击在地板上顿时碎裂开来，浓醇的酒汁溅洒了一地。

琴师被墨玺猛地一吼，双手一抖，发出一个大大的颤音，销魂的乐声顿时戛然而止，青黛也面色灰白，娇媚的眼眸里褪去了迷蒙和沉醉，余下的俱是惶恐。

“谁给了你这个胆子？”墨玺居高临下盯着青黛，一字一字缓缓说道。

“求，求墨王饶过臣妾，臣妾也是想让墨王高兴，所以才，才……”青黛吞吞吐吐说道，害怕得全身开始颤抖起来。

“想让我高兴？”墨玺冷笑，“难道你不晓得本王最讨厌别人对我耍心机吗？”

“臣妾知错了，请墨王念在臣妾平日里尽心伺候墨王的分上，饶过臣妾吧。”青黛到了此时才觉得事态严重，连忙在墨玺面前跪下，声泪俱下。

墨玺冷眼盯着青黛，神色有些异样，他连忙控制住身体内那股邪恶的欲火，道：“你在香里下了迷药吗？说，是谁给你这劳什子的邪药？”

“这……”青黛抬起泪汪汪的眼眸欲言又止。

“说出谁在背后指使你，否则今日涉及其中的每个人，本王都决不轻饶！”墨玺蓦然变脸，殿内的空气顿时紧张得凝结了起来，鸦雀无声。

青黛半跌在墨玺面前，哭得梨花带雨，但墨玺根本不为所动。他本就是无情无义的人，眼下青黛恃宠而骄，犯了他的忌讳，下场唯有一个死字。不过看在她多年来一直尾随着他，饶她一命也未尝不可，只是这背后将他视为空气来戏耍的人必须要死。

“你说还是不说？”墨玺再次缓缓问道，面具后的眼神变得异常凌厉了起来。

在墨玺身边伺候多年，青黛自然明白墨玺这种眼神的涵义，她也曾见识过多少自认聪明的人在墨玺面前无从遁藏，最后死无全尸的凄惨模样。她不由扑在地上爬到了墨玺的脚边，抱住了他的脚，嘶声道：“墨王，您别生气，我，我全和您说了罢……”

“是谁？”墨玺一动不动地站着，甚至连腰杆都不愿意弯下。

“是……”青黛支吾片刻，虽然慌乱，但脑子里却转得飞快，很快便让她想到了一个人名，“是……欢喜……”

“欢喜？”墨玺不由一愣，质疑般重复了一遍，“你说的是，洗衣坊里的欢喜？”

“是她。”谎言开了个头，接下来青黛便淡定了许多，“臣妾闻说新来的丫头欢喜医术高超，于是便请了她来，帮我开几幅药方调理身子。臣妾吃了药有点起色，突然间鬼迷心窍让她帮忙再用些药，让我能留住墨王……结果，结果她便给了臣妾这些药粉，让臣妾掺杂在香料中点燃，说是会有奇效……”

青黛边说边偷眼看着墨玺，可是墨玺依旧戴着那副可怕的面具，她看不出他脸上的表情，只能从他突然变得沉重的呼吸中觉察到他周身散发出来的怒意和冷意，不由让她生生打了个寒战。

“药真是她给你的吗？”墨玺从薄唇中吐出字来。

“千真万确。可是臣妾真的不知道欢喜这丫头会用歪门邪道来迷惑我和墨王，请墨王明察，臣妾真是无心的。”青黛抱住墨玺的大腿，泪如雨下，我见犹怜。

“不是让她在洗衣坊里思过吗？是谁让她私自在宫中走动的？”墨玺甩开了青黛的纠缠，环顾四周，突然出声怒吼道。

大殿上一片沉寂，谁也不敢大声出气。墨玺站在原地咬牙思忖半晌，转身便走。

青黛见墨玺要离开，慌忙上前，想要拉住他，但只拉到他的袍角：“墨王，你，你要去哪？”青黛仰其起满是泪痕的脸庞，颤声问道。

墨玺低头看了她一眼，眼底掠过一丝嫌恶，随后拂开她的手指，冷冷道：“你还没资格问我！”说完大步离开，身旁的侍卫连忙一窝蜂地跟了上去。

青黛颓然地瘫在地上，呆愣半晌，突然掩面痛哭。

墨玺加快步伐一路狂走，身后的侍卫跟得气喘吁吁，墨玺猛地站住了脚，清冷的月光下，他脸上青面獠牙的面具更显可怖。

他阴冷地对侍卫们道：“都给我滚开，别跟着我！”

侍从们面面相觑，都把视线望向侍卫头领紫晏。紫晏连忙摆手，示意大家不要去惊扰墨玺。所有人都不敢继续上前，只能眼睁睁看着墨玺只身一人扬长而去，消失在夜色之中。

第二十一章 抵死缠绵难自控

墨玺气血上涌，他的体内好像蛰伏着一头血脉偾张的野兽，那股骚动和冲劲让他几乎无法克制。额上冒出了细细的热汗，他的呼吸急促，鼻息粗重。从青黛所居住的清源宫到洗衣坊，原有很长的距离，但在他疾步快走的情况下，竟很快便到了。

他从来没有亲自到过宫中最下层，但即便如此，他还是凭借内心的直觉，准确无误地摸索到了欢喜所在的洗衣坊。

欢喜在洗衣坊中原本是和宫女们一起住在狭小的屋子里的，但为了便于替人看病，加上紫崖白事先有过交代，洗衣坊的管事便单独让欢喜居住在洗衣坊东侧的厢房里。

夜深人静，欢喜还在灯下看书，神色如常平静，因为已是夜晚，她只穿着宽大的白色里衣，一头乌黑的秀发披散在肩头，凝视经书的侧脸娴静而清秀，婉约的身影投在窗纱上，形成了美丽的剪影。

就在一门之隔的外面，站着脸色涨红的墨玺，脸上的面具成了一个蒙住他呼吸的盾牌，几乎让他喘不过气来。他深吸一口气，摘下了脸上的面具，接着用力拍起门来。

突如其来的敲门声惊动了欢喜，她抬起头来，神色有些迷惘，这么晚了还有病人吗？她不敢怠慢，连忙站起身来，对着门外轻声问了一句："谁？"

门外沉默片刻，接着一个富有磁性的带了几分焦灼的声音骤然响起："是我。"

那熟悉的嗓音让欢喜蓦地一震，是墨玺。天色已晚，他找她有何事？欢喜不自觉地咬着红唇，一时间不知该如何回应墨玺。

“开门，欢喜！”墨玺的声音里带了几分焦急和愤懑。

欢喜在屋内不由自主地开始紧张，不知为何，现在只要单独见到墨玺，她便有一种不自在的感觉。平日里尚且拘谨，更何况夜深人静，他又是孤身一人，她是回应还是不回应他呢？欢喜也没了向来的爽快和利落，只是在原地踌躇。

墨玺的耐性一点点地在消失，他等待半晌见欢喜并不应门，心头本来便有火，此刻更加不满，他敲了两声门没有回应之后，便握拳在门上开始用力捶起来：“欢喜，你倒是开门不开！”

夜深了，本是万籁俱寂，墨玺的声音和砸门的声音在夜空中更有一种惊心动魄的感觉，欢喜唯恐惊动了四周已经睡下的宫人，匆忙间只得匆匆套上外衫，便过来拉开了门栓。

门刚拉开一条缝，便被墨玺猛力拉开，随后他高大的身影便闪了进来，反手又将门重重关上。欢喜乍见脸色通红的墨玺，心头不由一跳，连忙问道：“墨王……你，你怎么这么晚，找我……”

话音还未落，墨玺高大沉重的身躯突然向前一扑，猝然间，欢喜娇弱柔软的身体便被他重重压在了门后板上。

“啊，你想干什么？”欢喜脸色苍白，如水的眼眸中映出她眼底的惊慌，她瞪视着墨玺近在咫尺的脸，他嘴里喷出的火热气息，直烧她受惊的小脸。墨玺没有戴面具，于是他那张因为中了催情香而变得激动红涨的脸庞在昏暗的灯光下一览无遗。

“你说呢？”他定定地看着她，眼眸里燃烧着独占的欲望和渴求。

欢喜觉察出了墨玺今夜的异常，她想问他原因，但大智若愚的她并不善于询问，只能怔怔回视着他。而他那双看似要吞没一切的黑眸，让她浑身发颤。她情不自禁地伸出舌尖舔了舔因为紧张而感到干涸的双唇。

她无意识的舔舐，险些令墨玺失控。他用了九分的控制力才遏制住内心的那只兽性大发的欲望猛兽，他拼命忍住吻下去的冲动，咬牙切齿催促她：“是不是你怂恿青黛的？快说，你来宫中到底有何目的？”

他本不信青黛的言语，但是回想起欢喜从过去到现在的所作所为，他竟发觉自己根本无法查证到欢喜的来历。

因此，对于他来说，欢喜是不是奸细或者巫女的这个问题太重要了，今天不管用什么手段，他都要逼她招认。

而欢喜被墨玺没头没脑的质问弄得怔住，她屏住呼吸，愣愣地看着他，不知如何是好。

昏黄的亮光下，欢喜惊惶失措的圆圆眼眸很是明亮，让墨玺想起了他曾经狩猎的受惊小鹿，而她微微翕开的柔唇，又是那般鲜嫩，那般诱人，她的身体和口鼻中吐出的芬芳香气，更扰得他心神迷乱，犹如着火的全身更像被架在烤架上烘烤。

墨玺深邃中透着狂乱的眼神，令欢喜意识到了潜在的危险，她想起之前也曾经看到过他这样的眼神，她慌张地顾不得回答墨玺的质问，便要急忙推开他。可是已经迟了。

“该死！”墨玺终于难耐诱惑，早被欲望充溢的身体已经憋得胀痛。他暗咒一声，再次等不及欢喜的回答，一低头便将自己炽热的薄唇，就这样猛地覆上了欢喜颤抖的红唇。

墨玺的吻又猛又急又狠，想要掠夺一般，毫不怜惜地蹂躏着欢喜的小嘴。

欢喜的眼睛和嘴唇都张得大大的，却发不出任何声音。这突如其来的强抱和强吻都让她脑海失去了清醒，只是被动地任由墨玺为所欲为。

不管欢喜是何来路，总之今晚，墨玺都要让身下的小巫女成为他名副其实的宠妃。

墨玺猛地将欢喜的嘴角吻住，尽情地吮吸着，并将她轻而易举地抱了起来，走向床榻边。

虽然他几乎已经失去所有的理智，眼眸中早被欲望的红光所充满，但他的神情中依稀带着迷恋，不断地呼唤着欢喜的名字，带着宠爱的呢喃……

刚将不住挣扎的欢喜放平在床榻上，墨玺便亟不可待地猛地翻身将她压在自己的身下，一边狂野地吻着她，一边用力地撕扯她的里衣。欢喜宽大的衣襟本就没有拉拢，被墨玺这么使劲撕扯，便敞了开来，露出了她柔润雪白的肩头，在灯光下更显娇嫩。

欢喜身上的香气馥郁芬芳，她娇软的红唇像是娇嫩柔滑的玫瑰花瓣，不仅滑嫩诱人还散发着迷迷的香气，引得墨玺着了魔似地吸吮她的唇瓣，不断索取她唇间还有身体散发的芳香。

墨玺不像欢喜一样生涩没有技巧，而是游刃有余。墨玺的舌好像一尾灵活的鱼，硬生生地撬开了欢喜紧闭的贝齿，强悍地逗引逼迫她的舌尖和他互相追逐纠缠。他的唇舌好像有火，炙烤得欢喜毫无招架之力，只能无助地发出“唔唔”的呼救声。

暗黄的光线，投射在墨玺情欲勃发的脸庞上，隐约可以看到他冲动的神色背后依稀的一点宠溺和怜爱，但怜惜归怜惜，他的嘴和手却没有丝毫的松懈，沉重的男性身体更是压迫得欢喜无法呼吸。他节节进攻，欢喜步步败退。

宁静的夜晚，欢喜小屋中的动静并非没有被守夜的巡更人发觉，但之前墨玺砸门的动静太大，已让人知晓他在欢喜的屋中，因此巡更人除了震惊和不可置信之外，哪里敢再发出任何声音，甚至还叫来侍卫将屋子附近方圆十丈之内的闲杂人等都屏退，特意给墨玺国王留出宠幸宫女欢喜的空间。

因此欢喜的挣扎和呼救声毫无作用，没有任何人能来救她，连她自己也不能。

不是没有被墨玺强吻和强抱过，但像今夜这般狂野和惊骇程度远超欢喜的想象，她还在恍惚和挣扎中，身上宽松的衣袍已经被墨玺心急地三下五除二，扯得七零八落，春光外泄。

她该如何是好？混沌的脑海中已容不得欢喜思考，她下意识地便张开嘴，狠狠咬了墨玺一口，唇舌间顿时有腥甜的味道溢散开来，弥漫了她的整个口腔，接着她看到墨玺停下动作，猛地抬起头来，连空气都紧张了起来。

她瞧着他泛着血丝的红肿上唇，如惊兔般的秋眸，透着慌乱与失措。而他眼眸血红，一时间，两人四目相对，相互瞪住，彼此的胸膛都在一起一伏地剧烈喘息。

突然，墨玺蓦地抬起手来，欢喜的心突地一跳，以为他要挥手打她，不由向后一仰半闭上了眼，长长的睫毛不住抖动。可是墨玺只是抬起撑于床沿边的手，将她苍白脸庞上的几根青丝乱发撩去，随后，他用单边手掌捧住她细滑的下巴，左手大拇指在上面轻轻地来回摩挲。

他修长的手指每轻抚一下，她的身体就颤抖一回，紧张得连毛孔都竖立着。

不知道是不是太了解墨玺了，每当他沉默不言并凝神望着她的时候，她真的很怕他这副模样，她宁愿他恶语相加，横眉怒目，也不要他这么沉默寡言的对待她。这个时候总让她很压抑，有股胆战心惊的感觉。

不知从何时起，欢喜已经成为了一个真正的凡人，只是她还不晓得，自己已经随着墨玺的喜怒哀乐而情绪起伏，更不晓得自己面对他时，竟已经有了难以言语的纠结之心。

“告诉我，你心里是不是还……关心我？”墨玺低沉暗哑的嗓音，透着无尽的宠溺及浓浓的渴望，连他自己听了，都觉得和平日里不一般。

“我……”今夜墨玺激动热火的举动让她害怕，而他灼热的眼神更让她不知所措。尤其是此刻他那混杂了迷恋和情欲的眼神，更如一团燃烧的火球，瞧到哪儿，她哪儿就发烫。在这种目光的注视下，她的心乱飞乱撞，急忙别过眼睛，不敢瞧墨玺那双闪着奇异光亮的黑眸。

她还不懂得隐瞒，她别过脸去的同时，点头承认了。关心墨玺，引导墨玺上正途，是她来凡间唯一的目的，只是此时此刻，她不知道自己该如何是好。

“既然你一直都关心着我，那让我抱抱你，亲亲你，回报你，难道不应该吗？”容不得欢喜有任何反应，下一秒墨玺再次吻上了她的红唇，只是这一次，他将动作放慢，即使全身已经被欲望胀痛得几乎想要爆发，但是他还是极力忍住自己如脱缰野马般想要尽情发泄的渴望。

他不想那样暴风骤雨将欢喜吓着，他要尽量用柔情让她感觉他并非恶意。他相信，这生涩的、毫无男女经验的女人，绝对抗不过他的挑逗和爱抚。

今夜，无论如何，他必须让她身体和心灵的每一寸都完完全全属于他，不管她是巫女还是奸细，他只要她专属于他。

可是欢喜却并未如他想象中陶醉在他的亲吻和爱抚中，她还是趁着他分心，不停地向床榻的一角缩去。她衣不蔽体，最后再无路可退，只得惊惶万状地蜷缩在角落里不停地发抖，颤得连整张床榻都跟着抖了起来，甚至抖动也波及到了他压覆在她身上的强大身躯。

第二十二章 色如梦幻相泡影

“你……就这么怕我？”墨玺终于忍不住出声问道，心头浮上些微的挫败，但他却没有任何收手的迹象。昏暗的光线下他那双如鹰隼般的眼眸紧紧盯着欢喜柔白而光洁的娇躯，一刻也不肯离开半寸。

“放，放开我。”欢喜用手挡住墨玺如狂风骤雨般的亲吻，一边困难地抗拒道。

“我怎舍得放开你？”墨玺在她的耳旁细语，滚热的大手在她身上游移。

“你别这样……”欢喜惊颤着躲避，但身体被墨玺猛力覆盖住，她连使劲呼喊的力气都没有。这一刻，她开始对自己听从如王师父和提灯老祖的安排有了些许的悔意。何时她竟沦落于此，成为砧板鱼肉，任人宰割？

“今夜，只怕由不了你。”随着墨玺呓语般的低吟，银色的月光透过窗帘洒在欢喜那美丽的身体上，发出圣洁的光芒。她气质秀丽出尘，仿佛百花汇聚而成，又似灵秀凝合而生。墨玺的眼眸触及欢喜那张脸，脑海中一震，在瞬间有一种不敢直视的感觉。

他竟不敢亵渎了她。

闭上眼的欢喜脸色绯红，乌黑的长发披散在雪白的后颈上，凹凸而又优美的身体曲线也在不住颤抖，但她天生一副恬静的表情，已足以沉鱼落雁，颠倒众生，教身旁床褥上的万花似锦亦黯然无光。

墨玺愣了足有几个片刻之久，全身原本急速奔流的欲望有些神奇地消减了下来。但他鼻翼中闻见欢喜身上一阵接着一阵的蚀骨芳香，他的心在刹那又酥软了，他急切地脱去自己身上的衣衫，袒露出结实精壮的身体，他的手臂一再收紧，仿佛要将她嵌入怀里，但动作却又是无比轻柔的，似怕揉坏怀里的人。

欢喜以为墨玺的欲望即将消减，才要稍微松口气，他却又开始肆意而贪婪、毫无节制地品尝着她的身体。

男人的气息无可抗拒的侵入来，墨玺灵活的四处探寻的舌，令欢喜感觉全身发抖，好像有点冷，却有点热，她的四肢也轻飘飘的，无一丝气力，好似全身融化在这样的怀抱里。

她害怕这种失控的感觉，趁着墨玺专注于在她身上肆虐，于是张开唇，准备再次开始念静心咒，她还记得当时这个咒语对墨玺有效。可是她的嘴唇刚默念了几句咒语，她的唇便被墨玺再次狠狠地堵住。

"你还念那劳什子的咒语吗？"墨玺重重地吮吸着她的唇，有些气急败坏道。

欢喜被制止，唯一自我救赎的希望被毁灭，她再也无法保持所有的理智和冷静，几乎是迸喊着出声："墨玺……放了我，别逼我恨你！"

"恨我？"墨玺停住了动作，额上的汗珠一滴滴地掉落下来，他忍耐地看着身下和他肌肤紧密的女人，几近崩溃边缘的他终于忍无可忍，冷笑道："有爱才有恨，你扪心自问，爱过我吗？"

欢喜被墨玺突然的问话问得哑口无言，是啊，没有爱何来恨？她究竟在胡说些什么？

她脸上犹豫的神情更让墨玺恼恨，他决心再不再顾及她的感受，于是用有力的两手钳住她柔软如柳条的纤腰，即使从未体验过男女之间的情爱，但墨玺沉重坚硬的身体，还有兵临城下的迫近都让欢喜感受到了一种即将没顶的恐惧和忧伤。她终于失声惊叫了出来："墨玺，求你马上停止，否则，否则你会遭到天谴的！"她是真的恐惧，若说墨玺之前涂炭生灵是一种罪过，那么亵渎凌辱仙子的罪名只怕会让他死无葬身之地，天地间再无容身之处。

"你连天谴都搬出来了？"墨玺满头是汗，他有种奋不顾身地和她融为一体，就算肝脑涂地也在所不惜的冲动。男人的欲望如此旺盛，于是她此刻稚嫩的威胁既让他觉得可笑，也让他觉得愤怒。

“我早说过，我已非人，我才不怕天诛地灭！天下人都负我，我也只活属于我的宿命！你为何和他们一样的虚伪，一而再，再而三地不让我触碰你，其实不就是心头里没我，所以看不起我，排斥我吗？”墨玺一双狭长的眼眸血红，英俊的脸庞上，混杂着失落与失望，还有未消欲望和愤恨羞恼的神情浮沉不定。

他狠狠盯着欢喜半晌，突然间便毫无留恋地放开了她，随后手起臂落，猛地一拳砸下，只听“咔嚓”一声木头断裂的巨响，整个窄小的床榻顿时轰然倒塌！

欢喜随着床榻的骤然坍塌，猝不及防地坠入了床下一堆保暖用的茅草中，虽然没有跌伤，但也摔了个头昏眼花，昏暗的房间顿时好似天旋地转起来，而那床榻旁满脸森冷寒意的男人也逐渐面目模糊……

墨玺从一堆碎木中站起，冷冷地看着被困在碎木中的欢喜却不出手相扶。身体紧绷的欲望还未消解，他却决定不再容忍面前这个如花岗岩坚硬执拗，而且还不知好歹的女人。

“明日开始，继续在洗衣坊中当丫头！别让我再看到你在我面前出现！”墨玺一把拽过木架上先前脱下的外衣，潦草地披在肩头，而后铁青着脸，转身开了房门跨步出去。

在门口，他又像是想到了什么，站住了脚，背对着欢喜抛下一句话：“你最好在宫中安分守已，若是被我抓到证据，证明你是巫女或者奸细，我再不会对你手下留情！你也最好知晓我在宫中定下的规矩，祸乱后宫者死！既然你连我这个靠山都不想要，那么从今往后也别想有别的靠山了！”

清冷的月光披在墨玺的身上，将他整个人投射成一个灰暗的影子，他站在门那里，影子拖曳得老长，月亮毫不吝惜地在他身上撒下惨白的月光，使他修长的身形和不住摇曳的的树枝一样，让人觉得无比森冷，更加难以靠近。

欢喜蜷缩在一堆茅草和碎木的阴影之间，甚至都找不到衣衫遮住自己，她微闭着眼，只用长长的青丝覆盖着自己冰冷而赤裸的身躯，一言不发，任由墨玺告诫着。墨玺看不到欢喜的表情，在门口站了一会儿，终于悻悻拂袖而去。

外面，不知道从什么时候开始下起了淅淅沥沥的小雨，雨滴霹雳啪嗒嘀打在屋外茂密的枝叶上，就像滴水般富有节奏。风声渐大，雨声渐密。那些纠缠在一起的树枝仿佛化作了夜晚的精灵，枝桠的每一下颤抖都让人误以为它们拥有了生命，不仔细看的话，那些张牙舞爪的树枝投到地面的影子真象一个个身躯细长的恶魔。

墨玺独自在大雨中行走，冰冷的雨水打在他没有戴面具的脸上，他紧紧地捂住脸，仰起头任凭雨水从指缝间留下，冲刷着他的面目。没人可以体会到他此刻的沮丧心情，纵然雨水再冰冷，也冲不熄他心头熊熊燃烧的怒火和欲火。

他踉踉跄跄地在宫中胡乱行走，也不知走了有多远有多久，直到听见一个宫女的惊叫声，他方迷迷糊糊站住了脚。他还未回过神来，但那眼尖的宫女却还是从他的穿着和打扮中辨认出了眼前没戴面具的俊秀男子就是平日里面目狰狞的墨王！于是用惊喜的声音在雨中叫道："啊，墨王！娘娘，墨王来了——"

墨玺从恍惚中抬起头来，发觉自己竟走到了西宫淑兰贵妃这里。

全身湿透尽显狼狈的墨玺转身要走，宫女却连忙拉住他，一边回头替主子留住他，一边着急地冲着宫内大声叫道："娘娘，墨王要走了！"

他皱眉，正要甩手而去，却见淑兰贵妃从内殿里急匆匆地奔出，看得出为了见他，她连发髻都没有挽好，绣花鞋也没穿上，花容焦急，模样与平日里盛装端庄有所不同，凌乱中竟带了几分凄惶与可怜。

淑兰的这副模样反而让墨玺站住了脚，与此同时，一种疲惫感从他沾满泥的靴子向上延伸，直到他的身心都被一种压抑的沉重所拖累，再也动弹不得。

淑兰冲出来先见到默立在一旁的墨玺，见他神色落寞，她先是一怔，但随后善解人意地靠近了墨玺，小心翼翼地问道："墨王这么晚驾临，不知……"她的话音还未完全落下，整个人却突然被沉默已久的墨玺一把抱住了。

"墨王……"淑兰被墨玺当众抱住，一时间俏脸上浮起又惊又羞又喜的表情，而墨玺则怔怔抱着淑兰，神色复杂，内心百味错杂。

他的视线从怀中的淑兰头顶穿过，似有留恋地落在宫殿外影影绰绰的枝桠间，想要看穿什么一样。但夜色沉沉，一片空茫，只有夹杂着冷雨的微风打着旋刮过，树枝不徐不急地摇摆，给这个不平静的夜更添了一种凄凉的意味……

欢喜躺在一堆破碎的床架之间，有清冷的风从未关严实的窗外吹进，她将自己蜷缩得更紧，突然间她觉得很冷。如梦魇的墨玺已经离开，她本该舒口气，如释重负，但此时却有一种难以形容的滋味充溢着她的心头，让她心底深处像是被什么掏空了一般，有着说不出的难受与酸楚。

窗外还在淅淅沥沥地下着雨，她记得如王师父曾说过，她本为莲花所生，无所谓男女，更无所谓色相，但此刻，她却心如煎熬，有所念想。如王师父还说过，一切众生都有菩提心，幸福如意没有痛苦，因此叫她欢喜。可是无欢何来喜？

她的心本是一张洁白的棉布，此刻就像打翻了五味瓶一般，所有的调料倒出，再被雨水慢慢濡湿，已经浸透了酸、苦、涩，却惟独少了甜。

世间总有人欢喜有人忧愁。喜从何来？愁自何始？

而此刻远离地面的天宫里，有双焦灼的眼眸正通过一面斑驳的镜子在紧紧注视着红尘中犹在迷惘的欢喜。那面镜子便是曾经破碎成万千片的红尘镜，被欢喜的六师兄莲华用法术重新召回碎片后已修补完全，不过在原本平滑的镜面上形成了纵横的沟壑。

已经不再完整的红尘镜并不能阻碍莲华关注欢喜在人间的动向。

也许是太过专注，莲华对身边多了个人也没察觉，直到身边传来一声叹息："唉，六师弟，你怎的又看起这红尘镜了？越看越乱，还不如不看。"莲华没有回身，却知道说话的人是大师兄目连。

莲华紧蹙眉头，目光依旧盯着爬满沟壑的红尘镜，头也不回道："大师兄，你有所不知，欢喜现在饱受煎熬，我实在难以心安，如何忍住不看？"

"如王师父不是说了吗，那是欢喜的情劫，只能由她自己去解，咱们也帮不上忙啊。”目连再次叹息，憨厚的脸上有着无可奈何的表情。

“不，我得想个法子帮帮她！”莲华的态度却异常坚决。

目连看看犹如着了魔的莲华，想了想，还是劝道：“师弟，你可要三思。凡人的宿命尚且不可更改，更何况是仙子？你贸然行事，只怕不仅对欢喜的命数无益处，而且连自己都要触犯天条。”

“大师兄，你我二人与欢喜交情匪浅，你怎能眼睁睁看着欢喜被那个恶魔糟蹋而袖手旁观？她，她可是冰清玉洁的仙子啊！怎能被那龌龊的恶魔染指？你可以处之泰然，我却不能！”莲华质疑大师兄的消极应对，心头的不满顺口而出。

目连被莲华这么顶撞，一时间也无言以对。半晌他才叹道：“不是我不愿意帮欢喜，而是这件事需得征求如王师父或者提灯老祖后方才可行。上次你我二人私自下凡一事，若不是师父有心放我们一马，只怕我们早被押入天牢中遭罪去了。这次我们再不好生悔改，会让师父和师叔失望的。”

可是目连苦口婆心的劝阻并不能打消莲华的念头。自从那次在江边和欢喜分别返回天庭后，他没有一日不记挂着她。他紧抿着嘴唇，眼底里有自己都无法觉察到的怜惜和难舍。任由目连劝说了半晌之后，莲华嘴里才迸出话语来：“如王师父和提灯老祖怎会同意我的主张，即使去问，他们也不会答应我下界的。不过我主意已定，只能铤而走险！”

“六师弟，你一定要三思啊！”目连大惊失色，连忙拉住这个完全失去冷静的师弟，极力劝阻道，“欢喜现在已是凡人，对于她来说，人生就是一场修行的过程，世人常感生活苦，苦就是无字真经，正确面对苦，终会苦尽甘来。你千万不要节外生枝，免得不仅毁了她，还毁了你自己呀！”

“大师兄你别劝我了，我不能眼睁睁地看着欢喜被亵渎。她对于我来说，甚至比修行和得道还更重要些，我必须帮她，即使触犯天条也在所不惜！”莲华说出了自己藏在心底的话语，原本还有些混沌的心境顿时明朗了起来。

原来他的心底一直都有着欢喜的身影，只是当初一直隐忍压抑，只因如王说过，一切欲望，都是由一个非常微小的欲望引发产生的，所以在平时就要“慎心物于隐微”。于是他害怕彷徨过这种有损修行的情感，将它深埋在心里最深处，原本打算腐了烂了都不会泄露出来。如今直视了内心，反而有一种释然。

目连被莲华离经叛道的表述惊得瞠目结舌，他张着嘴，半晌都说不出话来。

莲华主意已定，他靠近了红尘镜，爱惜地拂去上面的雾气，即使斑驳的镜面也不能阻挡他对它的情感，因为它的主人曾经守护过它成千上万年，它的存在就是永恒。他没再有丝毫的犹豫，张开宽大的袍袖，小心地将红尘镜揽进袖中。

目连像是觉察到了什么，慌忙扑过来拦住莲华，道：“不，师弟，你冷静点，不能！”

但莲华径直卷起红尘镜后，腾云而起，便要朝着天边坠落，他素来行事干脆，如今心无旁骛，更是不想再耽搁一刻。目连伸手只扯住他的后衣襟，哀声叫道：“六师弟，你和欢喜都走了，我该如何是好？”

莲华回过头来，只是朝他歉然一笑，低声道：“大师兄，你多保重，代我向师父和师叔知会一声。若是他们决意要将我捉拿回天界，请替我求情，至少也让我帮到了欢喜再行处罚。”说完便纵身一跃，再度坠入了万千红尘，头也不回地追随欢喜而去。

目连拉扯不及，眼睁睁看着莲华私入凡间，片刻之后，才“啊”的一声大叫，转过身去准备找如王师父求救，没承想一转身，竟发现仙光金身的如王就站在身后。

目连不由跪拜在地，喊了一声：“师父！”随后抬起头来，目露乞求之色，“请师父不要责怪莲华，他，他也是爱护欢喜心切……”

如王低眉闭眼，喟叹一声，道：“离魔一尺即是神，离神三尺将是魔。仙界对魔看来没有吸引力，但不代表魔界诱惑不了仙。莲华心中有魔障，只怕一时半会儿还不能回头，就由他去吧。”

“可是如王师父，莲华不仅私自下凡，而且他，他还对欢喜起了爱恋之心，每条罪过都是触犯天条的死罪，弟子担心他救不了欢喜，反而毁上了自己所有的修行。”看得出来目连此时内心的担忧和顾虑，满脸愁容。

“我曾说过，欢喜有情劫，但并没有说只有她一人涉及到这场情劫之中。”如王声若洪钟，慈悲悯人。

“师父的意思是？”目连憨憨不解，但随后脑中灵光一闪，失声道，“难道，难道莲华也入了这场情劫不成？”

如王念了声法号，不答也不否认，只是叹道：“看来欢喜这场情劫将会更加坎坷曲折，不带执著的爱，是唯一不夹杂恐惧的爱，这种爱才是清净的。莲华心有执念，希望他这次下界，不要让事态演变得更加错综复杂。”

目连听着如王的话一知半解，但还是能听出来向来心若无物的如王语气里所带的忧心，他的心头一个咯噔，也担忧起莲华和欢喜的未来命运。他和欢喜、莲华比别人总是更亲近些，此刻他们全都失去了踪迹，让他的心也跟着空空的。

即使莲华早已失去踪影，目连还是不死心地使劲睁大眼睛，望着西南方一团被月光映红的厚厚云层，恨不得有一双巨手拨开云雾，哪怕是片刻，也想找出莲华的身影来，但云层厚厚，浮云障目，什么也看不到。

唯有天地间一片白茫茫，寂寥如初。

第二十三章 独处芬芳开无主

那夜之后，墨玺果然没有再召唤过欢喜，欢喜也遭到了禁足。她不仅不能随意出入洗衣坊外的殿阁，而且还不能私自替人看病医治。

墨玺离开时散发的疏离和冷然，欢喜是看在眼里的。因此她对墨玺尚还不算太严厉的处罚并无怨言，只是突然的空暇让她有些惘然，随后便也让自己顺应自然。

她并不害怕现在这般死气沉沉的生活，因为她曾经在天庭度过了无数个这样寂寥的日日夜夜。只是和那时的天真懵懂、心如止水相比，如今的她，总是在深夜之时辗转反侧，难以入眠，凭空多了无数心事。

她开始感觉到了一种真正的煎熬。每天入夜后躺在狭小的茅草床上的时候，漂浮不定的思绪就会把她折磨得夜不能寐，麻木和微痛的感觉也如影随形。那种冰冰凉的恐惧和无望感让她撕心裂肺得想喊叫。那个晚上彼此坦诚相见的纠缠和缱绻，一直像个梦魔一样缠着她，墨玺的怀抱和他炽热的话语还有深情的眼神，都让她在深夜里挣扎，却越陷越深。

她思想上的离经叛道已经给她背负的使命蒙上了沉重的阴影。

若是墨玺知道了一定说她活该，她也觉得自己活该。

如王一直教诲她，要普度众生，要学会施与舍。可是她偏偏在墨玺面前，不知道该施于他什么，更不知道该舍得什么。而他真真切切地用眼神和行动告诉她，他什么都要，惟独不要她的施舍。

她该怎么办？是继续留在宫中无所适从，还是承认失败就此返回天庭？她举棋不定。可是就在她下定决心要离开的时候，却发觉自己还是太天真了，如今的她失去了一切法力，若是无人来接应她，只怕她永远也返回不了天庭。

也许，这就是这场情劫的最可悲和最残酷的地方吧。

她慢慢意识到，如今的一切只有自己才可以依靠，无论前方的路如何艰难，她都要一如既往地走下去，即使世间有很多东西，并不如她想象中的那么好。

欢喜又重新开始在洗衣坊中进行沉重的劳作，她变得不爱说话，只是一个人默默做着自己的事情。洗衣坊的冬天没有暖气，屋中暗得像天黑，冷得像冰窖，所有的洗衣妇们手上都长了冻疮，又痛又痒，弄破了疼得直钻心。欢喜一双纤细的手也和大伙儿一样，皲裂破皮，完全看不出原来的模样。

紫崖白曾来看过她，可是因为有了墨玺先前的告诫，欢喜也不敢和他多接触，只是礼貌性地对答了几句话，便告退了，继续去做她手上未完的工作。

埋头洗衣了半晌，再回过头来，发现紫崖白已经悄然离开了。欢喜轻微舒了口气，如今情势不由人，她不想无辜的人被她所牵扯和连累到，现在她只想先让自己平静一些日子。

可是没过两天，就有人到洗衣坊准备挑两名丫头去伺候主子。管事的知道来人的名头，态度自然是毕恭毕敬的。

洪总管的年纪并不算老，腰背总是微微地躬着，面上透出和蔼的笑容，垂着手，不紧不慢地迈着步，鞋底擦在地上，但又不出声音。眯着眼睛仔细打量了一字排开等候挑选的洗衣妇们，半晌才指着欢喜，道："这丫头看着还挺机灵，就她了吧。"

洗衣坊的管事胖大婶一听要让欢喜去伺候，想起墨玺的吩咐，脸色一变，连忙附上洪总管的耳朵，低声说了几句话。洪总管听了洗衣坊管事的话语，不由得重新再次上下打量了一番低垂着头的欢喜，随后对管事说道："既然是墨王的命令，杂家也不好勉强。但是如今懿太妃身子有恙，特意想找个既机灵又略通医术的丫头去伺候，杂家也是慕名才找到洗衣坊来的。难道你就让我这样回去禀告懿太妃说洗衣坊不放人？”

管事胖大婶吓得脸色蜡黄，连声说不敢。

洪总管又道：“你不用担心，墨王真要追问起来，你就说人让懿太妃带走了就是。有什么事让人到太妃殿里来说。”

管事胖大婶听出了事有懿太妃顶着，这才放下心来，满脸堆笑点点头同意放人了。

就这样，欢喜便稀里糊涂地跟随洪总管到了太妃殿，成为了懿太妃身边专门伺候太妃生活起居的小丫鬟。

听说懿太妃是个明理又睿智的女人，因此她身边伺候她的小丫头们个个都俊俏、伶俐，就连骨子里头都透着机灵，见面时完全用眼睛说话，做活手脚轻便，一举一动都合分寸，不毛不躁，脸上总是笑吟吟的。欢喜刚从狭小粗糙的洗衣坊出来，猛地见到这些美丽活泼、喜笑颜开的小丫头们，顿时感觉到了高楼广厦和马厩牛圈的天壤之别。

这便是地位有别，贫富悬殊的人世间，总是有高低贵贱之分。

太妃殿的规模和摆设仅次于墨玺国王居住的寝宫，有五间大房，分为三明两暗。

三个明间是懿太妃燕居的地方。正中间的一间，设有正座，是为了接受朝拜用的。最东头的一间，最显眼的摆设是北面的架几上摆着一位白衣大士像。懿太妃遇到什么不顺心的大事，总是燃上几根上好的檀香，低垂眼皮，双手合十，静默念诵经文。

太妃殿寝宫里的摆设只此一个神像，懿太妃信天合教，却没有遭到憎恶天合教的墨玺的惩戒，这也是宫中下人们津津乐道的一件奇闻异事。

由于笃信天合教，因此刚见到欢喜的时候，懿太妃凭借很好的记忆竟然知道欢喜就是那个说出缘分是冰的俏丫头，让欢喜微微有些惊讶，却也使得一种亲切感油然而生。

此番欢喜被叫到懿太妃身边，是专门替懿太妃煎药的。由于天气突然转冷，宫中提早供暖，懿太妃几进几出宫殿，忽冷忽热，因而感到上焦有火，身体发燥，于是请宫中的御医开了几副药，让专人给煎药。可巧的是，太妃殿中原本熬药的丫头被派去别的用场了，因而欢喜便接替了煎药的任务。

至于懿太妃如何能知晓欢喜会医术的事情，并没有人对欢喜多说。但欢喜回忆起紫崖白那日前来看望她的神情，心中明白应是他帮了她，使得她从阴暗潮湿的洗衣坊调到了太妃殿中，重见天日。

熬药是门技术活，火小了熬得慢，火大了容易焦糊烧干，因此要紧盯细看。欢喜对这种活是驾轻就熟，每日都尽职尽责地替懿太妃熬药。

当差的御医给太妃殿所敬献的保平安药方，大都是根据节气的不同、时令的寒暖温凉和懿太妃的饮食起居而酌量开的，只是例行公事。因而懿太妃上火的症状在喝了药之后并无太大起色。

良药苦口，懿太妃喝药的痛苦让欢喜看在眼里，她想了想，还是忘记了墨玺的训诫，向洪总管提议，让懿太妃泡个脚，说不定能减轻病症。

御医不得力，懿太妃身子久病不愈，身旁的太监自然也忧心。洪总管起先是不愿意的，唯恐欢喜居心不良，后来想想，不就泡个脚吗，而且欢喜给出的泡脚药方也不外乎那些杭菊和陈皮什么的，应该也不会差到哪里去，于是勉强首肯。

欢喜亲自给懿太妃配了一副药，烧热了水，让宫女端进去给懿太妃泡脚。夜里，懿太妃的咳嗽声果然少了很多。就这样有规律地泡脚，困扰懿太妃已久的上火症状竟然踪迹全无。即使有效果，欢喜还是不敢怠慢，又跟着开了几副药方，使得懿太妃四体温和、脸色红润。

欢喜的好医术让懿太妃容颜大悦，亲口要洪总管打赏。人是洪总管要来的，他自然也觉得脸上有光，于是对欢喜也刮目相看了起来。因为这个，欢喜也从候在廊子下面专听消息的干粗活的宫女摇身一变成了懿太妃的贴身大丫头。

为了让欢喜尽快上手，洪总管亲自对欢喜进行点拨。他的要求和洗衣坊中不同，吩咐欢喜向管事的禀告事情要“恭敬、驯服”，而且必须“和蔼、斯文、礼貌”等等。这些融和在一起的特质，才是宫中大丫头的风范。

他看了看面容天真、行事温婉的欢喜，语重心长地告诫道：“在宫中做事，要懂得做人，要懂得做事，就叫做人情世故。很多人之所以一辈子都碌碌无为，是因为他活了一辈子都没弄明白该怎样去做人做事。我们生活在一个现实的宫中，你无法改变一些人和事的时候，就需要改变自己，努力让自己适应这个地方。如果不想处处碰壁，你就必须懂得一些人情世故，掌握端庄礼仪和沟通技巧，适时宜地'来事'，才能灵活地处世。"

洪总管的一番话让欢喜有如醍醐灌顶，来世间走一遭，从来没有人如此教过她，原来在人世中生存，需要掌握如此多的微妙关系。看来，她原来在凡间真是白活了。难怪她从来就摸不透墨玺的心思，才会如此愚钝和被动。

经过洪总管的悉心点拨，欢喜总算明白了"为人处世"的一些门道，为了能让自己再多学点经验，她尽量使自己融入到那群机灵可爱的宫女之中。她必须要摈弃掉原本在天庭的庄严和架子，否则不能成为"完整"的人，更别说度人了。

欢喜从那些爱说话的宫女们口中听说墨玺王经常来探望懿太妃，两人虽然不是亲生母子，但感情深厚。可是在太妃殿伺候懿太妃有些时日了，她却从来没见过他。其实不见他比见到他更好一些，因为她还没想好如何再次面对他。每日忙碌的背后，她总是怅然有所思。

这日，懿太妃一大早突然叫人收拾屋子，宫女和太监们一阵忙乱，欢喜这才知道今日墨玺王要过来见懿太妃。她的心突突跳，正要找个借口躲开，恰好洪总管让她去物资库领取邻国进贡的蔬果美酒用以设宴款待墨玺王，她慌忙领了命，低着头带了几个宫女匆匆而去。

欢喜原想借着去库房的机会见见紫崖白。她想感谢他的帮助，可是他并不在库房里，倒是见到了原来认识的宫女如意。如意在库房里接替了原本欢喜的工作。两人见了面自然一阵亲热的寒暄。如意对欢喜的境遇羡慕不已，毕竟太妃殿里大丫头身份比普通宫女体面了好多。欢喜只是笑而不语。

听如意说紫大人被墨玺王招去议事了，欢喜见时候不早，况且也领了东西，于是决定不等紫崖白回来，先行一步离去。

欢喜在如意艳羡的目光中带着领来的物品和宫女们一道出了库房门，沿着宫中的夹道行走。马车载着东西慢腾腾地走着，欢喜和众人后头紧跟。正当众人默默走着，突然听见几个宫中侍卫威风凛凛地先行过来，喝道："闲杂人等一律退避，我等要为墨王开道。"

太妃殿的人慌忙全都让开，欢喜心里更是一乱，没想到在路途中竟会撞见墨玺的金辇。

随着两排侍卫骑马开道之后，不多时，金缕玉衔的高头骏马拉动的步辇在约有数十人的御前侍卫先锋营护送下徐徐行来，后面跟着十二对手持翠羽的盛装宫女，手中捧着痰盒、栉梳等物。皇家仪仗隆重威严，很有气势。

马车行驶在青石板道路上，发出了"踏踏"的清脆马蹄声。欢喜跟在太妃殿的宫女们后头，齐齐跪下低着头等待着墨玺的步辇过去。队伍比较长，欢喜在人群中等待了良久，悄悄地抬起头来看了一眼，看到了淑兰娘娘身边的丫头秀珠。原来墨玺不是一人去往太妃殿，他还带着淑兰贵妃。

她还要待细看，身旁的宫女猛地一拉她的衣角，压低嗓子告诫道："别再多看了，冒犯龙颜要被杀头的。"欢喜这才再次缓缓低下头去，看着自己膝盖下的那方青石板地面。

可是方才她抬起眼惊鸿一瞥的模样，却同样被马车里的人看在了眼里。天地间，欢喜那双大大的眼睛就如同两丸黑水晶嵌在白琉璃中，黑白分明，顾盼之间闪着灵动光芒。即使隔了远远的人群，还是让车帘后的人有瞬间的迷失，但那有如小石头抛入心湖中所荡起的涟漪，片刻之后便消失了。

墨王和淑兰娘娘的步辇过去后良久，伏倒在地上的宫女和太监们方敢起身，继续走路。宫女们急匆匆地赶往太妃殿，只有欢喜的步伐不快，宫女回头叫了她几次，她才加快了脚步，但还是落在了人后。

她很想一个人能静静，因为突然遇见墨玺，让她的心绪又开始纷乱起来。并不是怕被他看到她又在宫中随意走动，而是现在的她竟不能完全控制自己的情绪。每次见到墨玺，她的心里总有一种说不出口的特别感觉，她极力去逃避克制，可是那种情感好像就要满溢而出一般。就像此刻得知他和淑兰贵妃同乘步辇，她的心里头竟有一种酸和苦的味道泛起，她不知道这样代表着什么，只是借着埋头走路来化解这种让她突然情绪低落和难受的滋味。

唯恐墨王的步辇比他们还早到，去领东西的宫女和太监们抄了小路赶回太妃殿，然后就是一通忙乱。墨玺和淑兰娘娘在不久后也驾临，被迎进太妃殿的正厅，去参见懿太妃。

欢喜虽然心绪不宁，却还是勉强克制自己镇静下来，在后院帮洪总管料理今晚设宴的琐事。低着头忙碌了一会儿，洪总管要她进去正厅伺候墨玺王和淑兰贵妃。

欢喜下意识地便要推脱，洪总管不容分说把沏好的极品清茶托盘递给她，说："别人笨手笨脚的，我不放心，你进去好好表现一番，让墨王和淑兰娘娘注意到你的能力，我的脸上也有光。"

"可是，洪大人，我……"欢喜还要再说，洪总管在后面推了她一把，道："赶紧的，别啰嗦了。"欢喜只得端着热气腾腾的茶水去正厅。穿过长廊的时候，她才发觉天空灰蒙蒙的，空气清冷，竟有一种要下雪的感觉。

太妃殿的丫头们都鱼贯站在正厅的屋檐下，等候屋里的传唤进去伺候。

屋里伺候的人低叫了一声："上茶。"正好见欢喜端着盘子过来，丫头们竟都让开了身子，让她直接送进去。

欢喜无奈，只得硬着头皮进屋。一掀正厅的帘子，暖气带着香气扑过来，让人浑身感到软酥酥的温馨。屋里头除了墨玺王、淑兰贵妃，还有宫中的几位军机大臣，其中有一位便是淑兰贵妃的父亲。欢喜端着茶水，尽量不让自己发出任何声音。可是她刚一进屋，便被懿太妃叫到了跟前去。欢喜没敢抬头，捧着茶盘的纤手也有些发颤，忍着心头的悸动上前。

懿太妃让欢喜把茶放下，让身边的随身丫头斟茶，回头则笑着问坐在她旁侧的墨玺："墨王，你看哀家找的这个丫头如何？她是我从洗衣坊里找来的。"

欢喜低垂着头，虽然没有看到墨玺此刻的表情，但她依旧能感觉到那两道锐利而冷峻的眼神正盯着她，让她不自在起来。半晌之后，她才听见墨玺低沉的声音响起："母妃喜欢即可，不必来问孩儿。"

“这丫头不仅心灵手巧，而且还略通医道，治好了我的顽疾。”懿太妃喜滋滋地说道。

“哦，恭喜母妃找到个贴心的丫鬟。”淑兰娘娘娇柔的声音响起，微带了几分讨好之意。

懿太妃含笑点头，道：“我尚算满意，年纪大了，身边总喜欢有个体己的人照料。今日多好，你们来看我，我这心里头啊就更高兴了。”

“母妃若是喜欢，淑兰今后一定多来陪陪您。”淑兰柔声细语道。宫中后位悬空，而懿太妃地位不一般，嫔妃们都知晓若是能有懿太妃的提携和支撑，必定能在宫中争得一席之地。但懿太妃平日里并不喜热闹，墨玺也特许她清闲度日，不问后宫纷争，因此宫中的嫔妃们并无太多机会觐见懿太妃。今日若不是墨玺带了淑兰来太妃殿，淑兰贵妃也近不了懿太妃的身。因此说话间，淑兰贵妃都是极尽温顺和小心。

淑兰得体的话语让她的父亲——朝中的军机大臣宁锋，投去了赞许的目光。他也态度恭敬地附和道：“是啊，太妃觉着冷清，随时可以让淑兰和您聊聊家常。”

“好，好。”懿太妃只是笑着，眼角却不动声色地瞥向一言不发的墨玺。只有她知道，墨玺看似平视的眼睛盯着的不是墙面上的山水匾，而是画匾底下的宫女欢喜。

第二十四章 琼浆玉液酿成醋

欢喜咬着下唇，即使没抬起头来，也知晓墨玺正紧盯着她的脸庞在看。她只觉得他的眼眸锋利如刀，时不时就要在她身上刺探着什么。

幸好懿太妃善解人意的问话挽救了她的困窘。懿太妃柔声在问墨玺："天气冷了，你日理万机，可也要小心身子，有些事就放手别人去做，省点事必躬亲的精力。"

墨玺这才回神，声音有些低哑，道："多谢母妃关心，孩儿会多加小心的。"他虽然不是懿太妃亲生，但自幼和懿太妃投缘，情谊深厚。她是他在宫中唯一敬重的长辈，因此他回话的语气自然和缓，与平日生冷疏离不同。

"淑兰贵妃和众位大臣，平日里也要替我多照看墨王，墨王要上早朝，要批阅奏章，忙起来总是废寝忘食。哀家身居后宫，苦于无法时时跟在墨王身边，你们可要替我尽点心，好好扶持照顾他。"懿太妃的话语低柔清亮，语气和顺，众人连忙都点头应了。

又闲聊了一会儿，懿太妃见淑兰的父亲吞吞吐吐，像是有话要说，便微笑示意道："宁大人，您可是有话要说？"

"是，臣有件事放在心上已经有段时日，不吐不快。今日趁太妃和墨王都在这里，臣想斗胆禀告。"宁锋见懿太妃有意听取，心中暗喜，连忙清清嗓子想长篇大论。

"老臣据天象师说……"但宁锋刚说了个话头，就被墨玺不耐地截止了："宁大人不是已经向本王禀告过了吗？"

宁锋老脸有些发红，他确实前几日才和墨玺说过，但墨玺对他的话根本不以为意。宁峰认为墨玺虽然是一国之君，但年纪尚轻，不懂天象的轻重要害。他说的这件事情与赤羽国的命运密切相关，因此觉得有必要再向懿太妃禀告。

懿太妃素知墨玺桀骜不驯的性情，而宁峰又好像不吐不快的架势，于是便轻声道："宁大人可以挑重点说说，让哀家也听听。"

宁峰这才擦了把脸上渗出的冷汗，继续道："臣对天象有些研究，据臣观察，本月已经有多次太白金星白日显现，恐怕有灾星降世……墨王和太妃不得不防呀。"眼角看到年轻的帝王并不是很关注自己的话，宁峰不由又倾身拱手劝谏。

"哦，宁大人何不再说清楚一些？"事关赤羽国的命运，懿太妃神色也有些凝重。

"我让天象师占了一卦，卦象十分凶险。天象师说这灾星已经落在宫中，必须要趁早找出，以绝后患才是。"宁峰一口气说完。

淑兰贵妃用担忧的眼神看向父亲，替他说着好话："墨王，母妃，我父亲算的卦向来都是准的，请墨王和母妃三思。"

"宁大人，难道你要本王为了这样一个莫名的理由，就将所有的宫女和太监都绞杀了不成？"墨玺冷笑一声，道，"什么天象，什么异象，那不都是人编造的吗？"

"非也。"宁峰凑近了墨玺和懿太妃，悄声说道，"本月十五，有人亲眼看见天际有颗星星坠落凡间，瞬间变成了凡人，不知去向。卦象凶险，如今天际忽现异象，还望墨王和太妃多加小心。"宁峰连连强调。

墨玺又笑了一声，若有所思的眼神直直落在了欢喜身上，随后又移开道："知道了，本王自有主张。"

懿太妃见墨玺脸带倦怠和不耐之色，便岔开话题道："今日难得大家欢聚一堂，哀家已叫人备下薄宴，请墨王移驾到宴会厅里和大家一起叙叙旧，拉拉家常，您看可好？"

墨玺盯了一眼还在低垂着头的欢喜，站起身来，道："那就请母妃前头引路。孩儿恭敬不如从命。"懿太妃见墨玺当众如此敬重自己，更是容光焕发，当下率众人前往宴会厅。

经过欢喜的身边，懿太妃低声对欢喜道：“你也要跟来。”

啊？欢喜以为众人离开正厅便可解脱，没料到懿太妃竟要她随从前行，心头一颤，正要想个借口止步，抬起头望见的是懿太妃洞察世事的眼眸，太妃眼底殷切的光芒令她无法拒绝，迟疑良久，只得也跟了上去。

宴会厅早就布置一新，厅内厅外摆满了许多严冬难得一见的奇花异草，香气四溢，美不胜收。墨玺走到了上首正中的位置坐下，懿太妃和淑兰贵妃则分坐在墨玺旁边的位置上。

淑兰贵妃笑面如花，这是她第一次和墨玺一同出席宴席，本就生得绝色的人，此时满脸娇媚的甜笑，再加上举手投足的雍容华贵，越发显得璀璨夺目。宁峰也一脸骄傲地望着自己的女儿，心安理得地接受着朝中重臣的奉承和讨好。

宴席在一片融洽的气氛中进行，宾主尽欢。只有墨玺依旧是一脸漠然。淑兰贵妃一门心思都放在墨玺身上，替墨玺挡了不少不知死活的大臣们敬的酒。

酒过三巡，淑兰贵妃便满脸通红，不胜酒力。不过在酒意的影响下，原本大家闺秀的矜持和羞怯渐渐消失，她痴痴地望着墨玺，那如水的眼眸里是浓得像蜜一样的情意，炽热如燎原的熊熊火焰。

墨玺却埋头喝着闷酒，对淑兰贵妃娇媚妖娆的女儿情态置若罔闻。

懿太妃担忧墨玺喝醉，伤了身体，便朝欢喜使了个眼色，示意她上前将墨玺酒杯拿走，换上清茶。欢喜早已看了半天淑兰和墨玺的亲密举止，周遭歌舞升平，祥和宁静，可是她的心里却像是被什么揪住一样，窒息得难受。

本想找个借口离墨玺远远的，此时见太妃有令，也只得硬着头皮上前。她站在墨玺的身旁，迟疑了半晌，才鼓足勇气瞅了个空准备去拿他的杯子。

但她藏在袖子的手刚要举起，却在桌子底下被墨玺的大手突然抓住了！

“啊——”欢喜吓得差一点没控制住叫出声来，一张小脸羞囧得通红，顿时心跳如鼓。

一波接着一波的羞热从脊背一直传到欢喜细嫩的耳垂，她站在墨玺的身边，尽量不惊动任何人想将自己的手抽回，但墨玺却像是和她较上了劲，将她纤细的手掌牢牢握在自己的掌心，一阵比一阵用力，让她根本无法挣脱。

欢喜心里又是担忧又是羞惭，唯恐被懿太妃或者是被淑兰娘娘发觉，她在挣扎了半晌却无效的情况下，只得求饶地将视线转向墨玺。他却若无其事地用空余的一只手捏着酒杯，一口接一口地喝酒，并不转头看她。

怎么办？欢喜几乎没有了主意。她不明白墨玺为何要当众让她难堪，也不知晓墨玺此刻看似平静，其实正心潮澎湃。见欢喜近在咫尺，他紧捏住欢喜的手，完全是他无意识的动作。但即使反应过来，他却已经舍不得放开。

对于在他身边的这个女人，他的心里有不忿有怨恨，却好像还有着眷恋和不舍。他捏着她冰冷而微微发颤的小手，即使镇静地依旧喝酒，但心里却恨不得所有的人都立刻在眼前消失，天地间只留下欢喜和他独处。他真想看到欢喜能和淑兰贵妃或者别的女人那样，对他温存软语，投怀送抱，但心里却又知道，要想让欢喜如此，恐怕只能等到海枯石烂。

况且，她若是对他那般奴颜婢膝，恐怕也不会再是他心目中的欢喜了。

心绪难平，矛盾难解，墨玺只能用一杯接一杯的美酒让自己烦躁的情绪镇静下来。

可偏有人非要激起他已变得阴郁暴躁的情绪。淑兰贵妃也许是喝多了，也可能是因为近日和她争宠的青黛妃子因触犯龙颜被冷落了，少了一个强而有力的后位竞争者，让她对宫中的前景更加有了憧憬，因而今夜她的情绪格外高昂。

她不胜酒力地娇媚抚头，靠近墨玺低语："墨王，臣妾好像有点不胜酒力呢。"说话间呵气如兰，眼媚如丝，竟是风情万种。

墨玺只是勾起嘴角冷淡一笑，并不接话。

淑兰见墨玺不为所动，脸上虽有些讪讪，却也知趣地坐正，不敢再借酒撒娇。

但淑兰的父亲宁锋却一直密切注视着墨玺和淑兰的互动，见墨玺对淑兰的主动讨好不为所动，心头泛起了不祥之感。眼下宫中后位悬空，今日又得到懿太妃的认可，淑兰对后位志在必得，他可不能让淑兰在这节骨眼上出了什么差错。

老奸巨猾的宁锋让宫女替他斟上一杯酒，随后笑呵呵地来到了墨玺和懿太妃的席前，声若洪钟地说道："今日夜色迷人，良辰美景，琼浆玉液，承蒙墨王和太妃的恩宠，我等老臣才有机会在此欢聚一堂，容许老臣敬墨王和太妃一杯！"

懿太妃含笑道："赤羽国一路风雨走来，多亏了宁大人和其他老臣的扶持，哀家应该敬卿家才是。"说着也端着酒杯抿抿嘴唇，以示礼貌。

宁锋干完手中的酒，对站在墨玺和懿太妃身后的欢喜示意，让她往自己杯中再加满美酒。欢喜见宁锋有令，本想立刻倾身上前拿过酒杯，但一只手还被墨玺拉着，一时间急得全身发热。情急之下，再顾不得许多，也不知哪来的气力，甩脱开了墨玺的手，用微颤的手接过宁锋的酒杯为他倒满酒。慌乱之中，还差点把酒打翻。

倒酒之后，欢喜有如避开瘟疫一般逃离墨玺的身边，远远地站在懿太妃的这头，再不敢轻易挪动地方。

欢喜的无情让墨玺本就郁结的心情更加烦躁，他斜着眼眯起琥珀色的眼睛，眼眸里突然闪过一丝冷光，对殷勤讨好的宁锋道："宁大人年纪大了，到处跑做什么？有酒你就喝，有福你就享，不必弄这些繁文琐节。"

宁锋觉察出了墨玺的不悦，心头更加惶惑，于是赔笑道："老臣借给墨王和太妃敬酒，也是想和淑兰贵妃叙叙旧……老臣已经多日未见女儿，甚是想念。"

"是吗？"墨玺嘲讽地笑，徐徐道，"说来说去，宁大人还是担忧本王亏待了您的千金吧？"

"微臣不敢。"宁锋连忙告罪。

墨玺却冷笑一声，转头看向一脸茫然不知所措的淑兰贵妃，然后头一低，不顾众目睽睽，竟给了淑兰贵妃一个热烈缠绵的深吻，吻得她一口气差点喘不过来，才哈哈笑着放开她。淑兰贵妃的脸立刻泼墨似的红艳，嘴唇嫣红，眼眸明亮，更增妩媚。

墨玺惊世骇俗的行为举止让参宴者们一阵哄闹，不知是谁带头拍掌，场面顿时热闹沸腾了起来。宁锋也尴尬地笑着退下，而懿太妃则拿出手帕捂嘴，用轻轻咳嗽来表示她的不赞同。

可墨玺何曾管过别人的眼光，亲吻完淑兰贵妃，便拖着她站起身来，对懿太妃道："母妃，儿臣明日还要早朝，多谢母妃盛情款待，儿臣就先行告退了。"

懿太妃站起，用忧心的眼眸看着烂醉的墨玺，不易察觉地摇摇头，却也只得应允了，眼睁睁看着墨玺带着淑兰贵妃扬长而去。

酒宴热闹开场，却仓促收场。众人散去后，欢喜随同太妃殿的丫鬟开始清理宴席上的残羹冷炙，却被洪总管阻止。

"欢喜，懿太妃叫你去她寝宫一趟。"洪总管传达完懿太妃的旨意之后，用疑惑的眼神看着欢喜，"你又犯错了吗？"

欢喜本在默默地擦着桌子，听闻洪总管的嘱咐，她蓦然地放下抹布，怔怔地回答洪总管："我知道了，洪大人。"竟忘了回答洪总管后头的半句问话。

月光投射在她的脸上，两排睫毛在她清秀的脸上投下阴影，显得脸色麻木而苍白。

跌跌撞撞地去往懿太妃寝宫的这一路上，欢喜整个人都是魂不守舍的。她犹如梦游一般穿过树影憧憧的林荫小道，满脑子里回现的都是方才墨玺亲吻淑兰贵妃娘娘的那一幕。

在天庭的红尘镜中不是没看到过人世间男女的情爱，也能体谅凡夫俗子的情仇爱恨。但亲眼目睹墨玺和淑兰娘娘的当众亲热，欢喜的心里却好像完全没有了当时的平静。只是觉得沉闷压抑，伴随着刺痛，犹如一根长针一般，深深地扎在心底。

她这是怎么了？怎么会变得如此多愁善感？

欢喜用袖子掩住自己的脸，脚步有些虚浮。

距离懿太妃的寝宫还有一小段距离，欢喜却觉得好像永远也走不到头。她无力地停下脚步，背靠着一棵大树，重重地叹息一声，努力想平复下翻涌的心绪。

可她方才叹息了一声，就突然听见大树后面也传来幽幽地一声叹息，像是在附和着她的哀愁。

突如其来的悚然叹气声让欢喜微微一愣，不由朝着那叹息的声音望去，只见树影深处黑黝黝的一团，看不清是否有人。月黑风高，鬼影重重，若换作是别人，一定被吓破胆子了，但欢喜只是站定，凝望片刻才出声道："有人在树后吗？"

树后头静寂良久，接着传出了窸窸窣窣的衣袂摩擦的声音，半晌之后才有个人影迟疑着闪了出来。月光下，他身形颀长，玉带束发，面如冠玉，竟是个偏偏浊世佳公子。见到欢喜，他朝着她深深一躬身，声音沙哑而低沉："在下唐突，惊扰了欢喜姑娘，还望见谅。"

欢喜见他眼生，又不像是宫里之人，便疑惑地看着他，道："公子，你？"

"你不认得我了吗？"那俊秀公子抬起头看欢喜，微微一笑，道，"欢喜姑娘，好久不见了。多谢你医治好在下的残腿，如今我才能站在这里与你见面。"

欢喜听男子如是说，更加迷惑，她盯着他似曾相识的脸庞半晌，突然想起了此人是谁。

"原来是赤冰公子！"欢喜怎么也没想到会在宫中遇见先前在宫门前撞到的流浪汉。如今的赤冰身着青衫素袍，虽然样式简单朴素，却干净整洁，一表人才，哪还是她记忆中的那个全身邋遢、面目狼狈颓废的流浪汉？

"欢喜姑娘你还记得在下吗？"看得出来，赤冰很是激动。

"怎会不记得？"遇见旧相识，欢喜暂时抛却了先前的不快，微微露出了脸上的笑靥，但随后她的娥眉却又渐渐锁起，"不过，你怎么会在这里？"

赤冰苦笑一下，欲言又止，迟疑了半晌才道："我回到宫中是要救人的。"

"回到宫中？"欢喜听出了赤冰话语里的语病，问道："你原来是宫里的人吗？"

赤冰颔首："是，我自小在宫中长大，这里的一草一木我都熟悉。尤其是太妃殿。"

"你……"欢喜见赤冰如是说，更是迷惑。本想多追问几句，但担忧懿太妃等候她太久，便对赤冰道，"公子，太妃让我前去找她说话，时候不早了，我先过去。你现在宫中哪个地方当差，告诉我一声，回头我找你，顺道看看你的旧伤痊愈了没有。"

"我……"赤冰又自嘲地笑了笑，方才道，"我在宫中早无落脚之地，此次进宫，是偷偷溜进来的。我离开没有多久，这里早已是物是人非了。"

"啊？"欢喜有些震惊，她看着月光下衣衫单薄的赤冰不知该怎么安慰他。

赤冰也看出了欢喜的担忧，他用柔和的眼神看了看欢喜，道："你先忙你的事去，免得太妃降罪下来该受惩罚了，我暂且不走，就在这里等着你。"

欢喜思忖片刻，心想眼下也只好这样，于是便朝着赤冰轻轻躬身，道："公子，那欢喜先去，咱们回头再说。"

"你去吧，我会等着你回来。"赤冰认真而善解人意地答应道。

欢喜跑出了两步，又站住了脚，她转头看着在寒风中有些瑟缩的赤冰，又说道："公子你在宫中多年，想必应该知道太妃殿大丫头居住的屋子吧？"

"我知道，怎么？"赤冰有些不解地问欢喜。

"这里风大，天又寒冷，你且先去屋里等我，那屋子只有我一人。我随后就来。"欢喜边说边从腰上摘下铜钥匙递给赤冰，随后匆匆离开。

赤冰手中紧紧攥着那把还带着欢喜体温的铜钥匙，凝望着欢喜远去的身影，他痴痴站立片刻，嘴角有一抹复杂而异样的微笑。

寝宫中懿太妃尚未就寝，只是将发髻放下，穿着一袭淡青色软袍子，模样很是家常，慵懒地半闭着眼斜靠在象牙床上。宫女将欢喜引进寝宫，轻声禀告懿太妃："太妃娘娘，欢喜来了。"

懿太妃仍没有睁眼，只是将头轻轻地点了一点，宫女便悄无声息地退了下去，只留下欢喜和懿太妃独处。懿太妃这才缓缓睁开深不可测的眼，盯着欢喜看了一会儿，拍拍自己的床侧，道："坐过来吧。"

换作一般的丫头对于高高在上的懿太妃如此平易亲密，必定会受宠若惊到谄媚的地步，欢喜虽在宫中已久，人情世故也学会了不少，但依旧没有太多心思，于是便听了懿太妃的话，如一阵清风般慢慢上前去，轻轻坐在了床尾，挨着懿太妃的被子。

懿太妃更近距离地打量着欢喜半晌，突然道："墨玺那孩子喜欢的人，是你吗？"

欢喜脸上本带着浅笑，突闻懿太妃如此发问，不由得一愣，随后脸上泛起了两团红晕，她连忙坚决地摇摇头，极力否认道："太妃娘娘何出此言？这，这不可能……"

"你们能瞒得过别人，却瞒不过哀家的眼睛。哀家也是过来人，更何况还从小就看着墨玺长大。他自小便不爱女色，但如今他看到你时是什么反应，哀家虽然眼拙，看得还是能分明的。只是既然那么喜欢了，他为何不干脆下旨将你纳入后宫？"懿太妃缓缓问道。

欢喜脸色由红转白，半晌之后，她才费力地回答："太妃娘娘，您说得我都糊涂了，我，我不晓得这些事情。"

懿太妃察言观色了半晌，见欢喜神色黯然，又思忖了片刻，突然福至心灵，道："今日哀家把你单独叫来，心里头便是已经把你当成自己人了。你不必躲闪，据实以告便是。不过哀家明白你为何躲避此事，是因为墨玺王身边有别的女人，对吗？"

"不……不是，我……"欢喜刚张开嘴，却不知道该如何解释。

懿太妃又道："现在墨玺王身边有宠妃，那都是拉拢朝中旧势力的权宜之计，你不必放在心上。其实在哀家的心里，还是觉得你最善解人意。你手脚勤快，又懂医术，若是能到墨玺王身边伺候，恐怕也能替哀家分忧。"

"到，到墨王……身边伺候？"欢喜顿时愣住了。

"是的，墨玺王日理万机，现在的嫔妃又都不算贴心，很让哀家担忧。所以哀家想派个信得过的人去墨王的身边，方便随时向我禀告墨王的情况，你愿意担当此任吗？"懿太妃含笑地看着欢喜，深邃的眼眸却一动不动地盯着她。

欢喜连忙摇头，道："多谢太妃的信任，不过欢喜更愿意在太妃殿里伺候太妃，欢喜不想去墨王的后宫。"

"你这傻孩子，这可是别人梦寐以求的大好机会，你却要放弃掉！"懿太妃风韵万状地抬起手来，用尖细如青葱的纤细手指轻轻点了点欢喜的额头，轻笑着斥责道。

欢喜只是低了头没有说话，眉梢眼角却稍稍带了些许自己都不知晓的惆怅。懿太妃是何等厉害的角色，看欢喜如此情态心中已然知晓她的心思，便道："你别再想了，再帮哀家疗养几天，就去墨玺王的居处伺候吧。"

"不，太妃……"欢喜一听顿时顾不得上下尊卑，连忙站起身来要推辞。懿太妃却轻轻打了个呵欠，道："哀家累了，今日就这样，你先退下吧。"

欢喜的话噎在喉中，却没有反驳的机会。论心机和反应，她何尝是这些后宫常胜娘娘们的对手？更何况是在风雨飘摇中都屹立不倒的懿太妃？

心绪不宁的欢喜只得退出了懿太妃的寝宫，脑海中仿佛有团麻，横竖都纠结在了一起。直至一阵清冷的风吹过，她方才想起赤冰应该还在她的住处等她，于是加快脚步往居所走去。

她远远地便看到所居住的寝屋一片黑暗，没有任何灯光。欢喜心想，也许赤冰已经等不及先走了，可是走近了屋门一看，门锁竟是开着的。

她迟疑了一下，轻轻推开屋子走了进去，刚走进去她便被眼前的景象惊得猛地一愣，顿时停住了脚步！但随后她便反应了过来，连忙用纤细的手掌捂住自己的红唇，把即将脱口而出的惊呼硬生生地堵在了喉咙里。

第五卷

尘缘了了

第二十五章 倒置佛法怎渡人

昏暗的灯光下，狭小的屋内原本放着壁橱的地方被移了开来，露出一个黑黝黝的大洞。

欢喜从来不知道自己所居住的屋子里何时多了这么个洞，正自惊愕中，就看到洞里钻来一个人影。定睛一看，那人赫然就是先前温雅如玉的公子赤冰！

看到赤冰之后，欢喜连忙掩住了自己的嘴，把那声惊呼咽了回去，她明白，若是此刻她出声惊叫，引来宫中侍卫，将会给自己和赤冰引来杀身之祸。

赤冰也没料到欢喜这么快就折而复返，见被人察觉秘密，他俊秀的眼底泛起一抹杀机，随后看清楚是欢喜，他顿时才松了口气，但紧张的神情却未和缓下来。他盯着欢喜，做了手势示意她关门。

欢喜连忙进了屋子，转身就将门反手关上，随后才出声问赤冰："公子，您这是？"

"这屋里有个密道。"赤冰气定神闲地拍了拍身上的灰尘，爽快地承认了这个秘密。

"您，您……又是如何得知的呢？"欢喜不解地问。

"实不相瞒，我在宫中待过不短的时间，所以有些密道我还是知晓的。"赤冰解释了欢喜的疑问，转了话题问欢喜，"太妃叫你有什么要事吗？"

"哦，她找我说了些话……"欢喜回答着赤冰，"让我多尽些心伺候着。”

赤冰点点头，赞同道：“在宫中做事，自然是要用点心的。”

欢喜应了一声，视线依旧盯着那个黑黝黝的大洞，迟疑了片刻，才道：“公子，您方才进这个洞里去看了？”

赤冰回首望着大洞，愣怔了一下，道：“是。我对你说过，这里是条密道，我很久没回来，想看看密道究竟有没有被封住。”

“封住了吗？”欢喜轻声问。

“没，还在呢。”赤冰的神情有些异样。

“这密道，通往何处？”欢喜问，“皇宫外头吗？”

“不。”赤冰摇摇头，道：“今晚我不便久留，等改日我再告诉你。”说着将壁橱拉了过来，把那个大洞遮挡住，又在上头挂上一幅山水画，一切又都恢复了原状。

赤冰转过头，看着欢喜脸上依旧有惊疑之色，于是歉然地笑笑，道：“我一时兴起，没曾想却让你受惊了。欢喜姑娘，连累了你，在下真是过意不去。”

欢喜连忙摇头，道：“公子此番深夜前来，定有自己的事要做，欢喜非宫中主人，这里也只是欢喜暂居之处，谈不上什么打扰不打扰的。”

“欢喜姑娘能体谅在下的难言之隐，在下真是感激不尽，他日定会将事情的来龙去脉给姑娘解释清楚的。”赤冰凝视着欢喜恳切地说道。

欢喜微然一笑，道：“无妨，等公子愿意说的时候，欢喜自然洗耳恭听。”

赤冰躬身做了个揖，准备退去。就在赤冰转身之时，欢喜却想起了懿太妃曾经说过的话，连忙叫住了赤冰：“公子，请留步。他日你再来，可得千万小心，欢喜可能要被太妃唤去伺候别人，到时未必会再在这个屋中。”

赤冰蓦地停住了脚步，转身盯着欢喜，道：“懿太妃要派你去伺候谁？”灯光下，赤冰的眼神灼灼逼人，眼底里隐藏着不易察觉的焦虑和隐忧。

“墨玺王。”欢喜轻声回答道。

“墨玺？”赤冰脸色一沉，一双浓眉渐渐蹙拢了起来，末了他语气不解地道，“宫中侍女众多，懿太妃为何要让你去伺候那个魔王？”

欢喜摇摇头，道：“欢喜也不甚清楚。不过我进宫里来，本就是想劝阻墨王放下屠刀，多造浮屠，所以也无妨的。”

“不！你不晓得那墨玺有多残暴！”赤冰脸色更加阴沉，放在身侧的手也不禁握成了拳头，“万一有个不慎，恐怕你会性命堪忧。”

欢喜却笑了笑，淡淡道：“我不入地狱，谁入地狱？”

赤冰盯着欢喜半晌，突然道：“可我不愿让你去伺候墨玺！”

欢喜被赤冰看似赌气的话语弄得一愣，正不知该怎么回应赤冰时，赤冰却又背对着她思忖着，像是在盘算什么。不一会儿，他转头过来，盯着欢喜道：“既然时间紧迫，那我也不再相瞒，欢喜姑娘，今日我来是想探个虚实。因为我有个朋友就是被囚禁在这密道深处的大狱里。”

“啊，是吗？那，那你是来劫狱的吗？”欢喜微微一愣，问赤冰。

“劫狱还为时尚早，宫中戒备森严，墨玺又耳目众多，时机不成熟。”赤冰盯着欢喜，道，“听我这个劫狱犯说了这么多，你害怕吗？”

欢喜摇摇头，道：“不。”

“那你能帮我个忙吗？”赤冰紧紧盯着欢喜。

欢喜抬起头来，回视赤冰，道：“公子需要怎么帮忙？欢喜，欢喜并不懂武功，跳不上墙头，也不会打洞。”

“哧……”

赤冰俊脸上紧绷的表情被欢喜娇憨的模样逗乐了，他那双深邃漆黑的眼眸在灯光下柔光乍现。

“我不需要你替我打洞，也不需要你跳上墙。只需要你帮我办一件事就成了。”赤冰温和地对欢喜说道。

“什么事？”欢喜抬头问。

“发挥你的特长就行。”赤冰低声说，“在下冒昧想请姑娘到时替我诊治我的那个朋友。”

欢喜沉思片刻，道：“公子的朋友指的就是关押在地牢里的人吗？”

“是。”赤冰颔首，眼眸更紧紧盯着欢喜，道，“不知道姑娘可否随我前往？”

“你是说，现在？”欢喜有些微愕。

“对。”赤冰道，“我怕夜长梦多，而我那朋友若不及时医治的话，只怕性命难保。”

欢喜向来慈悲，听闻人命关天，自然是应允的。于是对赤冰说：“那请公子前头带路吧。”

赤冰斗胆请求，没料到欢喜竟然如此爽快，心中感动，身形还没动，先躬身感激道：“欢喜姑娘不怕被我牵连，如此仗义相助，他日赤冰定当涌泉相报。”

欢喜淡然一笑，道：“医乃仁术，救死扶伤乃我的本分，公子不必见外。”

赤冰做了个揖，掀起那幅山水画，而后再次把沉重的壁橱移开，露出了原来的那个大洞，转身对欢喜道：“我前头开路，欢喜姑娘请跟着我的脚步来。”

欢喜答应了，跟着赤冰爬进大洞，洞中勉强能站人，只是全得弯着腰前行。就这样闷头行了一段时间，欢喜的眼前一片漆黑，抬头看不到光亮，前后看不清任何的东西，风从后面吹过，朝着一个固定的方向，远处飘过来潮湿的空气。

咦，这是什么地方？欢喜心中暗想，刚要再举步，就被赤冰拉住了手臂，他在她耳边轻轻说：“小心！前方是水路。”原来前方地段竟然是一条地下暗河，只不过水刚没到小腿肚，并不深。

赤冰隔着衣衫牵了欢喜的手，带着她过河。冰凉的水在黑暗中泛出一些微光，欢喜感觉自己身处一条两丈宽的通道里，她看不清前方，只能由赤冰一手牵住她，而另一只手则扶住旁边的石壁，一点点地向前迈步。

脚下是冰冷的河水，身旁粗糙的石壁硌着她细嫩的手掌心，长长的地道好像走不到头。这种似曾相识的感觉令欢喜联想起了那次被人请去白龙庙替侍从们看病的场景，那时她经过的也是地底暗道。若不是亲身体验到宫中地下暗道的错综复杂，恐怕她怎么也不会想到，原来在赤羽皇城的地下，竟然有如此的另外天地。

趟过水路，欢喜感觉自己在向一个有幅度的陡坡向上移动。她终于感觉到了一股热气和暖风，也看到了些许亮光。那只是很微弱的昏黄光线，在斜上方几十丈远的地方一闪一闪，却牵动了欢喜的心。

有亮光就说明有人，欢喜借着微弱的灯光，看清了自己此刻果然是身处在一条半人为开凿的地道里。抬眼望去，斜上方每隔十丈就有一处微弱的灯光，一直向前绵延。

看来这地下暗道并不是一两天建成的，而且这密道并无长期未使用的迹象，反而就像日常通道一般，畅通无阻。欢喜暗暗称奇之余，不由对赤冰之前说过的只是来探寻密道有没有被封闭的话语产生了一点疑窦。

不过欢喜素来不太愿意去深究人心，因此对赤冰一副全然不知情的模样并未追根究底。

“嘘……我们到了。”两人走到了密道的尽头，赤冰突然停下脚步，悄声对欢喜说道。

欢喜有些迷惑地看着赤冰。她的面前已无道路，密道到此为止。可是周围都是石壁，哪里有什么地牢，哪里有什么犯人？

“你稍等一会儿。”赤冰说道，直起身，在头顶上方鼓捣了一会儿，像是在掀开什么，接着一丝暗光透了进来。接着赤冰踮起了脚尖，朝着欢喜使了个眼色，欢喜连忙凑近前去，顺着赤冰的视线望去，心里一凛，这才明白原来自己和赤冰是在地牢地下的暗道里，头顶就是关押犯人的地牢。

赤冰和欢喜所在的方位，并不在牢房里，而是正对着看守牢房的侍卫屋子。欢喜悄然从掀起的一条缝隙观察地面的情况，只见看守牢房的侍卫正在用晚膳，并没有人发觉地面有蹊跷。欢喜只扫了几眼，蓦地觉察那几个看守侍卫有些眼熟。

定睛再看，那些人不正是上次请她去医病的那几个侍卫吗？这么说，她所处的地方就是白龙庙的那个地牢，而赤冰让她看的病人，应该就是上次见到的那个被折磨得奄奄一息的犯人了。

赤冰觉察出欢喜的呼吸有些凝滞，连忙拉住她，两人又重新潜伏回了地底。

“怎么了？”赤冰问欢喜。

黑暗中欢喜一双眼眸定定地看着赤冰，她问他：“这个地牢里关押的犯人，应该是重犯吧？好多人看着呢。”

赤冰眼神一暗，点点头，一不小心说漏嘴道：“他是皇宫要犯，身陷囹圄，无法挣脱。所以为了打通这个密道，当初费了我们不少心血。”

“那，现在我们该如何救护他？”欢喜征询赤冰的想法。

“你能帮我放点迷药，把这些侍卫药倒吗？”赤冰满怀希望地看着欢喜。

欢喜咬着红唇，不假思索地便回答赤冰：“不能。”

“哦？请姑娘恕在下唐突之举，在下真是强人所难，实在过分了。”赤冰脸虽露失望之色，却也知晓不妥，连忙道歉。

欢喜轻轻叹息，道：“天下众生皆平等，病人肯定是要救护的，只要公子能让我见到病人，我必尽绵薄之力，全力救治。”

“多谢欢喜姑娘。”赤冰被欢喜点醒，满是愁容的脸上方才露出些许宽慰。他抬起头来，再次环顾四周，道，“看来这地下密道还需再增辟蹊径，直通牢底才好。”说着转过头来，低声对欢喜说道，“这两日我会动用全部的力量，早点让你见到我那朋友。”

欢喜“嗯”了一声，道：“公子请多加小心。”

于是赤冰带着欢喜悄无声息地返回了原来地道的出口。两人从大洞中爬出，满头满脸都是灰土。赤冰把地道出口掩盖好之后，顾不得全身脏乱，就伸手去替欢喜拍肩头上的尘土，欢喜蓦地一惊，向后退了两步。

赤冰见欢喜如此抗拒他的接近，顿时醒悟自己的冒失，连忙向欢喜告辞，匆匆而去。

欢喜端坐在椅子上，从窗棂后面凝视着赤冰的背影，低眉敛目，轻轻为他诵起经来，祈祷赤冰所行一切都能顺利。

诵经半晌，不觉天边已经翻起鱼肚白。晨曦投进昏暗的小屋，欢喜方才知晓天色已亮。她从桌边站起身，正要替自己洗漱拾掇，就听见一阵敲门声。欢喜明眸一动，原以为是赤冰去而复返，可是门被推了开来，一个眉目清秀的锦衣男子出现在门口，不是赤冰，而是墨玺身边的心腹紫晏。

紫晏先笑嘻嘻地上来问了声好，接着就问欢喜：“欢喜姑娘，准备好了吗？跟我走吧？”

欢喜微微一怔，回问道：“去哪儿？”

“懿太妃不是让姑娘去伺候墨王吗？”紫晏笑意盈盈，殷勤而恭谨地对欢喜做了个请的手势，道，“姑娘打算何时动身呢？”

欢喜有些错愕，懿太妃昨晚深夜刚下的命令，这一大早的紫晏就上门来催促，消息传得不免也太快了些。她心中微有迟疑，动作就迟缓了下来。

“我不去。”欢喜直截了当对紫晏说道。

“这……”紫晏挠挠头，有些没辙。他唯恐夜长梦多，所以今日特意这么早前来寻欢喜。他不是不知道欢喜倔强清冷的性格，明白自己若是把她给逼急了，只怕他也是难逃死罪的。可是为了让自己的使命顺利达成，不拖泥带水，他的言行和举止间还是带了几分不容分说的迫使，但神态却是恭顺而可怜的。

“欢喜姑娘，懿太妃既然答应让你去伺候墨王，那就说明她心目中很是在乎墨玺王的衣食起居。懿太妃如此赏识你，你总不能让她失望吧？所以请你赶紧随我去墨王的寝宫。咱们还得给墨王回话呢，可别让他久等，咱们都担当不起这个责任！”紫晏常在宫中走动，磨人的功夫自然比常人厉害得多，在他如连珠炮一样的劝说下，欢喜几乎没有插话的份。

不过欢喜还是在紫晏不间断的絮叨中，找了个空隙回应紫晏：“多谢紫大人的教诲，可是欢喜没有什么经验，如若我伺候不好墨王，只怕连累了懿太妃……”

“你怕会连累懿太妃？”紫晏听了欢喜的顾虑之后，忍不住干笑了几声，才道，“欢喜姑娘你千万可别小看自己，墨王虽然不好伺候，但若是抓住了诀窍倒也不难。再说了，若你真是不得墨王的欢心，懿太妃想必也不会怪罪你，谁让她这么赏识你呢？”

紫晏宽慰的话语并不能让欢喜释然，她迟疑着，道：“还是容我再去找找懿太妃吧。”

“哎呀，欢喜姑娘，实话告诉你吧，昨夜懿太妃就让人去禀告墨玺王，要把你派遣到墨玺王身边伺候他。如今懿太妃怎能出尔反尔，所以你再去找她也没啥必要了！”

欢喜听紫晏这么说，心中无奈，只能叹息道：“那这么说欢喜无法再伺候懿太妃了？”

“懿太妃自然有人伺候，再说她可是天底下最精明的女人，从来不做赔本的买卖！”紫晏脱口而出，随后他立刻意识到自己的失言，脸色一变，忍不住给了自己两个嘴巴子，然后对欢喜惶惶然再次赔笑道，“请欢喜姑娘莫怪，我这几日身体有恙，所以说话也颠三倒四的，如若有说错的地方，请欢喜姑娘别往心里去。”

生性敦厚的欢喜见紫晏诚惶诚恐的模样，倒也不忍再多苛责，于是在紫晏的再三催促下，随意收拾了自己的物什，硬着头皮跟随紫晏去往墨玺的宫殿，算是领了懿太妃的懿旨。只是临行时，她又多瞅了好几眼墙角的壁橱，方才脚步迟缓地离去。

皇宫内院巍峨气派，沿途姹紫嫣红，可越是临近墨玺王的宫殿，欢喜的心跳竟越是加快。她跟在紫晏的身后，低垂着头，瞅着地上自己的影子时常时短，心绪也跟着起伏不定。

原以为紫晏会先带她去往平日伺候墨玺宫女的通用居所，没想到抬起眼，竟发现紫晏直接带着她到了墨玺所住的宫殿。欢喜见所去的地方不对，于是在门口站住了脚，一双清凉的眼眸望着紫晏，眼底里有着迟疑。

紫晏却用眼神鼓励她，恭敬地说道：“欢喜姑娘，快进去吧，墨王已经等候你多时了。”

墨玺的寝宫利用土塬为基加高夯筑成台，非常壮观。

通往寝宫有回廊，廊下以砖漫地，檐下有卵石散水。宫中墙壁皆绘壁画，主要由石青、朱红和黑赫几色构成。欢喜低着头盯着地上的青砖，不知道是该进去还是该退出。

就在她犹豫良久的时候，寝宫帷幕后头传出墨玺低沉的嗓音：“人没到吗？为何还不来伺候？”

宫外的紫晏连忙回禀：“启奏墨王，欢喜姑娘已在宫门外等候。”

紫晏一边回答一边朝着欢喜不住作揖，悄声求她道：“姑娘，您也知道墨王的脾气，求您现在就进去伺候吧，否则等一会儿要被赐死的人不仅是你，连我也逃不了。”

欢喜无奈，只得轻轻叹息一声，低着头慢慢走了进去。

她的人影刚进入宫门，身后的厚重宫门就悄无声息地关上了，欢喜侧头回望，早已不见了紫宴的影子。

她静静地立在门口处，听见墨玺的声音再度响起：“来了吗？给我过来。”

欢喜望着低垂的幕帘，那段距离不算长，可是在她的心中却好像天涯一般遥不可及。

她怔怔望了半晌不动，直至帷幕后传来墨玺带了不耐的声音：“怎么，又要惹怒我吗？”

欢喜这才回神，她低垂着头趋前迈了几步，轻轻撩开厚重的丝绒帷幕，顿时被眼前的一幕惊愣住了。帷幕后头，竟是热气腾腾的温泉池，赤裸着上身的墨玺正泡在温泉中，偌大的寝宫中，除了她和他，竟然没有第三个人的存在。

回想起前面几次和墨玺单独相处几乎都没有好结果，欢喜下意识就丢下帷幕，转身便往外走，她的身形刚动，就听见墨玺平淡但带着威慑和冷意的声音在她身后响起：“今天你再打算逃跑试试，看我对你还有没有耐心。”

欢喜闻言不由收住了脚步。

与墨玺相处时间久了，她已经知晓墨玺这种淡然但充满冷意的威胁具有怎样的震撼力。

他预料得很准确，今天若是她从他眼皮底下逃走，挑战的不仅是他作为王的尊严，更是对她自己以及身边亲近的人的不负责任，她知晓墨玺发怒起来那种暴戾残酷无情的狠劲。

他若是存心追究起来，在他周遭方圆三百米之内，恐怕会寸草不生，不剩活口。

她是来度化这位魔王的，而不是老虎嘴上捋须。

欢喜轻轻叹息一声，连自己都没有听出她这句叹息中究竟包含了多少无奈以及那丝隐隐的异样情愫。

“过来！”墨玺满意地看着欢喜停在原地，很快又发出了他的第二道命令。

他看着不远处带着几分无辜又带着几分不可侵犯傲气的女人迟疑了一会儿，最后慢吞吞地朝着他的方向走了过来。

他不知道自己内心突然间豁然愉悦的情绪为何而来，竟然忍不住嘴角微微上扬。原来预备用强横手段强迫她屈服的狠冽以及果断竟然消失了，取而代之的竟然是像个毛头小子一样难抑激动和忐忑。

笑话，他墨玺竟然也会不安？这是多久没有过的事情了？意识到这一点，墨玺的剑眉微微蹙起，但随着欢喜的走近，那些不确定的思绪也随之飘荡而去。

纤细空灵的身影就在只手可得的范围之内，他听见她细细的声音响起："墨王有何吩咐？"声音清冷而疏远。

他又被这种拒人于千里之外的声音给惹恼了，看也不看就伸出手一探一抓，只听见一声惊呼，一个轻盈柔软的身子便落入了他的怀抱之中。

觉察到怀抱中的身影在挣扎，但无论她如何挣脱，都逃脱不了他紧实而热切的桎梏。他用双臂紧紧圈住她，将温热的嘴唇贴在她细白的耳垂边，低语一样喃喃道："都到现在这样了，你还装吗？你知道不知道你要把我给折磨疯了？"

"你，你说什么？"欢喜一边推拒着墨玺的靠近，一边挣扎地问他。

"本王说……"墨玺伸出大掌固定住欢喜的脸庞，强迫她抬眼直视着他，"别再跟我捉迷藏，本王的耐心有限，等不及你再耍小性子！"

"我没有和你耍……性子……"欢喜的话音未落，墨玺火热的嘴唇已经将她要说的话语堵得严严实实。

"是，你没耍我，是我惹了一身相思债……"欢喜的身子在墨玺的怀抱中柔弱无骨，迷糊中她只听见墨玺在她耳边低喃："这是我自找的，该……"

迷乱中，欢喜竟不知该如何回应。

日渐西斜，晚霞浮现，墨玺的寝宫仍旧毫无动静。

侍卫和宫女依然毕恭毕敬地守候在宫中四处，不敢有一丝懈怠。

只是总管紫晏有些忧虑，这欢喜姑娘一大早就被他连哄带骗弄进墨玺的寝宫，到现在都还没出来，不必猜测，一定是给墨玺侍寝了。按理说伺候墨玺王自然是好事，但依照欢喜姑娘那秉性，墨玺王要是霸王硬上弓，强取豪夺，只怕欢喜姑娘事后会伤心吵闹，到时候墨玺王就不好收场了。

紫晏正在搜肠挂肚地想着后续的对策，寝宫的门自己开了，墨玺戴着面具，长身玉立，神清气爽地走了出来。

紫晏连忙迎了上去，小心翼翼地问墨玺要如何安置欢喜时，墨玺一抬手制止了紫晏的多嘴多舌，神采飞扬泰然自若地吩咐着紫晏："别去吵醒欢喜，等欢喜醒了，本王要封她为妃。"

"啊？"紫晏猛地大吃一惊，但多年的宫中生涯令他很快就回神来，他连忙跪下，机灵地带领着宫女侍卫们恭贺墨玺，"恭喜墨王，贺喜墨王，恭贺墨王与欢喜妃子百年好合，天长地久。"

向来阴郁的墨玺难得地发出了一阵朗笑，随后他大手一挥，道："都有赏！"

此言一出，顿时欢声雷动。

寝宫内，欢喜春睡如海棠，对墨玺的一意孤行毫不知情。

等她从睡梦中醒来，发觉自己的床边跪了黑压压的一堆人，见她醒来，为首的一个高个子宫女连忙上前，恭声道："欢喜妃醒来了？奴婢华容，墨王让华容以后听您差遣，奴婢们先伺候您更衣洗漱吧。"

欢喜是和衣睡的，只是一头秀发有些散乱。听这位自称华容的宫女这么一说，连心绪都跟着乱了起来。

"还是我自己来吧。"欢喜见华容近身想要为她穿衣，连忙避开。

华容缩回手，清秀的脸上有些失落。但随后展颜一笑，盈盈下拜，道："奴婢伺候不周，请娘娘勿怪。"

欢喜伸手阻止了华容的下跪，低声道："这不怪你，只是，我不习惯。"

华容笑道："娘娘早晚都要习惯的。"

一抹忧容掠上欢喜容颜，她张口欲言，最后还是什么都没有说。

欢喜方才收拾停当，却听得宫门外传来传报声："青黛妃子驾到。"

欢喜闻声一怔，望向华容，华容颔首正要看个究竟，宫门外青黛妃子的一队人马已经来势汹汹地冲了进来。为首的是青黛妃子的心腹紫晴。

紫晴面色不善，见了欢喜便喝道："妃子驾到，欢喜你这贱婢怎不过来迎驾？"

青黛妃子斜眼瞥向紫晴，缓缓道："紫晴，别越了礼数，现在该改口唤欢喜娘娘了！"

紫晴眉眼一低，装腔应了一声，但内心还是忍不住嗤笑，即使是做了娘娘，也不及青黛娘娘一分。

华容露出怒色，张嘴想说什么，却被身后的欢喜伸手轻轻拂开，上前一步，向青黛妃子见了礼："欢喜见过娘娘！"

青黛妃子挑眉而望，相叠在腹部的玉手动了动终究是没有伸出去，只是开口道："不必多礼，既然王封你做了妃，那日后便是一家人了，自当以姐妹相称。本宫自诩年长你几岁，莫不嫌弃唤个姐姐如何？"

"何来的嫌弃不嫌弃，青黛娘娘请里面说话。"欢喜脸色窘迫，眼前的一切都让她有些不适应，她回应了青黛妃子，言罢便向旁让了路。

青黛妃子心中冷笑，心想谅欢喜也不敢称呼自己做姐妹，她算什么东西，资格那么浅，昨日还是个低贱的医女呢。青黛的眉眼稍抬了几分，抬脚便朝前走，而身后的紫晴趾高气扬也要作势跟上。旁边的华容却是猛地伸手一巴掌扇在了紫晴的脸上，清脆的巴掌声瞬间在宫闱间响彻。

"放肆，欢喜娘娘还未先行，你这个做奴才的也敢逵越！"华容一巴掌下来好不解气，呵斥的声音也骤然大了许多。

突如其来的一幕令在场人皆为震惊，紫晴捂着一张泛红的脸竟是忘了呼痛，而走在前面的青黛妃子闻声也转了身过来，脸上瞬间沉了几分。

欢喜也被突如其来的一幕弄得微微一惊，只得缓声道："华容，你这是干什么？"

"娘娘，您刚刚成为王的妃子，肯定还很难适应，但现实就是这样，身份不同地位也就不同，谁要是践踏了娘娘这个墨玺王亲封的尊贵身份，华容第一个不同意。”华容语气严厉，面色紧绷道。

华容的一番话看似是在给欢喜说，但却让青黛妃子的脸色化成了青黑两色，话里的意思便是她青黛妃子有意纵容婢子犯错，而且还搬出了墨玺，这不就是赤裸裸地表明她目无王上的大逆之道。

这个时候，紫晴才知道害怕，嘤嘤地哭了起来，低着头也不敢瞧自家主子。青黛眉头一皱，伸手又是一巴掌扇在紫晴的另半张脸上，怒斥道：“大胆奴才，没礼没教的，还不快向欢喜娘娘请罪！”

华容在一旁看得真切，嘴角无意地露出一丝讥笑，还真是个翻脸无情的主子。

紫晴顶着两边红肿的脸，委屈地只能憋着哭，俯身便要给欢喜见礼，却被欢喜抬手止住：“赔礼就不必了，只是希望姑娘以后可以和善待人。”

“谢……谢欢喜娘娘教诲！”紫晴低着头，声音小得与之前吼华容的声音成了鲜明对比。

“娘娘，请！”欢喜一叹，重新对着脸色不太好的青黛妃子说道。

青黛妃子看了一眼依然低头啜泣的紫晴，眉眼一横，道：“妹妹对不住了，姐姐突然想起来有件要紧的事儿要办，耽搁不得，姐姐改日再来打扰妹妹！”

言罢，伸手吩咐了一个婢子将准备好的礼物拿了上来，欢喜本想拒绝，但是华容却将其全部收下，青黛妃子这才带着人悻悻而去。

华容瞧着青黛妃子从来时的气势如虹，再到现在灰溜溜地离开，不由得眼睛都笑弯了。

欢喜转头见着华容的模样，不由得摇摇头，莞尔一笑。

宫中时光难度，却也过了半日。

欢喜正坐在窗前纳凉，小股小股的风从外面经窗口而入，吹得欢喜额前的青丝翻飞。华容从外面进来，从里卧拿了一件披风出来，贴心地披在欢喜的身后：“娘娘，这夏季的尾巴最容易着凉，娘娘可得小心点，要不然王上又该骂我们这些奴才照顾不周了！”

欢喜发笑，转头道："哪有那么严重！"说话间，从外面匆匆跑进一个婢子，瞧见坐在窗边上的欢喜，便直直地跪了下去。

欢喜蓦地一怔，刚要起身去拦，那个婢子已经开了口："欢喜娘娘，请您发发慈悲，救救紫晴吧！"

欢喜蹙眉，问道："紫晴怎么了？"

"紫晴因为对欢喜娘娘不敬，被青黛娘娘命人打死，现在只有出的气没有进的气了。"前来的宫女看样子与紫晴交好，哭得抽抽噎噎。

欢喜还待沉思，华容率先上前一步："大胆，你竟敢越矩犯上，如今娘娘身份不同，怎么可以出手替一个婢子救治！"

欢喜听了话起身微微拂开华容："华容，众生平等，切不可这样说，什么事都比不上救人重要，带我去吧！"后半句是对跪在地上的那个婢子说的。

婢子一听顿时松了口气，擦去眼泪连忙站起身来，弓着腰在前头引路便要出门。欢喜举步要跟上，却被华容劝阻："娘娘，万万不可啊，如果被墨玺王知晓此事，怕是会降罪娘娘的！"

欢喜伸手在华容的胸襟前抚了抚，将那一丝褶皱抚平，才抬眸道："救人一命胜造七级浮屠的道理我不说你也懂吧。帮我瞒着他。"

言罢抬脚便走，独留华容一人蹙眉神往。

华容到底还是没有瞒住墨玺，在欢喜替那个叫紫晴的婢女包扎血肉模糊的后臀时，墨玺带着一队人赶到。

欢喜低着头本不想理会墨玺，却被墨玺伸手将那只白皙纤细的胳膊拉了起来，沾着鲜血的手举在墨玺的面前，一股血腥味传入墨玺的鼻腔。

"你知不知道你如今的身份？我记得我说过你不可踏出我的寝宫半步！"墨玺剑眉皱了皱，似是血腥味呛到了他。

欢喜的胳膊被他抓得生疼，但是依然抿着唇不说话，只是用如水的眸子紧紧地盯着墨玺。墨王看着欢喜的侧脸，阳光从敞开的木门投射进来，温柔的铺撒在欢喜的侧颜上，欢喜眼睫微垂，长长的睫毛像羽扇一样。

"看着我。"墨玺命令她。

她的眼里依然平静无波，看得墨玺心底好像有东西要冒出来一样，却无从发声。半晌之后，墨玺才松开了手。

欢喜依然埋头去包扎紫晴的伤口，一言不发，周围除了黑压压跪倒一片的侍卫和婢女，再无其他。

“是谁去请欢喜娘娘来此的？”墨玺也瞧见了紫晴的伤势，别过头去。

从婢女堆里颤颤巍巍地爬出一个婢女，头也不敢抬：“回王上，是奴婢！”

“来人，将此婢子拖下去斩了！”墨玺说这句话的时候，似乎都没有犹豫，也许这句话是他向来在宫中说得最顺口最多的一句。

婢子瞬间瘫倒在地，竟是忘了求饶，被两名侍卫驾着就要拖出去。

“慢着，墨王！”欢喜抬眸看向那个脸上没有任何表情的男子，停下手上的动作，道，“万物皆有命，也都有求生欲望，她只是做了她认为要做的事，何至于招来杀身之祸？”

“本王觉得她该死，她就得死，需要理由吗？”墨玺目光肃冷。

身旁侍卫再次将那婢子拖走，欢喜站起身来，面朝墨玺：“你还要再杀多少人才肯罢手！”

墨玺气急反笑，道：“罢手？”墨玺大笑，走过来，伸手将欢喜耳边的碎发拂起，用手指摩挲着她白皙柔嫩的脸颊肌肤，低声在她耳畔道，“这便是你说的渡我上岸？似乎力度不够！”

“放过她，我答应你，这是我最后一次替人诊治。”欢喜闭眼轻声而语，语气虽然还是平淡，眼神清冷，但垂在身侧的手微微有些颤。

似乎这个答案很让墨玺满意，他向一旁侍卫挥手，侍卫们将那婢子放开，婢子早就吓得站立不住了，倒在地上像摊泥。

墨玺这才转眸，对着欢喜道：“记住你说过的话。”言罢，拂袖而去，侍卫紧随而上。

霎时间，房间寂静无声，欢喜眉眼低垂，静默无言。

紫晴的伤势很严重，欢喜将其救治包扎之后，吩咐了旁边的婢子好生照顾，之后便出门而去，这也许是她最后一次来替紫晴治伤了。

俗话说：祸往者福来！希望紫晴挺过这次之后，能福之所至。

此时，天色渐暗，一个人慢步于宫闱之间，楼台亭榭，鸟语花香，但欢喜的心里却没有一丝快活的感觉。身处高墙之中，更多的便是身不由已，她要如何渡那个人人口中的魔头上岸。

紫晏带着一伙人，将宫里快翻了个遍，直到在一处莲花池边才寻着那道清丽身影，立在池边，月光辉映，打在水面上，影影绰绰。

“欢喜娘娘，可让人一阵好找啊！”紫晏将手里的雕花灯笼递给身后的一名的侍卫，上前见礼。

欢喜早听得身后的动静，身子未曾一动，望着水面上倒映出的那轮圆月：“怎么？墨王叫你找我的？”

“是，王上是担心娘娘迷路，皇宫里还是有些大的。”紫晏缓声道。

欢喜终于回过身子，最后瞧了一眼池水里翻跃的鱼儿，拂袖道：“他在哪？带我过去。”

“是！”紫晏应了一声，命侍卫开道，自已则护于欢喜左右！

依然是墨玺的寝宫，宏伟而肃穆，正殿里灯火通明，里面的人似乎在等着谁。

欢喜推门而人，墨玺斜靠在软塌之上，身披金色袍子，袒露在外的胸膛在宫灯的照耀下闪着迷人的光泽。见到欢喜进来，他慵懒地斜眼瞧了一眼，伸手将旁边的茶杯拿起，泯了一口茶。

“在恨我，对吗？”

欢喜在中央的桌前坐下，双手捏着衣角，唇瓣几张几合后终出了声：“内怀怨结，故名为恨。我与你并无怨结，何来恨字一说？”

“啪！”

茶杯的碎片满地而飞，墨玺倏地坐起身来。

欢喜闭上眼睛，不想看墨玺此刻那张因愤怒而扭曲的脸。之后便没了声音，大约过了数息，欢喜鼻腔里嗅到了男性的气味，那是墨玺的气味，他已经过来了！

腰被人环住，整个人已经被拉入怀里，男人的下巴抵在她的肩头，偏着脸，似乎在嗅着她颈间的香味。其实他并未真正得到她，但一举一动间都充满着强劲的占有欲。

欢喜身子猛地一颤，想要挣开，可惜哪有那么容易，她似乎没有一次挣脱过墨玺的禁锢。

“那么，我对你来说是什么？”

低低的耳语让欢喜的身子再次一震，紧跟着震动的是她的心。温湿的气息打在她的耳边，痒痒的，不知如何应对，便没有言语。

“既然不说话，所谓的经文理法是不是错的？”

“不！”欢喜反驳出声，腾地一下子站起身来，摆脱墨玺，“是我的问题，和经文没有关系！”

墨玺大笑，缓步至一旁软塌：“我明日便会下明旨封你为妃，将清幽宫给你住，符合你的性子，至于今日……”

欢喜抬眸看着墨玺，期待着墨玺能放她一马，她一刻也不想在墨玺的寝宫多待，然而，墨玺似乎看出了她的心思，咧嘴一笑：“今日暂且在我这寝宫委屈一晚。”

夜风和煦，幽幽月光，王的的寝殿不知何时才熄了灯。

淑兰贵妃靠在软塌之上，一只手拄着太阳穴，眼眸微闭，缭绕在空气里的兰香让她身心惬意，昏昏入睡，但是她的心里却始终强打着精神。

“吱呀”一声，门被人从外推来，匆匆进来一婢子，对着淑兰贵妃一拜：“启禀贵妃娘娘，欢喜入王上的寝宫之后便再没有出来，这会儿灯也已经熄了。”

淑兰贵妃的困意瞬间去得一干二净，眸子睁得很大：“真没想到，这个小贱蹄子有点本事，还真是小看她了。”

“娘娘，要不要……”婢女还是个眼色活络的人儿，后宫的尔虞我诈她也知晓不少，此时也知道这位娘娘的心中所忧。

“先别轻举妄动，找人去给我查查这丫头的底细再说，我就不信，我堂堂一个军机大臣的女儿还比不过一个野丫头！”淑兰贵妃眸子里显露着毫不掩饰的狠意，一旁的婢子很识趣地应声退下。

待婢子走后，淑兰贵妃缓缓站起身来，心生烦躁的她一巴掌将旁边的香炉打翻在地，清脆的声音响彻全殿。

翌日。

欢喜醒来时，墨玺已经不见了踪影，昨夜在她坚持分榻的要求下，墨玺终究还是拿她没有办法，他睡得好不好她不知，她在心里轻舒一口气，又躲过了一日。

伺候穿衣洗漱的依然是华容，欢喜对这丫头很有好感，笑起来赏心悦目，言语风趣，时不时逗得欢喜也掩嘴轻笑。

中午的时候，宣旨的公公便如约而至，宣了圣旨，予了赏赐，欢喜正待不接受，却被公公使了眼色，示意她不可造次，否则小命不保。

欢喜咬着唇没有吭声，很快墨玺身旁的紫晏再次前来，又给清幽宫添置了一些人手和装饰，这些欢喜不懂，华容自是去打理齐全。

下午的时候，清幽宫传来消息，一切都收拾妥当，请欢喜入主清幽宫。

欢喜就这么成了墨玺名正言顺的妃子。

欢喜愣怔，在心中暗自苦笑，自己这是度化魔障来了，还是渡劫来了？

可是命运的齿轮滚滚前去，即使是神仙也无法改变天命。

当欢喜到了清幽宫才知道，原来这座宫殿就在墨玺寝宫的边上，两宫虽相隔很近，但实际路程还要费上一段时间，所以欢喜也稍稍安了心。

婢子多达数十个，太监也有五六个，欢喜第一次见这么多人向自己行礼，很不适应。

傍晚的时候，欢喜望着清幽宫里唯一一座池塘驻足神往。

华容见状好奇出声问道：“娘娘为何对着一座池塘发呆，而且已经一个时辰了？”

欢喜终回眸瞧着华容：“如王有一弟子，因犯了规诫，为了受罚而化身为人间池塘里的一尾金鱼。如王临去前告诉他，如有一日池塘干涸，他便可重回人身。”

华容不懂，眨眼道：“后来呢？”

欢喜转头去看池塘，那中央的一朵莲花之下，一条鱼儿跃出后一头栽进了水里，水花四溅。

“他为了重回人身，便等啊等，终于有一年，那个地方遭遇百年难遇的旱灾，所有池塘全都干涸。他见时机到了，便拼命地爬出池塘，化身为人之后入眼的竟是饿殍遍野，哀号一片。”

欢喜讲到这里的时候，被华容一声惊呼给打断了，回头瞧的时候，墨玺不知何时已经站在她的身后，挺拔的身子上套着如墨的衣袍，负手而立。

“这便是你所信的如王，所谓那个声称解救天下苍生脱离苦海的天神主宰吗？”墨玺那双墨色的眸子望着欢喜，里面带着些许不屑，亦观察着欢喜面上一丝一毫的变化。

“不，不是！”欢喜摇头否认着，还要说什么，却被墨玺出声打断：“送欢喜娘娘回寝殿！”

华容在一旁不敢怠慢，扶着欢喜便匆匆离开。

夜灯初上，欢喜脸露疲倦之色，殿里浓香扑鼻，幽兰卉质，让欢喜生了不适应。

华容从外面匆匆跑了进来，脸上的紧张之色一览无余，只是到了欢喜近前，才克制了下来。慢悠悠地将一杯茶递给欢喜，低着头不说话。

“墨王呢？他走了吗？”欢喜接过茶杯却没有饮。

华容就知道欢喜会问，犹豫了半晌才摇摇头。

欢喜觉察异常，皱眉问道：“怎么了？”

“王上命人将那池塘给填了！”

欢喜心口莫名一颤，手里的茶杯脱手而下，应声而碎。

他为什么要填了池塘？难道他真的就那么讨厌如王吗？

墨玺，我究竟要如何度你？

墨玺今夜倒是未再见欢喜，听华容说，他下令填完池塘便离去了。但即便如此，今夜对于欢喜来说，依旧是个不眠之夜。

这场度化和渡劫到底什么时候才算结束？她的心怎么又开始波动了？原来的她，并不是这样的患得患失。

而此时，皇宫中另一处宫殿之中，宫灯将整个寝殿照的明亮，床榻之上的男人半裸着身体，慵懒地靠在床头，淑兰贵妃的娇躯如蛇，缠绕在那具男性身体之上，如火的红唇自男子的胸膛一路而下，而男子的表情却始终如一。

就在淑兰贵妃伸手去解墨玺的裤腰带时，却被一只大手突然抓住，将其狠狠地甩在一旁。

“王上……”淑兰贵妃发出一声娇嗔，想要试图重新爬上墨玺的身体。

墨玺转眸凝视着她，凌厉的眼神让淑兰贵妃的动作一顿，不敢再进行一步。

“滚下去，天亮之前，别让本王再见到你！”墨玺只说了一句话，转身便躺了下去。

淑兰贵妃脸色青黑，悻悻地披上散落在一旁的外衣，下床而去。

不知何时，宫灯熄灭，床上的男人却依然睁着双眸，似是要冲破黑暗，直达某地。

第二十六章 人心难测殊不知

这边的欢喜竟也是难得失眠了。

临近天亮的时候，懿太妃派人传唤欢喜，华容见欢喜还未醒来，便要去叫，却被来人给止住了，说是懿太妃专门吩咐了，不必这么早过去。

直至日上三竿的时候，迷迷糊糊中的欢喜才幽幽转醒，也许是昨晚睡得太晚，此时有些头疼，倚着床起身的时候，华容从外面进来了。

“娘娘今日怎的起得这样晚？莫不是病了？”华容将欢喜扶起身，伸手在其额头贴了贴，又自言自语道，“一点都不烫啊！”

欢喜一笑：“没事，只是没睡好罢了！”

下床梳洗之后，欢喜坐在梳妆台前任华容替自己梳着发髻，片刻之后，欢喜才在镜子里看到今日的发髻与以往不同，要显得更加庄重婉约一些。

“今日怎么换了发髻？”欢喜发问。

“华容忘了给娘娘说了，今日懿太妃差人来请娘娘小坐，所以奴婢想着，给娘娘换一种发髻！”华容笑着一边将一旁的首饰盒拿出来，一边说道。

“那我们晚了吧？”欢喜轻轻问。

华容连忙回话：“太妃特许您起来后再前去即可。”

欢喜微微颔首。眼角又瞧见华容从首饰盒里拿出一堆首饰要给她戴，立马便阻止了：“能不能不戴这些东西？头重脚轻的，我怕摔倒。”

华容被逗地笑了起来，但也不强人所难，只从里面挑选了一两件简单的珠钗插入欢喜的云髻。收拾盒子的时候，华容才开口道：“娘娘，今日可能会碰见淑兰贵妃和青黛妃子，您可要小心一些。”

“为什么？”欢喜伸手摸着头上的金钗，她还是第一次戴这种东西。

“作为贵妃的淑兰贵妃和王上最受宠的妃子青黛妃子，懿太妃也一定会去邀请的。”华容将梳妆台整整齐齐地整理了一遍，最后站在欢喜的身侧缓缓道。

欢喜摇头：“我不是问你这个，我是问你为何要小心一些？”

华容微怔，叹口气在欢喜的身边蹲下，伸手将欢喜的手握在手中：“我的娘娘啊，您就长点心吧，那些女人可不是善茬，你争我斗如同家常饭菜。总之，您就听奴婢一回，入口的东西都要谨慎！”

欢喜点头记下了，让华容放心。

快到正午的时候，懿太妃那边又有人来催促了。华容待要跟去，来人却让她止步，只带着欢喜与其他婢女前行。华容想要争辩，却被欢喜阻止。欢喜整装待发，跟着来人去了懿太妃的宫殿。瞅着渐行渐远的欢喜，华容立在殿门前轻轻摇头，这个内心充满善意的女子究竟能在这后宫之中走多远呢？

到了懿太妃的宫里，侍女引着欢喜入了殿里，还未进门就听到里面传出几声娇笑，清脆响亮，大概是在说什么有趣的事情。

看到欢喜出现在门口，坐在首位的懿太妃招手呼唤欢喜：“来，坐哀家身边来。”

欢喜缓步而进，先向懿太妃见了礼，又朝淑兰贵妃和青黛妃子见了礼，这才坐在懿太妃的身边。懿太妃笑呵呵地捧着欢喜的手，上下瞧着欢喜：“哎呦，都瘦了，是那边住得不习惯？”

欢喜上次见懿太妃的时候，身份还是个宫女，而这次却成了墨玺的妃子。这种身份的转变她还未适应，更不知道如何回答懿太妃的话，只是略摇头道：“不是，住得惯！”

“习惯就好，习惯就好。”懿太妃心情愉快。她本就中意欢喜，眼下见欢喜真被墨玺纳入后宫，也算是遂了心愿，因而对欢喜比常人更是宽厚。

“妹妹明明知道来见懿太妃，怎么也不好好打扮一下，素着一张脸便来了！”青黛妃子坐于淑兰贵妃的下手位，本来就很不高兴，此时见刚被封了妃子的欢喜都能坐在懿太妃的身旁，更是气不打一处来，冷笑一声，眼神斜睨道。

欢喜笑笑：“皮相如何乃是天生，又何必多做那些无用之功？”

“妹妹倒是看得通透，就像神仙不食烟火似的，显得我们这些凡人粗俗不堪，眼界短浅。”淑兰贵妃看似轻描淡写的一句话，让青黛妃子和懿太妃统统变了脸色，也不知道那句“我们”里，都有些谁？

欢喜哪里遇到过这种场面，作为一个仙子，除了慈悲为怀、渡人上岸之外，就没有和凡人打过交道了，更何况此时面对的都是善玩心计的后宫妇人。

“姐姐您是说欢喜任谁都不放眼里喽？”青黛妃子冷眼瞧着淑兰妃子。

淑兰妃子但笑不语。

“那个，我不是这个意思，我的意思是说人各有异，我只是在说我自己罢了！”欢喜解释道。

但是前话一出口，再怎么解释也稍显苍白。

不过懿太妃的脸色少稍稍缓和了一些，将欢喜的手放开，幽幽道：“好了，这次哀家把大家都叫来有两个目的。一是搭个线，让欢喜多与你们俩熟悉熟悉，毕竟都是姐妹，应当多走动走动！”

“至于其二吗，最近墨玺王面上的愁容想必大家都见着了，你们都是墨玺王最宠爱的几位妃子，应当齐心协力，想着如何为王上分忧才是。”

懿太妃的话顿时令房间一阵安静，欢喜本就不懂这些，方才被陷害了一番，此刻自然就低着头不开口。最后还是青黛妃子率先开口：“要是能找到王上忧心的症结所在，我们定可以对症下药，以解王上烦忧。”

“青黛妹妹所言极是，不知王上究竟在为何烦忧呢？昨晚夜宿在臣妾那里时，心情就很不好。”淑兰贵妃接过话头，继续问道。

欢喜略微抬眸，原来墨玺昨晚去了淑兰贵妃那里，怪不得她没有见着他。

懿太妃面色隐有不悦，语气冷淡道："哀家要是知道，还找你们来做什么？"呵斥完了之后，转眸瞧了一眼欢喜，"欢喜，你有什么想法？"

"啊？"欢喜本想这样一直低头不语蒙混过去就好，但没想到懿太妃还专门点了她，可她哪里知道这些哄男人开心的法子，不过经文倒有劝凡人撇开烦忧的法子，她也许可以试一试。

"欢喜无知，不过欢喜愿意一试！"解忧除苦本就是她应该做的事情，欢喜觉得这没什么不同。

此言一出，懿太妃面上笑颜渐显，不过淑兰贵妃和青黛妃子面上有着不易察觉的抖动，以至于后面吃饭时气氛都变得沉闷起来。倒是懿太妃止不住地给欢喜夹菜，又让令外的两人心生嫉妒。

从懿太妃的宫里出来已经是晌午了，烈阳在当头烘烤，欢喜觉得有些炙热难当。

与她一起出来的淑兰贵妃和青黛妃子都有步辇代步，唯独欢喜面前空荡荡的，连一顶布轿子都没有。

"妹妹，天气这么热，要不与姐姐同乘吧！"淑兰贵妃在步辇上喊道。

欢喜本就习惯行走，无所谓有无步辇。听得淑兰妃子如是说，以为淑兰贵妃是认真的，便点头道："如此多谢了！"

但是抬脚要过去的时候，淑兰贵妃做惊呼状："呀，姐姐的步撵有些小了呢，不够两人同时乘的，要不姐姐让给妹妹吧！"

欢喜摇头："即是如此，姐姐去吧，不用管欢喜了！"

淑兰贵妃摆摆手，示意抬着步撵的太监离开，转身时，嘴角露出一丝讥笑。

不远处将一切都看在眼里的青黛妃子也嗤笑一声，招呼着太监出发。她第一次见到世上还有这么天真的人，竟然真的以为淑兰贵妃是在邀请她同乘。

霎时间，懿太妃的宫外独留欢喜一人。瞧着两架步撵向着不同方向而去，欢喜摇摇头，如王师父早就与她说过，凡人之心皆深不可测，经法的大道便是净化世间人心，普度众生。

可是，她不明白，凡人的心为什么会这样？

她也曾将她的疑惑说给如王师父听，可是师父听完笑而不语，半晌后才说：“如不这样，经法就失了普度之用，如此，也将失去初心。”

午后，欢喜坐在院中一颗枣树下乘凉，华容坐在一旁的台阶上拄着下巴望着欢喜那娴静的神态，一时间竟出了神。

华容痴痴望着欢喜，直到欢喜开口叫她，才回过神来：“娘娘唤奴婢何事？”

“你知不知道宫里有个人叫赤冰？”好几天都没有和赤冰联系了，她似乎连赤冰是什么人都没有搞清楚。

华容一愣，惊呼出声：“据奴婢所知，宫里敢叫这个名字的只有一人，那便是……”华容说道这里的时候，转眸四顾，确定无人之后才又道，“是前赤羽国国王的儿子！”

“前赤羽国国王？”欢喜一怔，她从未听过什么前赤羽国国王，“那是谁啊？”

“赤麟。”华容凑近欢喜的耳边，轻声吐出了两个字。

“既然赤冰是前国王的儿子，为何墨玺会成为现在的王呢？”欢喜垂眉思索，半晌才发问。

华容面露难色，这件事情她不知道该不该说，作为皇宫里的禁忌，华容心生疑虑。

欢喜也不为难华容，拍拍其肩头，道：“无碍，不想说便不说吧。”

华容点点头，不是她不愿意说，只是这座皇宫的主人犹如入了魔的魔头，嗜杀成性，她是真的怕。

将华容支下去，欢喜独自一人发呆，赤冰和墨玺到底又是一种什么样的关系呢？赤冰来去行踪诡异，他的父亲赤麟现在是否还在这个世上？墨玺为何要如此仇恨天合教？所有的这一切，好像都成了紧密相扣的谜团，让人无从探究。

若能将这些问题一一解开，欢喜相信，这便离度化墨玺更近一步。

上次赤冰让她去救的那个人到底是什么人？自己这几天都住在清幽宫，不知道赤冰还能不能找得到自己？

天色渐渐暗了下来，小风渐起，丝丝凉意透来，欢喜起身要回去。

但一道人影不知何时已经站在不远处，垂眸看着自己，似是看了许久。

“墨玺？”欢喜一怔，“你什么时候来的？”

墨玺抬脚走近，身后墨色披风被风吹得上下翻飞，衣摆猎猎作响。欢喜突然觉得，这道身影带着一种独特的气势，黑压压的，压在她的心头。

“听太妃说，你想试试？”墨玺脚步未停，直至欢喜的面前，很近，快要撞上一般。

欢喜点头，避开那道迫人的视线：“我本来便是度你的，试与不试又有何不同？”

墨玺一如既往地发笑，这句话他听得最多，从这个女人的口中说出，他却想一直听下去，他倒是想看看，一个连自己内心都看不清楚的人要如何度旁人？

“走！”墨玺伸手抓起欢喜的手腕，拉着便走！

“去哪里？”

“消我烦忧！”

欢喜被墨玺拉入了寝殿，华容在一旁待要上前阻拦，紫晏不知从何处冒出来，率先拽住了华容，低声轻喝道：“你是吃了豹子胆了吗？”

华容还待要分辨，紫晏已经带人识趣地退了出去，还贴心地关好了所有的门窗。

墨玺伸手将自己背后的披风解下，一把将欢喜推上了床，他的力气向来巨大，欢喜在他面前只能任他为所欲为。忙乱中，欢喜的胳膊磕在了床沿上，生疼的感觉让欢喜一瞬间倒吸了一口凉气。

还未从疼痛里缓过来，墨玺那具健硕的身子已经压了上来，他朝她的唇吻去，微凉的薄唇贴上那抹嫣红的柔软，用力地吮吸着，似是将全身的力气都使了出来。欢喜除了疼和麻木，什么都感觉不到。

欢喜也不知道过了多久，墨玺终于停了下来，离开她那红肿的唇瓣，居高临下地看着她，瞳孔里蒙上一层因情欲所带来的迷离。

“知道我愁从何来吗？”

男人的气息直逼口鼻，欢喜还是喃喃开了口：“何来？”

“你带给我的！你便是我的愁，我的忧！”墨玺紧紧盯着被自己压在身下的欢喜，那张看似平凡普通的脸，却有着牵动他心神的威力。

“带给你愁，带给你忧的不是我，而是你自己。世事无常如梦如幻，亦如泡沫，飞雪般易逝，乃至执着虚幻的妄想，而心生忧愁……”

“闭嘴！”墨玺一拳打在欢喜的头侧，欢喜能感觉到，那只拳头的力量有多大，整张床都在抖动。

“你为何填了那池塘？”欢喜不为所动，面上平静，古井无波。

墨玺伸手在欢喜的脸颊上抚摸，温热和平滑的触感让他的身子不由得再次用力压了下来：“不该填吗？对着池塘你都能诵经，我就是要断了你的慧心。”

“你可知，那个故事我没有讲完？”

“什么？”

“那不是讲如王，而是说如王弟子，从金鱼化为人形，瞧见的是一片人间炼狱。他跪地乞求如王，愿以此生永不为人身，换取一场甘露！”欢喜迎着墨玺的目光，缓缓道，“你只知金鱼化人的后果是百年大旱，但你不知，那位如王弟子为何要放弃为人之机，只求一场甘露！”

墨玺没有再说话，眸子微转，不知在想些什么。欢喜也静静地不再言语，虽然依然被墨玺压在身下，但她尽量控制着自己不动，也许这便是禅机已到，她不想放过度化墨玺的任何机会！

良久之后，墨玺突然大笑，一翻身从欢喜的身上离开，摇摇晃晃地朝门口走去。

欢喜坐起身子，那条被磕到的胳膊还在发疼，抬眸看的时候，墨玺突然在门口驻足回望：“欢喜，你究竟是谁？”

欢喜迟疑了片刻，答：“度你的人。”

“哧……”墨玺没有等欢喜作答，抬脚出了门。

片刻后，华容从外面跑了进来，笑着道：“娘娘，您与王上说了什么？怎么王上命人重新将那池塘给凿开了？”

欢喜一怔，这么说，自己刚才的一番说教，墨玺听进去了！

长久以来，无从下手的欢喜直到今日才尝到了普度他人的喜果，面上也不由得露出了笑容。她相信，总有一天，墨玺会被她感化的。

这夜，欢喜睡了一个好觉，也许是下凡以来睡得最好的一次。

第二天中午的时候，华容不知从哪弄来一张字条，递给了欢喜。欢喜狐疑地瞧了一眼华容，打开字条，面上一惊，是赤冰！

他到底还是寻到了她！

字条的内容是：能否见一面？

欢喜不知道该怎么回？按照逻辑来说，赤冰既然是赤麟的儿子，那么在宫里的地位定不一般，为何不来清幽宫直接和她见面呢？

那么只有一个答案，便是不想让墨玺知道。而且，从昨天华容的犹疑间可以看得出来，赤冰和墨玺的关系应该不怎么融洽。

而刚刚经过昨晚，欢喜觉得她与墨玺的关系正在拉近，她不想因为其他事而再次惹恼墨玺。所以，欢喜将纸条扔在一旁，华容却将其拿起来放进了香炉里。

“娘娘，在这里要想活得久，过得舒坦，可万万不能大意！”华容叮嘱着欢喜。

欢喜觉得华容说得有些夸张了，整个皇宫，她不觉得谁比墨玺更让人感到害怕。

广袤的天空万里无云，天地间灰茫茫一片，一车队慢悠悠地行走在黄土大道上，偶尔小风掠过，勾起一片尘土。

车队不算大，但也不小。拉着货箱的马车有七八辆，周围围绕着骑着马的将士，在车队的最后面还跟着一小队士兵。领头的则是一个粗眉大汉，身披铠甲，手握银枪，显然这是个将军，再仔细看其余人的服饰，与赤羽国的服饰相差甚远。

“将军，离赤羽国国都还剩半天的路程，不如让兄弟们休息整装一下，如此到了都城，也不失我叶赫国威仪！”一旁驱马而来的一位文官模样的男子对着领头的将军道。

将军却摇摇头，“还是赶快赶路吧，进了城再休整，要是误了时辰，那魔头还不将我们全都宰了喂狗！”

那文官也悻悻叹了一口气：“哎，想我叶赫国百年来国力强盛，万民朝拜，却不想一朝被那魔头吓破了胆！”

“王大人，少说两句吧！”那将军回呛一句，一夹马腹，错开了距离。

那王大人低眉不再说话，伸手将挂在马鞍上的水囊拿了下来，灌了几口水，才觉得口中舒服了一些。然后将水囊重新挂了回去，转头瞧向后面的时候，竟看到有一名士兵从一旁的土堆后跑了出来，一路跑进了走在车队最后的那队士兵里。

王大人一笑，自言自语道：“是时候去解个手了。”

翌日。

皇宫西门，紫崖白一身威风凛凛的铠甲矗立在宫门口，带领着众多士兵检查进贡的车辆，旁边有两个休息的士兵互相小声交谈着。

“你知道吗？宫里那位刚刚被册封为妃子的女子曾经受过紫大人的关照，刚进宫那会儿，紫大人时常让其管理库房，算是最轻松的活计了。”

“是吗？你是怎么知道？”

“我还是听来的，是不是真的，我可就不知道了！还有人传，其实紫大人喜欢……”

“嘘！你找死啊，这种话可不敢乱说，要是被王上听见了，不光是咱们，就连紫大人也得被连累。”

大概是想起了墨玺的那些暴戾手段，两人一阵沉默，良久之后，才见一车队浩浩荡荡的行来，其中一个又开了口：“这便是叶赫国的进贡吧。”

“嘿，还真准时，一点都不差。”

“那是，他们来迟一刻试试。谁也别想回去。”

两人说笑着，便去上岗干活去了。

欢喜今日起得很早，但是打坐之后已经不早了，挂在半空中的烈日将光芒散进寝殿，照在欢喜的脸上暖暖的。

华容从殿外进来，安排了早膳。欢喜吃得不多，吃完之后，华容命人撤了下去，这才凑近欢喜的耳边道：“娘娘觉得膳食如何？”

欢喜向来不挑食，而且吃得也少，不过今日早膳的口味确实好像与平常不太一样，只是她没有放在心上罢了。此时听华容如此说，狐疑道：“干吗一副神神秘秘的表情？”

华容咧嘴笑着道：“娘娘，其实这次的膳食是王上亲自做的，奴婢从来没有见过王上下厨，以为做饭不合您胃口呢。”

欢喜微微一愣，墨玺竟然会做饭给她吃？

“饭食只为填饱肚子而已，哪有什么合不合胃口的。”欢喜随口说了一句，起身出了寝殿，她似乎不想和华容讨论这个问题。

华容待在原地眨眨眼睛，觉得欢喜说得有几分道理，因为，她也曾经是这么想的。

他下凡只有一个目的，那便是找到欢喜，护其周全，实在不行便将结界仙光打入欢喜体内，从此她就不会再被那个魔头所欺辱了。必要时，他更可以帮着欢喜安全地度过这场情劫。

希望能做到吧，华容盯着欢喜远去的背影，神色错综复杂。

刚出殿门的欢喜一眼就瞧见了站在那颗枣树下的墨玺，依然是墨色的衣袍，长发披于脑后，瞧见她时唇角似是露了笑。

欢喜不知道为什么？她竟然觉得这个男人此时的样子根本不像一个嗜杀成性的大魔头，也根本不需要她来感化。

“你……用膳了吗？”欢喜不知道该说什么，只能寻了一个简单的话头。

墨玺一笑，伸手便将欢喜搂进了怀里，欢喜甚至还感觉到了男人胸膛里心的跳动。欢喜挣扎着想要出来，但是被墨玺越搂越紧，只得停止不动。

“我的手艺怎么样？我觉得还不错！”墨玺在欢喜的耳边缓缓道。

欢喜忍受着耳边带来的温热瘙痒，低头回道：“吃过了就好，吃什么不重要。”

“怎么？就这么不愿意在我的怀里安静待一会儿？”墨玺感受着怀中女人的忐忑，问道。

“没，没有！我……”

欢喜竟然不知道该怎么回答，而在这个时候，华容从殿里出来，一眼瞧见王上和娘娘的暧昧举动，当时脸色大变，转换了几遍，终又退了回去。

墨玺嘴角一笑，终于放开了欢喜，伸手握上欢喜还未垂下去的小手："走，我带你去个地方。"

欢喜知道拒绝也没有用，便没有开口，只是任由着墨玺拉着她出了清幽宫。

宫门外是早已等候多时的龙辇，金碧辉煌，还有一干低头垂目的太监和侍卫。而欢喜只觉身子一轻，还未反应过来，就被墨玺抱上了龙辇，好在地方宽敞，足够两人同乘。

一路上，跟在龙辇后面的奴才们低声私语，他们只见过淑兰贵妃和王上同乘过龙辇，而这位欢喜妃子日后怕是得宠更甚，他们要小心伺候才是。

坐在龙辇之上的欢喜如坐针毡，她从来没有和一个男人如此大摇大摆，光天化日之下同坐在一起，而且自己的手始终被男人的大掌钳制，白皙的脸颊上不禁染上些许红晕。

"怎么？害怕吗？"墨玺瞧着欢喜的脸色，还以为是龙辇有些高，让欢喜觉得害怕，不由得将欢喜的身子向自己的怀里搂了搂。

这样一来，欢喜更加窘迫了，低着头，不敢抬头去瞧，生怕撞上那道令她更加窘迫的目光。

大约半个时辰之后，龙辇在皇宫的西门口停下，正在检查叶赫国贡品的紫崖白迎了过来，见礼道："臣拜见王上，欢喜娘娘！"

墨玺朝前看了一眼："是叶赫国使者到了？"

"回王上，刚到。臣正在检查他们进贡的贡品。"紫崖白说着抬眸瞧了一眼龙辇，欢喜依然被墨玺紧紧地搂在怀里。

墨玺便再没有开口，只是将欢喜的身子又搂紧了几分，身形一晃，瞬间腾升而起，之后稳稳落地，欢喜也被带了下来。欢喜以为墨玺可以放开自己了，但墨玺却没有，拉着她一步步向宫门口那些马车走去。

"呼啦"一声，宫门口的所有人看到戴着假面的墨玺，胆小的早就瘫软在地，其余的人都赶紧跪了下去，齐声喊"拜见王上，欢喜娘娘"，包括那些叶赫国的使臣和士兵，一时间，声音响彻云霄。

“欢喜，知道为什么周边的国家都要向我进贡吗？”墨玺瞅着那整整七辆马车的贡品，低声问着身边的欢喜。

欢喜没有作答，墨玺像是自言自语，又像是在说给欢喜听：“因为他们的命都掌握在我的手里，我不高兴，他们都得死！”

欢喜微微摇着头，看着此时犹如变了一个人般的墨玺，口中轻喃出声：“墨玺，你没有权力夺取别人的性命，没有……”她的声音太小了，淹没在人群的喧闹声中。

人群欢腾，而此时，所有人都没有发现，在跪倒的叶赫国士兵里，有两双眸子紧紧盯着前方，一双看向欢喜，而另一道则是看向墨玺。

欢喜的声音虽小，但，墨玺还是听到了。

早已习惯欢喜在他欢喜之时总是泼上一瓢冷水，墨玺眸子微转：“欢喜，这个世界根本不是你想象的那样，所谓的一片祥和、极乐净土，这里统统都没有，有的只有弱肉强食、血腥和杀戮！”

“不，墨玺，只要虔诚向天，一定会有那么一天的。”

“够了！”墨玺单手抚脸，狠狠地一抹，森冷的声音从面具下逸出，“今日我只想带你去一个地方，不要让我动怒好吗？”

欢喜低头不再言语，墨玺的样子显得有些可怕，像是在极力地克制着什么。

良久，墨玺指着那装着贡品的箱子道：“喜欢什么？自己挑！”

“我不要！”欢喜拒绝得很干脆。

墨玺摇头，眼前的这个女人真的与众不同，地位、权势、金钱，甚至是他对她的宠爱，她都不为所动。难道归顺皈依真的会让人变得清心寡欲，超凡脱俗吗？

不，他不信，天合教都是一些披着“慈悲”外衣的邪教，它蛊惑人心，会让人变成一个没有思想的行尸走肉！

他不信，她就真的没有在乎的东西。

就在此时，突然间妖风四起，尘土飞扬间一把明晃晃的匕首划破空气，直指墨玺的腹部。由于事发突然，又有尘土掩饰，周围所有人都未能反应过来，但墨玺并非常人，他感受到了凌厉气息的逼近，快速后退一步，错过了那把匕首的袭击。

但是他似乎还是听到了匕首入肉的声音，空气里甚至飘出了一丝血腥味，淡淡的，但足以令墨玺浑身发颤。

欢喜脑子一片空白，离墨玺最近的她自然看得清楚，当那把匕首凭空而现的时候，她以为他躲不掉的，或者，她压根就没有想过他能不能躲得掉。

下意识地，她便挡在了墨玺的身前！

“欢喜，欢喜！”墨玺大吼一声，宽大的手掌黑气暴涌而出，一掌将来人打飞在城墙之上，同时接住被刺中而下跌的欢喜。

风沙湮灭，可赤羽王皇宫的西城门却乱作一团，叶赫国二十余位使者兵将皆被收押看管，但没人注意到的是，其中一位士兵的拳头捏得死紧，久久未松。

欢喜再次醒来的时候，灯火跳动，借着灯光打量四周后才发现，这里不是清幽宫，但是她还是见到了华容。

“娘娘，您可醒来了，奴婢以为……”

华容察觉后半跪在床前，说着说着便淌了几滴泪下来。

欢喜嘴角一笑，虽然她依然能感受到腹部上传来的疼痛，但好在有仙光护体，她的伤应该没有什么大碍。

“这里是哪里？”

“王上的寝殿！”华容将欢喜缓缓扶起靠在软枕上。

“他呢？”欢喜缓声问道。

华容知晓欢喜是在问墨玺，低眸犹豫半晌，才道：“王上之前去请医师百草先生了。”

“百草先生！啊——”欢喜一惊，说话有些快，牵动着腹部的伤口，一阵吸气，缓过来才又道，“百草先生卧居黑龙潭后的瞿仙岛，要请先生出岛，必定要过了黑龙潭那一关，他如何能请得他来？”

“娘娘，那日你昏迷不醒，还流了好多血，不光是奴婢，就连王上都吓坏了，宫里的太医也诊治过了，说是娘娘性命垂危，王上不信，便带人去请百草先生了，距今已有两日了！”

“两日。”欢喜呢喃重复着，原本还用力撑着的身体突然瘫倒，幸好有软垫抵着。

“娘娘，您先好好休息，奴婢这便去通知候着的太医，替您诊治！”华容急急说了一声，便起身出了殿外。

太医颤颤巍巍地替欢喜诊了脉，大惊失色，连连称奇，但也不敢多说什么，叮嘱了一些需要注意的，便退了出去。

而化身为医女的欢喜心里也清楚，那么重的伤要是别人说不定真的就归于极乐去了，但是好在她有护体天光保佑，才得以起死回生。

只是墨玺，他……怎么样了？

淑兰贵妃的寝殿里灯火通明，坐于软塌上的淑兰贵妃面色紧绷，在听到欢喜被刺伤，眼看香消玉殒的时候，她别提有多高兴了，认为就连上天都在帮她，帮她除掉这个偌大的障碍，绊脚的石子。

可当知晓墨玺不顾安危前去黑龙潭请那百草先生出岛，她的心又莫名的嫉妒起来，尽管她嫉妒的人快死了。

可是已经两日过去了，一直没有传来欢喜命陨的消息，这让淑兰贵妃的心里犹如装了火炭般焦躁不安。

“娘娘，王上寝宫那边传来消息了！”一婢女进了殿，朝淑兰贵妃恭敬地禀报着。

淑兰贵妃猛地正了正身子，脸上因兴奋而显出些许潮红：“快说！”

“说是欢喜娘娘醒了，傅太医还给瞧了身子，说是性命无忧！”

淑兰贵妃那刚要咧出的笑容倏地凝固在嘴角，眸子一瞪：“千真万确？”

“千真万确，奴婢亲口听王上寝宫里的婢子说的。”

“不可能，不可能……”淑兰贵妃如癫狂一般在口中重复着，末了，再次瞅向那奴婢，“那小贱人明明奄奄一息，为何能不药而愈，王上不是还没回来吗？医师不是也没请回来吗？”

奴婢低眉不敢答话，却又见淑兰贵妃面色疯狂，只得应声：“请娘娘不要激动，奴婢听说，快死之人在死之前都有一段时间如正常人一般，俗称回光返照！欢喜娘娘会不会也是如此？”

淑兰贵妃怔愣，一屁股瘫倒在软塌之上，要真是如此也好，但怕就怕……

“密切注意欢喜的举动，一切情况都要第一时间通知本宫！”

夜风肆虐，似是将殿外的灯笼吹得左摇右摆，光线也跟着摆动，华容用竹竿将灯笼一一挑了下来，整整齐齐地放了一排。

抬头时华容发现殿门站着一人，清瘦的身影和苍白的脸色都在诠释着主人的身份。虽然披了厚厚的披风，可欢喜还是觉得凉意难挡。

“娘娘，您快回去歇着吧，身子承受不住的！”华容放下手中的竹竿，扶着欢喜。

欢喜一笑，叹了口气，从醒来到现在，她也从墨玺的寝宫搬回了清幽宫，虽然身子还未恢复，但也好了许多，只不过偶尔牵动伤口还会疼罢了。

三日了，墨玺还没有回来。

“无碍，老在房里待着怪闷的，出来透透气伤口也好得快。”欢喜拍了拍华容的手。

华容扁嘴：“娘娘懂得多，华容说不过您，但是王上要是知道娘娘如此等着他回来，你说王上会不会很高兴？”

欢喜脸色变得窘迫起来，她确实是在担心墨玺，毕竟，黑龙潭里的那条黑龙可不是那么好对付的，即使墨玺拥有着半人半魔的体质，也未必能讨得了好。

此时，青黛妃子气势汹汹地闯入清幽宫，从欢喜醒来到现在，她终于憋不住了，她一定要找欢喜问个清楚，问问为何受了那么重的伤还能醒过来，问她是不是妖怪？

然而，就在青黛妃子至欢喜近前时，宫中有太监来报，王上墨玺回宫了，这会儿已经在赶往清幽宫的路上了。

青黛妃子咧嘴而笑，她觉得，她更应该在王上的面前戳穿欢喜的真面目，让王上狠狠地收拾这个以妖术魅人的妖物。

清幽宫下上所有人皆跪地俯首，因为他们的王回来了。

狂暴的夜风中一道挺拔身影缓缓而现，衣带翻飞。借着清冷的月光，欢喜瞧见了那精壮的胸膛上伤痕遍布，褴褛的衣衫上染着已经凝固的鲜血，长发飘然凌乱，从道道台阶一步步而上，周身散发着睥睨天下、傲视一切的逼人气势。

一股冷风将欢喜吹得脚步摇晃，她觉得，这个正在一步步靠近她的男人不像一个王，而像一个乞者，一个怀有希望的乞者。

他走向站在殿门口的她，做的第一件事，就是伸手将她揽入怀里。

说的第一句话是："欢喜，我从未怕过，这是第一次！"

狂风肆虐，吹得人眼迷离，吹得殿门口一排的塑纸灯笼旋转、碰撞，后滚下丈余高的台阶，有的灭了，有的却燃了起来。

经文上曰：吾爱汝心，汝怜吾色，以是因缘。经千百劫，常在缠缚。

青黛妃子张嘴想要说些什么，冷风倒灌而进，没了声音，瞅着他们进了殿门，直至"砰"的一声殿门闭合。她霎时脸色苍白，如挂在天空上的那轮明月，忽明忽暗，最终隐进了云层之后，再无光亮。

墨玺这一觉睡了两天两夜，欢喜听第二天才回宫的紫晏说，王上从离宫至回宫，几日间未闭过眼，未停留一步，嘴里念的只有一个名字。

欢喜。

天色明亮，太阳自东方而出，普照大地。

欢喜坐在床边闭着眼，窗口透过的光线从她的颊边掠过，在鼻翼的一侧留下剪影。

直到欢喜觉得面上传来触感，才缓缓睁开眼睛，墨玺侧躺在床上，笑着看着她，一只手从她的脸颊滑到了下颌。

"真好看！"

欢喜偏头，避开他的手指，低语："你真傻！"

"有吗？"墨玺调整了姿势，似乎依然不想起身，"也许吧，黑龙说我傻，百草先生也说我傻，可你还不是没事了。"

"百草先生和你说了什么？"百草先生一定和墨玺说过什么，不然墨玺回来之后，不会什么都不问。

"原来你是百草先生的弟子，他说你有医丹护体，请他只是徒劳。"墨玺笑着道。

欢喜深呼一口气，起身朝门口而去，拂袖间，嘴角轻喃："如王师父，弟子给您添麻烦了！"

遥远的地方，提灯老祖猛地打了个喷嚏，他掸掸“百草先生医寮”木牌上的灰，心里暗想：“谁在说我？”

宁峰今天的脸色不太好，中午时分便急匆匆入了淑兰贵妃的宫里。

“父亲，那个欢喜到底是从哪里冒出来的，女儿查了有一段时日了，竟然查不出半点消息。”淑兰贵妃将衣袖甩得生风，对着坐在桌前的宁峰埋怨着。

宁峰眉头皱成了一团，良久才将手里的茶杯重重放在桌上：“原本以为将你放在墨玺身边就已足以，谁想到终究是人算不如天算啊！”

“父亲，干脆我们将那个小贱人……”

“不行，现在正是紧要关头，若是露了一丁点儿的马脚被墨玺抓住，我们定是全盘皆输！”宁峰出声阻止淑兰贵妃再说下去，“而且，那个小丫头这次受了如此重伤竟然还能活命，定非常人，在没有搞清楚其身份来历之前，不可轻举妄动！”

淑兰贵妃拂袖坐于宁峰的旁边：“父亲，那您说该怎么办？”

宁峰沉默不语，手一下一下地敲着桌面，似是在下什么重要的决定一般。良久之后，抬眸道：“墨玺不是还有一根心头刺吗？”

“您是想……”淑兰贵妃略加思索便想明白了，但是被宁峰阻止了话头，埋头思索后又再次问道，“父亲，那天在西城门口那场刺杀是不是父亲安排的？”

“不是，为父还没有蠢到那个地步，单靠一个人就想杀了墨玺，未勉也太痴心妄想了些。若真能如此，为父又何苦用心经营这么多年！”宁峰没有丝毫犹豫就否认了，他不是没有想过，最初他也派人尝试过，可是太难了。

“难道真的是叶赫国干的？他们哪来的胆子？”淑兰贵妃一惊。

宁峰摇头，此事的确蹊跷，也许是有人故意挑拨墨玺与亲卫心腹的关系，旨在挑起内讧。不过，也保不准其他人嫁祸叶赫国，反正不管怎样，都与他有利而无一害。

第二十七章 再见地牢血红人

翌日午时，华容从殿门外跑了进来，对着正打坐的欢喜喊道："娘娘，王上要处置叶赫国的那些兵将，现在已经押往宫外的刑场了。"

欢喜一惊，这些天她倒是忘了这件事，先前墨玺没有处置他们一定是被自己受伤的事儿给耽搁了，但是现在，墨玺有了足够的时间去处理他们。

华容说的处置，欢喜明白，她不会让他再造杀孽了。

宫外刑场，墨玺坐于监刑台上，威仪四方。台下的刑场中跪着二三十人，皆是叶赫国此次护送贡品的兵将，个个身着白衣，枷锁加身。

中间有一人已经瘫倒在地，扶都扶不起来，似是那个使臣王大人。而还有一人，虽跪在地上，却面无惧意，一双眸子紧紧盯着坐在台上的墨玺，久久不移。

"赤羽国国王在上，我叶赫国绝无背叛之意，此乃居心叵测之人意图毁我两国交好，才设此奸计。还请国王明查！"

跪着众人首位的大汉，身材健硕，腰背挺直，向墨玺缓缓而道。

紫晏站在墨玺的身边，闻声瞧了一眼墨玺，见其面上无任何变化，便上前一步喊道："王上旨意，此次叶赫国心生不臣之心，以下犯上，斩来使者二十八人，率军踏平叶赫，以儆效尤！"

"求国王开恩，我等愿以死抵罪，只求国王放过我叶赫国，我叶赫国举国上下必定对国王感激不尽！"那大汉浑身一震，极力哀求道。

"若因我们一时不察之失，断送了我叶赫国举国百姓的生路，那我们岂不是千古罪人，百死莫赎啊！”又有一人哀求出声。

“求国王陛下开恩，饶过我叶赫国吧！”

“求陛下开恩……”

一时之间，刑场之上哀求遍地，而对于他们的哀求，墨玺置若罔闻，面上平静的像一滩水一样，毫无波澜，甚至连头也未抬一下。

倏地，从场中站起一人，虽然身戴枷锁，但依然站得笔直，对着周围跪地哀求的众人喊道：“你们醒醒吧，他就是一个魔头，一个杀人不眨眼的大魔头。你们求他有用吗？他会在乎我们的生死吗？”

场中人被他这么一喝，竟然齐齐住了口。

“要是魔头都可以仁慈，那他就不是魔头了！”那位站着男子毫无畏惧，继续道，“你们别忘了，他是怎样杀害那些天合教弟子的，手起刀落，血流成河，可曾有过半点慈悲心肠，更无悔过之意。”

“更何况，赤麟国王为他尽心尽忠，他是怎样虐待他叔叔的？”男子指着墨玺怒斥着。

墨玺猛地抬眸看去，与那人的眼神重重地撞在一起，眸中的狠厉之色狂涌而出，但是那人却丝毫不退，眼中的恨意也毫不掩饰。

被男子一顿说教，周围跪着的众士兵义愤填膺，不再出声哀求，注视着这个突然就变了一个人似的同伴。

“你说得不错，本王就是一个十足的魔头，可那又怎样？你能奈我何，这个天下又能奈我何？啊？”墨玺站起身来，手一挥一股磅礴之气，直指场下男子。

男子猛地倒飞而出，直接撞在一处木杆之上，“咔嚓”一声，男子的身体再次跌落在地，口中鲜血狂喷，蜷缩着呻吟。

“逆我墨玺者，全都要死！”墨玺大吼，“来人，行刑！”

“不要，墨玺，住手！”

而接下来的一道呼喊直接让墨玺身子一颤，双眸瞧去，只见欢喜跑进刑场，停在了那受伤男子的身前，弯下身替他查看了一下伤情，摇着头，一双眸子紧紧盯着台上的墨玺。

四目相对，一时间竟没了声音，万籁俱静。

不知何时，烈日失了踪影，天色暗了下来，竟下起了小雨。

华容踉跄地跑到欢喜的身边，瞧了一眼地上的男子，默声不语，但是下一刻竟眼眸圆睁，身子僵硬，片刻后她就恢复了正常，之后的一双眸子盯着欢喜的侧脸，嘴角缓缓有了弧度。

也许这是莲华第一次这么近，这么专注的注视欢喜，他竟然有一些心跳加快。

然而，在细雨之中，欢喜缓缓向墨玺走近，直至走到台下，仰着小脸，雨水很快打湿了那张小脸。

"墨玺，答应我，不要杀他们，好吗？"

"呵！"墨玺发笑，像是自嘲，"不杀他们？人人都叫我魔头，这天下岂有不杀人的魔头！况且，你因他们受了伤，这笔账我一定要算！"

"墨玺，杀人……只会平添杀孽，什么用都没有！"

"是吗？那么为什么他们都怕我，还向我求饶，难道这不是杀人带来的作用吗？"墨玺放声大笑，雨水打进他的嘴里，一片冰凉。

欢喜摇头："难道你要让世人怕你一辈子吗？让你的这些属下怕你一辈子吗？让我也怕你一辈子吗？"

躺在地上的男子呻吟，用不大却足以让大家听清楚的声音继续道："赤麟国王和我今日的下场，也是你们明日的下场！"

墨玺终于有了反应，转身急走几步，一脚将案椅踢翻一地："欢喜，如果今天我非要杀了他们，你会怕我吗？"

"会！"

"哈哈！"墨玺突然狂笑而出，然而转瞬间便回过身子，冲着刑场之中吼道："杀！"

"不要——"

歇斯底里地呐喊，始终没有阻止长刀下落。水势渐大，白茫茫的天地间飞窜起朵朵血花，消融在雨水里，霎时间场中鲜红一片，所及赤目。

欢喜如同丢了魂一般，神情呆愣，她以为他不会杀的，她以为他会听她的话的！

一步步走近那些倒地冒血的尸体，欢喜如枯井的眼眸中，渐渐凝结出水雾，不一会儿，眼中晶莹的泪水顺流而下，落在雨水之中。欢喜盘地而坐，夹杂着血红的泥水染红了衣摆。她双手合十，口中呢喃，为那些冤死的亡魂超度。

刑场之上，众人离去，独留三道人影。

墨玺缓步走近欢喜的身边，驻足停留，他惊诧于欢喜的落泪，可不出声不动作，掠过耳边的除了雨水声，还有呢喃的梵语。墨玺驻足半晌，喉头滚动，终于道："欢喜，我答应你，放过叶赫国。"

不远处，华容注目而望，任凭雨水打在身上一动不动，眼睑下的湿润，分不清是雨水还是泪水，也许他该尝一下的。

欢喜，师兄带你离开这里好吗？

欢喜的伤本来就没有好透，淋了一下午的雨，不仅伤口裂开，还感染了风寒，终于倒在了床上，昏迷不醒。

睡了一天一夜才堪堪转醒，欢喜只觉得自己的身体沉重万分，连坐起来的力气都没有了。好在华容一直在身边伺候着，一天一夜从未合过眼，眼睛也黑了一圈。

她小心地喂了欢喜一些粥，又将熬好治风寒的汤药吹凉，一勺一勺地喂进欢喜的口中，目光偶尔在其面上停留片刻，但是在即将被发现之前又快速移开。

欢喜虽有察觉，但是如今的她没有心思想这些，只是愣愣地被华容照顾着。喝完药，又重新躺了下去，整个人像没了魂一般，一句话也不说。

窗外斜阳照在欢喜的身上，像足了一个了无生气的垂暮老人，只待命运的照拂。

墨玺从刑场回来便再没有来过清幽宫，他似乎知道欢喜此刻不想见他，也知道正如刑场上所说的一样，他杀了人，欢喜怕他。

此事之后，叶赫国国王不仅没有和墨玺翻脸，反而另派使臣再次至赤羽国俯首认罪，请求墨玺的原谅。因墨玺答应过欢喜，这一次并未为难来使，只不过加重了叶赫国每月的进贡。

一连几日，欢喜未踏出清幽宫一步，屏退所有下人，独自打坐诵经，替亡灵超度。在她的心里，墨玺犯下的业障，她有必要替他消除。

日头渐斜，欢喜再一次从禅坐中回神，抬眸时看到华容已经准备好了膳食。说来奇怪，自她从刑场回来，每日的膳食都没了荤腥，简单的素菜搭上白粥，让她再也不用担心犯了忌讳。

“娘娘，您身子好些了吗？要不要传太医？”华容将盛好的白粥推向欢喜的面前，俯身问道。

欢喜摆手：“无碍了，你用过膳了吗？一起吧！”

华容一愣，眸子微转间点点头，坐在了桌子的另一边，瞧着欢喜喝了口白粥，这才嘴角露笑。

“华容，这几天没有收到什么讯息吗？”欢喜放下喝了一半的白粥，转头问华容。

华容刚塞了一嘴菜，见欢喜问自己，忙粗略地嚼了几下，咽了下去：“娘娘，什么讯息？”

“比如，比如说有人要见我，或者传话给我什么的……”欢喜迟疑着说道。这些日子再不见赤冰，医者仁心，她还是记挂着监牢里的那个血人。

华容面上一慌，但依然作醒悟状：“哦，那个啊，没有！”说完，拢了拢衣袖，衣袖中那张字条被她隐藏得更深。

欢喜回眸，叹了一口气：“你慢慢吃吧。”言罢，起身而去。

傍晚，欢喜架不住华容的劝说，披了一件厚厚的披风，出了寝殿。好几日都未出去，欢喜觉得是时候该去走走了。

清幽宫说大不大，但说小也不小，里面房间众多，大部分是供婢女和太监居住，再多的便是盛放杂物的地方。整个宫殿犹如其名字一般，担得起清幽二字，寥寥树木植被，供观赏的花园景色也不多，那座被墨玺填而凿之的池塘也是一景吧。

华容执意要搀着欢喜，欢喜也只能顺着。两人漫步于宫墙之间，墙上长久被雨水洗刷而现的斑驳痕迹，看起来像一道道狰狞的伤口，欢喜移了视线，不再去看。

临近入秋，天气渐凉，尤其是这黄昏时刻，带着彻骨寒意的小风来回窜着，华容忍不住替欢喜紧了紧披风。

池塘边上，有一只鼓嘴而鸣的蟾蜍，每跳一步，便停下来观望一会儿，在欢喜她们走近时，又蹦跳着，一头扎进了池塘里，溅起了一朵水花。

“娘娘，来这里干吗？”华容轻声问道。

欢喜盯着池塘，没有作答。里面的水还有些浑浊，水面上原本的莲花荷叶也没了，一眼望去，竟看不到有一条活鱼畅游，大概这便是填而凿之的后果。

欢喜心中微叹时，身后脚步声缓缓响起，她听得出来，是墨玺。

旁边的华容已经转身去行礼，而她却站着不动，甚至连头都没有回。

“就这么不想看见我吗？”墨玺出声。

欢喜抿着唇，依然不说话，只听到身后传来一声叹息，之后便是渐渐离去的脚步声。

欢喜终究还是控制不住地回眸去看，但是那个男子却依然站在身后，笑着看向她。原来，他不知何时又回来了。

“你看吧，你骗不了你自己的，你心里还是有我的，对不对？”墨玺缓缓出声，像是一个胜利者一样，露着自信得意的笑容。

欢喜没有否认，她的心里确确实实有着墨玺，可那又如何，她始终记着自己的使命，感化魔头，使他弃恶从善。

墨玺伸手想要去牵欢喜的手，却被躲开了。

“你真的在怕我？”

“是。但即使怕你，我也不放弃！”欢喜抬眸，撞上墨玺的眸子，那双清澈的黑瞳里，有着她看不明白的东西，复杂而又简单。

墨玺不再与欢喜争论，错开了话题：“还记得那日，我说过要带你去一个地方的，明天我再带你去看！”

“不了，我不想出去。”

“那后天去！”墨玺坚持。

“墨玺，让我一个人安静地待几天吧，好不好？”欢喜仰着小脸，出声哀求。

“好！”墨玺点头，转身便走，但走出几步时，又道，“欢喜，你终究会答应我的。”

夜幕降临，男人如墨般的身影，越行越远，终久消失。凉风拂过，吹乱了欢喜额前的青丝，她不懂，这一刻，她的眼睛为什么会迷了视线。

翌日。

华容从外面回来，面色有些不好，但还是向欢喜禀报："娘娘，王上命人在修缮池塘，而且，还有扩建之意。"

欢喜往香炉里加燃香的手顿了顿，才回了神，直起身子便道："将窗户关上吧，怪吵的。"

华容愣了少许，将原本开来透气的窗子一一关好，走回来的时候，听到欢喜喃喃道："静了不少。"

"娘娘，池塘到寝殿有一段距离的，那里的声音根本传不到这儿来。"华容忍不住出声提醒。

欢喜身子一颤，良久才轻声道："是吗？"

下午用膳的时候，欢喜听见了殿门外的吵闹，命华容出去看看。

华容刚出去，就有一名短打装扮的男子跳了进来。虽然其脸上粘了污渍，身穿粗布麻衣，两只袖口还卷在肘间，但欢喜仍能认得出来，他是易容改装的赤冰。

"欢喜姑娘，我可找到你了！"赤冰一进殿里来，便朝欢喜的身边而去。

华容此时也进了宫殿中，见状就要惊呼喊人，欢喜上前两步将华容拂到一旁，瞧向赤冰："公子找欢喜，莫不是为了救治你那朋友？"

"不错，我去了那间屋子找过你，发现你不在了。这几天我多方打听，才知道你已经……成了墨玺的妃子，住在了这清幽宫。"赤冰眸子中闪过一丝复杂神色。

"那公子是如何进来的？"欢喜皱眉问道。华容在旁也瞪大了疑问的眼睛。

"开始我是没有办法进来，只是托人给你带了纸条，但是没有回信。就在今天，我混在了那帮工匠之中，才得以见到欢喜姑娘！不知欢喜姑娘还能否为我朋友诊治？"赤冰神色略显激动。

华容听罢，眼神有些躲闪，只是无人发觉她的不安。

欢喜闻言，唇角紧抿，垂着眸子，半晌才道："对不起，赤冰公子，欢喜……不能！”

“为什么？”赤冰一愣，伸手便要覆上欢喜的肩头，却被一旁的华容眼疾手快地伸手挡掉，只能再次开口，“上次欢喜姑娘不是答应我了吗，现在为何又要拒绝我？”

欢喜低着头，不说话。

赤冰再次开口：“欢喜姑娘，是不是发生过什么事？”

“我答应过墨玺王，不会再行医救治一人，对不起。”欢喜叹了一口气，转身不再看赤冰。

赤冰愣在原地，半晌才转身要走，但只行了一步，又回头道：“欢喜姑娘，你不是常说救人一命胜造七级浮屠吗？在下的朋友如今身陷囹圄，生死难测，难道你就愿意眼睁睁地看着他受苦吗？”

欢喜闭着眸子不说话，藏在衣袖下的手缓缓交握，似是在挣扎。

“欢喜姑娘，天合教不是愿众生离苦，讲究普度众生的吗？难道你不愿意帮助在下的朋友，脱离苦海吗？”

“公子，欢喜愿做一切事，唯独不能出手医治，因为欢喜怕……”

身后再无声音，欢喜知道赤冰走了，无奈和彷徨加身，欢喜觉得很累，真的很累。

“娘娘，您向来以慈悲为怀，救人为己任，可您为何不答应赤冰公子？”华容在欢喜身后，不解地问道。

“一念愚即般若绝，一念智即般若生。”欢喜只是回了一句，便再闭口不语。

劝诫墨玺失败，眼睁睁地看着他再次大开杀戒，不仅让欢喜失落，更让她对自己的初衷产生了怀疑和退缩。

天色近暗的时候，一道人影闪进了淑兰贵妃的寝宫，似是得了主子的口令，一路没人将这道人影拦下。不多时，人影已经进了淑兰贵妃的寝殿大门。

“属下来迟，还请贵妃娘娘和宁大人恕罪！”来人揭下头上的斗笠，对着首位的淑兰贵妃和宁峰行礼。

“无妨，小心一点是应该的！”宁峰摆手，让男子起身。

“大人放心，今日宫门守将乃是属下好友，墨玺定不会知晓属下进过宫！”男子一笑，满脸的笃定。

淑兰贵妃半坐在金玉软塌之上，似是无心在听，但等男子言罢，挥手让其坐下，才幽幽开口：“赵杰将军不守着白马寺怎么来这里了，要是地牢里的那位出了闪失，王上怕是不会饶过赵将军的！”

赵杰嘿嘿笑了两声，才道：“娘娘真会说笑，属下是个明白人，怎么会看不明白局势？到时候还得仰仗宁大人和贵妃娘娘的照拂才是。”

宁峰那张嵌着道道沟壑般皱纹的脸不易察觉地抖动了一下：“赵大人乃是识时务之人，老夫自当重用。不过，今日找赵大人前来，是因为老夫对白马寺的布防不是很清楚，不知……”

“我知道，属下自进宫当差后便被调去了白马寺，从小喽啰一路升为白马寺总监察，白马寺的情况，没人比属下清楚了！”赵杰立马接过话头，谄媚的笑脸在烛光中显得异常醒目。

宁峰和自己的女儿淑兰贵妃相视一笑，将各自脸上的讪笑隐了下去。

半个时辰之后，赵杰起身告退，寝殿里独剩父女两人。

“父亲，这个赵杰可是有心归附？若是反手去墨玺那里告上一通，我们岂不是……”淑兰贵妃这才将自己的顾虑说了出来。

“放心吧女儿，这个赵杰为人奸猾，爱耍小聪明，但是唯独缺了胆识谋略，是个可以控制的棋子。要不然为父为何老早便盯上他了。”宁峰伸手端过茶杯，细细品了一口。

淑兰贵妃眼前一亮：“难道他一路升官，是父亲所为？”

“哼！”宁峰冷哼一声，“要不是为父，就他那个脑子，再有十年也是白马寺打杂的小喽啰！”

“如此一来，这个赵杰定要感谢父亲的大恩，那么白马寺一定就在我们的掌控之中，不管是墨玺还是赤冰，都别想背着我们搞小动作！”

“不错。不过关于赤冰，为父倒有拉拢之意，毕竟地牢里关着的是他的父亲。即便是为了他的父亲，他也应该向着我们才是！”宁峰皱起眉头，关于这件事，这几天他一直在想。

淑兰贵妃似乎不太赞同自己父亲的看法，摇头道：“赤冰为人心性纯良，饶是墨玺将他父亲关押大牢，但是他父亲所作的一切让他对墨玺毫无恨意，还一心想要化解他父亲和墨玺的之间的矛盾，他要是知道我们……”

宁峰叹了一口气，拍拍大腿，站起身来，对着淑兰贵妃道：“此事先到这里吧，日后再说，时候不早了，为父也该走了。”

瞧着宁峰出门的背影，淑兰贵妃竟然发起了呆，不知何时，她竟然也帮着她父亲对付墨玺，这个男人不是自己以前最爱的人吗？夜幕低沉，让她无法喘息，却也只能压抑。

宁峰走出淑兰贵妃的寝宫，张望四周，见四下安静，这才抬脚朝宫门而去。当宁峰离开之后，从一旁的阴影之中走出一道人影，停留数息之后，转身朝着懿太妃的宫中而去。

赤冰第二日又进了清幽宫，欢喜刚刚用了早膳，站在窗口望着院子那颗枣树的时候，蓦地视野里闯进了一道身影。

欢喜低下头，却听赤冰道：“欢喜姑娘，我知道我劝不了你，但我恳求你能和我一起见见我那个朋友！”

欢喜依然沉默着，赤冰所说的那个朋友，应该便是她上次进地牢里替人诊治时所见到的那位，可是她不想见，她怕她的眼里容不下受苦的人，那她对墨玺的承诺怎么办？

“就连见一见都不去吗？”赤冰轻声问道。

“既然不救，何必要去，难道你也要我心生愧疚，时时念着我见死不救的残忍吗？”欢喜终于抬头，声音里带着些许颤抖，让赤冰的身子一颤。

“我……不是这个意思，我只是想……”

“你是想，如果我见到他，一定会自觉地动手医治的，对吗？”

赤冰一愣：“欢喜姑娘，我知道你不想违背你立下的誓言，或许我们可以找一找其他的解决办法，既不用违背誓言，又可以救治我的朋友。”

“为什么？你为什么一定要我去救，天下医者何其多，难道就只有我一人能救吗？”欢喜不解，为何赤冰会如此执着地找她。

“对，除你之外，无人能做！”

“为何？”

“因为他们都怕墨玺，没人敢违逆墨玺的旨意。你知道我等了多久才等来你吗？他太痛苦了，真的太痛苦了！”赤冰说着说着竟然没了声音。欢喜挑眉看去，赤冰竟然眼角湿润，像是在极力控制着，但又控制不住。

“所以，你认为，我去救治的话，墨玺就不会惩罚我是吗？”

“欢喜姑娘，我实在别无他法，求求欢喜姑娘……”

赤冰口中重复着，身体欲要下移，欢喜一惊，刚想要伸手去阻止赤冰的下跪，但是有着窗户的阻碍，赤冰到底是跪了下去。

欢喜转身行至赤冰的身前，伸手将其扶了起来，半晌才道：“我可以和你去，但是你们宫中的恩怨，能化解则化解，不要再起争端和杀戮之事。”

赤冰闻言露出笑来，伸手悄然抹掉眼角的泪水，正了正神色：“多谢欢喜姑娘，有欢喜姑娘同行，我一定谨遵您的吩咐，不会引人斗争！您先歇息，到时我再设法带姑娘一同前去。”

欢喜点头，瞧着此时风尘仆仆、衣衫粗糙的赤冰，真的仿佛又回到了他们第一次相见时的场景。那时的赤冰完全是一副流浪汉的打扮，再后来宫里那次见面，赤冰则又是一个翩翩公子的模样，这次，赤冰好似又变成一个需要帮助的弱者。

三日后，赤冰再次传来消息，一切准备妥当，入夜后便设法接欢喜出清幽宫。

而这三日，墨玺似乎真的听了欢喜的话，一次也未涉足清幽宫，更未见欢喜一面。本来欢喜以为，这样自己能舒服一些，但反而觉得心里空落落的。

夜幕降临，欢喜早已穿戴整齐，华容守在一旁，瞧着外面的无尽黑夜，眉头越皱越深。当赤冰来接欢喜的时候，华容说什么也要同去，欢喜拗不过，只能带着华容一起前往。

出了清幽宫，三人一路向着欢喜原来当婢女时所居住过的那间屋子走去，那间屋子在欢喜走后便一直空着，这更有利于赤冰的计划，无人打扰。

屋里虽没有亮灯，但在照进的月光下，欢喜还是瞧见了两个人。一位是年过半百的老人，头发花白，留着很长的一撮山羊胡，粗布短褂打扮，手里还提着一个药箱，这应该便是赤冰找来协助欢喜的医者。

而另一位则是三十多岁的男人，长得眉清目秀，武人打扮，手里握着一柄长剑，剑鞘被月光照得泛着荧光。

五个人都没说话，赤冰径直推开墙角处的壁橱，露出一个黑漆漆的大洞。他没有任何犹豫，抬脚便走了进去。

欢喜跟上，华容依着欢喜进去，再便是那位老医者，断后的是那位青年武士，似是还将壁橱移回了原位。

通道内还算宽阔，通行一人不存在问题，只是得稍弯着腰。这个时候，赤冰点燃通道里早已准备好的油灯，昏暗的灯光霎时间将通道照亮，赤冰这才缓缓朝前带路。

走了好一会儿，终于到了那块积水处，五人缓慢通过，再走几步，竟然出现了两个通道。赤冰选择了一个和上次不一样的通道走了进去，欢喜知道，这条通道是直通地牢底部的。

大约一刻钟之后，走到了尽头，欢喜能从头顶地板的缝隙里看到外面的亮光。赤冰吹灭了油灯，侧耳听了一会儿，没发现动静之后，便伸手将头顶上那块地砖掀开。

赤冰先出去，小心察看了周围，这才又回来将欢喜拉了上来，后面的三人也鱼贯而出。

刚出地道的欢喜，耳边就听到了一声声粗重的喘息声，她身子一震，回头看去，只见在地道口不远处的稻草堆里匍匐着一人，浑身血红色，条条肌理在昏暗的油灯下照得清晰可见，似是在抬着头，朝他们看过来。

欢喜身后的华容脚步踉跄，显然被这个浑身赤红的“怪物”给吓了一跳，好在赤冰反应快，捂住了华容的嘴巴，才没有让她发出尖叫来。

而那位老医者也是极力扭过头不去看，双脚微微发着颤。

地牢的空气潮湿且异味刺鼻，欢喜伸手在鼻尖抵了一下，缓步朝那具赤红色的“怪物”而去，她能感受到这人的痛苦，这种剥皮的痛苦世间又有几人能承受的了呢？

“别怕，我们是来帮你减轻痛苦的！”欢喜轻声说道，而地上的那条人影抬起赤红的头颅，像是在看欢喜，又像是在斟酌欢喜所说的话。

一旁的华容快步走近欢喜的身边，将欢喜护在身后，而赤冰则隐了眼里的泪水，向一旁站着的青年武士使了个眼色，道："赵将军麻烦你了。"

青年武士会意，走向牢房的门口往外望去，注意着地牢外那些侍卫的情况。此时已是深夜，正是酣睡之时，被发现的几率大大减少。

青年武士回复赤冰："公子莫要担心，今夜值班的都是末将信得过的人。"

赤冰夸赞青年武士："赵将军费心了。"

"赵杰誓死为赤麟王和公子效忠。"赵杰连忙表忠心。

赤冰颔首，表示赞许。随后转过头来，望着欢喜，道："还请欢喜姑娘施以援手，在下感激不尽！"赤冰轻声乞求着欢喜。

欢喜眼中掠过一丝不忍，但还是摇头道："公子，我暂缓上前，可以让这位老先生先瞧瞧！"

赤冰面上闪过一丝失望，也不再出声劝说，朝着老医者招招手。

老医者会意，颤微着走过去，但看着一个没了皮的血红之人，一时半会儿竟不知如何下手，愣在了那里。

"皮肤虽然不在了，但脉络依然还在。"欢喜出声提醒。

得了欢喜的提醒，老者这才俯下身子，伸手覆上那血红的手腕，找准经脉，慢慢号脉。

良久之后，老人起身向赤冰回道："公子，此人虽脉象虚弱，但大体都是由外伤而至，内脏完好，性命无忧！"

赤冰舒了一口气，又问道："先生可有减轻其痛苦之法？"

老医者低头垂眸，缓声道："老夫……老夫行医快三十年了，可从未见过皮肉分离之伤者，一时也想不到什么法子。"

"老先生，您好好想想，千万要仔细想想！"赤冰显得有些激动，伸着手便想去摇老医者的肩头，但手伸出一半的时候，趴在稻草堆上的血红人影突然动了一下，挣扎着想要从稻草堆上爬起来。

赤冰猛地回过头去看，紧走几步要去扶那道血红人影，却又不知从哪里去扶，瞬间愣在了原地。

欢喜眸子微眯，她眼睁睁地看着那道人影缓缓地爬到了自己的身边，竟然忘记害怕。华容则如临大敌，依然护着欢喜，生怕这道血红人影对欢喜做出什么不利的事情。

而血红人影只是在欢喜的近前停下，挣扎地坐起身来，下一刻便将手上合十在胸前，一副老僧入定的模样，让欢喜瞬间别过头去，不忍再看。

地牢里很安静，放在角落里的那盏油灯被不知哪里来的小风吹得斜斜的，照得那道盘腿而坐的人投下长长的影子，直指欢喜的脚下。

欢喜也双手合十，嘴角轻声呢喃了一句，似是在向对着自己的血红人影解难。

“是墨玺将你害成这样的吗？”欢喜缓缓蹲下身子，问出声来。

那血红人影的身子颤了颤，那张狰狞可怖的血脸下垂，点头都像是一件很困难的事情一般，但只需这样，欢喜已经得到了问题的答案。

“老先生，你可知《医经》上记载过的那活肉生皮之法？”欢喜缓缓抬眸，看向一旁的老医者。

老医者眉眼一睁，似是恍然大悟，但略一思索，又哀声道：“姑娘所说，老夫的确在书上看到过，可那只是古籍记载，至今无人尝试过，而且……”

老医者说到这里似是有了顾虑，便停了下来。一旁的赤冰却有些等不及了，催促道：“而且什么？如若真有此法，不管付出多大的牺牲，我都在所不惜。”

老医者一愣，只得再次道：“据古籍记载，此法需要伤者内服血脉至亲之人的股间肉和腕中血，外用药物涂抹全身，如此反复七七四十九日之后，伤者方可活肉生皮。”

老医者的声音虽小，但足以在这小小的牢房里回荡，除了欢喜之外，人人面色沉重，赤冰更甚。站在牢门口放哨的赵杰似乎也听到了老医者的话，转身便朝着赤冰而去。

“公子，万万不可，我们再想想办法，肯定还有别的办法的！”赵杰似乎很激动，原本白皙的面颊已经憋得通红。

赤冰伸手阻拦赵杰继续说下去，只是抬眸问向欢喜：“欢喜姑娘，这种法子可靠吗？”

“既然是古籍记载，那便不是空口无凭，但结果如何谁也不知。而且这种治疗方式考验的不是伤者，而是那个愿意为伤者牺牲的血脉至亲。”欢喜缓缓道，眼角瞥了一眼依然盘腿而坐的血红人影，他似乎也在发着颤。

“赤冰公子，你还是与你这位朋友的亲人商议之后再做定夺吧。”见赤冰闭口沉思，欢喜再次开口。

“不用了，我同意！”赤冰倏地开口，令在场所有人一惊，包括那道血红人影。

“公子，万万不可……”

赤冰再次将赵杰的话打断：“有何不可？如王尚且可以割肉喂鹰，我赤冰为何不能割肉救父？”

救父？

欢喜一愣，猛地瞧了一眼身前盘坐的红色人影，脚下竟不由自主地朝后退了一步，幸好有华容搀扶，才勉强稳住身形：“这位是，你的父亲？那就是……”

“欢喜姑娘，在下不是有意欺瞒，只是怕你知道真相会拒绝与我前来。我知道我父亲犯了一些不可饶恕的罪行，但身为人子，自有为其减除痛苦之责，所以，还请欢喜姑娘原谅在下的迫不得已。”赤冰公子说着，端端正正地向欢喜行了礼。

欢喜还未从震惊中缓过来，迟疑了好一会儿，才缓缓摇头：“早该想到的，能被墨玺折磨成这个样子的，整个赤羽国，除了赤麟还有谁与墨玺有如此大的仇恨。”

欢喜言罢就要往地道口而去，但身后响起赤冰的声音：“我父亲以前是天合教信徒，虔诚向天，如今受苦受难，欢喜姑娘为何不能助其脱离苦海呢？”

“关于活肉生皮之法，我会将我知道的全都告诉老先生。赤冰公子，你好自为之。”欢喜脚步再次轻抬，与华容二人下了地道，转眼间便没了身影。

赤冰收回目光，对着那道血红人影道：“父亲，且请您多等几天，待孩儿准备好，便一定救治您，减轻您的痛苦！”

赵杰也应和道："赤麟王暂且忍耐，末将肝脑涂地，也要让你重获自由。"

交代完毕，赤冰招呼赵杰和老医者下了地道，最后看了一眼血红人影，赤冰眸中水光萦绕，低头隐了身形。

霎时间，地牢里恢复安静，角落里的那盏油灯依然斜斜的燃着，照得那道血红人影越发的赤目可怖。突然，血红人影的身子一歪，向地砖上直直倒了下去，而下一刻，那张已经没了皮的血红唇角，大大地咧了开来，开合间扯出的血丝，在空中似是"嘣"的一声便断了开来，溅出了几滴微小的血沫。

喉咙里发出的不是笑声，而是几近尖锐的刺耳声音，使昏暗寂静的牢房里，平添了一丝诡异。

回到清幽宫的时候，已经是深夜了，欢喜没有再说一句话，而是径直上床休息。华容替欢喜燃了兰香，又掩好欢喜的被角，这才退了出去。站在寝殿的门外，华容长长舒了一口气，瞧着天空上闪闪的繁星，双手合十，弯腰呢喃。

"弟子莲华，愿一生受业障缠身，只求师妹欢喜安度情劫。"

之后的几日，欢喜都避人耳目地几次出清幽宫，给那位老医者讲解活肉生皮之法，将此法众多要领技巧，统统传授与他。

老医者不愧是行医几十年的人，所见和所闻非常人能比，对医术的钻研之深刻，就连欢喜也要赞上几句。而领悟能力自也卓越，欢喜只是讲了一遍，老医者已经熟记于心，而且还有了一些自己的见解，赤冰为此也欣喜若狂。

欢喜之后便不再去见赤冰了，虽然她也挂心救治的结果，但她知道赤麟从此以后应该不会再受无皮煎熬的痛苦了。而她也紧守着对墨玺的承诺。

至于赤冰，他既然有自己的打算，欢喜也无能为力，只是希望，此次过后，赤冰的身子还能恢复过来。

第二十八章 循序渐进不自知

傍晚清风，难得的凉爽，要是再过一段时日，入了秋，便再没如此好天气了。

欢喜坐在窗口，沉思神往，往来的飞燕在院子里的树枝上驻足、飞走、再驻足……

华容则是静静地站在欢喜的身后，看其所看，感其所感。

“华容，这几天你为何突然对我这般好？”欢喜的心里是不太能藏事情的，她越来越觉得华容对她的态度和以前不一样了。

华容回过神，双手不自觉地向后伸了伸，才支支吾吾道：“娘娘，奴婢对娘娘不是一直都很好吗？”

欢喜皱眉，再次举目去打量华容，一时间也说不上来哪里不对，便又转过头看向窗外，欲言又止：“华容，我……”

“娘娘是有什么话想对奴婢说吗？”

“说了你也不懂。”欢喜伸出胳膊，搭在窗口上，纤细白嫩的皮肤和暗红色的木窗形成了鲜明的对比。

“娘娘不说，怎么知道奴婢不懂呢？”华容追问道。

沉默良久，欢喜才又道：“如果，如果让你去感化一个满身杀孽、罪恶滔天的人放下屠刀，弃恶从善，你该如何做？”

身后一片安静，欢喜以为华容不在了，叹息的时候，听到华容的声音：“娘娘，既然不能感化，为何还要感化？”

欢喜一怔，回眸看向华容，但还没开口，便又见华容出了声：“有些人魔已入心，就算效仿如王割肉喂鹰、以身饲虎，他们也会毫不迟疑地下口，不会有半点悔过之心。”

“不，世间没有度不了的人心，只不过诚心未到而已！”欢喜否认道，只是在回眸时，天色已经暗了下来，暮色中只有树叶的沙沙作响。

华容不知再如何开口，一双眸子紧紧地盯着欢喜，面上闪过叹惋，闪过怜惜，良久才道：“奴婢去掌灯。”

寝殿内灯光柔和。

欢喜斜倚在床榻上，下巴抵在胳膊上，呆呆地沉思着，倏而脑袋斜跌，枕在胳膊上睡着了。

等到欢喜醒来的时候，墨玺不知何时已经坐在了床边的小凳子上，拄着胳膊闭目，而她不知怎么竟躺在了床上。一双清澈的眸子望向墨玺，刚想要出声时便又合了嘴，男人的侧颜被灯光照得发亮，她从未发现，墨玺的睫毛竟然这么长。

欢喜是平躺着，扭着脖子看墨玺觉得有些累，便只好翻了个身，改成侧躺，调整了个舒服的位置，这才一动不动地瞧向男子。

而男子竟然已经睁开了眸子，对上那墨色的瞳孔，欢喜只觉得自己的胸口狠狠地震了一下，之后便是猛烈地心跳，脸色也变得绯红。

“怎么？本王睡着了很难看？”墨玺放下胳膊，转着头问道。

欢喜不知要怎么回答，只是小声地吐了两个字：“不是。”

墨玺邪魅一笑，伸手便要去解身上的外袍，欢喜一惊，急忙出声：“你要干什么？”

“进来时没觉得热，睡了一觉起来倒是觉得有些热了！”墨玺起身，将外袍一把褪了下来，随手扔在了一旁的衣架上，压在了欢喜的外衣之上。

欢喜错开视线，略显慌张道：“殿里还是有些冷的，脱一件就好，切莫脱多了。”

“来人！”墨玺冲着殿门外喊道。

一个小太监推门而入，拜礼回道：“王上有何吩咐？”

“娘娘说殿里冷，怕本王冻着，给本王搬十个火盆来取暖！”

“啊？”小太监何时见过这样的，虽说此时是夏尾，入夜的气温有些下降，但也远远没到用火盆取暖的时候啊，而且宫里当下应该还未准备这些过冬时才用的东西，要到哪里去找？

“还不快去？”墨玺又催促了一声。

小太监不敢怠慢，忙又拜了一拜，应声退出。

“你是故意的？”欢喜看也不看墨玺，出声道。

墨玺一笑，缓缓走近床边，轻声道：“是又能怎样？”

确实不能怎样。

欢喜懒得回他，背过身去，用被子将自己裹得严严实实的。

一刻钟之后，殿里被搬入了十个燃着熊熊炭火的火盆，因为都用的是上好的银屑炭，所以并未有呛鼻烟味，还真是苦了这小太监了，这么快弄来这些火盆。

饶是寝殿再大，也架不住十个火盆的烘烤，不多时，欢喜便后悔将自己裹在被子里的举动了。她稍稍将被子揭开了一些，那股闷热的感觉消了一点儿，但也不转头去看墨玺在干什么，又悄悄地从被子里伸出手在面前挥动着，试图制造一点风出来。

墨玺看着背对他的欢喜，嘴角弯出一个大大的弧度，然后开始伸手将自己身上的第二件外衣解了下来。而欢喜就听到背后的衣架上似乎又多了一件衣服。

欢喜长舒一口气，开始默念静心咒，虽然额角已经有了汗珠，但欢喜还是未动一动。

殿里依然是无声，但此时应当是无声胜有声。

墨玺已将最后的一件外衣脱掉了，只穿着一件白色的里衣和一条墨色长裤，额头的汗水跌落，打在胸前的衣襟上，倏地化开。

他倒要看看，床上的那人还能坚持多久不动！

半个时辰过去了，寝殿里的温度越升越高，墨玺已经是光着膀子了，精壮的胸膛上都是晶莹的汗珠。

而欢喜则还是保持着背对墨玺的侧躺姿势，只不过被子已经越踢越往下了，到现在她已经将被子给舍弃了。

再瞧正面，欢喜紧闭眼眸，口中呢喃，一声声梵语从口中而出，虽然身上的汗水依然不少，里衣已经完全黏在皮肤上，但在欢喜自己看来，她的心却并未受外界的一丝侵扰，还是一片冰凉。

她知道，墨玺是最先忍受不了的人。

但是她没有想到，墨玺忍受不了的结果便是将她一把从禅定中拉出来。

原本侧躺的姿势被墨玺拉成了平躺，瞧着正对她眼前的赤裸胸膛，欢喜瞬间觉得寝殿里闷热至极，连呼吸都困难，一层一层的汗水从身体各个地方冒出来，只是片刻，身上的衣服隐约都已经湿透。

然而，还未等她好好地出几口气，男人的脸倏地在她的瞳孔里放大，下一刻嘴巴便被堵得严严实实，大概是因为闷热出汗的缘故，丝丝苦涩在欢喜的口间化开。

即使被吻着嘴唇，欢喜还是能感受到压在她身体上的那具男人身体的变化。一瞬间，欢喜觉得闷热似乎更盛，汗水磅礴而出，整个人犹如掉入河水里一般，湿漉漉的。

一滴汗水自墨玺的眉心间滴在了欢喜的眼眸上，欢喜来不及闭眼，汗水似是入了眼眶，但又很快从眼角流下，一路滚落到了耳边。

墨玺突然将动作放缓了一些，似是在慢慢地品尝，又似是注视着欢喜眸子里的水雾，缓缓伸手在其眼角下摩擦着，似是要将那不知是泪水还是汗水的湿润统统擦干。

但是却怎么也擦不干净，不是重新被新的汗水覆盖，就是被泪水覆盖，他突然就很不懂，为什么？这是为什么？

墨玺突然离开了欢喜的唇，抬起头来：““欢喜，你为什么哭了？”

“我……不知道！”

“吱呀”一声，殿门被人从外面推开一个缝隙，华容挤了进来，只向床上瞧了一眼，便匆忙地低下头去，藏在身后的拳头因用力而泛着青色。

“王上，娘娘，奴婢是来添火炭的。”

“不用添了，命人撤了吧！”墨玺从床上一步跨了下来，拿过衣架上的衣服披在身上。

华容应了一声，退了出去。不一会儿，进来几个小太监，将十个火盆一一搬了出去，最后才将殿门紧紧合上。

墨玺除了最外面的那一件外衣没穿，其余的都穿好了，坐在寝殿中央的桌前，伸手倒了一杯茶，却没有饮，而是端起来走向床边。

欢喜此刻已经缓缓坐起，但是身上的衣服被汗水洇得湿透，贴在身躯之上，更显得其身材曼妙。此时见墨玺竟然又缓步而来，赶紧低下眸子，不由得向后退了退。

“渴了吧，喝点吧。”

听得墨玺这样说，欢喜真觉得口干舌燥，好在此时殿里的气温稍降了一些。欢喜伸手接过茶杯，一饮而尽，但之后踌躇着还要不要将茶杯递还给墨玺。

“怎么？不想还我？”墨玺出声。

欢喜微怔，才将手里的茶杯递还给墨玺，只见墨玺又去给自己倒了一杯，同样是一饮而尽。

“墨玺，你能否给我讲讲你和赤麟之间的事？”

欢喜上次从地牢里出来后，便生了这个念头，苦于墨玺这几天都未来找她，无从问起。而现在，她思量许久，终于开了口。

墨玺放茶杯的手一顿，险些将杯茶放到了桌子的外面，极力压下脑海里被挑起来的那段记忆，转头对欢喜道：“你感兴趣？”

感受到墨玺投过来的慑人目光，欢喜略低了头：“如果我知道了你与赤麟究竟有哪些仇怨，也许就可以度你向善了。”

“嗬！”墨玺冷笑一声，“原来你还没有放弃啊，难道到了现在，你依然相信你可以度我？”

“墨玺，这是我们的宿命，我逃不掉的，你也逃不掉！”

“宿命？不到最后一刻，你怎么知道到底什么才是宿命，你怎么知道你一定可以度我？”墨玺声音倏地提高，将殿里原本的沉闷击的烟消云散。

“不到最后一刻，你怎么就知道，我一定不能度你？”欢喜猛地抬眸，撞上那道此刻变得凶残嗜杀的眼神，她似乎又在那双眸子里看见了杀戮。

“啪”

墨玺身边的那张桌子顿时四分五裂，周围木屑翻飞，其中一块木屑竟径直朝着欢喜而去，劲力之大，发出划破空气的“嗞嗞”声。

然而，就在欢喜以为木屑快要撞到自己脸上的时候，墨玺身形飘动，伸手将木屑牢牢握在掌中。

拦下木屑后，墨玺没有开口，转身朝殿门而去。惊魂未定的欢喜瞧得清楚，墨玺那只抓着木屑的手有一滴猩红缓缓从指缝滑下，滴在了冰凉的地板上。

刚才他到底有多担心，竟连护体的法术都忘了用。

不知过了多久，华容从殿外进来。瞧着坐在床上发呆的欢喜暗自抿嘴，独自一人收拾了殿里的狼藉，再抬眸时，发现欢喜已经躺下了，闭着眼。

“娘娘？”华容小声地叫了一声，欢喜没有应。华容缓缓走去，再次唤了一声，还是没有应。

刚才一番大量的消耗，如今已是凡人之身的欢喜如何能受得了，此时已经沉沉地睡了过去。

华容坐在床边，伸手移向欢喜熟睡的脸，但是快抚摸上的时候，又收了回去。低眸注目了良久，才缓缓伸出左手，从掌心中升出一团金色光芒，光芒越转越大，霎时间，将整个大殿照的通亮，周围的那些烛光皆失去了光泽。

“欢喜，不要怨师兄，好吗？”

欢喜再次醒来的时候，殿里静悄悄的，华容不在，昨晚一地的木屑也都不见了。

欢喜伸手撩了撩额前凌乱的青丝，觉得身上有些难受，紧巴巴的，这是汗水退去后的感觉。欢喜起身下床，去衣架上拿外衣的时候，却发现外衣被一件墨色的锦袍压在下面，衣摆金线环绕，绣有锦鲤。

欢喜认得，这是墨玺的外袍。

她将锦袍拿下放在一边，穿好衣服，这才将锦袍整整齐齐地叠好，搭在了衣架上。

沐浴之后，欢喜觉得身体轻快不少，出了浴室，华容已经准备好了早膳，安静地站在一旁发愣。

“怎么了？一大早便魂不守舍的。”欢喜缓步走了过去。

“啊？”华容回过神来，“没有啊！”

欢喜一笑，看着桌上的膳食，便道：“一起吃吧！”

用完了早膳，华容忙着收拾。欢喜抬眸望见了搭在衣架上的那件墨色锦袍，心念一动，起身朝衣架而去，刚才叠衣服的时候，她似乎瞧见衣服胸口的位置破了一个小口。

华容将从手底下小宫女那里的借过来的针线盒交给欢喜的时候，满脸疑惑，她不知道欢喜为什么会让她去找针线盒这种东西。

然而，当欢喜将那件墨色的锦袍放在腿边，还认真对着针眼穿线的时候，华容似乎明白了。华容的心在瞬间沉入海底，而欢喜则浑然不知。

“啊！”

欢喜小声痛呼，拿衣服的左手食指上很快开出了一朵鲜红的小花，越开越大，最后被人一把夺过放进了口中吸吮着。

“没事的，华容！”

欢喜抽出手指，轻轻用另一只手抚了抚，但是又有一朵红色小花开出，顺着皮肤的纹路滴下，在那件墨色锦袍上洇开，没了踪影。

华容似乎察觉自己刚才的举动有些冒失，脸上生出了窘迫之色：“娘娘，这些活还是交给下面的人来做吧。”

欢喜摇头：“不用了，我可以的。”言罢，又拿起了针线，慢慢地缝补起来。

华容知道，身为仙子的欢喜，又怎么会做针线活呢？

欢喜，你到底还是为了他，从普度众生的仙子彻底变成了只度墨玺的凡间女人。

午后时分，紫晏过来了，朝欢喜拜了一礼，说明来意，原来是墨玺差他过来拿衣袍的。

当欢喜将衣袍交给紫晏的时候，紫晏一眼便瞧见了那扎眼的针脚，虽是与衣服同色的丝线，但是由于针脚大一脚小一脚的缘故，显得格外醒目和……难看！

“娘娘，这……”紫晏皱眉，他从未见过王上穿过缝补的衣服，而且还是缝补得如此蹩脚。

“怎么了？还有什么事吗？”欢喜自然不知紫晏想说什么，睁着眸子问道。

紫晏踌躇良久终于道：“娘娘，这件衣袍就留在娘娘这里吧，等王上下次过来，请娘娘亲自交予王上。”

紫晏觉得，这种会惹王上生气的事，他不应该去做的。

“为什么？你不是专门过来替墨玺取衣袍的吗？”欢喜一头雾水。

紫晏嘿嘿笑了笑，尽量掩饰着尴尬：“娘娘，其实取衣服只是属下的一个借口，目的只是为了见一见华容姑娘。”

“华容啊，她应该在偏殿，你去找她吧。”欢喜点头，向紫晏说道。

紫晏如获大赦，再次行礼就要退出去，却被欢喜出声叫住，回头回道：“娘娘还有何事？”

“你哥哥……在哪里能找到他？”

紫晏微愣，但也如实答道：“哥哥此时应该在皇宫西门，不知娘娘找哥哥何事？”

“没什么，有些问题想要问他罢了。你去吧。”欢喜摆手。

紫晏不再追问，颔首退了出去。

皇宫西门，马车众多，在门口排起了长长的队伍。众多士兵顶着烈日检查着每一辆进宫的马车，车上货物众多，样式千奇百怪。

紫崖白依旧一身银白铠甲，腰间挎着长刀，背后的红色披风被风吹拂而飘起。他站在宫门的最前面，注视着那些检查的士兵，双眼锐利如鹰隼，以至于士兵无人敢偷懒。

就在紫崖白一丝不苟的时候，身后响起了脚步声，欢喜带着华容款款而来，就如同她对紫晏说的，她找紫崖白确实是有一些问题要问。

一番客套之后，欢喜被紫崖白引进了宫门旁专供士兵休息的小屋，里面光线微暗，但茶具桌椅一应俱全，似乎是专属紫崖白一人的。

“娘娘，不知找在下有有何事？”

“欢喜有些问题想问紫大哥，还望紫大哥能为我解惑。”欢喜依然对这紫崖白心存感激，上次能进宫还多亏紫崖白的帮忙。

紫崖白身子微颤，垂眸道：“娘娘严重了，属下能知道娘娘问的是关于什么问题吗？”

“是关于墨玺的！”欢喜没有丝毫掩藏，因为她知道，整个皇宫，能告诉她墨玺和赤麟之间的事的也许只有紫崖白了。

“王上？”紫崖白一惊，眼眸微转，“既然是关于王上的，娘娘为何不亲自去问王上呢？”

“他不肯告诉我，所以欢喜只能来找紫大哥了。”欢喜如实回答。

紫崖白陷入沉默，他不知道欢喜的问题是什么，但是他能想到，连王上都不肯回答的问题，对他来说是多么地难以回答。

“娘娘，想知道什么？”

“我想知道，墨玺和赤麟之间的所有事情！”

紫崖白面色“唰”地一下变得苍白，低下眸子，似是有意避开欢喜投过来的目光，久久不语。

“紫大哥，我进宫的时候便与你说过，我要劝墨玺放下屠刀，如今遭遇险阻，难道紫大哥不想帮助欢喜吗？”

见紫崖白依然不开口，欢喜又道：“墨玺生性嗜杀，手段残酷。虽然现在的赤羽国靠着他的弑杀勉强傲视诸国，但是紫大哥，你可知物极必反的道理。长期的血腥压迫所带来的是什么样的后果，不用欢喜说紫大哥也应当明白。到那个时候，天下势必又将陷入一场浩劫之中，百姓困于水火，生灵涂炭。难道紫大哥想要看见这样的局面吗？”

“当然不是！”

紫崖白终于脱口而出，面上泛着激动的潮红。欢喜说的每一句话都在他的脑海里回响，仿佛又回到了墨玺初登王位，大肆屠杀的时候。那个时候，他能见到墨玺双眼里泛着浓浓血光，那是一种要吞人的血光，太可怕了，真的太可怕了！

“娘娘，王上生平最恨的便是天合教弟子，至于为何娘娘至今还能幸免于难，紫崖白不知，也不想知道。”紫崖白说到这里，稍稍停顿了一下，才又道，“不过，紫崖白也曾想过，有朝一日，我赤羽国的王可以用仁德镇国家、抚百姓，而不是用血腥和暴戾。”

紫崖白猛地站起身便朝欢喜跪了下来：“如果娘娘真的能令王上消了心中的魔障，我紫崖白愿助娘娘一臂之力！”

“紫大哥，你这是干什么？快起来！教化度人皆是我的职责所在，何以受得起如此大礼！”欢喜连忙起身将紫崖白托了起来。

“从属下第一次见着娘娘时便觉得娘娘不是普通人，也许就是上天派娘娘来拯救我们王上的！”紫崖白重新坐回去，盯着欢喜说道。

欢喜神色一怔，久久不语，半晌才抬眸道：“请问紫大人，墨玺为何如此痛恨天合教弟子？”

紫崖白垂眸沉思，似是不知要从何说起，从屋外透进来的几道光线，照在其身上，一半明亮，另一半则是昏暗。

“此事还要从十年前说起……”

十年前，赤羽国的国王还不是墨玺，而是刚刚夺得王位的赤麟，也是赤冰的父亲、墨玺的叔叔。那个时候，墨玺、赤冰，还有紫崖白都刚刚满十五岁，在赤麟夺位之前，三位少年是最好的玩伴，但是在那之后，一切都变了。

赤麟心性凶残，夺位时不仅血洗赤羽国皇宫，还亲手斩杀了墨玺的父王，更在密林当众奸杀了墨玺的母亲美姬娘娘，至此让原本心性纯良的墨玺在内心留下了一颗仇恨的种子。

原本崇尚信仰异教的赤麟为了向赤羽国百姓掩饰自己谋权篡位的滔天罪行，下令让全国百姓改信仰天合教，还收留墨玺为继子，以向天下人证明自己的仁德之心。

而赤麟上位之后，经常打着天合教的幌子四处作恶，更纵容其婆罗门弟子伪装成天合教弟子在外欺压百姓，这一切都让墨玺内心那颗仇恨的种子慢慢发芽。

终于，五年后，二十岁的墨玺凭借着苦心经营的势力，一举推翻了赤麟的主宰，夺回了对赤羽国的掌控。他仇恨天合教，开始大肆屠杀天合教弟子，下旨百姓不准信仰天合教，更认为天合教乃是披着“慈悲”外衣的邪教。

而他并不知道，作恶多端的并不是天合教弟子，而是赤麟的门徒。

揭开一段尘封已久的记忆，紫崖白面色略显痛苦，无论是他与墨玺的卧薪尝胆，还是墨玺报仇之前的日日煎熬，更或者是他与墨玺、赤冰的关系，都让他不想再想起这段残忍、可怕，甚至生不如死的日子。

这看似是一个传奇的复仇故事，但背后更多的是艰辛。当时的墨玺只有十五岁，这么小的年纪本不该承受这些的，但世事就是这样，越是在你天真烂漫的年纪，越是要有一些事情来逼着让你成长。

欢喜神色怔愣，眸子竟然水雾渐起，她觉得她的心口处隐隐作痛，她甚至不敢去想墨玺当时面临的是一个怎样的局面。

血亲惨死，独留一人，赤麟，真是狠绝！

“娘娘！”

紫崖白见欢喜眸间掉下了一滴眼泪，翻滚着从脸颊一路而下，不忍出声轻唤。

欢喜回过神，伸手将眼泪擦掉，自从下到凡间，她似乎越来越容易哭了。

“无事，原来这便是墨玺痛恨天合教的原因。既然紫大哥知道事情原委，为何不与墨玺说清楚？”欢喜问道。

紫崖白摇头：“他是王，我是臣。我不会违逆他的意思，即使他是错的。而且，我不想再在他面前提起这些事情了，这对他来说也是一种折磨，也许多年以后，他心中的那股怨恨会慢慢消失吧。”

欢喜没有再说话，起身出了小屋，屋外阳光充足，即使是西斜了，但依然让欢喜觉得暖暖的。

“娘娘，我们走吧。”在屋外等候多时的华容，小声地提醒道。

欢喜点头，抬脚而去，但身后又传来紫崖白的声音。

“紫崖白希望娘娘进展顺利，但若是他不愿意，还请娘娘不要勉强，他受的苦实在太多了。我虽希望他能仁德天下，但如果这样会让他很痛苦的话，那我宁可让他在杀戮之中享受快乐。”

夜幕降临，欢喜坐在榻前发呆，一旁不远处放着一盏精致的宫灯，宫灯旁边的衣架上则挂着一件墨色的衣袍，被灯光照得发亮，一眼就能看见那胸口处的丑陋针脚。

整个寝殿里，只燃着那一盏灯，所以殿里再远一些的地方，则显得有些阴暗。

门突然被打开，进来的是华容。

华容从袖口里拿出火折子，狠狠吹了几口，“扑”的一声燃出火焰。华容缓缓走近殿里的那一排蜡烛，伸手就要去点。

“别，就这样吧。”欢喜突然出声。

华容闻言，只好将火折子重新收回袖口，缓步朝欢喜这里走来。

“娘娘，您到底怎么了？自从下午和紫大人分开以后，您就一直闷闷不乐的。您以前不是这样的。”华容一时没有收住话头，竟然想到了欢喜还是仙子的时候。那个时候，欢喜是师兄弟几个里最欢乐的一个，从未有过这样的烦忧面容。

“以前？”欢喜怔愣，“你知道我以前是什么样的？”

“那个……奴婢的意思是奴婢刚见到娘娘的时候！”华容脑子里快速地反应着，找出了一个还算可以的借口。

“那你说说，刚见到我的时候和现在，我都有哪些变化？”欢喜转眸看着华容，似是等待着华容的回答。

华容沉思了一下才开口：“刚开始见到您的时候，您一副平淡的面容，波澜不惊，似是天塌下来娘娘也能淡然处之。但是现在，娘娘时常发呆，时常叹息，变得多愁善感，会担忧，会哭……”

不光是华容，欢喜也觉得自己真的变了，从一个不食人间烟火的仙子，变成了一个离不开尘世的凡人。

“华容，今天紫晏找你干什么？”欢喜突然就不想再说这些了，开口错开了话题。

“今天没人来找过奴婢啊！”华容想都没想便脱口而出。

而就在这个时候，殿门再次被人推开，一道人影缓缓从门口的阴影中走出，挺拔，裹挟着一股凌厉的气息。墨玺皱了皱眉头，殿里的阴暗让他有些错愕，缓步而来的时候，华容已经上前行礼，之后便很识眼色地退了出去，将殿门紧闭。

“怎么不多点些灯？”墨玺问道。

欢喜坐着没有动，抬眸回答："这样挺好的，太亮了晃眼。"

墨玺似乎笑了起来，他还是头一次听说因为晃眼就只点一盏灯的。

他在欢喜的身边寻了个地方，缓缓坐下，侧眸看着欢喜的脸。

"怎么了？为什么不高兴？"

"没什么，我去找了紫大哥。"欢喜不想隐瞒墨玺。

"哦？"墨玺语气淡淡的，似乎并不惊讶，"他都与你说了些什么？"

"什么都说了！"欢喜蓦地仰着一张小脸，看向墨玺。

两人对视，久久不语。

良久之后，墨玺才突然一笑，起身道："你知道了又怎样？我墨玺做事，从来不需要人来教！"

"我不想教你，只是想引你回正途。"欢喜回击。

"正途？什么是正途？是披着羊皮的狼还是披着狼皮的羊？到底是狼吃了羊，还是羊吃了狼？"

欢喜沉默，末了才道："都一样的，大道三千，殊途同归。墨玺，度人是不看他以前做了什么的。"

墨玺不再说话，殿里静逸一片，两人的呼吸声倒显得越发的响亮。

不知何时，墨玺已经走到了那个衣架前，伸手将上面的墨色衣袍取了下来，映着灯光，那胸口处的丑陋针脚也直接进入了墨玺的视线。

"噗嗤！"墨玺似乎没有忍住，发出的笑声将寂静打破。

"你笑什么？"欢喜闻声问道。

墨玺伸手将衣袍捏在手中，因背对着欢喜，所以嘴角还隐有笑意。

"有些东西即使是做了补救，也再回不去了。"墨玺轻声道。

欢喜似乎察觉到了什么，起身走了过去，看到墨玺手中的衣袍，问道："什么意思？"

"就像这件衣袍，破了洞，即使你将破洞缝了起来，依然会有瑕疵。"墨玺将手里的衣袍举到欢喜的面前，原本平整光滑的面料因为缝补的原因已经变得皱了起来。

"你是嫌我缝得不好看？"欢喜一把将墨玺手上的衣袍扯了下来，"我会拆了，叫华容重新缝好的！"

"你，生气了？"墨玺一愣，他从未见欢喜如此娇憨过，终于食到人间烟火的她！

欢喜的手一颤，这便是生气吗？那股在心里燃燃升起的感觉就是生气吗？她怎会生气？她是仙子，她的师父是如王，她怎会生气呢？

“没有！”欢喜快速回答一句，转身逃离墨玺的视线。

墨玺却追了上来，伸手将欢喜搂进怀里，呢喃道：“你知道吗？我见过你笑，见过你哭，就是没有见过你生气的样子，我还以为你是不会发怒的。”

“我没有，我不应该发怒的。”欢喜有些心慌，极力辩解道。

墨玺没有反驳欢喜，而是伸手再次将衣袍拿了过来，低声说道：“我知道，我会穿着它的，这样你便不会生气了。”

欢喜没有再听墨玺说话，垂下了头，似是在想着什么，大殿的那盏灯依然散发着唯一的亮光，地上出现两人的影子重叠在一起。

古有云，斩断七情六欲，方可无欲无求。

可眼下的欢喜，心绪剪不断理还乱。

几日之后的一天夜晚，欢喜再次见到了赤冰。

此时的赤冰整个人都消瘦了许多，面上还透着病态的苍白，欢喜还看到了他在衣袖遮掩下的手腕，包裹着一层白色药布。

欢喜知道，赤麟的治疗已经开始了。

欢喜是被赤冰送进清幽宫的纸条叫出来的，两人见面的地点依然是那间欢喜住过的房间。

“这次叫我来，还是为了你父亲的伤？”欢喜缓缓问道。

赤冰摇头，但又点头，犹豫之后，才终于道：“实不相瞒，我想再请欢喜姑娘看看我父亲，只看一眼便好。治疗开始了，但我仍有些担心，劳烦欢喜姑娘去看一看，我便放心！”

“不是有那位老伯吗？何必非要我看！”欢喜皱眉。

“老伯得了欢喜姑娘的指点，进步自然神速，但是我心里还是有些放心不下。”赤冰解释着，他觉得，只有让欢喜看过，他才能彻底的放心。

欢喜无奈，只得答应。

两人进了地道，缓缓而进，上次一行还是五个人，而这次却只有欢喜和赤冰两人，一路上显得十分孤寂。不久后，终于到了地牢的地板下，赤冰侧耳听着，上面似乎隐约传来人声，应该是看守的侍卫发出的。

两人在下面等了一会儿，欢喜站在赤冰的对面，地道里略显狭窄，欢喜想要向后退几步，但被赤冰伸手拉住了。

欢喜猛地挣脱，但听头顶上的地板发出“咯吱咯吱”的声音，似是有人从上面走过。欢喜这才发现赤冰是想提醒她有人来了，让她先不要动。

等到脚步声远离之后，两人才缓缓出了口气，还好欢喜没发出什么大的动静，要不然就要被那个侍卫发现了。

“抱歉，我不是故意的！”欢喜道着歉。

“没被发现就好，我也莽撞了些，我们上去吧。”赤冰说着，揭开了头顶的地板，霎时间，牢房里那昏暗的光线照了下来。

地牢里光线昏暗，但欢喜依然能看到匍匐在角落里的血红人影，略微低着头，血红血红的肌理显得十分骇人。欢喜仔细再看之下，只觉得那肌理已经在开始愈合。

那道人影似乎察觉到来的人是欢喜，整个人略显激动，垂着的头颅缓慢抬起来，唯一一对和周围血红形成鲜明对比的黑色眼球兜转着看向欢喜，喉咙里发出“啊！啊！”的声音。

欢喜瞧了一眼赤冰，问道：“几日了？”

赤冰自然知道欢喜问话的意思，赶紧回道：“三日了。”

欢喜眼中掠过一丝惊讶，短短三日，这道血红人影身上的伤愈合竟如此之快。要是像她这样几日不见的突然见上一面，其中的变化还是能够明显察觉出来的。

“效果明显，可见这个方法可行，只是如此明显的变化，你就不怕被看守的侍卫所察觉吗？”欢喜点头，最后提出了疑问。

赤冰倒是面色平静：“欢喜姑娘，这些看守之人可不像欢喜姑娘一般，好长时间才见我父亲一次，他们基本都是天天见的，每天一点细微的变化不足以让他们这么快就察觉。即使到最后真的察觉了，我父亲也应该好得差不多了。”

虽然欢喜在听了紫崖白的故事之后，对赤麟的好感下降了许多，但是众生平等，度化一切有缘人。既然自己能认识赤冰，又能见到赤麟，这便是缘分，也许她更希望赤麟能摆脱折磨和痛苦。

而赤冰如此说也有些道理，就好比一个小孩在父母前长了个子，而常在他身边的父母亲未必能察觉得到，但是长久不见的外人只看一眼，便知道这个小孩长高了许多。

“既然如此，赤冰公子多加小心！”欢喜觉得她看也看完了，再待下去也只是徒增尴尬，转身就要离开。

赤冰没有想要阻拦，但是不远处的那条血红人影猛地扑了过来。然而中间相隔甚远，一扑没有扑到欢喜脚下，反而似乎是因为撞击而带来了疼痛，人影的喉咙里发出一声惨叫。

赤冰脸色猛地一变，快速拉着欢喜入了地道，欢喜已经听见了有人走过来的脚步声，瞧着赤冰手忙脚乱的将地道口的地板重新盖上，这才缓缓吐了口气。

“鬼叫什么？看你人不像人鬼不像鬼的样子，真想把鬼招来啊！”

外头传来侍卫骂骂咧咧的声音，越来越大，似是已经走到了地道口的地板上，欢喜能从透着光的缝隙里瞧见那道歪歪垮垮的身影。

“打搅老子好梦！去死啊！”侍卫再次骂了一声，欢喜听到外面又传来一声惨叫，似是侍卫踢了赤麟一脚。

赤冰脸色紧绷，垂在身侧的手握成拳头，他很想冲出去将那个侍卫狠狠地教训一顿，但是仅剩的一点理智阻止了他那样做。

外面的脚步声幽幽而远，牢房里又恢复了平静，赤冰身体一摊，伸手扶在地道的墙面上，喘着粗气，刚才的隐忍让他耗费了极大的心力。

欢喜在一旁也不说话，只是垂眸。

良久之后，赤冰才缓过来，向欢喜微微点头示意。他没有再揭开地板出去，而是转身向另一边而去。

此时，淑兰贵妃的寝殿燃着让人熟睡的麝香，烟雾袅袅而上，满殿都透着一股宜人的香气。白色的象牙大床上，墨玺赤裸着胸膛闭目酣睡。淑兰贵妃身披薄纱，坐于旁边，伸手在其肩头缓缓揉捏着，动作很轻，生怕将熟睡的人给弄疼了。

饶是如此，淑兰贵妃还是感觉到旁边的男人身体突然一颤，但只是一下，便又睡了过去。

墨玺做梦了，梦中他回到了十五岁那年，他站在赤羽皇宫的正中央，周围冰凉的地板上满是横七竖八的染血尸体，多得数不过来，似要将他团团围困在里面，那股肃杀和血腥味儿直冲他的鼻腔，让他脚步踉跄。

所有的尸体上都流着红艳艳的血，沿着地板之间的缝隙缓缓流下，最终汇聚成一条血红的小溪，涓涓地流向他，流向他的脚下。

他不知道该怎么办？他被吓得一动不敢动，而正在这个时候，眼前突然出现一片白光，白光越来越大，刺得他眼睛都开睁不开了。

下一刻，从那白光中走出一个小女孩儿，他看不清她的样子，只看到她向他缓缓伸出手，隔着尸堆向他招手。

“墨玺，不要怕，我带你离开好不好？”

温柔的声音传进他的耳间，像是带有魔力一般，让他心里那股害怕顿时烟消云散。他缓缓伸出手，搭上那只伸向他要带他出去的小手。

然而，就在他的手覆上那只小手之后，变故陡生，他眼前的那个小女孩突然露出骇人的獠牙，身形暴涨，将后面的白光完全挡住，他被一股大力拉扯着向这道人影而去，待他再看清楚时，瞳孔里放大的便是一张带血的大嘴。

“不要……”

墨玺猛地坐起身来，将身边的淑兰贵妃吓得花容失色，冷静下来之后，才轻抚墨玺的后背，安慰道：“王上可是做噩梦了？”

墨玺没有回答，伸手将淑兰贵妃搭在肩头的手拂掉，垂着眸子缓缓地喘息着，似是这个梦让他心跳加速。

“本王为什么会睡着？”良久之后，墨玺终于缓缓开口，平淡的声音里带着质问的严肃。

淑兰贵妃神色一禀，垂眸不敢看男人的脸，也不敢开口。

墨玺似乎察觉到了什么，再次吸了吸鼻头，空气中的那股香味让他脸色猛地一变，起身下了床，他一脚将放置在床边不远处的黄铜香炉踹倒。

“噔噔噔……”香炉滚落在地板上发出巨大的响声，一直滚到了桌脚下才堪堪停住，炉盖分离，掉出了一截还未燃尽的麝香。

淑兰贵妃吓得在床上蜷缩成一团，墨玺的暴戾她是知道的。她从进之后，就一直小心翼翼，生怕哪天得罪了这个杀人不眨眼的大魔头，但是千小心万小心，今日还是惹怒了他。

“王上，臣妾绝无其他意思，只是近来看王上面容困倦，这才想让王上好好休息。”淑兰贵妃颤抖着解释道。

墨玺没有说话，对淑兰贵妃的解释置若罔闻，只是转头瞧见了一旁的梨花木矮几上放着一块玉珏，在殿里光线的照耀下，竟然透着醒目的绿光。

墨玺缓缓走近，伸手将那块玉珏拿了起来，上面两条飞舞的天龙互相缠绕着，露出的龙爪连接着玉珏的边缘，整块玉珏仿佛是从一块玉石上雕刻而成的。

“宁峰来过？”墨玺微蹙眉头，这块玉珏是他赏赐给宁峰的，他自然认得。

床上的淑兰贵妃发着颤，脸色青黑：“是，父亲今日来……来看望过臣妾。”

“是吗？那他怎么将这么重要的东西丢在这儿了？”墨玺将玉珏拿在眼前反复观看着。

“不是父亲的错，是臣妾看见父亲的这块玉佩好看，便想着留下来多看几眼罢了。”淑兰贵妃的脑子快速转动着，她明白这个时候，应该要将所有的责任都揽到自己的身上来才对，父亲是不能受到一丁点质疑的。

墨玺嘴角一弯，开口道：“是吗？既然觉得这块玉珏好看，那本王给你讲个故事好不好？”

“王上请说，臣妾洗耳恭听！”

墨玺转身，缓缓向着床边而去：“那先从这块玉珏的来历说起吧。你猜猜，它上一个主人是谁？”

淑兰贵妃皱眉，小心翼翼地道："这块玉珏是王上赏赐给父亲的，那上一个拥有它的人自然是王上了。"

这个时候，墨玺已经在床边坐下，拿着玉珏的手不自觉地紧了紧："是赤麟！"

淑兰贵妃被吓了一跳，在这赤羽皇宫里整整有五年没有听到赤麟这个名字了，这个充满禁忌的名字没人敢提起，哪怕是在背后。

"这块玉珏是我父王生前赐给赤麟的，但是他没有这个资格，本王便将其收了回来，赐给了你父亲。"墨玺再次开口，末了转头看向淑兰贵妃，"你觉得，你父亲有资格做这块玉佩的主人吗？"

淑兰贵妃没有想到墨玺会突然这么问，一时间竟是语塞，她不知道要怎么说，是说没资格，还是说有资格！

"哈哈！"

看到淑兰贵妃惶恐的样子，墨玺大笑，伸手将手里的玉珏扔到淑兰贵妃的面前："宁大人忠心耿耿，为本王鞍前马后，献策良多，自然有资格做这块玉珏的主人。"

淑兰贵妃勉强挤出个笑容，陪笑道："多谢王上夸奖，臣妾自会告诉父亲的！"

墨玺不再说什么，起身朝着一旁的衣架而去，那里放着他的衣服。

片刻之后，墨玺穿好了衣服，将最后一件墨色衣袍披上，胸口处那本就扎眼的针脚被光线照得越发显眼。

淑兰贵妃面露疑色，从墨玺来时她便已经发现了，但没有出声说什么。现在，她似乎压抑不住内心的好奇了。

"王上，为何不换一件？"

墨玺却反问："世上再没了，如何换？"

第二十九章 宫阙暗牢夜千重

时间转瞬即逝，一转眼十多日过去了。

欢喜明显感觉到了气温的下降，似已经入了秋，因为院中那颗枣树上的一颗颗枣子已经变得圆大深红了。有一次，华容还摘了几颗给她尝过，酸酸甜甜的，很好吃，华容也说这是她第一次吃。

赤冰来过，是混在一群打杂太监里进来的，他对欢喜说，赤麟的伤已经越来越好了，痛苦也减轻了不少。说到这里的时候，也许是因为太激动了，他竟然咳嗽了几声，脸上瞬间闪过一丝潮红，而潮红退去，又是满目的苍白。

他的两只手腕上都裹上了白布，人也整个瘦了一圈，对着欢喜勉强笑着。欢喜能从那双眸子里看到喜悦。而直到赤冰离开，欢喜都未开口，她不知要如何开口！

懿太妃那边差人又叫过欢喜一次，欢喜去的时候却没有发现青黛妃子和淑兰贵妃，看来这次只叫了欢喜一人。

懿太妃让欢喜坐下，摸着欢喜的手说墨玺这几天的脸色好了许多，要特意感谢欢喜。

欢喜只能点头称是，陪着笑，最后离开的时候，懿太妃赏赐了一大堆的金银饰品、布帛摆件。因为这件事，让欢喜在后宫中的日子变得更加艰难起来。

第二天，华容在给欢喜准备膳食的篮子里发现了一只死老鼠，还被开了膛破了肚，内脏和黑乎乎的血块发着阵阵恶臭。

第三日的时候，欢喜在和华容一起散步，突然从墙角窜出一条花蛇来，还好华容反应快，一脚将其踢得远远的。

几日来，各种的小麻烦让华容的脾气越发不好，在欢喜的面前抱怨着，怎么突如其来就卷入了内宫纷争之中了呢，也许懿太妃本意就是如此。可是她的用意为何？华容揣摩了半晌，最终也没有想到答案。

欢喜倒是没有什么反应，依然面色平静，有时望着窗外发呆，有时垂眸叹息，仿佛这些事情都与她无关一样。

而此时，青黛妃子的寝宫里发出阵阵的笑声，青黛妃子斜靠在软塌上，殿里的温度让她露着白嫩的双肩，涂得火红的唇在一下一下磕着小国进贡而来的香瓜子。

“娘娘，您是没见到那个小贱人被吓得那个样子，真是太好笑了！”紫晴站在下手位，表情略显夸张，手舞足蹈的样子倒是颇为搞笑。

青黛妃子将嘴里的瓜子皮唾了出去，瓜子皮在空中翻滚了几圈，落在了紫晴的脚下。

“这些后宫妇人还真是小打小闹，做的一件显骨气的事都没有！”

“那是自然，其他妃子们哪能和娘娘您比啊，她们都惧怕王上的威仪，只敢吓唬吓唬，哪是动真格的料啊！”紫晴很是顺势地拍着马屁。

青黛妃子往嘴里送瓜子的手一顿，抬眸道：“那个淑兰贱人呢？她有什么动静没有？”

“没有！奴婢观察了好几天，那边一直没有动静，好像不太在乎这件事一样。”紫晴摇头，缓缓答道。

“哼！”

青黛妃子冷哼一声，将手里的瓜子放下，坐起身子：“淑兰那个贱人可是精明得很，定是在隔岸观火了，那就让本宫来个杀鸡儆猴好了！”

“啊？”紫晴嘴巴一张，“那奴婢现在就去给娘娘找鸡，不过这猴子要去哪里找啊？”

青黛妃子气得脸色铁青，指着紫晴张嘴便骂：“真是个没脑子的东西！”

紫晴挨了骂，垂眸嘟囔了一句：“奴婢本来就不知道杀鸡儆猴是什么意思啊！”

青黛妃子本不想再搭理紫晴了，但是转头一想，此后行事还是得有个心腹的人帮着自己，只得又开口解释道：“这鸡便是欢喜那个小贱人，至于猴呢，自然是淑兰那个贱人了！”

“啊？”紫晴听完又是一惊，急忙张嘴劝道，“娘娘是要当着淑兰娘娘的面杀了欢喜娘娘吗？这可万万不可啊，王上知道了是不会饶恕娘娘的！”

“笨，欢喜有墨王撑腰，我也不怕，我有懿太妃这个大靠山呢！”青黛妃子长舒了一口气，靠在软榻上扶额沉思，当初自己是怎么让这个丫头做自己的贴身婢女的？

欢喜这几日都闲来无事，只能打坐诵经来打发时间。晚上，墨玺又来了清幽宫，依然穿着那件欢喜缝补过的衣袍，倒与他高高在上的尊贵气质格格不入。

欢喜刚刚洗漱完毕，殿里还算暖和，她在外头只披了一件素净的丝绸纱衣，在光线的照拂下，朦胧间可见里面白皙的皮肤泛着光泽，半干的青丝随意地搭在双肩，为她更添几丝妩媚。

欢喜以为墨玺今日不会来，否则她也不会提前去洗漱。

当那个挺拔的身影向自己笼罩过来的时候，欢喜的心还是忍不住地跳得更急了。她微垂着眸子，轻声道：“你，怎么来了？”

“不能来吗？别忘了，你可是我的妃子！”墨玺故意凑近了欢喜的耳边，语气飘忽。

欢喜脸色稍染了红晕，别过头去，不说话。

墨玺缓缓坐在其旁边：“还怪懿太妃吗？”

“什么？”欢喜疑惑。

“懿太妃故意赏赐与你，引起后宫众人的嫉妒，让你这段时日受了诸多刁难，你不怪她？”

原来他都知道！

欢喜摇了摇头，道：“我从来没有这样想过，无论她们做过什么，我都不会去计较的。”

墨玺没有说话，伸手想将欢喜搂进怀里，可是下一刻，自己便被一股巨大的力量给弹开，手掌发麻，隐隐作痛。

这一下，不仅是墨玺，就连欢喜也吃了一惊，怔怔望着眼前一切，一动不动。

“怎么回事？”墨玺怔愣间出声询问，但下一刻便又将手伸向欢喜，只是手要碰到欢喜身体的时候，又是一股力量磅礴而出，将墨玺的手击开老远。

这次墨玺看得清楚，这股力量是从欢喜身上发出的，好像是为了阻止他去碰欢喜一般。

被无形而巨大的力量抗拒着，可鼻翼中闻见的，全是欢喜身上的香气，如兰似馥，让墨玺无法自制。他不甘心，再次将手掌慢慢靠近欢喜，这次手掌再次被大力震开之后，墨玺的脸色变得阴沉起来，一双眸子望向欢喜，透着疑惑和不解。

他喘息着，眼底里有着无法克制的欲望，越是渴望越是得不到。

为何如此？难道欢喜身上有妖术吗？

欢喜从呆愣中回过神来，低头看着自己的身体，她也不知道为什么会出现这种情况，难道这是如王师父赐予她的力量吗？

“墨玺，我也不知道是怎么回事，我真的不知道！”欢喜摇着头，向墨玺解释着，她的眼神依然清澈，毫无邪气，这让墨玺更加疑惑。

墨玺瞧着欢喜，正了正神色，调整了心态，他让自己变得极度放松，再试了一次，可还是失败了，他甚至被那股力量打到离欢喜足有几尺远的地方。

不，不能就此罢休，肯定有古怪。假若他不去追究原因，他是不是就真的不能再触碰到欢喜了。

墨玺镇定下来，蹙起剑眉，开始询问道：“欢喜，你这几天有没有见什么人？或者是吃过什么特别的东西？”

欢喜闻言皱眉沉思，她这几天虽然被捉弄了好几次，但是都未和什么人有过正面的接触。真的要细算起来，这几天和她接触过的就只有三个人。

华容、赤冰和墨玺。

可欢喜不觉得这三个人会对自己做这样的事，所以一时间也想不出来其他，便只能微微摇摇头，道："没有。"

墨玺有些烦躁，伸手在自己的额头上按揉着，一想到自己有可能再也触碰不了欢喜，墨玺心里的烦躁瞬间被放大了十倍之多，猛然将身边不远的桌子一脚踢倒在地。放在桌面上的各种茶具霎时间掉落一地，发现了巨大的声音。

欢喜向后退了半步，她明显瞧见了墨玺脸上的怒火，只得小声劝抚道："墨玺，你莫要如此好吗？"

听得欢喜的声音，墨玺的情绪才渐渐平复了一些，转头道："放心吧，我会将此事查个清清楚楚的！"

欢喜点头，按理来说，此时的她心里应该高兴才是，身上有了这股力量，墨玺以后就不能随随便便地触碰她了。但是为什么她堆积在心里的除了惶惑之外，还隐隐有些忧伤与失落呢？

华容在外面听见响声，推开殿门进来，入目便是一片狼藉，比之上次更甚。

她的眉宇间露出一丝淡淡的恨意，但还是朝墨玺拜了一礼："王上请息怒，娘娘最近受了不少委屈，就算王上不关心，也请不要在娘娘的面前发脾气。"

墨玺的眸子唰地一下看向华容，而华容则微低着眸子，感受着墨玺的凌厉眼神，但始终没有退却一步。

"大胆！你是谁？敢和本王如此说话。"

华容丝毫不畏惧，开口答道："回王上，奴婢华容，是娘娘的贴身婢子，刚才的话只是心疼娘娘罢了，还请王上不要生气。"

墨玺眉头微皱，自从他坐上这个王位开始，从来没有哪一个奴婢敢这么和他说话，华容不得不让他心生疑窦。但是他此时没有心思和一个奴婢计较，他知道，当务之急是解决欢喜身上的那股奇怪力量，否则他也许就真的再也不能触碰欢喜了。

墨玺斜睨了一眼华容，暂且放过她，他最后瞧了一眼华容身后紧紧护着的欢喜，抬脚出了殿门，独留一地狼藉和欢喜、华容二人。

"娘娘，您没事吧！"

待墨玺出去之后，华容才开口问欢喜，但是却不见欢喜回答，抬眸去看的时候，才发现欢喜面色呆愣。

华容微叹一口气，命几个下人将殿里清理了一遍，这才缓缓靠近欢喜："娘娘，既然这里让您感到如此愁苦，为何不选择离开呢？"

欢喜猛地抬起头，却又很坚定地摇了摇头："华容，我是不会放弃的，真的不能放弃。"

她的身子微微有些打晃，她现在就如一个受了伤的凡人女孩，需要有人去慰藉。所以当华容将手触碰到欢喜的时候，她朝着华容依偎过去，可是很快欢喜又停住了动作。

她怕自己身上的那股力量再次勃然而出，将华容也震得站立不稳。

"娘娘别担心，华容永远都会陪在您身边。"华容先伸过手去，将欢喜的柔荑握在手中，不住安慰。

"这……""

对于这突如其来的一幕，欢喜目瞪口呆，她以为华容会和墨玺一样，在触碰她的时候会被弹开，没有想到，华容竟然可以与她相安无事。

难道说，她不能与墨玺有接触吗？这又是什么原因呢？

"娘娘，这是……"华容虽然心里清楚，但还是装着一副惊讶的样子，张口问道。

欢喜倒退了几步，缓缓坐在床边，久久低头不语。

"娘娘，您难道不能触碰别人吗？为什么会这样？前几天不还好好的吗？"华容继续问道。

欢喜摇摇头，道："不是，只是某个人我不能接触到他。"

华容下一刻便又道："不能触碰到旁人，这样也好，奴婢带娘娘离开皇宫，从此便没有任何人能碰到娘娘了！"

"华容，你知道我的目的，我是不会走的！"欢喜再次强调，因为激动，语气竟然破天荒的大了起来，让华容明显一怔。

眼前的欢喜，完全不是她眼中不食人间烟火的仙子了，她已经沦陷成一个普通凡人了。

瞧见欢喜神色激动，华容不敢再继续提这些，只是道："那娘娘可否答应奴婢一个要求？”

华容见欢喜看向自己，又道：“奴婢希望娘娘不要参与到这后宫的争斗里来，因为娘娘在奴婢的眼里是圣洁的，是超凡脱俗的，奴婢不想娘娘也变成那心狠手辣、尔虞我诈的后宫妇人！”

“放心吧，华容，我不会的，我一定不会的！”欢喜坚定地点着头，双眸变得异常清亮，仿佛有着声声梵语自心中而起，净化着一切世间恶俗。

她还是她，还是欢喜，为普度众生，无爱无恨的欢喜。

翌日。皇宫外，宁峰府邸。

到底是赤羽国的军机大臣，地位超然，就连府邸也比一般官员的气派华贵。偌大的府门如宫门一般，巍峨气派，府里更是房屋百十间，楼台水榭、长廊凉亭无数，打杂的小厮和服侍的丫鬟下人多达上百。

宁峰此刻坐在大厅的首位，眉眼微低，手里端着一盏茶细细地品着。而客位为首的座位上则坐着一年轻公子，白衣素缟，面上苍白更显，赫然便是赤冰。

在堂下还站着一人，态度毕恭毕敬，颔首低眉，不敢言语，只用眼角时不时瞥着坐于首位的宁峰，这位便是白马寺的监察赵杰。

赤冰也不开口，抬眸瞧着宁峰。对于宁峰，赤冰也算认识。以前在皇宫里见过几面，五年前他暗地与墨玺为伍，表面归顺赤麟，但是背地里却和墨玺两人悄然壮大势力，最后助墨玺一举夺位成功。他算是墨玺登上王位的第一大功臣，由此更是得到了墨玺的重用，可谓是一人之下，万人之上。

赤冰对这个人更多的便是看不透，对于看不透的人，赤冰都要对其退避三舍。所以，五年间，赤冰便再也没有和宁峰打过交道，因为他知道既能叛变第一次，那便能叛变第二次。

至于这次为什么要见宁峰，便要说到赵杰了。

自从上次赵杰对宁峰表明心意之后，白马寺的任何情况都不再先向墨玺报告了，而是第一时间先朝宁府送来，至于该不该告诉墨玺，那便由宁峰去指派了。

而距赤冰治疗赤麟从开始到现在已经过了二十几天，即使天天能见到赤麟的那些看守侍卫们也该能看出一些端倪了。比如，赤麟身上的血红肌理开始慢慢愈合，有些地方已经结了厚厚的痂，即使有着一些破碎衣衫的遮掩，这些还是没能逃过侍卫的眼睛。

这一奇怪的现象让侍卫们大惊失色，赵杰便赶紧向宁峰做了汇报，老奸巨猾的宁峰只是皱了皱眉头，就知道了有人在给赤麟疗伤，而且此人除了赤冰之外，别无他人。

“啧啧！”宁峰将口里的茶咽了下去，干瘪的嘴角弯着一个怪异的弧度，抬眸饶有兴趣地看向赤冰：“真是感动啊，为了救自己的父亲，竟然不惜割自己的肉，放自己的血，赤冰公子，你还真是一个大孝子啊！”

“宁大人，我也想不到，竟然连白马寺的监察都是宁大人的眼线。我原本还想着，第一个为这件事找我的人是墨玺呢！”赤冰虽然脸色苍白，却毫无惧意，对于宁峰的嘲讽，赤冰选择还击。

宁峰脸色稍沉了几分，将手里的茶杯放下，冷哼道：“赤冰公子，您就庆幸吧，要是王上知晓此事，可能不会向宁某这般客客气气地将赤冰公子请到府上喝茶了！”

“嘀！”赤冰冷笑一声，“他即使知道了又能如何，为我父亲疗伤这件事终究瞒不了他的！”

“不不不，赤冰公子此言差矣，如果想瞒便可以瞒着，让不让王上知晓，全看赤冰公子的意思！”

赤冰脸色一凝，似乎有些没有搞明白宁峰这句话里的意思，但略微沉思之后，他眉头一皱：“你什么意思？”

“就是赤冰公子所理解的那个意思。”宁峰打了一句哈哈，转头瞧向赵杰，“这位兄弟呢，现在就在这里，如果赤冰公子说要继续瞒着王上，那宁某保证他以后都不会乱说。但是如果赤冰公子有其他想法，那宁某可就不保证他出去会不会乱说话！”

赵杰一看提到自己了，立马点头哈腰，开口帮着腔：“是啊，赤冰公子，我这个人嘴不老实，您要是没个准话，我难保就会说漏了嘴。”

赤冰脸色一凝，在宁峰说这话的时候，他便已经想过，宁峰之所以要将自己请入府里喝茶，那是因为自己还有着用处，一个利于他宁峰的天大用处。

“宁大人既然如此说，在下自也明白，保密有保密的条件，不保密有不保密的条件，宁大人何不开门见山！”

“好！宁某就喜欢和赤冰公子这样的聪明人说话，一点就透！”宁峰坐起身子，摆正了姿态，“宁某想要的是这个！”说着的时候，用手拍了拍身子底下的太师椅，神色凛然。

赤冰面上倒是没有任何吃惊，他也早就料到会如此，宁峰的野心可不像是久居人下之人。

“怎么，赤冰公子好像一点都不惊讶？”宁峰在赤冰的面上没有看到丝毫吃惊，抬眸问道。

“这下我明白了，可宁大人似乎是找错人了，我只想我父亲能好过一些，仅此而已！”赤冰迎上宁峰的视线，“玩弄权谋之事，不是我所长！”

对于赤冰的拒绝，宁峰的面上并未有任何变化，依旧平静道：“赤冰公子多虑了，此事并不需要赤冰公子做什么。”

“那是？”

“只要赤冰公子点头，我要王座，人，则归赤冰公子！”宁峰说话的语气极慢，似是一边说着一边观察着赤冰的反应，等到说完最后一句话，宁峰终于如愿地在赤冰的脸上看到了一丝变化。

赤冰低眸，他的心里已经是波涛汹涌。他之前只想减轻父亲一点痛苦便好，但是当这一点实现之后，他承认他有过那么一瞬间，产生了想要将父亲彻底从地牢里救出来的想法，也许这便是人的贪欲吧。

“只是如此？”赤冰的心在动摇。

“若赤冰公子还是不相信的话，宁某只有先递上诚意了。从此之后，赤冰公子可以大大方方地替牢里的那位治疗，白马寺上下无人敢拦，更无人敢告诉墨玺。”

“为什么不能让我直接将父亲接出牢呢？”赤冰反问。

宁峰则是摇头：“此时还不能，凡事都要小心为上，为了不让墨玺察觉，只有再委屈委屈公子的父亲了。”

赤冰明白宁峰的担忧，他更明白，到现在为止，他已经和宁峰达成了协议，尽管他没有说同意，但是两人的心中都明白，他赤冰已经陷入这场权力风暴的漩涡之中了。

待赤冰离开，一直站在堂下的赵杰，暗地里揉揉站得发麻的双腿，才拱手向宁峰道："大人，为何要许给赤冰这么大的好处，即使没有他，大人的事也一定可以马到成功！"

宁峰那干瘪的嘴角再次咧开，喝了一口已经凉透了的茶，才缓缓道："你以为我会做赔本的生意？要不是赤麟曾经还有些旧臣能为我所用，老子才不会放出这么一个大魔头。"

赵杰垂眸略微一想，便想明白了。

赤麟虽说是以不正当的手段坐上那个王位的，但是五年间还是培养了一些心腹大臣的，而这些心腹大臣在朝中的作用和地位都不俗，即使墨玺最后夺回王位，也只杀了几个实在可恶的，其余的都屈服在墨玺的暴戾之下，以保全性命。

而墨玺也知道这其中的利害，但是为了避免朝纲动荡，他还是选择放过一部分人，虽说五年间墨玺也培植了不少心腹去顶替那些旧臣的位置，但仍有一些至今还掌控实权。

所以，宁峰便想借助赤麟的威望来笼络一些人脉，让他的实力更加强大。

"大人真乃智计无双，天下无人能比！"赵杰颔首道了一句奉承的话，让宁峰面上笑意大增。

青黛妃子此时面色铁青，笔直站在她面前的紫崖白却平淡无波，饶是青黛妃子穿着妖艳暴露，依然是目不斜视。

紫崖白是被青黛妃子身边的婢女紫晴叫进来内宫的，紫崖白以为青黛妃子有什么隐秘的事情要自己去办，却没有想到竟然会是这样！

"紫大人，你是不敢看本宫吗？"青黛妃子强忍着心里的怒气，缓缓问道。

紫崖白将手里的腰刀握得更紧了些，回道："娘娘若是无事，属下还有事要做，先告辞了！"

"站住！"青黛妃子一跺脚，嗔怒道，"你处处与本宫作对，我要见墨王，你老是劝他专心国事，可是他却和欢喜长相厮守。本宫难道长得还不如欢喜那个小贱人吗？别以为本宫不知道，你就是喜欢那个小贱人，偏心她对不对？”

“娘娘，还请您自重，属下与欢喜娘娘并不是娘娘您说的那样！”紫崖白停住后退的脚步，语气淡然。

青黛妃子则是不依不饶，鼻腔里冷哼一声，缓缓走至紫崖白的身边，眼珠子咕噜噜转了几下，露出一丝媚笑，伸手便要去摸紫崖白的胸膛，但是被惊讶失色的紫崖白后退一步，给躲开了。

“有一句话不知紫大人听没听说过？”青黛妃子柔媚之极。

“什么话？”紫崖白脸色极差，知晓自己今日恐怕难以全身而退。

“唯女子和小人难养也！”青黛妃子缓缓而答，面上的笑意渐渐浮现，再后来，笑声充斥了整个内殿！

“娘娘玩笑太过，末将告辞！”紫崖白皱着眉头，下意识就想离开。

“难得来次温柔乡，就这么走了吗？”青黛妃子痴痴笑道。

紫崖白不懂青黛妃子这句话是什么意思，但是没多久他就知道了，因为他感觉到他的身体慢慢地提不起力气来，双腿更是开始发软，还未来得及再次出声，就已经栽倒在地。

“那杯茶……”

不错，刚来的时候，青黛妃子以主子的身份命令紫崖白喝了一杯茶，却没有想到，那杯茶里竟然下了药。

“不错，那杯茶就是被我下了药，十香软筋散，这可是个好东西呢！”青黛妃子缓缓蹲下，伸手抚上紫崖白的脸庞，慢慢地抚摸着。

紫崖白多想将脸上的那只手甩掉，但是他此时此刻竟然没有一点能动的力气，只能眼睁睁地看着，那只白皙的小手在自己的脸上一路下滑。

“娘娘，王上若知晓此事，不光是属下，就连娘娘也会受累，还请娘娘三思！”紫崖白只得出声劝阻，希望青黛妃子能停止动作！

然而，青黛妃子就如没有听见一般，已经将手伸进了紫崖白的衣服里，摸着那精壮的胸膛：“是吗？那紫大人以为这样如何？”

“等完事之后，我便亲自告诉王上，就说紫大人兽性大发，非礼了本宫，那样的话，紫大人还会担心本宫吗？”

“你是颗棋子，我也是！”青黛妃子脸上有一抹凄厉的冷笑，藏着无奈的愤恨还有嫉妒。

欢喜坐在寝殿里的软塌上，垂着眸子，面色暗淡。

站在一旁的华容面上流露出几丝不忍和心疼，看着欢喜如此，华容在心里已经产生了疑问，自己那么做到底是对还是错？

“娘娘，您都这样一整天了，您没事吧？”华容终于忍不住开口问道，自从昨晚欢喜发现了自己身体的变化到现在，就一副闷闷不乐的样子，实在让人心疼。

欢喜这才略微抬起眸子，看向华容，勉强挤出一个笑容：“我没事的，不用这么一直看着我，你做自己的事去吧！”

华容面上窘迫：“娘娘，奴婢没有什么事情做，照顾好娘娘就是奴婢最重要的事情！”

欢喜拗不过华容，也不开口了，再次低头陷入沉思。

但还未过一刻钟，大殿的门就被人推开，一个小宫女站在殿门口，朝里面张望着，似是在找什么？

华容瞧见了，赶紧快步走过去，低声问：“你是何人？”

“华容姐姐吗？我是受了紫晏大人的命令来找欢喜娘娘的！”小宫女倒是眼力不错，一眼便认出了华容，面上带着几分焦急。

欢喜听到了紫晏的名字，这才抬眸：“华容，让她进来说话！”

小宫女近前，先是朝欢喜拜礼，之后才急急出声：“娘娘，紫晏大人叫奴婢来找您，说请娘娘去救救紫崖白大人！”

“紫大人？”欢喜一愣，忙问道，“紫大人怎么了？”

“奴婢知道的不多，但是紫晏大人神色慌张，还叮嘱奴婢一定要将娘娘请过去，想必紫崖白大人一定是有什么危险！”小宫女虽然神色焦急，但是说话却条理清楚。

欢喜闻言不敢再耽搁，起身便要出去，却被华容给唤住：“娘娘，紫崖白大人能在这皇宫之中有危险，那么除了王上还能有谁，即使这样，娘娘还要去吗？”

欢喜神色一愣，华容的话确实有些道理，墨玺是这个皇宫的王，他要谁死那么对方就一定活不了，但是自己不就是来阻止墨玺的吗？

“华容，紫大哥帮了我那么多，如今他有危险，我定然不能袖手旁观。而且，我相信，这里面一定有什么误会，紫大哥对墨玺的忠心你我都看在眼里，他怎么会惹恼了墨玺呢！”欢喜言罢，准备抬脚而出，但是身后依然传来华容的声音。

“怎么？你还要阻止……”欢喜一边说着一边回头的时候，却见华容已经拿着一件披风而来，“娘娘，天色已经晚了，凉！”

上刀山下火海，她一定陪着她。

青黛妃子的寝殿，灯火通明。而在殿外跪着一地的婢女太监，由于没人监管，时不时有几个好事的低头窃窃私语，在暗青色的天空下传着一些后宫里的八卦。

大殿里，气氛凝固得像一块冰，透着寒意。

墨玺依旧穿着那件墨色衣袍，双手负后，脸色阴沉得能挤出水来。而身前则跪着三人，头一人便是青黛妃子，此时她已经哭得梨花带雨，身上的衣衫也是凌乱不堪，大片大片的雪白从衣衫的缝隙里露在外面，样子十分狼狈。

在青黛妃子不远处跪着的则是紫崖白，虽低着头，但腰挺得很直，身上也只穿了一件白色的中衣，精壮的身材竟是将衣服撑得有些鼓。

紫崖白旁边的就是紫晏，他面带惊慌，眼角时不时地瞥一眼自己的哥哥，再瞥一眼前面站着的那位，然后埋头哀叹。

“即使王上杀了紫崖白，紫崖白也无愧于心。”紫崖白的声音响彻整个大殿，语气决绝，没有丝毫恐惧之意。

“王上，您一定要相信我哥哥，我哥哥不会做出这样的事，还请王上明查！”紫晏猛地低下头去，腰间的佩剑撞在地板上，发出刺耳的撞击声。

墨玺还未来得及开口，一旁的青黛妃子瘫坐在地上，掩面而泣：“王上，您一定要为臣妾做主啊，臣妾只不过是想请紫大人过来喝喝茶罢了，谁能想到紫大人趁我不注意，在我的茶中下了药，摒退我身边的侍女，只剩下我们俩人，他竟然，竟然……”

青黛妃子终究还是未能将后面的话说出来，就好像在场的人都懂得一般，抽泣的声音猛然也大了许多。

墨玺面色很不好看，伸手将床上的被子拉了下来，直接扔在了青黛妃子的身上，将其暴露的身躯裹了起来，面具下俊秀的眉眼间闪过一丝厌恶。

“紫崖白，你是本王最信任的人，所以便仗着这一点，欺负我墨玺的女人？”墨玺终于开了口，声色惧厉，一双眸子直指跪在地上的紫崖白，里面似是有着一团火焰在熊熊燃烧。

“王上，紫崖白问心无愧，从未做过对不起王上之事，若此事难以还紫崖白的清白，那紫崖白只有以死自证！”紫崖白话音一落，眼角撇过紫晏腰间的佩刀，伸手一把将其抽了出来，清脆的拔刀声瞬间在众人的耳边响起。

紫晏反应不及，想要去阻止时已经晚了一步，那把被烛光照着明晃晃的刀已经搭在了紫崖白的脖颈上。

“紫大人，且慢！”

就在这千钧一发之际，大殿门口出现一抹身影，清瘦里带着决然。而就是这道声音，令紫崖白握着刀柄的手猛地一顿，饶是如此，他的脖颈间依然划出一道淡淡的血红。

“紫大人，此事尚未查清，怎可轻易做出生死决断？”

欢喜脚步略显急促，站在墨玺面前，略微喘着气，令面前的男人不悦地皱起了眉头。

“欢喜娘娘，您终于来了，快救救我哥哥吧！”紫晏到底还未心性成熟，见到欢喜到来，率先出口求救欢喜。

而就在欢喜声音出现的那一刹那，原本瘫坐在地抽泣的青黛妃子嘴角微扬，眼角不禁向后瞧去，直到见欢喜站在墨玺的面前，这才继续做出一副可怜模样。

“你怎么来了？”对于欢喜的突然出现，墨玺也略显惊讶。

“墨玺，如果我刚刚来迟一步，你是不是就会眼睁睁看着紫大哥自刎？”欢喜没有一丝犹豫，仰着头直直迎上墨玺投下来的目光，未有丝毫惧意。

墨玺没有开口，只是一直盯着欢喜，就在他伸手想要去触碰欢喜肩头时，却猛然想起了什么，伸过去的手一顿，停在了半空中。

"欢喜，你知道发生了什么事吗？"

欢喜一怔，她的确不知道发生了什么事，但是她很相信紫崖白的为人。她稍稍敛了气势，转眸看向瘫坐在地的青黛妃子和跪得笔直的紫崖白。这样的一个情景，她似乎明白了一些。

"紫大人，到底是怎么回事？欢喜不相信您会做出这等事情！"欢喜朝紫崖白说道。

紫崖白微闭的眸子缓缓睁开，瞧向欢喜："多谢娘娘信任，紫崖白死而无憾！"

"娘娘，到底为什么会这样？"见紫崖白不肯说，欢喜只能冲着青黛妃子再次问道。

青黛妃子一听顿时抬起了头，两行眼泪又再次顺着脸颊而下，抽泣道："妹妹，紫崖白大人……我……"话还没说完，又是低头痛哭起来，要多委屈就有多委屈。

欢喜大概从青黛妃子的表情里看出来了，很明显，青黛妃子将这一切都推给了紫崖白，但紫崖白又不解释，这让人无从下手。

"现在知道了，你还要拦着吗？"墨玺在欢喜的身后不紧不慢地开口。

"墨玺，你不是说过，紫大人是你信任的人吗？为何此刻你不等问清楚再下定论？"欢喜知道自己现在有些胡搅蛮缠的意思，但是只有争取了时间，才能将事实的真相查清楚。

墨玺嘴角讥笑出声："那又能怎样？我现在只相信我看到的一切！"

"墨玺，看到的并非就是真的，将这件事情查个明白，好吗？"欢喜心里已然带着些许侥幸，她希望墨玺能听她的话。

墨玺面上此刻已经有些不耐烦了："你什么时候和紫崖白的关系这么好了？宁愿惹恼本王，也一定要替他求情吗？"

"墨玺，此事尚未清楚，如果事实并非你所看到的这样，我怕你日后会后悔！"欢喜低低道，但神色肃穆。

墨玺神色终于是变了变，他也明白，如果杀了紫崖白，那么他在这个宫中就再无信任之人了。

“好，本王给你三日，三日之后未有证据证明他的清白，本王依旧会杀了他！”墨玺说着的时候，眼眸瞥了紫崖白一眼，后者还是那样面色平静。

“来人啊，将紫崖白打入大牢，三日后再行处置！”墨玺向殿外出声吩咐，说完话，看了欢喜一眼，拂袖而去。

片刻之后，大殿上只剩下欢喜和青黛妃子。

青黛妃子裹着被子颤颤巍巍地站了起来，欢喜忙伸手去扶，却被青黛妃子一把甩开，并用其刚刚掉过眼泪的眸子望着欢喜：“为何你要替那个畜生求情，明明我才是这件事的受害者，难道他不应该被斩立决吗？”

“姐姐冷静一下，此事也许另有隐情。”

欢喜的低声回答遭到了青黛妃子的冷眼，她唤着殿外候着的紫晴，将欢喜送出了大殿。欢喜也不再停留，这个时候，她应该再去见一面紫崖白，争取搞清楚事情的前因后果，来龙去脉。

人群散去，片刻之后紫晴回来了。青黛妃子早已换了一件崭新的衣服，斜靠在床边，姿态悠闲，一点也看不出来刚刚被人非礼过的样子。

“娘娘真是神机妙算，欢喜果真为紫大人求了情！”紫晴俯身拜了礼，缓缓说道。

青黛妃子嘴角缓缓出现一抹笑容：“那是自然，那个小贱人心善可欺，又是天合教信徒，怎么可能眼睁睁的看着紫崖白去死呢？”

“娘娘这招便是所谓的一石三鸟啊！”

“哦？如何一石三鸟，说来听听！”

“您看啊，此计不但除掉了紫大人，还让王上对欢喜的好感大大减少，更是震慑了一旁观望的淑兰贵妃。这可不就是一石三鸟吗？”

紫晴一边说着一边掰着手指，眉飞色舞，好不快意。而青黛妃子只是点头低笑，却不开口说话，脸上带着若有若无的得意。

另一边淑兰贵妃的寝宫里，烛火摇曳，淑兰贵妃站在大殿的窗前，窗口是开着的，从里向外望去，无尽的夜色中只有院子外几盏闪烁着橘黄色光线的灯笼在风中飘荡，丝丝凉凉的夜风缓缓地吹拂进来，打在淑兰贵妃的面上，使她额前的青丝稍稍变得有些凌乱。

她面色怔愣，似是在想什么事情，已经陷入了沉思，浑然忘了入秋的夜风多了一丝入体的凉意。也许她父亲所谋之事她并不在意，但又不得不去做，就因为她是宁峰的女儿。

“娘娘，让奴婢将窗户关上吧，现在正是换季的时候，小心受了风寒。”身后，不知什么时候站着一个婢女，小声提醒着。

淑兰贵妃这才从沉思中缓过来，不由得紧了紧身上的貂皮短衣，转身往殿里走去。身后的婢女赶紧上前，将窗子缓缓合上，一时间，将夜色和夜风统统隔绝在了外面。

婢女回身的时候，发现淑兰贵妃已经在软榻上坐了下来，看着主子面上的忧思，上前缓缓道：“娘娘，您又在想王上了？”

“秀珠，你何时也学会猜测起我的心思了？”淑兰贵妃眸子都没抬一下，出声回道。

秀珠猛地跪倒在地，道：“奴婢不敢，只是奴婢见娘娘神色忧思，这才有慨而发，还望娘娘恕罪！”

淑兰贵妃这才坐起身子，摆摆手，示意秀珠站起身子。秀珠松了一口气，从地上站了起来，很是恭敬地再次低头不再说话。

“怎么不说话了？刚才想说什么就说吧。”淑兰贵妃回道。

秀珠这才缓缓道：“奴婢刚刚听到从青黛妃子那边传过来的消息，说是紫崖白大人非礼了青黛妃子，王上还要治紫崖白大人的罪。而就在紫崖白大人准备自刎以死自证清白的时候，欢喜娘娘来替紫崖白大人求了情，王上便将紫崖白大人打入大牢，之后恼怒而去。”

秀珠说话的过程中，淑兰贵妃的眸子半闭着，说到一半的时候，眼皮掀了起来，而说到最后时，脸上已经露出了诸多怪异的表情，有讥讽，有厌恶。

等到秀珠说完，抬眸再看淑兰贵妃的时候，后者已经将脸上的所有表情都隐藏了下去，只以一张古井无波的脸对着秀珠。

“娘娘，您对这件事好像一点也不关心一样！”秀珠蹙着眉头，又问了一句。

淑兰贵妃斜眼："本宫应该去关心吗？"

秀珠连忙摇头："奴婢不是这个意思，只是奴婢常常听宫里的人说紫崖白大人为人忠厚，品行端正，怎么会做出这等事情？而且他与王上的关系众所周知，他这么做无疑是触到了王上的逆鳞！"

"呵！"淑兰贵妃嘴角发出一声轻笑，像是在嘲讽着谁一般，眼角望着烛光照不到的一处阴影，未开口。

"娘娘，您笑什么？"

"本宫笑青黛太傻！竟然妄想用这点小伎俩就一石三鸟，恐怕最终是搬起石头砸自己的脚。"淑兰贵妃缓缓开口，嘴角配着讥笑。

秀珠则是听不懂，蹙眉沉思，但是半天也没有想出来主子说的意思，只能开口问道："娘娘，您刚才说的话是什么意思？奴婢脑子笨，不懂娘娘话中的意思。"

"就连你都能看出来紫崖白没有可能去非礼青黛，王上会看不出来吗？只不过当时那种情况，王上不得已才会治紫崖白的罪，即使是欢喜不来，王上也不会让紫崖白自刎而死的。"

经淑兰贵妃这么一说，秀珠好像明白了一些，缓缓开口道："娘娘的意思是，紫大人之所以会非礼青黛妃子，这完全是青黛妃子的计谋罢了。而且，欢喜娘娘来与不来都不重要。因为王上本来就怀疑这件事，所以一定会查清楚的！那要是这样，等到真相大白的那一天，青黛妃子岂不是……"

作为宫女，秀珠懂得收敛，从不妄加猜测主子们的下场，所以最后一句，秀珠很合适宜地停了下来。

"那娘娘刚才说的一石三鸟又是什么？嫁祸紫大人，再将欢喜娘娘拉下水，怎么算也只是一石二鸟啊！"秀珠瞪着明亮的眸子，她有些想不通。

"还有我。"淑兰贵妃站起身来，缓缓走近放在床边的青铜香炉，氤氲白雾从香炉里缓缓而出，一直飘向大殿里。

"青黛还想给我一个警示。可惜啊，她这次怕是要折了自己。"

第三十章 欢喜无辜魔心咒

欢喜这两天都在查紫崖白的事情，墨玺只给了她三天的时间，她一定要抓紧时间，找出紫崖白被冤枉的证据才行。

此时正是午时，阳光充足，隐隐还有些热，初秋的天气，那股子从夏季留下的热气还未完全消退。欢喜坐在院子里的那颗枣树下，时不时有刮过的小风，将一片树叶吹下来，拂过欢喜的头顶，向着一旁落去。

“娘娘，您还在为紫大人的事情烦恼？”站在一旁的华容瞧着欢喜满面的愁容，低低出声问道。

欢喜抬头：“是啊，已经过去两天了，我要是再找不出来紫大哥清白的证据，墨玺真的会杀了他的。”

“那如果紫大人不是清白的呢？”华容在一旁突然转了语气，问道。

欢喜一愣，继而快速道：“不可能，紫大哥不会那样做的，你还记不记得我们上次去找紫大哥的时候，他对墨玺是那样的宽容和关心，犹如大哥哥爱护自己的弟弟一般，这样的一个人是不会去伤害墨玺的，定然不会！”

“既然娘娘这么肯定，除了紫大人，那就只有青黛妃子了。只要娘娘想着这件事是青黛妃子而为，那就一定能找出一些可疑之处。”华容缓缓道。

欢喜眸子猛地一睁，华容这么一说，她有种茅塞顿开的感觉，但是一转念又道：“要真是青黛妃子所为，她为什么要不惜牺牲自己的名誉也要嫁祸给紫大哥呢？”

看着欢喜一脸懵懂的样子，华容缓缓叹了口气，欢喜到底还是心地善良，一点都不知道凡人内心的贪嗔痴和爱欲恨。

午后，欢喜再次去见了紫崖白一面，昏暗的牢房里带着几分潮湿，让人一进去便感觉到莫名的压抑。

因为紫崖白所在的是死牢，所以看管牢房的狱卒们都不会给紫崖白一点好脸色，无论紫崖白未入狱前有多高的身份地位，这里的狱卒都不会有丝毫惧意，因为从未有人能从死牢里活着出去过。

欢喜被狱卒带过去的时候，紫崖白身穿一身白色囚衣，背对着牢门，盘坐在一摊枯草堆上，刚好被笼罩在从窗口投下的光圈里，整个人像凝固了一般。

“紫大哥！”

因为是死囚，所以不能直接打开牢门。欢喜只能站在门外，轻轻唤了一声紫崖白。

紫崖白闻声，缓缓转过头，但是身子依然未动，瞧了一眼来人是欢喜之后，又将头转了回去：“娘娘，您还来做什么？”

“紫大哥，你为什么不说出真相，这明明就不是你的错！”这句话，欢喜已经问过很多遍了，得到的都是同样的答案。

“我说过了，我不会说的，因为青黛娘娘是王上的女人，作为臣，应当为君掩饰一切丑陋行迹，包括后宫之事。”

华容忍不住，跟在欢喜后头对着紫崖白大吼道：“你知不知道，要是你不说出来，你会死的，你真的会死的！”

然而，紫崖白还是一如既往，端坐着身体一动不动，仿佛死对他来说是一件很简单的事情。

“你别以为你不说，我便不知道，这一切都是青黛妃子谋划的，是她嫁祸了你对不对？”欢喜盯着紫崖白问。

紫崖白的身体颤了颤，但最终还是未回头：“娘娘，您可有证据？”

欢喜笑了笑，并未答紫崖白的问题：“你以为你将这件事所有的过错都揽在自己的身上，便可以掩饰她的一切罪行吗？不能。真相不会永远被人掩藏，它迟早会有真相大白的那一天，到那个时候，你的死又有什么意义？该浮现在世人面前的都会出现，你不会将它永远带进坟墓的。还有，你想过青黛妃子为何这样做吗？也许她的目标并不在你。”

紫崖白依然没有说话。

“明天便是墨玺给的三日之期，紫大哥，欢喜请您好好想一想，那些丑陋的让人厌恶的东西不是靠着你这种做法就能消除的，而是要从根本上抹去，净化人心，你懂吗？”

紫崖白愣愣地坐着，耳边传来的脚步声越来越远，他知道欢喜走了。

缓缓抬起眸子，望向头顶上方的窗口，很小，但足以让光线照进，还依稀能看见微小的尘土在光线里翻飞，像极了迷失在天地间的猛兽。

以他的能力，自然有办法帮自己脱困，但青黛妃子却让他不知道该如何处置。若是他否认自己与青黛妃子有纠葛，那么青黛妃子必死无疑。可若是他承认了，死的人定是他。也许青黛妃子此刻正在沾沾自喜计划的成功，却未曾料到紫崖白那双明亮的眼眸曾经怎样热切地注视过她。那时候刚被选进宫的青黛，是那样的单纯可爱，不亚于刚进宫的欢喜。这也是他听到青黛妃子有麻烦，情急之下会不顾后宫禁令进入她寝宫的原因。

他没有想到的是，宫中是个大染缸，能让一朵纯洁的小花因为私欲而变得污浊。

他做错了，自然要得到惩罚。

紫崖白靠在大牢的墙上，闭目沉思。

晚间的时候，淑兰贵妃的宫里进了一个人，自然是淑兰贵妃的父亲，宁峰。

“父亲，您怎么来了？之前不都是提前打招呼的吗？您就不怕墨玺刚好在这儿？”

在淑兰贵妃打开殿门瞧见宁峰进来的时候，心里莫名地跳了几下，将宁峰引入殿内，才稍稍安心。

“撞见又能如何？我这个做父亲的难道不能来看看自己的女儿了。

况且，我也知道今日他不会来，自己的女人都和属下混到一起去了，他哪还有心情来你这儿！”宁峰刚坐下，便缓缓道，老脸上还带着一丝不屑的轻蔑。

“父亲，您知道了！”

淑兰贵妃之所以会这样问，那是因为紫崖白和青黛妃子的事情被墨玺下旨，严密封锁了消息，而且还严禁有人谈起，违者斩立决。一时间，皇宫上下噤若寒蝉，谁也不敢再多说一句和这件事有关的话。

“你父亲要是没有这点能耐，还怎么谋划大事。”宁峰抬手端过淑兰贵妃斟的一杯茶，小口抿了一下。

淑兰贵妃也不再说话，而是在宁峰的身边坐下，问道：“不知父亲此刻前来，对女儿有何吩咐？”

“知我者女儿也。”宁峰抬眸一笑，放下手中的茶杯，才道，“为父想要你去做一件事情。”

“什么事？”

“趁此机会杀掉紫崖白！”宁峰的面色突然变得狠厉起来。

淑兰贵妃一惊，眉头皱起来的同时看到宁峰眸子中掠过一抹杀气，她似乎是一瞬间便懂了宁峰的意思。

“青黛妃子到底是个宫女出身，将这宫闱间的争斗想得太简单了些。凭借着栽赃嫁祸就想除掉紫崖白，未免也太天真了。既然她开了头，那我们顺便将紫崖白置于死地，这样的话，墨玺身边将再无可倚靠之人，我们所谋的大事也可指日可待！”

宁峰说着说着竟站了起来，面上显现出兴奋的潮红，大概此时脑海里已经想到了他龙袍加身，身坐王座时的情形。

淑兰贵妃看着此刻自己父亲的样子，眸子轻轻别开了去。作为宁峰的女儿，她了解宁峰。为了权力，他可以做尽一切坏事，牺牲一切能牺牲的东西，包括她。

“父亲，墨玺应该不会让紫崖白死的，我恐怕……”

“为父知道这件事做起来有些难，但是为父相信你一定不会让为父失望的。”宁峰伸手拉过淑兰贵妃的手，在上面拍了拍。

淑兰贵妃没有立即回答，沉默半晌后才道：“女儿一定尽力，但如果……”

听着淑兰贵妃犹豫的回答，宁峰面色冷了几分：“你今天是怎么了？以往我交代的事情，你不都做得很好吗？”

淑兰贵妃没有再说话，眼神一黯，惟有点头。

自从淑兰贵妃嫁给墨玺，住进这皇宫里，宁峰便多了一双监视皇宫里一举一动的眼睛。他经常让淑兰贵妃做一些利于他的事情，一些琐事、杂事。可这次却不一样，杀人的事，淑兰贵妃到底还是心有畏惧。

见淑兰贵妃点头应下，宁峰的面色这才好看了许多，他拍拍淑兰贵妃的肩头，柔声安慰道：“为父知道，这些年你夹在墨玺和父亲之间，让你受了诸多委屈。但是你想想，只要为父大事所成，我们父女俩便是这赤羽国的主人，再也不用过着这种匍匐在别人脚下的生活，你可懂为父的良苦用心？”

淑兰贵妃缓缓点头，神色黯然，勉强挤出了一个微笑。

“好了，今日早点睡吧，为父就先出宫了，记住为父交代的事，一切小心为上，别被墨玺瞧出了端倪。”

最后叮嘱一句，宁峰起身便要离开，却被淑兰贵妃出声唤住。

“父亲，这是您留下的玉珏吗？”淑兰贵妃从衣袖里摸出一块玉珏，通体碧绿，双龙缠绕，在烛光的映照下，散发着夺目的光泽。

宁峰一愣，才反应过来，伸手接过玉珏，笑道：“我还以为丢了呢，原来是落在你这了。为父还想着要去打一块假的呢。”

“为什么父亲要打一块假的？”

宁峰根本没有想到淑兰贵妃会这么问，一时间竟不知道要怎么回答。淑兰贵妃瞧见如此，才缓缓道：“这块玉珏是墨玺赐给父亲的吧，打块假的也是为了骗过墨玺吧。”

宁峰面露疑色，他从来没有向淑兰贵妃提起这块玉珏的事：“你是怎么知道的？”

“还能怎么知道，自然是墨玺告诉我的，他来我这的时候，恰巧瞧见了这块玉珏。父亲，您知道它上一个主人是谁吗？”

“谁？”

“赤麟！”

从淑兰贵妃的寝宫里出来，夜风凉凉，吹过宁峰身体的时候，他觉得遍体生寒，手里紧紧握着那块在黑夜里隐去光泽的玉珏，不知何时已经汗湿。

宁峰此刻想要努力地将脑海里五年前的那个可怕场景给忘掉，那个时候，皇宫上下，血流成河，浮尸遍地，一切不听从墨玺号令者一律砍杀，众多原先效忠赤麟的人都纷纷跪地臣服，臣服那个犹如地狱归来的嗜血狂魔。

他畏惧这个恶魔，真的怕。

懿太妃的寝宫一片祥和，安静得都能听见烛火摇曳的声响，殿中金鼎燃香，袅袅烟雾缭绕于空，透着一股沁人的香气。

懿太妃虽已年近半百之数，但无一点人老珠黄的感觉，体态丰腴，面上皮肤更是保养得当，和宫中娇颜的淑兰贵妃比起来都是不遑多让，再加上穿着打扮华丽，有着一种成熟女人才有的风韵。

此时她刚刚吃完奴婢端来的养颜粥，擦嘴的功夫殿里的门被人推开了，一个小太监俯首缓缓入殿上前。

“奴才回禀太妃娘娘，明日便是王上给予欢喜娘娘的最后期限，据清幽宫传回的消息，欢喜娘娘似乎并未找到能证明紫大人清白的证据。”

“哦？”懿太妃将擦嘴的丝巾放下，轻启嘴角，“哀家就知道！不过，明日且去看看。”

说完这话，停顿了好久，才又轻缓道：“青黛那丫头也该受受罪了。”

底下的小太监听得如同丈二和尚一般，摸不着头脑。不知这位太妃娘娘又在盘算着什么，说的两句话明显前言不搭后语，还前后矛盾。饶是他好奇，但也不开口问，他知道，做奴才的都得知趣，不能问的不问，能问的也不问，这样，兴许在这深宫之中还能活得久一些。

殿外的夜色月朗星稀，鸟虫啼叫，按这个季节来算的话，它们在外啼叫的机会不多了。

翌日。赤羽国皇宫的上空阴沉沉的，空气里多了一些逼人的闷热，像是要下入秋之后的第一场雨。

欢喜今日起得很早，洗漱整理面容的时候，华容从欢喜的脸上看不到任何表情。她自始至终都不苟言笑，就连哪怕是面颊最轻微的抖动都没有。

用早膳的时候，华容终于憋不住了，看着吃相从容的欢喜，张口问道："娘娘，今日便是王上给的最后期限了，紫大人可还有救？"

欢喜将最后一口粥咽进肚子里，她似乎是越来越喜欢吃饭了。

"自然是有救，无论他想多么大义凛然、舍己为人，都有救。"欢喜说完这句话，便起身离开。

华容蹙着眉头，垂首冥思，但依然不懂欢喜话中之意，刚要抬眸再问的时候，欢喜已经穿好了外衣，向她问道："时间差不多了，我去见墨玺，你要跟着吗？"

再审紫崖白的地方依旧是青黛妃子的寝宫，因属于后宫秘事，墨玺下旨清退了所有服侍的下人，整个大殿显得空旷而又清冷。

紫崖白依旧跪在地上，手脚皆被带上了铁锁，身上的白色囚衣此时也已经染成了青黑色，污迹斑斑。

而青黛妃子则华服加身，浓妆艳抹，站在紫崖白的身边显得十分的突兀，两人形成了鲜明的对比。

墨玺依旧一身墨色锦袍，负手而立，面上清俊，却迟迟不开口，似乎是在等着什么。身后站着的紫晏，时不时地用眼角瞥一眼跪倒在地的哥哥，眼眸里闪过几缕哀伤。

墨玺不开口，众人谁也不敢妄加开口，所以，大殿里安静无声，只能闻见几道或重或轻的呼吸声。

"懿太妃驾到！"

殿门外一声通报，将墨玺平静的脸色带动了几分。

懿太妃被一位小太监扶着，缓缓走入大殿，青黛妃子面上一喜，忙向懿太妃拜了下去，问候时语气还透着委屈的腔调。

懿太妃在青黛妃子的面前停下，伸手将其手握在手中，安慰道："别怕，有哀家在，定会为你做主！"

青黛妃子嘴角瘪了瘪，眼眸里掉出了几颗眼泪，点点头："臣妾多谢太妃！"

“淑兰贵妃娘娘驾到！”

殿外又是一声通报，墨玺的脸上掠过一丝失望。

一抹蓝色身影自殿门缓缓而入，淑兰贵妃身穿天蓝色的水袖裙，清丽绝代的脸上带着几丝宜人的笑容，行至青黛妃子身边时，倒显得青黛妃子有些俗套了。

她先是向墨玺行了礼，又向一旁被赐了金座的懿太妃拜了礼，这才回头去看青黛妃子，面上显出几分同情：“姐姐知妹妹这些天受了诸多的委屈，姐姐很是心疼，不过今日有王上和太妃娘娘在，一定会为你主持公道的。”

说话的时候，还用眼角瞥了一眼跪在地上的紫崖白，但又匆匆移开了。

青黛妃子被说得又掉起了眼泪，抽搐着嘴角，似是真有万千的委屈窝在心里，发泄不出来。

“多谢姐姐，以往那些事都是青黛的不是，还望姐姐不要放在心上，从此我两姐妹专心服侍王上，不分彼此！”

可怜的青黛还以为淑兰贵妃是真的在关心她，心里泛起了一些感激之心，竟想着借此机会要将以往的仇恨一笔勾销。

淑兰贵妃虽然面上没有表现出来，但是心里早已是讥笑了青黛好几遍，她竟然还想着以后伺候墨玺的事，心还是真的大。出了这件事之后，就算不是她青黛的错，墨玺恐怕也不会再去碰她一下了吧。

懿太妃坐在金座上，听得此话也是摇头，抬眸对着墨玺道：“既然大家都到了，为何还不开始？”

“还有一个人没到。”墨玺回答的简单利落，未有犹疑。

“你是说欢喜那丫头吧，哀家打听过了，那丫头没寻到证据，怕是不会来了。”懿太妃面上带笑。

墨玺摇头，以他对欢喜的了解，欢喜不会不来，即使知道自己无能为力，也一定会去尝试，就如同劝自己放下屠刀一般，她似乎从未放弃过。那个执着的女子，第一次出现在他的面前时，他似乎就已经喜欢上了。尽管她没有淑兰和青黛的超绝姿色，但是却有着比任何人都善良的心，带着执着的善心。

墨玺身后的紫晏闻言，面上渐显死灰，如果真的没有证据，那他的哥哥不是就没有救了吗？强忍着心中的激荡，紫晏握着剑柄的手都在微微发颤。

而跪在地上的紫崖白依旧坚挺着胸膛，面无惧色，与他满脸慌张的弟弟截然相反。

“欢喜娘娘驾到！”

殿外又是一声通报声响起，墨玺的嘴角终于勾起了弧度。

欢喜身材高瘦，一件素净的衣裙穿在她的身上倒衬出几分淡雅之气，配着她素净清丽的面容，像极了一位不食人间烟火的仙子。

华容跟在最后。

欢喜显然没有料到懿太妃和淑兰贵妃也会来，面上掠过一丝惊讶，也一一见了礼，这才看向墨玺。后者那双墨色的眸子正好瞧过来，两人对望间欢喜率先移开了视线。

“欢喜丫头，没想到你还真的来了，不愧是哀家看中的人！”懿太妃率先出口，笑呵呵的看向欢喜。

欢喜闻言也不拘礼，回道：“太妃言重了，欢喜只是想要弄清楚事情的真相罢了。”

“真相？”青黛妃子赫然出声，言罢还从喉咙里发出了一声轻蔑，才又道，“那好，不知道欢喜妹妹所说的真相是什么？”

欢喜并未恼怒，而是缓缓将视线转向一旁跪地的紫崖白：“真相是什么？在场有三个人知道。”

“三个人？”青黛妃子率先出口，言语间带着一丝惊慌，低眸瞥了一眼紫崖白，发现后者继续保持着安然不动的姿态，这才又将眸子移向欢喜，想也没想地便道，“笑话，在场除了我安排的侍女之外，哪还有第三个人？”

此言一出，大殿里静若禅寺，几道目光瞬间汇聚于青黛妃子的身上，其中墨玺的目光尤为狠厉。青黛妃子猛地察觉自己好像说了什么不该说的话，忙伸手要去捂惊慌的嘴巴，但是刚伸到一半的时候，欢喜的声音已经传到了耳边。

“我，除了你和紫大人，知道那个真相的人便是我。”

“你胡说！你根本就不知道，你是故意这么说的对不对？”恼羞成怒的青黛妃子指着欢喜厉声问道。

欢喜只是摇头：“我是真的知道。”说罢，欢喜让人把紫晴押出来，青黛妃子这才后知后觉地发现，紫晴不在身旁已经好一会儿了。

紫晴看到墨玺阴霾的眼神，哪还顾得上反抗，腿早发软，“扑通”一声就跪在了地上，连连磕头求饶：“王上饶命，这都是青黛妃子指使奴婢做的，我只是奉命行事……”

“王上是她骗我的，是她骗我的，我不知道什么真相，我被迷药迷晕，什么都不知道！”青黛妃子面色苍白如纸，顿知大势已去，转眸望向墨玺，语气里透着几分哀求。

然而墨玺的脸色越发狠厉，冷凝的眸间似是要射出一道杀人的光线，直指此时内心已经崩溃的青黛妃子。

“太妃！太妃！”

青黛妃子见求救墨玺无望，眼眸猛地一转，似是想起了什么，转身向懿太妃身边而去，“扑通”一声青黛妃子跪了下来，双手环住懿太妃的一只腿，哀求道：“太妃救救青黛，青黛可是照着您的意思……”

懿太妃顿时双眸大睁，也不知哪来的力气，竟是一脚将青黛妃子踹倒在地，让其后半句没能继续出口，随后又指着爬滚在地上的青黛妃子道：“你这个心术不正的丫头，做了这等腌臜之事还要拽上哀家，哀家对你可是不薄，你为何要如此？”

“太妃，青黛……”

“住口，哀家本还想着要为你做主，却不想这一切竟都是你的计谋，就连哀家都差点帮错了人！”懿太妃此时已经没有以往的仪态可说，面上愤恨交加，还带着一点稍加掩饰过的慌张。

青黛妃子被懿太妃的话吼得愣在原地，饶是她再傻也能明白，懿太妃三番两次打断她话的意思。这么明显的打岔，不光是青黛妃子，一旁的淑兰贵妃和墨玺也瞧得明白。

淑兰贵妃嘴角微斜，事情现在的发展似乎对她的目的很不利，所以下一刻她缓步至青黛妃子的身边，将其拉扯起来：“王上，臣妾倒是觉得青黛妹妹有些大惊小怪了，欢喜妹妹不是还没说出真相吗？怎么就认定这是青黛妹妹的错而不是紫大人的错？”

“不错，她要是真知道真相，为何不说出来，还要在这里故弄玄虚，挑拨离间！”经淑兰贵妃这一提醒，青黛妃子才醒悟过来，忙顺着话头指向欢喜。

欢喜倒是不紧不慢，双手握于腹间，瞥了一眼紫崖白，开口道：“那日我来此替紫大人求情之时，在这大殿之中还发现了一样东西……”

“好了！”一直默不作声的墨玺在这个时候打断了欢喜的话，缓步朝前进了几步，“此事本王已经心中有数，不必再说了！”

“紫崖白死罪可免，活罪难逃，杖责二十，卸任皇宫禁军统领之职，以示惩戒！青黛妃子有辱皇家之颜，不知廉耻，终生打入冷宫，以正视听，无旨不可擅出！”

“扑通！”

青黛妃子脚下无力，猛地栽倒在地，重重的撞击声在大殿里响彻，更是击在在场所有人的心头。

此时此刻，饶是真相并未公之于众，但大殿里的所有人都心知肚明，且心思各异。

片刻之后，懿太妃和淑兰贵妃已经先行离开。

墨玺抬脚要离开时，青黛妃子已经泪如雨下，拼着最后一点希望，她爬向墨玺的脚边，伸手拽住了他的裤脚：“王上，饶青黛这一次吧，青黛不想去那个地方，不想一辈子都待在那个地方！”

冷宫，她听说过，那是后宫妇人都不想进去的地方，那里孤寂无人，冷冷清清，恐怕一生都见不着几个不同面孔的人，就连死了都没人知道。

她不想去那里，真的不想去。

墨玺鼻腔里发出一声重重的冷哼，未瞧其一眼，抬脚便走，却被青黛妃子死命地抓住裤脚不放。

他心里一狠，一脚踹开。

“啊！”青黛妃子惨叫一声，整个身子向后平移数丈之远，停在了欢喜脚下的不远处，而口中早已是鲜血喷涌，赫然醒目。

“你，都是你，这一切都是你造成的！”

青黛妃子猛然间将目光移向欢喜，也不知道哪里来的力气，竟站了起来，张牙舞爪地冲向欢喜。

墨玺也瞧见了，身形猛然化作一道残影，但终究还是慢了一步，青黛妃子已经将欢喜推倒在地。此时墨玺赶到欢喜身边，一把将青黛妃子推开，伸手就要去抱欢喜。

“别碰……”

欢喜口中的那个“我”字还未出口，墨玺的手已经覆上她的身体，不出意料，墨玺下一刻便被欢喜身上的神秘力量弹开，向后踉跄了几步，手臂更是一阵酥麻。

欢喜慢慢起身，所幸未受什么伤，想要第一时间去察看墨玺，但走近几步后又停了下来：“你……没事吧！”

墨玺摆摆手，示意自己没事，转眸看了一眼倒在地上的青黛妃子，用眼角示意了一下紫晏。紫晏上前将已经崩溃的青黛妃子搀起，交给了殿门口的几名侍卫。

而欢喜瞧着缓缓消失的青黛妃子，面色凝重。她不知道自己此番所为，究竟是对青黛的救赎还是将她的一生毁灭。

原来，做人是如此艰难。

入夜，外面的风渐渐大了起来，凉意也渐渐显露，华容关上透气的窗户，回身时却发觉欢喜在不远处的软榻上盯着她，不由得心里一紧。

“娘娘为何这般看着奴婢？莫不是奴婢脸上有什么脏东西？”华容缓缓走近欢喜，稍稍垂下了头。

欢喜未说话，似是有些不确定，她想着要好好想一想，将所有东西理清之后再告诉华容，摇头时正好瞧见了墨玺进殿的身影。

华容退下之后，墨玺嗅了嗅空气里的香味，开口道：“墨兰香可还好用？”

欢喜一惊，后反应过来：“这是你准备的？”

“怎么？华容没和你说吗？”墨玺抬眸反问。

欢喜迟疑了一下，也不回答，但将话题岔开：“墨玺，今日的事，怪我吗？”

“我为何要怪你？”

“不知道，但总觉得你肯定不会感激我的！”欢喜垂眸回答。

墨玺竟然一笑，便要靠近欢喜，但被欢喜起身躲开了。墨玺也知道欢喜躲开的原因，继续道：“这次，我还真的要感激你。”

欢喜愣住，墨玺似乎从来没有感激过自己，这是头一次。

“多亏你，让我分清了谁是谁，谁不是谁！”墨玺继续道。

欢喜却听不懂了，皱着眉头摇着脑袋，轻声道：“啊？什么？”

墨玺没有再说话，只是缓缓向欢喜伸出手，欢喜以为他不会碰上自己的，谁知墨玺真的就这么做了，依然是巨大的力量将墨玺弹开，酥麻感瞬间从手臂传到全身，令他整个人都颤了颤。

墨玺能感觉得到，这次弹开他的力量比上一次更大了一些，他每碰一次，力量便会增加一些。直到有一天，这股力量会变成他无法承受的，那么他想要再去碰一下欢喜，也许就没命了。

可是那个时候，他大概依然会去碰吧，就像刚才这样，他明明知道会被弹开，也执意将手伸了过去。

“墨玺，你别再碰我了，会受伤的！”欢喜轻声呼唤，眼前的男子低着头，被击打得靠在床尾，弯曲的手臂久久没有动一下，她知道他在忍着痛。

良久，墨玺才缓过来，抬头笑了笑，目光温柔，声音也低了不少：“欢喜，今晚，我能留在这儿吗？”

即使不能近身，他还在征求她的同意。

半个时辰之后，华容进殿将殿里的烛光灭掉，独留着床边上的一盏，临出门的时候，回望了一眼欢喜，眼里闪过一丝复杂情感之后，才出了门。

床边上的那盏烛光，昏昏暗暗，在偌大的殿里只能勉强照亮床周围的一圈，欢喜转眸去看墨玺的脸，上面有着几团阴影。

两人一人躺在一边，谁都不逾越一步，空气仿佛凝固，里面只有烛火声和两人的呼吸声交相呼应。

“紫大哥伤得严重吗？二十大板肯定很难捱吧。”

身边突然多了一个人，欢喜很不适应，哪里还能睡得着，她也知道墨玺没有睡，借着烛光，她瞧见了那长长的睫毛还在上下抖动着。

“还好，只是下不了床而已！”墨玺回了一句，顿了顿又道，“你更担心他，还是更担心我？”

欢喜一愣，要张口回答的时候又停了下来。

“我记得，你们的如王说过，不妄语！”墨玺似乎知道了欢喜不回答的原因，又补了一句。

欢喜无奈，只得小声回道：“你！”

“什么？声音太小，本王没听见！”墨玺似乎是故意的。

“你！”欢喜提高了声音，随后掩住了脸。她仔仔细细询问过她的内心，比起紫崖白，她更加担心墨玺。师父说过的，凡事都要遵从自己的本心。

欢喜回答完之后，发现墨玺不再说话了，便急忙转眸去看，然而对上的却是墨玺那双墨色的眸子，在昏暗的光线里竟然炯炯有神。她从来没有见过如此温情的墨玺。

欢喜也不说话，只是和墨玺这样对望着，她似乎能从他的眼神里看到一些满足的欣喜。

“欢喜，我给你讲个故事吧。”墨玺突然开口。

欢喜一怔，但也不拒绝：“好啊，以前师父经常给我讲故事的，各种各样的故事。”

墨玺终于收回看向欢喜的目光，移向帐顶，缓缓道：“有个小男孩，自小生活在宫中，宫中虽然寂寥，但他有双亲陪伴，本该无忧无虑。可有一天，一个杀人不见血的恶魔出现了，男孩的双亲都惨死在了他手上，独留小男孩一人。他还将小男孩抚养长大，小男孩每天都很痛苦，很痛苦，很痛苦……”

说到这里的时候，墨玺的声音突然便断了，过了好一会儿，才又缓缓道：“终于有一天，小男孩长大了，他要为自己的父母报仇，于是他将那个养大他的人给杀了。那一刻，他以为他终于可以不再痛苦了，但是却不是这样，他依然能感觉到痛苦。”

“欢喜，你知道这是为什么吗？”

墨玺转头看向欢喜，欢喜从始至终都在认真地听着墨玺的讲述，她知道，墨玺口中那个小男孩就是他自己。他在给她讲他的故事，欢喜借着烛光，还能看着墨玺眼角里那一抹晶莹，闪着光泽。她的心被他震动了。

“墨玺，我不知道原因，但你说了我便听。你知道吗？天合经里有许多故事是讲述如何让人放下仇恨的，你也一样，你没有放下，但愿你是下一个经里的故事。”她的柔声化解了他内心的憎恨和刚强。

墨玺靠不近欢喜，但此时此刻，他第一次感觉到了被接纳的温暖和安定。

人生有八苦：生、老、病、死、爱别离、怨憎会、求不得、放不下。

金刚也化绕指柔。

“怎么？成功了吗？”宁峰坐在房间的椅子上，手里端着一杯热茶，慢悠悠地品着，想到这次精心设计的局，想必墨玺他应该会喜欢。

“回……回禀大人，这次失败了，青黛妃子被打入了冷宫，紫崖白被杖责二十，卸任皇宫禁军统领的职务。”属下颤抖着身子，支支吾吾地回答。

“什么？失败了？”宁峰听到属下的回答，原本悠闲的表情瞬间破功，手里的热茶也猛地砸向了属下，那下属便被热茶淋了一头。即使头被烫得很痛下属也不敢再说话，毕竟宁峰此时还在气头上，万一更加不高兴，他的小命就不保了。

“淑兰是怎么搞的？真是废物，没想到我精心设计的局到头来却没有给墨玺带来一丝困扰。”宁峰此时一想到自己精心设计的局到头来却是这样的结局，不禁怒火中烧，手掌猛地拍了一下桌子，仿佛这样就可以减少一点心中的怒火。

“大……大人，刚才属下进来的时候，淑兰贵妃正在外面求见，此时想必她还在外面站着。”过了一会儿，下属看到宁峰已经压制下自己心中的怒火，于是想到了门外的淑兰贵妃，低下头，快速的说道。

“让她进来见我，简直废物一个，枉费我培养了她这么多年。”宁峰听到此话之后，哼了一声。

“是！”下属听到这句话后，松了一口气，随后便退下去让淑兰贵妃进来。

此时，身着粉裙，身材曼妙的淑兰贵妃站在门外，可惜，就算是化了精致的妆容也难掩她满脸的疲惫，想到这段时间王上对她的态度，便也不顾平时的礼仪，快步地走进了房间。

“父亲，你这次可要替女儿想想办法。”淑兰贵妃走到宁峰面前，焦急地说。

“慌什么！平时让人教你的礼仪呢？你看你这样子像是一位贵妃的模样吗？”宁峰看到女儿这般焦急，再联想到青黛妃事件没有给墨玺带来一丝困扰，便不禁呵斥了她几句。

“父亲……经过这次青黛妃的事件之后，王上对我的态度逐渐冷淡，我已经渐渐失去了宠爱，后宫的那些贱人都快要骑到我头上了，我被她们的嘲笑弄得快要疯了。这不，趁着王上不在宫中，便急急忙忙来这里，想让父亲替女儿想想办法。”淑兰贵妃听到父亲的呵斥也是一愣，随后想想便知道父亲是为了什么而呵斥她。这难道能怪她吗？明明是父亲让自己参与到这个局的，这下又怨她，简直是有苦难言。

“罢了，你自己回去吧，过段时间做点事情让墨玺将关注放在你的身上，你应该明白，一旦你失去了墨玺的宠爱会落得什么下场。”到底是自己的女儿，事情已经这样了，再责怪她也没用。

失宠的下场？不，她不要做第二个青黛妃，她可不想进冷宫那个地方，但王上现在的注意力全都在欢喜那个女人的身上，再加上她参与到这次事中，王上对她不止态度冷淡，有时她还会不经意看到王上眼里的厌恶，对，就是厌恶。这次好不容易来到这里，父亲的态度也让她感到慌乱，在后宫生活了这么久，她自然明白，如果娘家都放弃她的话，那……

这一切都是欢喜那个女人害的，如果没有她搅和，紫崖白必死，她也不会失宠。对，一切都是欢喜那个女人害的，她简直就是祸害，迷惑了王上的心。想到这，淑兰贵妃的脸上已经有了一些狰狞，原本美丽的她此刻看起来很是丑陋。

“父亲，这一切都是因为欢喜那个贱货，要是没有她的搅和，那紫崖白必死无疑。”注意到宁峰的眼神之后，淑兰贵妃眼中闪过一丝慌乱，随后便收起了脸上的表情，随后跪下，泪眼婆娑地看着宁峰。

“欢喜这个女人……好了，你先回去，父亲知道怎么做了。”听到淑兰贵妃的话宁峰才知道坏他的局的人原来是欢喜，于是有些咬牙切齿，但随后像是想到了什么，便不耐烦地让淑兰贵妃退下。

“是，父亲。”淑兰贵妃本还想说些什么，但随后触及到宁峰的表情，便不敢做声，退了下去。

等淑兰贵妃退下去之后，宁峰之前好不容易压下的怒火再次燃烧起来。他用了十几年去培养一枚棋子，然后用自己在朝廷的势力将女儿抬上了贵妃的地位。毕竟，有一枚棋子在墨玺的身边，也能随时监视着墨玺，将来推翻他的统治也能事半功倍。

但是，事实却偏离了他预想的轨道，精心设计的局没有给墨玺带来困扰，反而他精心培养的一枚棋子却失去了作用。在后宫，失去皇帝宠爱的妃子的下场他很清楚。女儿淑兰这枚棋子，算是废了。

况且，这次青黛妃子的事件已经让墨玺怀疑了。虽说一切证据都指向了青黛妃，青黛妃确实也做了替罪羊，被打入了冷宫，但难保墨玺不会对受害人紫崖白，留有恻隐之心，利用暗中的势力私下调查，到时若是查到他的身上……

墨玺的身边还有一些是他不清楚的势力，宁峰想到这，为了避免夜长梦多，他只能做点什么掩盖住。但他若要这般小心翼翼，而墨玺却一点事都没有，王位，只能是他的，既然如此，那就弄点事情出来让墨玺紧张紧张。

欢喜。宁峰的脑海里突然蹦出了这个名字，坏了他这个局的女人，并且还让他损失了一枚棋子。这么久了，他看得出来墨玺对欢喜那个女人很感兴趣，就怕墨玺会顺着欢喜这个女人查到他的身上，既然如此，那就只能铲除掉这个女人了。

等等，墨玺不是有些紧张这个女人吗？

既然如此……

不知道宁峰想到了什么计划，脸上的怒气已经不见了，随之而来的是一丝阴狠。

“出来。”等底下的下属退下之后，宁峰直接喊了一声。此时，一位全身穿着黑衣只露出一双眼睛的人突然出现，单膝跪在地下，等着宁峰发号施令。

“我要你带着一批杀手，杀了墨玺身边的得力侍从。记住，不需要做得太干净，留点蛛丝马迹。”宁峰冷肃地看着底下的杀手头领。

“是！”杀手头领得到命令之后，便再次消失在空气里，对于他们杀手来说，是没有资格询问太多的，只有服从。

宁峰派出杀手去杀墨玺身边的得力侍从之后，就移动步伐，来到了一个地方。

赤冰此时正在亭子里低头沉思，听到传来的脚步声，便缓慢地抬起了头，看到是宁峰之后，又垂下了头，不予理会。

“如果我说，有办法救出你的父亲赤麟，你会如何？”宁峰来到赤冰的面前，看着他，随后慢悠悠地说出一句话。

赤冰听到这句话之后，脸上坚硬的表情有了一丝变化。但饶是他再单纯，在经历父亲被抓之后，宁峰对他的所作所为也让他了解到了宁峰是怎样的人，救出父亲，恐怕是想让他做点什么事情，不然他不会专门来到这里。不过，若是真能救出父亲，到时他便可以去改善父亲和墨玺的关系，毕竟两个人都是他关心的人，他并不想看到两个人互相残杀。

宁峰到底是在官场混迹多年且很有野心的人，从赤冰脸上的表情上看他也能猜出赤冰在想什么，之前听说赤麟的儿子本性纯良，他还不信。与赤麟合作了这么久，赤麟残暴狠辣，为了目的不择手段的性子，他自是了解不过，虎父无犬子，有这样的父亲怎么可能会有纯良的儿子。

但现在一看，把心事摆在脸上让人一眼就看出来的人能有多残暴？在他眼里，纯良就是愚蠢，想凭着一己之力去改善墨玺与赤麟的关系？简直愚蠢！不过，纯良也好啊，他还怕这个小子太精明坏了他的好事呢。毕竟，他可是他计划里很好的一颗棋子。

想到这，宁峰嘴角勾起了一点弧度，随后便在赤冰的对面坐了下来。

“你父亲与我毕竟合作了这么久，他被抓了，作为他的好友，我自然很关心，这次我好不容易想出了能救你父亲的办法，所以就来找你了。”宁峰自顾倒了一杯茶给自己，轻啄一口，随后便开口。

“说出你来的目的。”赤冰低垂下眼帘，嘴角有一丝自嘲的笑意。随后便看向宁峰，他是单纯，但又不傻，这么虚伪的话他怎么可能听不出。

“要想救出你父亲，欢喜那个女人是关键，毕竟墨玺现在最宠爱的女人就是欢喜。所以，你引欢喜去见你父亲，到时欢喜看到你父亲这般惨，去墨玺面前美言几句，自然可以放了你父亲。”宁峰明面上笑了两下，但笑意却不达眼底。

“欢喜？就算我能让欢喜出来，也见不到我父亲。”赤冰听到欢喜这个名字有些一愣，随后想到墨玺对欢喜逐渐转变的态度，便想着或许靠欢喜真能将父亲救出来。

“你只需要让欢喜那个女人出来，至于你父亲那边，我自然会替你准备好。”宁峰看到赤冰这幅模样，便知道事情已经成功了一半。

“好。”赤冰听到这话之后，便低下头思考，过了一会儿，随后便抬起头答应宁峰。

宁峰见赤冰答应，胸有成竹地笑了笑。

墨玺，我替你准备好的礼物，你肯定会很满意。

第三十一章 柳暗花明连环计

翌日。

欢喜看着跪伏在地上的赤冰，不由诧异地问道：“赤冰，你要做什么？”

“求欢喜娘娘随我去见一个人。”赤冰伏地不起，声音哽咽地求着欢喜。

“你知道现在宫中规矩森严，为何还要擅闯我的寝宫？”欢喜叹了口气。紫崖白的事件还历历在目，虽然她并无私心杂念，但也不想重蹈青黛妃子的覆辙。

“这人对赤冰很是重要，眼下命在旦夕，娘娘菩萨心肠，望能解救于他。于我来说，也许是最后一次求娘娘帮我了。”赤冰开始对着欢喜磕起头来，额头上血丝迸出。

欢喜本就是柔软心肠，见状道：“你别磕头了，需要见谁，我见就是。”一旁默默旁观的华容异常地不作表态，似乎预料到了什么并不阻拦。

于是欢喜在赤冰的带领下，在宫中曲折迂回，返回到了最早的地下通道里。

“赤冰，你带我来地牢干什么？”欢喜跟着赤冰一路走去，却发现赤冰带她来的地方竟然是地牢，不禁心中有些怀疑，但她与赤冰也相处过一段时间，知道他是个本性纯良的人，所以当他来找她说要带她去一个地方的时候也并没有拒绝他，但却不想，赤冰带她来的地方竟是地牢。

“欢喜娘娘，我带你来是想让你了解墨玺是个怎样的人。”赤冰听到欢喜的询问，眼神下意识躲避了一下，随后便恢复正常，扬起一抹笑回答。

“墨玺是什么人？”欢喜听到墨玺两个字，下意识便询问。

“到了，等下你进去就可以见到了。”不知不觉间，他们已经来到了地牢的内部，而赤冰便领着欢喜在一处牢房停顿。

欢喜人已到地牢，不得不收起自己的思绪，抬头看向这间牢房里面，只见里面有一个穿着囚衣的男人四肢都被铁链捆住呈大字型挂在墙上。与那时所见的全身无皮不同，恢复后的赤麟在此时看去，全身上下依然布满了大大小小的伤口，让人看了都觉得不忍，就连那脸也像是被人用刀割了一样，留下了两道极深的伤口，看起来就像地狱中恶魔和罗刹。

此人凶神恶煞，面目全非，但还是让欢喜认出了这就是上次她医治的那个人。欢喜将视线投向引路的赤冰。赤冰迎接不了欢喜质问的眼神，嗫嚅了一句“欢喜……”靠上前去刚想张口解释，便看见宁峰带着一行人也进入地牢。

宁峰见欢喜已经入网，不等赤冰出言提醒，便让人把他架走。

对于宁峰来说，赤冰的作用也就单单是引欢喜而已，再让他参与欢喜和赤麟的话题，难保不会坏事，而且，这次他要的就是让墨玺体验一下和自己深爱的女人疏离的感觉。

当然，如果赤麟能够让欢喜站在他们这边，那也未必不是一件好事。

欢喜看到宁峰将赤冰带走后，心下一沉，本来也想追随上去，但在与牢房里面的赤麟深邃的视线对视过之后，轻咬了一下嘴唇，迟疑着走进牢房。

“他虽然是个王，却也是个恶魔一样的存在。想必，你和我一样深有感受，对吗？”赤麟看见欢喜进来，舔了一下干涩的嘴唇，他那张脸已经不成人形，说话的语气与速度，可以让人清楚地感受到他此时的痛苦。

赤麟口中的他，欢喜当然知道是谁……

而皇宫的一边，墨玺坐在自己寝殿内，桌子上摆放着几沓厚厚的奏折，墨玺正拿着一本奏折在阅读。

突然，寝殿的一头吹起了一阵风，墨玺星眸一暗，警觉地抬起头来。随后便看见紫晏面色煞白狂奔进来，一只手捂住胸口，一只手垂了下来，仔细一看，发觉紫晏的脸色比平日还要白上几分，并且他的嘴角也隐隐有了一丝血丝。

“怎么回事？”

墨玺放下了手中的奏折，看着受伤的紫晏，眼眉不禁皱了几分。紫晏是他的得力侍从，一般人想要伤到他实属不易，却不想今日……

“王上，属下与另外几位侍从在查看皇宫各处时突然被一群训练有素的杀手截杀，杀手的招式步步紧逼，另外几位侍从有一个已经被杀了。”紫晏双手作揖行了礼之后，便将发生的事情缓缓道出。

“皇宫里面竟然出现了训练有素的杀手，看来这皇宫内部，也该清清了。可调查到是谁干的？”墨玺听到紫晏的话之后，双眼眯了起来，眼里是危险的暗光，随后便问。

“属下无能，未能查到是何人所指使的，不过……”紫晏脸上闪过一丝愧疚，随后想起自己调查到的消息，于是便低下头，不敢言语。

“不过什么？”墨玺看到紫晏这般不敢言语的模样，便开口询问。

“属下……属下查到欢喜娘娘和赤冰公子一起去了地牢里……”紫晏说完这句话之后，便再次快速低下了头，不用看他也知道自家主子的脸有多冷怒，周围的怒气与寒气他都感觉到了。

“啪！”墨玺将手中的毛笔折断，随后便压下了自己心中的怒火，看着紫晏问：“他们去地牢干什么？”

“属下想，应该是去救赤公子的父亲赤麟。”紫晏想了一会儿，最终还是把自己的猜想说了出来，毕竟这一切的证据都指向着那里。

“咯嘣！”墨玺拿起桌子上已经被自己折成两段的毛笔再次折断，不用猜想，也知道墨玺此时心中的怒火。

欢喜去地牢想干什么，地牢里的那个人是他这辈子最恨的也是最想要杀掉的人，她明知道自己在乎她，她却还要去那里，是打算在自己的心里撒上一把盐吗？

想到这，墨玺的脸色比之前更黑，紧皱的眉毛，抿紧的双唇，犀利的眼睛里似乎有团火在熊熊燃烧。

蓦地，墨玺起身离开座位，快步向地牢走去。

此时的欢喜还不知道墨玺已经满腹怒火，正快步赶来这里。

“他是因为受到伤害，所以才会变得像恶魔一样。”欢喜此刻的脑海里只有墨玺对她讲的那个故事，那个令局外人都想哭的残忍而凄惨的故事。

“呵呵，可再怎么样，他终究是个恶魔，你看到了我身上的伤口吗？他很喜欢用刀在我身上割，喜欢鞭打我，难道这样的人还不算残忍？”赤麟轻笑了一声，随后像是有万分委屈一样，嘴里说出的话也令欢喜有一些动容。

赤麟在看见欢喜听到他说的话之后的神情，脸上闪过一丝阴狠，其实若欢喜仔细地看，便可以看到这个男人并非语气里的那般痛苦，他的眼睛很有神，根本不像是遭到极刑的人。

“离开他，站到我这边来，我是赤冰的父亲，赤麟。小姑娘，墨玺是个为了目的不择手段极其残暴的人，离开了他，你就可以悬壶济世，当个好大夫，救更多需要帮助的人，不用在那后宫里步步为营。”随后，赤麟抛出条件，引诱着欢喜。

不得不承认，欢喜在听到赤麟的这句话有一瞬间心动，她本是医女，她并不喜欢后宫里的生活，这种生活让她有点累。但，她在这后宫也算是看到了一些人心的险恶，天下没有免费的午餐。

“抱歉，背后不论他人长短，墨玺王如何我无权过问，我不会做出背叛他的事情。如果赤冰带我来这是就是为了听你说这些，那我先走了。”欢喜此刻只想离开这里。

赤麟冷冷道：“你不听劝告便是顽固，难道你不怕他将你也变成我这样吗？”

赤麟的声音阴冷嘶哑，像是一条黑暗的毒蛇爬过青苔，嘶嘶作响，甚是可怕。

欢喜心中烦乱，潜意识地觉得不妥，便转身匆忙离开。刚走到地牢门口，便看见了在门口被人架住等着的赤冰。赤冰看到欢喜出来，便用尽力气挣开士兵，赶紧跑到欢喜面前，想开口却不知道该说什么。

欢喜脸色有些发白，赤冰见到欢喜的秀发上沾了根茅草，于是便想伸手去拂开，而欢喜此时脑海里因为想着事情，并没有发现赤冰的动作。

不想，这一幕恰巧被急匆匆而来的墨玺给撞到了，看到这一幕，墨玺感觉自已快要压制不住那怒火了，于是快步走过去，一把拉过欢喜，手刚触碰到欢喜，就被一股强大的排斥力震开两步，差点一个踉跄。所有人都大吃一惊。

“欢喜，过来！”墨玺见近不得欢喜的身，冷声喝道。他脸色难看，疼痛、嫉妒和愤怒让他森冷如石雕。

赤冰的手落空了，见到是墨玺，刚想前去搀扶，便被墨玺挥手摔倒在了另一边。

墨玺搞定了赤冰这边，继续看着欢喜，压下自已的怒火，轻声问：“你来地牢干什么？”

他在等，他在等她自己告诉他实话。

“没什么。”欢喜刚想开口，随后想了想，便摇摇头。

“为什么，为什么你要这样对我！”墨玺听到这轻飘飘的一句话之后，内心的怒火再也压制不了，脸上满是狰狞，双手向前，想紧紧抓住欢喜的肩膀，冷声问。

“我……”欢喜看到墨玺这样，虽然他声音冰冷，但依然能感觉出他额头青筋暴跳，咬牙切齿。一瞬间，心里竟有些恐惧。她已经好久没有看到墨玺这般恶魔的样子了。

“为什么要和他来见那个人？”

那个人指的自然是赤麟，那个人是他心中的痛，他不想让欢喜见他，不想知道欢喜会不会站在他们那边对付他，他只知道，欢喜是他的，她已经在自己的心中占据了很大的位置。

如果……如果，有一天，她真的背叛他，那时他又该如何……

不，他不能让那一天发生，他绝对不允许闯进他心房的人狠狠插他一刀，对，不允许，绝对不允许。

墨玺内心的怒火与痛苦已经完全让他忽略掉从欢喜身上传给他的痛

苦，无奈欢喜身上的那股阻力太强，他越是用力，那股力量越强，这次他整个人向后，狠狠撞向了地牢的栅栏，发出沉重的撞击声音。

“啊，墨玺……”欢喜只感觉自己的心像是被刀狠狠刺中，很疼。

“欢喜……”墨玺听到欢喜的呻吟，身子僵硬了一下，他靠在栅栏上，脸色煞白，神情有些无措。

说到底，他还是很在乎她，听到她在喊，他就忍不住想要关心她。

欢喜入眼的便是墨玺有些无措的样子，心像是被不知名的东西锤了一下。可随后看到墨玺森冷的眼神，欢喜不由得一缩，下意识地就想转身离开。

墨玺看到欢喜这样，脸上最后的一丝无措和顾及都随之不见了，周围布满了恶魔的气息。他大步向前，便想直接将欢喜横抱起来。他还未靠近欢喜，紫晏连忙上前，将欢喜拦住，低声道：“娘娘，快随墨王回宫，这不是您待的地方。”

欢喜看着墨玺，低垂着头，顺从了紫晏的意思，墨玺这才作罢。

“嘶。”又来了，那该死的疼痛，墨玺的后背传来疼痛，下意识地呻吟了一下，但此时却管不了这么多了，他现在只想把这不听话的女人抓回去。但方才传来的排斥感和剧烈疼痛感让他暗自心惊，欢喜的身份来路越来越让他起疑。

等到欢喜被墨玺抓回去时，地牢里的赤麟松了松手，墙上的铁链便脱落了。此时，他的脸上已经没有了刚才虚弱的样子，而是布满了狠毒。

“经过这次的事情，他们两人定会产生隔阂，欢喜那个女人肯定会不自觉地疏离墨玺。”宁峰此时刚好从外面进来，看到赤麟这样的神色，便开口道。

“你记得什么时候把我弄出去就行了。墨玺，哼，等我出去了定要他好看。”赤麟看了一眼宁峰，随后不屑地仰起头。随后想到了什么，道，“那医女来历不简单，好像墨玺制服不了她呢。你还是再查查她的底细吧！”

“知道了。”此时宁峰心情还是有些好转的，便应了赤麟一声。

墨玺将欢喜抓回宫中后，便离开了欢喜的寝殿，随后就让紫晏调查欢喜去地牢的真正原因。

几日后，墨玺的书房内。

“王上，经过调查，这条线索就像是被人设计好一样，让人感到奇怪。”紫晏将调查的事情禀告给墨玺。

“吩咐下去，这件事情不用查了。”墨玺说完便看到了紫晏一脸惊讶的神色。

“是。”紫晏并未询问，毕竟他是臣，墨玺是君，君臣有别，君王的决定并不是作为臣子的他可以质疑的。

墨玺看到紫晏退出去之后，神色复杂地看着外面。他之所以不让紫晏继续调查下去，一是因为他虽然一时急怒攻心，但事后已经明白。这件事明摆是有人算计，而他也放过了欢喜，知晓她是被人利用，虽然他对她去地牢一事还耿耿于怀。二是因为他心中似乎知道是谁做的了……

想颠覆我墨玺，恐怕没那么容易，他冷冷一笑。

自从欢喜被墨玺抓回宫中后，便开始变得有些沉默寡言。

她本就不是多话的人，但成为一声不吭的瓷娃娃却也是头一遭。虽说后来墨玺并未追究她的责任，可却终究在她心里落下了阴影……墨玺眼中流露出的不信任和怒意震撼了欢喜。

欢喜没有办法，她不知该如何去面对，只能默默地疏离墨玺一些。

墨玺也感觉到了欢喜对他的疏离，他不想欢喜疏离他。他的心已经有了欢喜的存在，他不敢想象没有欢喜的自己会变成怎样。于是，墨玺在批阅完奏折后便疾步来到了寝宫，刚好看到欢喜在发呆，便自然而然地凑到她的面前。

这完全不是墨玺的平日作风，但他已无法自控。欢喜下意识便向后躲了一下。

“欢喜，靠过来，我想靠近你……”墨玺看到欢喜这般排斥的样子，心里的某处地方像是被针刺了一下，他想要她，他不想她离开他。

欢喜看到墨玺离她这么近，而且脸上是她熟悉的充满欲望而隐忍的神色，再听到他嘴里吐出的话语，欢喜的脸一瞬间红了起来。随后想到赤麟的话，她眼里闪过一丝慌乱，便不自觉地想要离他更远一点。

这一幕刚好被墨玺捕捉到，墨玺眼眸的颜色便更加深沉。

也不等欢喜反应，双手就覆上她的身体，想要亲上去。果然不出所料，墨玺再次被欢喜身体里的神秘力量弹开，手和身体就像被雷击一样，犹如万蚁噬心，疼痛难忍，根本没有办法拥有她。

欢喜，为何你闯进了我的心，却又想着疏离我。为何，我还是不能拥有你……

墨玺此刻感觉到有一丝心痛，他不知道他为什么会有这样的感觉，或许，欢喜在他心中的地位越来越重了。

就像现在，欢喜只不过是疏离了他一点，他便感到难受，感到心痛。

关键的是，他不知道发生了什么事情让欢喜这般疏离他。他知道，之前的他确实太过于恶魔，欢喜怕他，他知道，也懂了。

只是……他明明，已经改变了这么多，为了欢喜，他已经开始慢慢地把身上的狠戾锋芒收敛平息，可她还是因为一点事情就疏离他，他还应该怎么做？

这段时间，他不是没有感受到欢喜的变化，只是他那时还忙于政务，不，与其说他是忙于政务，不如说他是再次尝试从心底去相信欢喜，相信她会给他一点信任。虽然地牢那一幕时不时出现在他脑海中，但是他仍然选择了相信欢喜。

他犹如一只猛狮，为了心爱的女人，磨秃了尖爪。可换来并不是同等的交心以对。她的态度在告诉他，他信错了人吗？

但尽管如此，他还是想知道，为什么欢喜要疏离他？自从地牢回来之后，她看他的眼神明显与以前不同了。发生了什么事情让欢喜的态度这般转变？难道是这段时间他太忙，后宫的妃子看他太悠闲，所以又使些什么计谋或者说了什么话伤了欢喜的心，才会让欢喜的态度转变的？

难道是淑兰妃？毕竟因为淑兰妃参与青黛妃的事情，这段时间他对她很冷淡，也许她觉得自己委屈，所以就挑拨他与欢喜之间的关系，这也说不定。

等等，这也不对，失宠的女人在宫中会怎样，作为王的他自然清楚不过。

之前的淑兰妃因为仗着宠爱在宫中做的那些事他也不是不知道，只是他懒得理而已。而这段时间因为他的冷淡，宫中的那些女人使劲给她下绊子，所以淑兰妃忙着应对这些，应该也没有精力去挑拨离间。

想到这，墨玺不禁有些头疼，这个也不是那个也不是，到底是什么让欢喜这般，真是令人百思不得其解。

“欢喜，是发生了什么事情吗？”墨玺决定还是问一下欢喜，不然这样下去，他又寻不到原因，迟早会把他给逼疯。

欢喜冷不丁地听到墨玺的声音，她身体不自觉地颤抖了一下。

此时的墨玺因为万般无绪，脸色不是很好，冰冷冰冷的，就连问欢喜原因也有些冷淡。

而这一模样在欢喜的眼里就犹如最初看到墨玺的样子，欢喜再次想到了地牢里的画面还有赤麟的话。于是欢喜有些嗫嚅道：“没，没有发生什么。”

听到这话，又看到欢喜的表现，墨玺的眼神再次锋利了起来。

而欢喜此刻也意识到自己说这句话的时候活像墨玺会吃了她一样，之前墨玺跟她说过，不要害怕他……想到这，欢喜便压制下心底的恐惧，但神色有些慌乱。

墨玺此刻不得不承认，他感到受伤了，欢喜的恐惧让他的心像是被刀割了一下，很痛，很痛。他朝她伸出手去，手刚触碰到她的衣襟，就被一股无形的力量击打开，他噌噌倒退了两步，脸色惊疑不定。

“你，你究竟是什么人？”墨玺终于问道。

欢喜并没有觉察到自己的身体有何异常，墨玺此番的行为令她也有些困惑。

她立在那里，袖口和衣襟传来异香，引得墨玺再次近前，结果还是被无形之力推拒三尺之外。

墨玺惊异之余，俊脸上浮起疑窦阴云。他沉浸在不可思议的怀疑当中，所以没有看到站在屋檐下另外一个人的笑容。

华容在看到欢喜对墨玺的疏离时，嘴角忍不住浮上一丝笑意。

不得不说，自从欢喜来到这里遇到墨玺之后，虽然一开始对墨玺并不感兴趣，也不喜欢墨玺，只是带着感化的目的去对待墨玺。而那时华容也并不相信欢喜会喜欢上墨玺这样的恶魔，因为欢喜本就是无情无爱之人。

但随着后来欢喜对墨玺态度上的改变，还有那不经意流露出对墨玺的心疼，让她开始有了危机感。

果不其然，欢喜对墨玺越来越好，虽然欢喜的身上有屏障，墨玺触碰到就会被反弹。但欢喜对墨玺的关心和忧虑，这让她感到一丝不妙，并且她发现欢喜和墨玺在一起的时候，脸上会有那种不该流露在欢喜脸上的表情，比如娇羞。

她有一种让无法接受但又是实切的预感。欢喜，可能喜欢上墨玺了，而墨玺也可能喜欢上欢喜了。他们，彼此相爱……

像是在印证她的预感，墨玺也开始为了欢喜而改变，他对欢喜虽然没有三千宠爱在一身，但也没有了当初的戾气。

墨玺在欢喜的感化下不断变好，便暗示着欢喜的任务完成得很好。按理说，华容作为关心欢喜的人，应该高兴。但每次看到墨玺和欢喜这么好，就感到心里有些不舒服……

好在欢喜也没有一味沉迷于对墨玺的痴迷，虽然是她动了手脚，将结界植入欢喜体内，只要看到欢喜远离墨玺，她便觉得很高兴。

她还是要提防一下墨玺，就怕墨玺三言两语让欢喜又亲近他，不过，能看到墨玺一脸受伤的样子，她便不由自主的有些暗自窃喜。想到这，华容又不自觉地笑了起来，或许心里想着事情，她的笑容看起来有些诡异。

华容想着墨玺应该在思索怎样亲近欢喜，所以不会注意到她。

但不管墨玺此时有多么受伤，华容这么诡异的笑容挂在脸上，观察力和目力极强的墨玺怎么可能没有注意到？

墨玺不禁有些怀疑。

华容为什么笑得这么奇怪？欢喜原本好好的，怎么突然变得不能近身？这些蹊跷的事情都是在华容这个宫女来到欢喜身边开始的。

墨玺越想越觉得奇怪，他总觉得华容这不同寻常的笑容别有深意，虽然只是昙花一现，但足以引起他的警觉。他不能容忍有个不明来路的宫女待在欢喜的身边。

但墨玺并不打算就这样莽撞的去挑衅华容，质问华容，毕竟这样子不仅得不到他想要的结果，反而可能会让欢喜对他更加不喜，到时候更加疏远他。

经过一番思考之后，墨玺决定暗中调查华容。但目前来说，他还是先解决他和欢喜的事比较好。

“欢喜，我想和你说一些话，能不能让你的人退下？”墨玺回神，淡淡对欢喜说，脸上并未流露太多情感。

欢喜看到墨玺突然间变得落寞的表情，心中也是有些不忍，于是便让华容退下。

华容一边低头诺诺，心中却咯噔了一下，难道，墨玺开始怀疑她了？但思及到墨玺可能要挽回欢喜的心才这般做的，她便没有再多想。真怀疑又如何，她决计是不怕墨玺的。

过了许久，墨玺终于从欢喜那里出来。出来后的墨玺不再是在欢喜那里所展示的表情，而是有一丝慎重。

他得让手下去查查那华容，如果真的有问题，那么欢喜宫中的人他应该好好审查一下，最后再想个办法，把他们给除了，不然他也不放心。

墨玺想到这里，便赶紧回到宫中让手下去调查华容。

夜黑风高，正是杀人放火时。

墨玺此时依旧在看奏折。忽然，窗外灵巧地钻进来了一个黑衣人，仔细一看，是墨玺身边的得力侍从紫晏。

“可调查到什么？”墨玺停下手中的奏折，看向紫晏。

“王上，我顺着宫中的人事记录去调查，发现人事记录上的地址是错误的，而她所谓的家中兄弟们都说，根本没有一个叫华容的妹妹。可以说，华容这个人并不存于这个世上。”紫晏将自己调查得来的消息一五一十地告诉墨玺。

墨玺虽然怀疑华容，但也没有真正确定，听到紫晏的答复，此时他的疑窦更深。

华容，这个看似简单的宫女，他绝不相信她只是简单的下人。

看来，他应该要好好审视华容了，一个在兄弟口中并不存在的人此时就在欢喜的宫中，难不成，是谁派来的间谍？

可怜的墨王一时没有将欢喜对他的态度转变，与他将欢喜抓回宫中的事情联系在一起，于是一晚上都在思考欢喜为何对他冷淡，华容又到底是谁……

墨玺思考了许久，都未寻求到答案，于是便打算作罢，起身走去寝殿休息。

而就在墨玺离开之后，书房里的连排书柜动了一下，随后便看见一条轻盈的身影从中闪了出来，如鬼如魅。

那人一身粉色宫装，赫然就是欢喜宫中的宫女华容。

不错，华容在离开之后，回去仔细思考了一番，发现墨玺对她已经有所防范。以往同样立在欢喜的身边，但墨玺却从未察觉过，只当她如隐形人一般，无论说些什么都不避开，而今日却不同寻常，竟将她屏退。

华容想着是不是哪个环节出错了，让墨玺有了怀疑，为了以防万一，便打算在这书房里面守着，也好及时做好应对之策。

果不其然，守到后来便听到了墨玺与紫晏的对话。

华容脸上的表情越发复杂了起来，她所有的资料都是假的，而自己不过是假扮成宫女模样，好守护欢喜罢了。

如今，事情似乎是轮不到她选择了。像墨玺这样的恶魔，本就不该留在这世上。但天上的神却不打算铲除他，还打算感化他。为什么，为什么是欢喜？如今，她也有一丝明白了，欢喜虽然明面上疏离墨玺，但心里想必还是有情意的。

慧剑斩情丝，目前看来，欢喜是做不到自行脱身了，只能她替欢喜做主了。她留在凡间的时间不多，因为她并非是上天恩准光明正大来到凡间的。如果让墨玺知道，她自身的处境很是危险。不论是为了欢喜还是为了不暴露自己，墨玺，是不能留了。

想到这，华容的眼睛里闪过狠厉的光芒。

翌日。

“王上，紫崖白紫大人求见。”墨玺刚用过早膳，便听到外殿的太监传话。

“传。”墨玺放下手中的碗，看向殿内的侍从。

侍从得到墨玺的眼神，便下去传话。不一会儿，紫崖白便进到殿内。

“属下参见王上。”

“无需多礼。”紫崖白刚想行礼便被墨玺给制止。

“王上，明晚便是月圆之夜了。”随后，紫崖白一脸担忧地看向墨玺。

他身为墨玺的心腹，以往都是他陪墨玺，但现在因为青黛妃的事件，他不能与往年一般陪他。他从来都不觉得朝廷的官员是吃素的，特别是宁峰，如果让他知道墨玺在月圆之夜的变化，那他想要推翻墨玺的统治就多了一个有利的条件，他绝对不允许有这样的情况发生。

“我知道，我明天会照常去温池，这次就让紫晏在外面守着。”墨玺顿了一下，随后便看向紫崖白。

“是！属下这就让紫晏布置好。”让紫晏去本来就是他心中所想。

“嗯。对了，宁峰和赤麟那边你就盯紧点。”

随后墨玺想到了宁峰和还在地牢里的赤麟，怕他们会搞些动作，所以嘱咐了一声紫崖白。

“王上请放心，属下知道怎么做。”

等紫崖白说完这句话之后，墨玺便让他退下了，随后便向欢喜寝殿那边走去。

“娘娘，今儿可是累了，为何一直不曾说话？”华容看着从早上到现在一句话都没有说过，只是托着下巴在发呆的欢喜。

“华容，你说，我是不是对墨王太疏离了？”欢喜此时也说不清自己心中是什么感觉。明明之前墨玺来，她用最疏离的态度去面对他，而他也确实如她所愿，除了一开始露出受伤的面容之后，好像之后都脸色如常。

她知道她想的可能是不对的，可她心里却还是有些失落。虽说她只是怀着一种目的去接近他，但她，也确实动心了。

欢喜此时正沉浸在思索之中，没有看到旁边的华容面色狰狞，双手青筋爆起。

华容刚想开口便看见正走向这里的墨玺，于是便压下了开口的心思，退到一旁，低下头。

墨玺刚进来便看到了托着下巴发呆的欢喜，这样子的她看起来有些迷迷糊糊的，墨玺不禁莞尔。但在看到一旁低下头的华容时，嘴角的弧度便垂了下来。

“墨，你怎么来了？”欢喜抬眸便看到了穿着一身黄袍的墨玺，虽然心中迟疑着要不要接近他，但嘴角却忍不住向上微微勾起。

掉进魔障一般的爱情中的，看来并不止墨玺一个人。

不过，墨玺因为目光都在华容身上，所以并没有看到欢喜脸上表情的变化，等他转过头时，看到的便是和之前一样疏离的欢喜。他想到了此行的目的，于是便对欢喜说：“嗯，我明天要去龙华寺一趟，过来跟你说一下。”

“哦，我知道了。”欢喜此时也不知道自己是该失落还是欣喜。失落的是他跟她说话的时候依然看不出喜怒哀乐，欣喜的是他要离开还会特地来和她交代自己的行踪。

龙华寺？本来还在愁该怎么下手，没想到墨玺就把机会送上了。一旁的华容早就知道墨玺进来时看了她许久，这也更加确定了墨玺已经怀疑她了，刚好听到墨玺说明天去龙华寺，既然是墨玺自动送上来的机会，她要是不抓紧又怎么对得起他？

第二天晚上，龙华寺周围很是寂静，唯有木鱼的声音在夜间响起，让龙华寺多了几声空音。

墨玺很早便来到了龙华寺后面的温池，泡了许久。只见他闭着眼睛，双手撑开，搭在两侧的墨黑的头发垂落在温泉水内。

突然，温池周围吹过了一阵风，吹过了地上散落的树叶，一阵“沙沙沙”的声音在周围响起。

墨玺这时睁开了眸子，今晚的墨玺似乎与平时很不相同，他的眸子瞳色似乎比平时更深，只见他勾起了一抹犹如恶魔一般的笑。

“我还以为你不会来，看来你果然不是一般的宫女。”半响，墨玺缓缓开口。

之前他之所以当着华容的面儿说出今天会来龙华寺，便存着试探她的目的。和紫晏谈话后的第二天早上，他来到书房时却发现了本不该属于这个地方的痕迹，那时他便已经想到应该是华容昨晚来过了，有可能，她也知道了他和紫晏的谈话。

既然如此，那她很可能想到要先下手为强杀了他。按理说，一个宫女而已，他身为一位君王，想要一个后宫的宫女不知不觉死去，容易得就像是捏死一只蚂蚁那般。

但可以不知不觉潜入皇帝的书房，并且不让皇帝发现，那便肯定不是一般人。当然他也很好奇，这表面上是欢喜宫女的人背后又是什么身份。重要的是，他想知道，欢喜为什么要留一个不知底细的宫女在身边，她想做什么？

还有，欢喜，你是谁……

当墨玺说完这句话之后，从暗处便缓缓走出了一个人，此人赫然便是华容。

“不愧是墨王，没想到还真的让你发现了。”华容抬起眸子，正对着墨玺，眼里没有丝毫畏惧的神色。

“你，到底是谁？”墨玺看到她眼里的正色后，有些微惊，心下更加确定了华容肯定不是简单的宫女。

“我是谁就不劳墨王你费心了，你该费心的是……”说到这，华容停顿了一下，随后背过一只手，嘴角微抿，眸光瞬间凌厉了起来。

“你的性命！”随后，华容便立刻提步飞向了此刻在温池的墨玺，而之前背过的那只手正对着墨玺的眉心。

墨玺微微皱起了眉，为何他会在华容的身上感受到法力的气息？难道，是……

但是，此刻的墨玺来不及思考太多，因为华容已经快来到他眼前了。

于是，墨玺收回思绪，眼睛闪过一丝戾色，飞起身，顺手捞起了放在一旁的黑袍穿上，挡下了华容的攻击，这前前后后不过是眨眼的时间。

“魔的化身法力确实高强。”华容被墨玺挡下了攻击也不恼怒，而是轻飘飘地扔出一句话。

墨玺并未答话，看来，此人的身份确实不一般，竟然知道他是魔的化身。此时，他已经有些明白华容来自哪里了……他自然知道刚才的那一下不过是华容的刺探罢了。

既然敌我已分，那就不必废话了。于是，墨玺也猛地向华容扑去，招招狠厉，不给对方一丝机会。

看到这般狠厉的墨玺，华容也随之正色起来，与墨玺打斗。

令墨玺惊讶的是，华容的实力竟只比他差上几分而已。而令华容惊讶的是，墨玺的实力似乎比他之前更胜一筹。

两人不断过招化招，竟将周围的花草树木全都破坏了。而华容即使使出全部实力，依然有些吃力，渐渐落了下风。

“嘭！”华容最终还是被墨玺打倒在地，嘴角流出了一道血迹。

墨玺居高临下看向被打倒在地的华容，问：“我最后问你，你到底是谁，为何要潜伏在欢喜的身边？”

华容很不喜欢这种感觉，仿佛她是失败者一样。

过了许久，墨玺见华容依旧未开口，心里的那一丝耐心也被磨掉，随后运功，冷然道：“既然你不说，那就承受我的怒火吧……”

本以为华容受到墨玺的致命一击就会这样死去，却不想，就在千钧一发之际，华容全身突然爆发了法力，随后硬生生挡下了墨玺的致命一击。

就在墨玺惊讶之时，华容的全身开始发生变化，约摸一刻，华容就变成了一个身穿仙袍，头束白冠的男子，而他周围的气息与之前相比高上不止一半。

看到这里，墨玺的神色更加复杂了起来。

“你是欢喜的六师兄莲华！”墨玺认出了莲华。他们曾经交过手。

“没错，就是我。现在，我更加不能留你了！”莲华冷笑一声，此刻只想赶快解决掉墨玺，于是便趁着他恢复法力之时，快速攻击墨玺。

两人再次打斗起来，此时天空中圆月渐满，墨玺的攻势渐渐变得弱了下来。在月圆之夜，即将变身之前，正是墨玺最软弱的时刻。

于是，此刻的局面与之前完全相反，墨玺落了下风。

而这时，刚刚回来的紫晏听到温池传来的打斗声，便顺着声音看过去，看到是墨玺与莲华在打斗，又见墨玺受伤，便赶忙向莲华飞去，想要救墨玺。

莲华看到紫晏向他攻击，身形一转，伸手一挥，紫晏便飞了出去，一口鲜血喷了出来。

“为什么欢喜会喜欢上你这个恶魔，真是让人想不通。”紫晏咳了两声之后，便听到了莲华忿恨的声音。

欢喜娘娘？为什么会和欢喜娘娘有关？紫晏一瞬间疑惑起来，随后便看到了与莲华打斗的墨玺。圆月当空，墨玺开始变身，但身上的法力也越来越弱，莲华见状心中微喜，知道自己找到了墨玺的弱点，手下攻势不慢反快，招招致命。

紫晏此时已经来不及思考了，再这样下去，墨玺非死即残。既然和欢喜娘娘有关，解铃还需系铃人，只有欢喜娘娘才能救自家王上。于是紫晏再顾不得许多，疾速飞奔而去。

一到皇宫，紫晏便飞速向欢喜宫殿里走去，恰好看到欢喜在修剪花草，于是便赶忙奔向欢喜。

“欢喜娘娘，你快，快去救王上。”欢喜闻声刚转过身便看到受了重伤的紫晏。

“这是怎么回事？”欢喜连忙搁下手中的剪刀，看向紫晏。

“王上与一男子打斗，却不想那男子法力高强，竟将王上打成重伤，后来我听到那男子提到欢喜娘娘您的名字，于是我便赶忙来找您。”紫晏赶忙回答。

男子？欢喜有些疑惑，她自从来到宫中便未曾与其他男子有过接触，除了……

想到这，欢喜赶忙询问站在一旁的宫女：“华容呢？”

“回娘娘，华容说今儿个不舒服，便去休息了。”宫女听到欢喜的询问，回答道。

这时，欢喜哪里还有不明白的，于是便赶忙让紫晏带她去温池那里。

温池。

天上的乌云渐渐消散，露出了那如圆盘的月亮。

“咳咳。”随着莲华最后的全力一击，墨玺扑倒在地。

正当莲华想给墨玺致命的一击时，他发现，在月光照耀下的墨玺像是突然变了一般，他有些惊恐，墨玺的法力好像在快速恢复。甚至，在极速地增强，隐隐有一种压过他的感觉。

月圆之时，恶魔之日，法力盈满，魔的化身。

就在莲华呆愣的时期，墨玺法力大增。

墨玺从地上起来，扭了扭头，随后缓缓看向莲华，此刻的墨玺，是真正的恶魔。

突然，墨玺以肉眼看不到的速度快速飞向莲华，在莲华回神打算防护时，墨玺已经对着莲华打了一拳。

就在莲华受到一拳还未反应之时，墨玺又给了他一拳，就这样，华容全程被打。

莲华已经不知道该用什么来形容他此时的感受了，他现在只知道，这种感觉，像是被巨大海啸席卷抛起甩落，又像五马分尸濒临死亡……

随之赶来的欢喜正好看到了变成恶魔的墨玺在不断暴打莲华，而此时的莲华像是要死了一般。

“师兄！”欢喜大惊，就在墨玺最后的致命一拳即将落下之时，欢喜赶紧念咒。但是她的咒语对于变身中的墨玺好似并未起到作用，无奈之下，欢喜扑身向前，想要用身体挡住墨玺的攻击。墨玺虽然意识已经模糊，但潜意识里还是一顿，攻势停滞住，这时莲华将墨玺奋力一挡，转身逃出。

莲华本来以为他就要被墨玺杀死了，欢喜却及时来到将他救下，莲华的眼角流下了一行热泪。他的师妹，在他生命危及之时救了他。尽管逃过一劫，他还是受了重伤。欢喜连忙搀扶着莲华席地而坐。

“欢喜。”莲华看着眼前焦急的熟悉面孔，低语了一声，缓缓抬起手来，想要摸上她的脸。

“莲华师兄，你受了重伤，我先帮你治疗。”欢喜顾不得莲华此时内心的想法，赶忙帮他包扎处理。

此时的欢喜一心在帮莲华治伤，却没看见另一边墨玺眼里的震惊与怒火。

等到欢喜帮莲华治疗好了之后，一放松下去，便感到周围的气氛不对劲，她感到背后有一道充满怒火的视线，于是缓缓地转过身。

她看到的便是圆月渐渐恢复原状，而跟着也恢复了人形的墨玺。他穿着一身黑袍，头发散落，此时的眼里满是震惊与怒火，而他脸上的神情让欢喜的心咯噔了一下。

墨玺看见欢喜终于将注意力转回看到了他，于是便提步向欢喜走去。

墨玺一边走，一边想。他很想问她，华容是个男人，她知道吗？他很想问她，来到这里的时候，为什么第一眼不是放在他的身上而是放在华容的身上？他很想问她，他在她的心中是处在什么位置？他很想问她，欢喜，你是谁？

他与她的距离也不过这小小的一段路，可他为何会感觉如此遥远。

墨玺终于还是走到了欢喜的面前，他看着她，眼里的震惊已经消散大半，剩下的小部分是伤心，大部分的是被人欺骗的怒火。

他在等，他在等她主动开口，告诉他，她是谁。

而这边的欢喜看着走到眼前的墨玺，看着他眼里的怒火，她有一瞬间想要逃离。但脚像是被黏住一般，她逃不了，或许，她是不想也是不敢逃。

她在等，她在等他的怒火消散，告诉她，他相信她。

两人终究没有开口。

"欢喜，你究竟是谁？"过了许久，墨玺率先开口说话，看着欢喜，眼中的怒火依旧未退，话中也充满了责问。

对于他的责问，欢喜不敢说，也不想说……

欢喜内心有些苦涩，张了张口，想说些什么，却发现最终什么也说不出。

而躺在地上的莲华看着欢喜的神情，也大概猜出了她心中的想法。

"欢喜，是仙子的化身。"莲华最终开了口，打破了两人之间的气氛。

墨玺眯起了眼睛，看向莲华。

"因为你是个恶魔，所以欢喜她才会来接近你，她是无情无欲仙子，她最终的目的是要感化你罢了。"莲华见墨玺看着他，于是便再次开口。

墨玺听到莲华的话之后，手中的拳头青筋突起，看向欢喜。

"他说的，是真的吗？"

欢喜低着眉，末了，还是点点头。

墨玺看到欢喜点头之后，眼里的怒火再也承受不住了。他紧紧地看着眼前的欢喜，过了几分钟，眼睛通红，发狠似的一拳打在旁边的一棵树上，大树拦腰而断，仿佛这样就可以平定心中的怒火一样。

救赎？感化？呵，原来竟是仙子的化身，真是最讽刺不过。他还以为他找到了这世上让他觉得温暖之人，却没想到，她是带着所谓感化他的目的来接近他的。

他墨玺何时需要她的感化，他有错吗？他并不觉得他是错的。

别人说他墨玺是魔的化身，狠毒如同阎王一样，做事从来不留一丝情面，甚至说他是个忘恩负义的人。

呵，真是最讽刺不过。如果他不狠毒，不像恶魔一样做事，那他这些年来早就如同坟墓的深深白骨一般了，他又怎么去报他的杀父之仇？

不过，在外人的眼中他是怎么样的，他都不在意，因为他们于他而言不过是生命的过客罢了。直到后来他遇见了她，她渐渐走进了他的心里，让他心动，让他欢喜，他也开始渐渐地在乎她，让他觉得她其实是懂他的，她不会在意他在外人眼中的形象。

于是，最后他以为他终于找到了可以相伴一生的伴侣，却不想，如此的讽刺。

现实却给了他一巴掌，告诉他，他最爱的女人其实是怕他的，所以才会疏离他。

而他也体会到了所谓的心痛的感觉，他墨玺，何时落到了这个地步？

墨玺紧闭着眼睛，眼角像是有潮气。可惜，莲华被打伤在地，紫晏在外面候着，欢喜不敢抬头，所以在场的几个人都没有看到这一幕。

算了，不过是七情六欲，他墨玺何必这么脆弱。

但是，有些事他一定要弄清楚。

“欢喜，我最后问一句，为什么？”

为什么事到如今，你却还不出声回答我，哪怕是骗我，我也信。

为什么要这般在乎莲华，为什么要当着他的面这样做？

对，他最终，还是放不下这个女人，他还是想要问清楚，因为这些为什么，可以让他知道，他在她的心里处在哪个位置。

欢喜此时正在莲华的旁边，她知道墨玺口中的“为什么”代表着什么，她其实也很想说，她本来是无欲无情，可后来和他慢慢地接触，她发现她也并非无欲无情。

可惜经过这段时间，她也算是有些了解墨玺。这件事无论如何都在他心里扎了根，即使她顺从自己的心说了，最后他应该也不会像之前那般了。与其让她时常在他的眼前出现，让这根刺将他的心刺得越来越痛，还不如就这般算了。

况且，如果她说了，最后也跟他回宫了，那莲华师兄该如何，莲华师兄今天这般做，墨玺肯定不会放过他。莲华师兄为她做了这么多，她又怎能放心留下他跟墨玺回宫继续当欢喜娘娘？

如今当务之急是先把莲华师兄医治好，只有这样才不愧对她的良心。

想到这，欢喜对墨玺摇了摇头，回答："没有为什么，墨玺，放我和莲华师兄走吧。"

墨玺听到欢喜的回答之后，先是一怔，随后面色阴郁。而莲华则露出一丝欣喜，显然是没想到欢喜会这般回答。

她的意思是，她要和莲华远走高飞？她这是背弃他？

墨玺先前被他压制下的怒火再次燃烧了起来，颇有一种快要喷出来的冲动。

"不，绝对不可能，你休想背弃我，你这样把我墨玺放在什么位置？"墨玺用冒着怒火的眼睛紧紧看着欢喜，咬牙切齿地问。

欢喜刚想回答，却发觉旁边的莲华正在努力地撑着打算起来，欢喜看到他苍白的脸上不断流下汗水，心下不忍，于是便伸手扶他起来。

墨玺看到欢喜不回答他的话，反而伸手去扶华容，眼里的怒火燃烧得更加旺盛，他披散而下的青丝随风飞扬，显得他更加俊美。

他多想上去阻止，多想把莲华给杀了，但他明白，如果他这次真的出手了，那欢喜可能离他就更远了，所以墨玺忍住了。

莲华看着放在自己手臂上的芊芊细手，脸微红，随后心底似乎是有一丝甘甜的泉水流过。他注意到了墨玺的脸色，微微一顿，想到自己和某人的计划，有些担心。

"墨玺，你有这时间逼问欢喜，不如好好想想，一个皇帝大晚上的不在寝宫休息，而是在这寺庙里，这会让有能力的大臣多么欣喜。"莲华颤颤巍巍站起来之后，看着墨玺，勾起了嘴角。

墨玺的眼睛突然暗沉了一下，莲华既然说得这么得意，那便是肯定有这回事，毕竟一国之君大晚上不在皇宫，而是出现在这里，一些有心之人肯定会趁着这次机会……

墨玺的瞳孔突然放大了起来。看来，是有人想要颠覆他的王朝。

而这个“有心之人”，除了他的杀父仇人，那就是……

宁峰！再联想起那次地牢发生的事，莲华当时是以宫女的模样在场，而赤冰和欢喜为什么会这么容易进到地牢？为什么当时会有人引他去地牢，然后撞见那一幕？

做了这么久的王，如果他还不明白这一切，那他又有什么能力来守护他的王朝？

这一切，都是宁峰干的！

而莲华，想必早就与宁峰勾结在一起了，那欢喜……

墨玺突然用法力打向莲华，莲华与欢喜都措手不及，莲华便被打中。

“你早就和宁峰联合在一起了？”墨玺看着再次扑倒在地的莲华，眯起了眼睛。

“咳咳，你还不算太笨，可惜，你最终还是要输了。”莲华说完便想挣扎起来，但发现很是困难，于是便作罢，趴在地上，扭过头看向墨玺，笑了。

墨玺并未回答莲华，而是紧紧盯着欢喜。

欢喜此刻心里说不清是什么滋味。

而此时，龙华寺外一人匆匆而来，走到紫晏的身旁。看他急促的步伐以及紧急的神色，便可知道，肯定是发生了什么事情。

“你怎么出来了，发生了什么事情？”这人是墨玺放置在宁峰身边的棋子之一，身份可大可小。

“紫晏，你快通知王上，欢喜娘娘身边的侍女是奸细，她与宁峰一同联合，为宁峰提供情报。此刻宁峰趁着王上不在宫中，已经带领叛军杀进了宫中！”那人急忙地回答。

“华容？那个女人？”紫晏有些疑惑，一个宫女，怎么可能有这么大的能耐。

此时的紫晏并不知道华容就是莲华，并且还是一个男人。

“对，现在紫崖白大人正在宫门口奋力抵抗，并且告诉属下位置，派属下前来寻找王上。”那人怕紫晏不相信他，赶紧把紫崖白搬了出来。

紫晏听到自家大哥的名字，再联想前后，于是便赶忙提步向温池里面走去。

墨玺见欢喜许久未回答，便想着先去找宁峰算账，刚移动脚步，便看见了急色匆匆的紫晏。

紫晏看见墨玺，赶忙上前，不等墨玺询问，便开口道：“王上，欢喜娘娘身边的侍女勾结宁峰，趁您不在的时候杀进宫中，此时宁峰已经杀到宫门口了。”紫晏因为心中着急，并未发现前面这三人的尴尬气氛。

欢喜的心咯噔一下，随后扬起了一抹苦笑。

墨玺听到紫晏的话之后，握紧了拳头，扭头看向欢喜以及在地上的莲华。

随后便道：“紫晏，派人看紧他们，带回宫中。”

紫晏看着眼前的欢喜娘娘还有她身旁的莲华，有些疑惑，但并未询问。

墨玺赶忙飞去宫中，一张脸如罗刹般燃烧着熊熊怒火。

另一边，宫门口。

宁峰正站在宫外，看着与紫崖白等人杀在一起的手下，对旁边的侍卫挥了挥手。那人便立刻上前。

“华容来了吗？”宁峰问。

“禀告大人，此时并未收到华容回宫的消息。”那人立刻回答。

宁峰再次挥了挥手，那人便立刻退下。

宁峰抬头看着天上高高挂起的圆月勾起了嘴角，心想，墨玺也该回宫了。

随后，宁峰突然发狠，将紫崖白等人打倒在地，带领手下一路杀进宫中。

而此时，刚刚赶回宫中的墨玺，看到的便是满地的鲜血以及满脸笑容的宁峰。

“你终究还是赶回来了。”宁峰看着眼前的墨玺，勾起了嘴角，擦了擦手上的鲜血，看向墨玺。

周围正在打杀的两方人马，看到墨玺出现之后便停了下来。

“我一直都知道你有野心，但却想不到你可以做出半夜逼宫的行为。宁峰，到底是我小看你了？”墨玺看着宁峰道。

他刚上位的时候，处理的第一批奏折，无一不是在赞颂宁峰，力推他为丞相，由此可见，宁峰在朝廷的势力有多大，恐怕比他这个王上还要大上几分。

许是他刚上任，在宁峰以及大臣的眼中不过是一个可以摆动的傀儡，他们行事越发猖狂。那时他刚上任，最大的敌人便是赤麟，因需时时去防备赤麟，所以放纵了宁峰，却不想，宁峰便趁着这段时间笼络了朝中大部分的朝臣。

后来，他一举血洗朝中大臣，那是他上任之后的第一次狠戾，不留一丝情面。从此，宁峰在朝中便慢慢低调了。但他一直都知道，宁峰就像黑夜里的狼一样有野心，看似平静的黑夜，其实都在他的眼中，一旦找到机会，他便会暴露本性，随时出击。

“哈哈，确实是你太小看我了，我想要的一直都是这个王朝。今晚过后，这个王朝便要改朝换代，而那时的君王便是我，宁峰。”宁峰看着眼前年轻的墨玺，听到他的询问，大笑了起来，并不隐藏，直接说出了他的野心。

墨玺看着得意的宁峰，又看向旁边的紫晏，紫晏会意，便下去了。

不一会儿，紫晏便押来了一个人，赫然是淑兰贵妃——宁峰的女儿。

“放开我，你们凭什么抓我，要是王上知道了，肯定饶不了你！”淑兰妃一边挣扎，一边大叫，凌乱的妆容与发型，毫无半点以前的贵妃气质。

淑兰妃一路挣扎到这里，看见了墨玺，心下欢喜，刚想说话，就看见了对面自己的父亲，而脚下的鲜血染红了她的鞋子。她即使是一个女子，也明白了是怎么回事。

宁峰在看到淑兰妃的时候，顿了一下，随后便恢复了之前的模样。

墨玺看着宁峰说：“如果你不想你的女儿出事，那便让你的手下撤退。”

宁峰听到后回答：“不过一枚废弃的棋子罢了，既然没用了，那也该丢弃了。”

站在墨玺旁边的淑兰贵妃听到自己父亲说她是一枚棋子的时候，感到心痛了起来。虽然她知道她是一枚棋子，但当自己的父亲真正说出来的时候，还是会心痛。

就在这时，墨玺突然出手，围在宁峰前面的侍卫纷纷倒下。

他从来就没有想过拿出淑兰妃让宁峰住手，一个野心太过庞大的人，又怎么会在意所谓的亲生女儿。他之所以让淑兰妃出来，不过是为了转移他的注意力罢了，他需要的是一个突破口。

宁峰本来淡定的脸看到这一幕之后，立刻正色起来，显然是没想到墨玺会来这一手。

墨玺来的时候他已经知道墨玺的实力增强了很多，所以他并没有直接硬上，而是让人围在他周围，借机暗杀掉墨玺。

“杀！”墨玺一声令下，后面的士兵便冲上前。两方士兵再次打在了一起。

而此刻的欢喜寝宫内。

欢喜正帮莲华包扎疗伤，弄完之后刚想离开，莲华便一把抓住了欢喜的手臂。

“欢喜，我……咳咳……”莲华刚想说话，便不自觉地咳嗽了起来。

“莲华师兄，你好好休息吧。”欢喜看到莲华这般，脸色未变，帮他盖好被子，便想去另一边，因为她不知道，此时她应该怎样去面对莲华师兄。

莲华师兄之前就对她很好，之后他又不顾一切地私自下凡来找她，甘愿变成一个宫女，在她的身旁常伴左右，她虽然是无情无欲之人，但那时心中也确实深受感动。

从几何时，莲华师兄变了，变得不像以前了。不，应该说，他对她一如既往，但在为人处世方面则变了很多。在听到他和宁峰联合在一起打算颠覆墨玺的王朝时，她甚至有一种，莲华师兄利用了她的感觉。

想到这里，欢喜再次扬起了苦涩的笑。

莲华看到这般的欢喜，感觉心上的痛比身体的痛还要重上几分。他知道此时欢喜想的是什么，他从未想过利用欢喜。他之所以会和宁峰联手，不过是因为他不想欢喜的心只在墨玺一个人的身上。

他喜欢欢喜，比他想象中的还要喜欢，可如今他却让欢喜伤心了，或许他错了。

莲华紧紧地抓住欢喜的手，看向欢喜，脸上满是真挚，让欢喜一瞬间看到了从前的莲华师兄。

“欢喜，对不起。还有，我想和你说一件事……”莲华刚想对欢喜亲口说出我一直倾心于你时，便听到了外面奔跑经过的宫女的议论声。

“唉，快走，这次宫廷大乱，欢喜娘娘可真伤了王上的心了。宁大人作乱，王上江山社稷不保，咱们快逃。”一位宫女边跑边叹了一口气说。

“可不是，你是没看见王上血洗宫中的场面，我是第一次看见这般狠厉的王上，杀人不眨眼，如同恶魔一般。”另一个宫女接着说。

“那欢喜娘娘怎么办？”小宫女问道。

“唉，谁知道呢，反正这次欢喜娘娘死定了。也许她就是不详之星，多少人因为她丧身于墨王的手上……”窗外的窃窃私语犹如一把把刀，又如同烈火熬油，让欢喜坐立难安。

欢喜终究坐不住了，她站起身，身形刚动，就被莲华虚弱而顽固地一把拉住，他问她：“你要去哪儿？趁着宫廷大乱，不如你跟我回天庭？”

“不，师兄，我得去看看。”欢喜毫不犹豫地拒绝了莲华。

“那边正乱着呢，你又没有法力，不是白白去送死？”莲华再次阻止欢喜。

“可是，墨玺在那儿。”欢喜坚定地拨开莲华拉着她的手。

莲华彻底沉默了，他收了手，怔怔地看着欢喜步履坚定地奔着寝宫外而去。那一瞬间，他知道欢喜永远都不可能属于他，甚至从来都没有片刻属于他过。

月上半梢，墨玺杀的人越多，他便感到自己压抑许久的内心越是兴奋，飞扬的头发，染血的墨袍，此时的他，如同真正醒来的恶魔。他拿着一把利剑，不断地挥起来，眼前的人不断地倒了下来。

宁峰看到这样子的墨玺，突然想起之前墨玺血洗朝廷的时候，也是这般的神情。

宁峰害怕了，但是眼下的他已经毫无退路，他只能号召自己的那些死士与其决一死战。于是两军交战，血流遍地，死伤无数。

如此几番激战，双方损失巨大。

宁峰眼看着落了下风，没料到此时情况突然发生了变化，只见天边的圆月渐渐变得黯淡了起来，原先还气势如虹的墨玺力量慢慢减弱了。宁峰心中暗喜，心想天助我也，魔王总算要伏法了，心下想着，手中加强了攻势。

墨玺的力量虽然减弱了，威力依然惊人。但随着圆月变弯月，他的力气渐渐消减，四周的气场开始出现了破绽。就在这时，如地狱般的血腥现场飞奔来一条白色人影，正是神色惶然的欢喜！

“墨——”欢喜远远地呼唤着墨玺，墨玺闻声一震，克服着月亮变化带来的不适，勉强抵御着宁峰凌厉的攻势。

“别过来，欢喜！”墨玺神智昏沉，勉强喝道。

欢喜停住了脚步，连自己都不知道，此刻她清丽的脸上满是焦急之色。

宁峰见此，突然想起那日在地牢中墨玺和欢喜之间的异动，猛地窜至欢喜的身旁，将欢喜向墨玺推去，欢喜被重力猛推，狠狠撞向墨玺。

墨玺原本可以闪开，但电光火石间，他还是伸手接住了欢喜，刚触碰到欢喜的身体，不出宁峰所料，墨玺整个人都被欢喜身上的结界击中，飞出几丈远。在飞出的瞬间，墨玺将欢喜放稳，可就是如此的举动，加上月光的黯淡，墨玺被身上的法力所反噬，顿时受伤，“哇”地一声吐出血来，重重栽倒在地。

宁峰见计谋得逞，欣喜地忍不住哈哈大笑，得意扬扬道：“墨玺，你受死吧！”说着从旁边士兵手中抽出利剑，要亲自将墨玺杀死。

就在宁峰高高举起手中长剑的时刻，他的笑声突然停顿，神色变得惊惶，因为他的前胸突然多出一截明晃晃的刀尖来，有人在他背后给了他致命一刀！

宁峰瞪大眼睛转过身去，看到的是白马寺总监察赵杰不知道什么时候悄无声息地站在了他身后，宁峰挣扎着想给赵杰一剑，可是还没等他动手，赵杰就拔出刀来，步步紧逼，招招狠厉，让宁峰心颤不已。

赵杰找了个破绽，再次捅了宁峰一刀，宁峰便倒在了血泊当中！

“为，为什么……”临死的时候宁峰依然没有明白和自己是同一阵营的赵杰竟然暗算他。

赵杰嘴角勾起一抹轻蔑的笑意，道：“宁峰你这个老贼，螳螂捕蝉黄雀在后，能让你张狂这么多年，你就知足吧！”说着又狠狠补了一刀，道，“等我送你到黄泉路上和先帝作伴，再让墨玺也和他爹娘作伴去！”

宁峰即将咽气的时候，猛地瞪大了眼睛：“你，你是赤……赤麟的……”

“对，我就是赤麟爷的忠臣，眼下我们终于要拿回属于我们的东西了！”赵杰哈哈大笑，一边踢了踢死不瞑目的宁峰，一边大踏步地走到墨玺面前。

赵杰看着受了重伤的墨玺起先有些不敢接近，在确认墨玺已经和宁峰一样奄奄一息之后，他才狞笑道：“墨王，多有得罪了，请您将您的宝座让出来给赤冰大人，也许今日还能饶你一条性命！”

墨玺脸色煞白，躺在地上，虚弱地反问赵杰：“凭什么？”

“就凭赤麟大人即将重振旗鼓，就凭后宫懿太妃也鼎力支持赤冰大人上位！”赵杰冷笑道，“墨王，依照末将看，您身受重伤，不如就到地牢里好好休息。”

赵杰的话音未落，就听到远处传来骚动，赵杰定睛一看，不由大喜过望，只见不远处，白马寺侍从们簇拥着一队步辇徐徐前来，为首的竟然就是被打入地牢囚禁多年的赤麟！而在他身旁的，赫然是懿太妃和赤冰。

墨玺远远望去，带着血迹的嘴角勾起一抹嘲讽的笑意，他就那样躺在那里，一言不发。

赤麟的步辇还没近前，就冲着赵杰吼道：“还不动手，这魔王诡计多端，免得夜长梦多！”

赵杰这才回过神来，连忙诺诺应了，便往前去，准备一刀结束墨玺的性命。

欢喜见状连忙冲过来要挡在墨玺前方，身形刚动，赵杰就冷声喝道："欢喜娘娘，您忘记是您害得墨王受伤了吗，若是你还要尝试让他伤情加重，就尽管过来。"欢喜只得停下脚步。

赤麟很是得意，赤冰彷徨无措，懿太妃则静观其变。

"墨王，让末将送你上极乐世界吧！"赵杰手起刀落，赤冰却在此时冲上前去，拦住了赵杰："赵大人，不可对墨王不敬！"

"这……"见拦住自己的人是赤冰，赵杰为难地望向赤麟。赤麟脸色一变，喝道："冰儿，你给我走开，这魔王是你的劲敌，不可掉以轻心，仁慈对待！"

"父王，不管怎么说，墨王都是我的兄弟。"赤冰替墨玺向赤麟求情。

"什么，他是你的兄弟？"赤麟像是听到天大的笑话一般，讥讽道，"他是半人半魔的怪物，你跟他不是一类人。我兄长有眼无珠，宫中那么多美人，偏要喜欢上一个妖精，生下了这么一个怪物。这种怪物留在世间只会是个祸害，还是早早消除为妙！"

"不，父王，墨王对孩儿向来照顾，孩儿不要王位。只要天下百姓安居乐业，孩儿不在意谁称王。"赤冰朝着赤麟做了个长揖，依然不肯做违心之事。

一直默不作声的懿太妃开口说话了："冰儿，你父王说的是事实，墨王确实不是人类，他是半妖之人……"

赤冰抬起头，望向懿太妃："太妃……连你，连你也这么说墨王吗？"

此时一直躺在地上奄奄一息的墨玺勾起嘴角，嘲讽的笑意更浓："墙倒众人推啊，母妃……难道本王这么多年对你的孝心都付之东流了吗？"

懿太妃神情有些尴尬，这时赤麟呵斥一声："谁是你的母妃，你不过是个妖孽野种，如意这么多年来忍辱负重，蛰伏宫中，为的就是今天！"

"如意？"墨玺挑了挑剑眉，"赤麟叔父，你对我乳娘的称呼有些亲密呢？"

赤麟觉察到自己情急之下失言，但眼下胜券在握，场面早就被他的兵马所控制，因此也不想再作隐瞒，声音嘶哑地说道："如意跟了我几十年，为我受尽委屈，如今我也不想让她再躲在背后受人非议了。赤冰，过来，她不是你的乳娘，而是你的亲生母亲！"

赤麟的话一出，顿时众人皆惊，虽然墨玺早有所料，但事实在眼前，让他呼吸急促，内心波澜不定。而赤冰，则干脆呆若木鸡，完全不知如何消化这突如其来的消息。

“我和你的母亲为了能有今天，经历过多少磨难，眼下总算大功告成，你为何不懂我们的良苦用心？还不快将墨玺斩杀，以绝后患！”赤麟见赤冰还是愣在那里，不满地低喝。

赤冰被赤麟喝了一声，不由自主地望向地上的墨玺，见墨玺似笑非笑地望着他，心中突然一阵羞惭，竟不敢去看墨玺的眼睛。他这个兄长虽然性情暴戾，但对自己，从小都是爱护有加。即使父亲赤麟被打入死牢，墨玺也还是将他与父亲区别对待。如今要让他下手去伤害兄长，他赤冰下不了手。

赤麟见赤冰迟迟不动手，心中暗骂了一句“怂货”，便朝着赵杰使了个眼色，赵杰会意，朝着墨玺又再进了一步。

墨玺在这时却发话了：“赤麟，你布局多年，和懿太妃私通，秽乱宫闱。为了谋权篡位，用莫须有的罪名设计我父王，鼓动天合教徒，让我父王惨死断头台，侮辱我母亲让她含恨而死，为了达到自己的私欲，表面上照顾遗孤，实际上暗中折磨我，好几次都差点把我害死。我把你关进地牢后，你和懿太妃里应外合，依然不死心，前阵子青黛妃和紫崖白事件，就是你们设计的吧，为的是削弱我左膀右臂的力量，趁机卷土重来。”

“哈哈哈，墨玺，你现在知道有些晚了吧？不过在临死之前知晓真相也不亏，至少不必含恨九泉！”赤麟笑眯眯地说着，满意地看着赵杰的刀朝着墨玺砍落。

“墨！”欢喜看见赵杰的刀，再也顾不得许多，朝着墨玺飞扑而去！

但还没等欢喜近前，赵杰的刀就砍了个空。原本还瘫在地上气若游丝的墨玺竟然还能以迅雷不及掩耳之势闪过赵杰的一刀，赵杰的刀插入地缝中，还没等他拔出刀来，就发现自己的脑袋已经搬了家，跌落在地上，断掉的头颅上的那双眼睛瞪得老大，充满了恐惧和不可置信！

事发突然，赤麟一时间也愣住了。他很快反应过来，便要让周围的士兵围剿墨玺，但他刚有所举动，突然手腕一麻，发觉自己的胳膊竟然被墨玺掷来的短刀劈中，顿时断成两截。

看着月光下，满身血污的墨玺站在带着应援队伍前来支援和平乱的紫崖白面前，黑衣无风自动，赤麟不由又有了那种胆寒的感觉。糟了，他才是入套的那人，一子错满局皆输。那个混世魔王又回来了。

墨玺也没让他失望，随后皇宫的里里外外，成了人间炼狱。所有参加叛乱的士兵都逃不过被屠杀的命运。满地的血污和凄厉的哀号令人胆战心惊。欢喜站的地方，很快就血流成河，鲜红的血染红了她一尘不染的白鞋和白裙，她木然地站着，面对满眼屠杀，竟再吐不出半句话。

黑夜里，墨玺已经和夜色融为一体，似乎是杀红了眼，他的脑海中只有“杀人”两个字。他双手沾染了鲜血，黑衣暗沉，覆盖的也是鲜血。

不多时，叛乱的队伍就被剿灭，只剩下花容失色的懿太妃、满脸仓惶的赤冰以及外强中干的赤麟。墨玺站在血河中，望着这三人，突然笑了起来：“这算是一家子齐齐整整的吗，那么一起死如何？”

懿太妃用衣袖掩脸，呜咽道：“请墨王宽宏大量，饶过我这一回吧！”

赤冰脸色煞白，但还是打起精神对墨玺说道：“总之是我们的不对，王兄，你杀了我吧！”

赤麟还不能接受蓄谋已久的大势已去，他怒瞪着墨玺，半晌才咬牙道：“好你个墨玺，狡兔三窟，算你有种，不过你要杀我，可想到赤羽国的天合教徒能放过你吗？”

墨玺冷笑，笑容如冰，他缓缓道：“天合信徒都是如你这般小人行径吗，本王怕什么？我见一个杀一个！”

懿太妃闻声抬头，慢慢靠近了墨玺，一边乞求道：“我也是天合信徒，墨王，不要杀我，不要杀我……”

墨玺冷眼旁观，见懿太妃越靠越近，她竟突然出手发难，手里已经多了一把薄匕首，那把匕首是寒铁所制，削铁如泥。懿太妃突然行刺，一般人很难逃得过，但对于墨玺来说，只是雕虫小技罢了，他身形一晃，躲过懿太妃的行刺，回身拍了一掌，正好击中懿太妃的臂膀，懿太妃站立不稳，扑向行动不便的赤麟，手中的匕首竟然不偏不倚刺中了赤麟的胸口！

她被这个意外吓得动作停滞。赤麟的脸上先是恼怒，但渐渐地，泛上的是认命的土色，他喃喃道："这是天谴吗，哈哈哈，天谴啊……"

懿太妃紧紧抱住赤麟，哭喊着："赤麟王，我不是故意的！"

赤麟盯着她良久，口里喷出一大口鲜血，向后倒去。懿太妃紧紧抱着他，不住呜咽，看着赤麟在自己怀中断了气。懿太妃抬起头来，凄凉地对赤冰一笑，低低道："孩子，我和你父王先走了！"话音刚落，她拔出赤麟胸口的匕首，狠狠刺进了自己胸膛，随后拥着赤麟的尸体缓缓倒下。

"不，父王，母妃！"赤冰被眼前的变故惊呆了，他冲上前去，抱住赤麟和懿太妃的尸身，不住的哭喊着。

而墨玺面无表情地看着这一切。夜色如墨，鲜血如海，满地死尸，一切都如人间炼狱。

四周仿佛静止了，只有墨玺恶魔的模样越发鲜明。

墨玺的视线缓缓逡巡一遍，接着落在欢喜的身上。

隔着远远的距离，墨玺突然裂开嘴就笑了，他的笑容冷冽如冰，他问欢喜："现在你还想度化我吗？"说完他一步一步地踩在鲜血与尸体上，向欢喜走去。

"今日所见所闻，是否颠覆了你的想象？"墨玺笑容更冷，"你还有兴致劝我吗？我告诉你欢喜，我成天忍受你天天要度化的鬼话，是太纵容你了！你不就是仗着我喜欢你吗？是谁给的你豹子胆？我今日告诉你，我不再喜欢你了，你能奈我何？"

欢喜脸色苍白，如水的眼眸渐渐变得暗淡，墨玺举起手作了个手势，紫晏上前，低声说道："墨王。"

"把这个女人囚禁起来，不再给她妃子待遇，没有本王同意，她今生今世再也不能走出皇宫！"墨玺说完，头也不回地离开满地血海，颀长的背影绝情而果决。

一条白色的人影在树影后藏身已久，他本想去解救失去自由的欢喜，但因为伤势，只得吸口气，准备上天庭前去搬救兵来解救欢喜。

第三十二章 妙手回春造浮屠

彼时，天庭。

莲华跪在金殿之上，神色紧急，想到被墨玺囚禁的欢喜，他便想直接让他们去救欢喜。但是天庭有天庭的规矩，他无法去打破。

身穿金袍外衣，露出大肚腩，脸上满是和蔼，周身金光照耀的如王看着眼前的莲华。

莲华自幼友爱，待人真挚诚实，他本以为莲华将来会成为一位好神仙，好好地管理人间，却不想最终私自下凡。

“莲华，你说墨玺魔化，将欢喜囚禁起来了吗？”如王歇了心思，看向跪在金殿里的莲华，其实他早已知晓。

“弟子所说千真万确，不敢有一丝隐瞒。”莲华听到如王的问话，赶紧作答。

如王在莲华进入天庭时，便已察觉，随后通过红尘镜，便看到了事情的发展，这般询问莲华，不过是为了确认罢了。

“欢喜乃是仙子化身，更是本座座下的女弟子，既然如此，那本座自当派人去救。但莲华你身为神仙，不顾天庭法规私自下凡，你可知罪？”如王问。

“弟子知罪，弟子愿接受惩罚。”莲华听到后并未有其他想法，在他决定回天庭搬救兵时，他就已经预料到了。

“私自下凡，需要遭受天谴，在雷池承受三道天雷，夺去多年修为。”如王缓缓地说出惩罚。

莲华此时脑海里想的都是欢喜的模样，便点了点头，说："弟子甘愿接受惩罚。"

如王看到这般无怨无悔的莲华，叹了一口气。

神仙最不能触碰的便是七情六欲，一旦触碰，受之，喜之，怒之，悲之，怨之，最后理智全失，而这般种了情根的神仙又岂能当好一个治理一方的神仙，莲华如此，欢喜亦如此。

人生有七苦，最苦莫过求而不得，像莲华这般便是。

莲华慧根不错，但可惜的是他钻进了情的字眼。

人间有人间的法规，天庭有天庭的法规，法不可破，他若偏袒莲华，便是打破法规，届时天庭弟子便都有了理由犯错，这是最不可取。

如王想起了被恶魔墨玺囚禁的教徒，还有被委派感化墨玺的仙子化身的欢喜，又叹了一口气，随后便叫来了座下弟子目连。

"目连，你且去凡间一趟，将欢喜救下，收服墨玺。"

莲华听到后，向如王看去，眼里满是感激。

"是，弟子这便下凡。"目连听到如王的命令应下之后看了一眼师弟莲华，欲言又止。

"若是想与莲华说些什么，你便说吧。"如王见一向耿直的目连此时欲言又止，于是便对他说。

"谢谢师父。"目连连忙向如王鞠躬。

随后目连便扶起了跪在地上的莲华，而本来坐在上面的如王不知何时已经不见了，于是目连便开口问："莲华师弟，当初你为什么要私自下凡？"

莲华笑了一下，对目连说："师兄，等救出欢喜之后，你帮我多加照顾她。"

"莲华师弟！"目连得不到莲华的回答，有些急切。

"师兄，有些事我说了你也不懂，你去吧，将欢喜救出来，当做是师弟的最后一个请求。"莲华依旧一脸平静。

目连见莲华一直这般，便也作罢，叹了一口气，走了。

目连离开之后，如王便再次坐在了上面，看向一直跪着的莲华，亦让人将他带去雷池，承受三道天雷，夺去修为，算是对他的惩罚。

莲华一步步地走向雷池，紫色的仙袍随风飘起，微挑的剑眉，如潭水般的黑眸，薄薄的嘴唇上一抹浅笑，许是周围的仙气太过于浓郁，又许是这微风太过于温润，竟让他眉眼间都染上了一丝笑意。

莲华每踏上一级石阶，脑海里就会想起他与欢喜相遇相识的一幕幕。

他已经记不清他是什么时候对她倾心的，或许是那一天她的神情，她的话语触动了他的心。

“师妹，这里瘟疫横行，虽说你是神仙，但保不准会沾上些许，你还是回天庭吧，剩下的让师兄们去做。”

“师兄，神仙本应慈悲为怀，况且我身为医女，身上背负着救人的责任，更应该如此。”

是啊，她是慈悲为怀的仙子，怎么可能会让凡间瘟疫横行，让无辜的百姓失去生命，也难怪她后面会不理他。

她可能永远不会知道，那天的她看上去比天庭里的任何一位仙子都要美，那认真的神色竟让他不自觉的沉迷其中，一颗心，或许此时就已经交付了人，只可惜那时他还并不知道。

等他隐隐约约发觉他动了不该动的心思时，问欢喜：“欢喜，你希望将来会嫁给哪位仙君？”

欢喜很疑惑地看向他，她只打算做她的仙子，嫁人她并未想过。

那时他听到之后，很自然地心里闪过一丝失落，随后想到她本无情无欲，便作罢。

他也以为，他会和欢喜一直在天庭，保持着这样的师兄妹关系，但他在听到天庭要派欢喜去感化恶魔墨玺时，他便开始担忧，随后为了保护欢喜便私自下凡……

当莲华一直回想着往事时，他已踏上了雷池。

莲华收回了思绪，脸上的浅笑依旧，任由如王派来的弟子把他用铁链捆绑起来。

霎时，原本充满仙气阳光明媚的周围，一瞬间变得乌云密布，闪电在乌云中穿梭，让人心惊不已。

但莲华却并未恐惧，慢慢地展开双手，闭上眼睛。

“嘭！”莲华感到自己的身体像是被劈过一般。

第一道雷，愿欢喜你眉眼依旧，笑脸盈盈，享天下之乐。

“嘭！”莲华感到自己的灵魂像是被撕过一般。

第二道雷，愿欢喜你良人在侧，白首齐眉，此生共结连理枝。

“嘭！”莲华感到自己已修为尽失。

第三道雷，愿欢喜你儿女双全，忘却莲华，永生不再想起我！

欢喜，对不起。

欢喜，再见了，师兄那天想跟你说的是，我爱你。

欢喜，以后，莲华师兄就不会在你的生命中出现了，师兄会在一个没有你的地方好好祝福你。

“莲华是怎么逃掉的？”墨玺闭着眼睛，侧躺在龙椅上问道。

一旁的欢喜荆钗布衣，蓬乱着头发，刚从洗衣坊被提讯到寝宫内，一时间无法作答，只是怔怔看向窗外。莲华师兄已经走了几日，不知道他怎么样了。虽说她对莲华师兄有些失望，但他毕竟是对自己一片真心实意的师兄，她还是很担心。

墨玺听不到回答，睁开眼睛便看见了对着窗外出神的欢喜，有些发怒，便叫道：“这女人又不听话了，给我教训她，让她学会听话！”他近不了她的身，他可以让别人来折磨她。这几日，他除了折磨欢喜之外，还满城搜查天合教徒，准备进行屠城，铲除异己。

赤羽国，又回到了过去那般的恐怖，人心惶惶，满地鲜血。

眼下，墨玺看着欢喜被折磨得面容憔悴，他男人的自尊心就得到了满足，但心底深处，却有着丝丝麻麻的疼痛，不过他是永远不会承认的。

欢喜被两个粗壮的丫头押着，准备去领受处罚时，墨玺突然听到了外面的喧哗声。只见紫晏面带惊慌冲进来禀报：“墨王，外头有人进攻了！”

墨玺勾起嘴角，拿起酒壶灌了一大口酒，连日来他天天买醉，对敌情不以为意，有人进攻了，那就进攻吧，看他不血洗了这些人。

可是这次情况好像不同了。因为紫晏告诉他，是天兵天将下凡了！

墨玺带着欢喜一同出去，看到的果真是一众天兵天将，而领头的正是欢喜熟悉的大师兄——目连。

“欢喜！”目连看到墨玺身旁的欢喜时，很是激动。

欢喜在看到目连时，也回以苦涩一笑。

“如王让我等来请墨王上天庭一趟。”因为欢喜在墨玺的身边，目连便想着只要墨玺跟他上去，那便不用他去捉拿。

“请？是如王想要捉拿我吧？”墨玺嘲讽地笑了一声，随后看向目连，并且直接提剑上去，打向目连。

目连没想到墨玺竟然这般不知好歹，于是便让天兵天将去捉拿他。

却不曾想，一众天兵天将，竟然被发狂的墨玺杀了大半，损失十分严重。目连暗暗心惊，他不知道墨玺的功力竟然如此厉害，也不知道，墨玺自从放开了心中结印，无情无欲的时候，会迸发出一股足以毁灭天地的能量来，无人能敌。

欢喜心中流露着涩苦，看着坐在旁边的墨玺，再看着眼前的目连师兄，以及一旁的天兵天将，再联想到刚才双方两败俱伤的情况，眼眶不禁微红。

“墨玺，我奉如王之命捉拿你，你却这般反抗，休怪我不留一丝情面。”一向憨厚耿直的目连满脸怒火看着墨玺。

他身边的天兵天将已经被消灭了很多，损失十分惨重。

他以为，只要他好心好意地与墨玺说出目的，墨玺便会跟他走上一趟，那时他便可以救欢喜。但没想到，他刚说出口，墨玺便猛烈地攻击他，让他节节败退。

“我最讨厌的便是你们这些满口仁义道德拯救众生的弟子。”墨玺抬眸看向目连，讽刺地说。

“你！”目连怒火越来越甚，但他根本不会辩论，所以他也说不出对抗的话来，只能等如王前来。

方才他与墨玺对战的时候，看着情况不对，便派一名弟子去往天庭禀告如王。

而此时，天庭金殿那边。

“莲华师兄已经接受了惩罚，此时修为已经全部失去，变为了凡人。”那名随同莲华去雷池的弟子回来禀告。

“嗯，没有修为的他定当难行，你便多加照拂他一下。”如王点点头，随后说道。

“弟子还有一事要禀告，回来时遇到目连师兄派来的人，说墨玺猛烈抵抗，致使损失严重，请师父前去捉拿。”弟子说。

如王取来回光镜，看到了弟子口中所说的情况，于是打算亲自去降妖伏魔。

“欢喜，莲华师弟为了救你回天庭搬救兵。但他因私自下凡，已经受到了天谴，承受了三道天雷，修为尽失。”目连见站在墨玺旁边的欢喜低着头，从头到尾不曾说过一句话，忍不住开口道。

欢喜听到目连的话之后，面露震惊，显然是想不到莲华师兄会是这般的下场。

那天莲华师兄离开王宫，她以为莲华师兄是去疗伤，却不想是回天庭搬救兵。他明明知道私自下凡回去是要受天谴的，为什么还要回去？

墨玺看到这般的欢喜，神情越加紧绷，眸光凌厉地看向目连。

所有人都始料不及的时候，墨玺突然出招向目连飞去，显然是想把目连一招杀死。

目连眼孔放大，欢喜震惊地看向墨玺。

此时，一道光突然把墨玺的攻击消灭，随后便看到了天上云层里盘坐着的如王。

墨玺看到如王之后，眸光更加凌厉，不知道是想起来什么，随后便直接向如王进攻。目连与众天兵天将也向墨玺攻击，场面混乱起来，而墨玺以一敌百，毫不畏惧，反而再次将目连等人打得节节败退。

如王看着守护墨玺的欢喜，心中叹了一口气，随后看到墨玺一边不断地杀戮，一边不断地注意着欢喜，于是便用法力铸起一把阻情刀，对着墨玺。

一旁的欢喜看见，本想提醒墨玺，却发现自己根本说不出话来，神情紧急。

而墨玺因为顾着应付天兵天将，并未发现如王的阻情刀对着他，看到欢喜紧急的神色，眸光暗淡了片刻。

她是看到自己对她的目连师兄下手才这般紧张的吗？

欢喜，你什么时候能紧张我一下，只要一下。

而此时，如王手中的阻情刀已经对着墨玺飞去。

欢喜越来越着急，在千钧一发之际，突然从墨玺的背后抱住了他。

墨玺还未反应过来，就感到自己的背后贴上了一具柔软的身体，那熟悉的味道钻进他的鼻子里，让他不由得愣了起来。

墨玺刚想着应该反过来抱住她时，突然听到闷哼一声，抱着他的双手正在慢慢松开，随后便听到目连大声喊了一声“欢喜。”

墨玺猛然转过身子，抱着欢喜，看到了脸上血色尽失，嘴角挂着一行血的欢喜。他这才注意到，欢喜的后背插着一把刀，他抬起双眼看着上面的如王，手中的拳头紧握。

“墨玺……”这时，一道虚弱的声音从怀中传来，墨玺赶忙抱紧她。

眼下，中刀的欢喜身上的结界终于解开，墨玺也能抱住这个让他又爱又恨的人了，可是情况却不好了。

“欢喜！”墨玺连忙说道，然后用手抚摸着她的脸。

看着脸色越来越苍白，奄奄一息的欢喜，墨玺眸子里的痛苦掩藏不住。

墨玺抱起了欢喜，飞快地飞去了山洞，躲进了山洞里面。

“欢喜，疼不疼？”墨玺此时连他自己都不知，他的眼眶已经有些微红。

“不疼。”欢喜勾起嘴唇笑了，然后回答。

眼前的欢喜脸色似乎越来越苍白了，就连呼吸也是那么微弱，此时的墨玺心中涌上一阵悔恨。都怪他，如果不是他，欢喜也不会为了他而挡下这刀，更不会变得这般没有生命力。

早知道如此，他就应该放她和莲华离开，这样她也不会受伤。

他可以接受她疏离他，也可以接受她背弃他，但他却不能接受没有生命力的她。他紧紧抱住欢喜，生怕她一不小心就会消失。

“墨玺，孽海无涯，回头是岸！”这时，山洞外传来了如王的声音。

但墨玺却并未理睬。

山洞外面见墨玺没有理睬，于是便也没有了声音。

“墨玺。”正当墨玺自责的时候，怀中的女子突然开口，声音虽然很微弱，但墨玺却听得很清楚。

墨玺低头看着面无血色，嘴唇发白，但眼眸里却充满着希翼的欢喜。

“欢喜，我错了。”墨玺眼眶微红，随后便说出了他刚才一直想说的话。

爱过的人都不应该太计较，即使欢喜以前再怎么伤他的心，但在这一刻，他心中仍提不起半点埋怨，他的眼里也只有他怀中生命渐渐流失的小女人。

欢喜愣了一下，随后扬起了一抹笑容，墨玺他，似乎是原谅她了。

过了许久，欢喜感觉到自己的生命气息越来越弱，有些话，她一定要和墨玺说，不然，她怕她没有机会说了……

欢喜伸手抚上墨玺的脸，对他展颜一笑，她感觉到了墨玺身体的僵硬，还有脸上那震惊的表情。

欢喜，对他，笑了……

方才欢喜虽然也对他笑，可他因为焦急并未发现，但此刻，欢喜的笑再一次触动了他的心房，一种欣喜的情绪由心而生。

墨玺忍不住抓住她的白皙细手，紧紧地贴在自己的脸上。

随后，便听到了熟悉的声音：“墨玺，我有没有跟你说过，我，我在，在乎你？”

“嘭。”墨玺此刻的脑海里完全炸开，这句话，是……欢喜对他说的？这是喜欢的意思吗？

但随后墨玺想到当日莲华说她本是无情无欲的仙子，脸上的欣喜便渐渐落下。

欢喜看到墨玺的脸色，知道他在想什么，于是便连着他的手一同往下移，直到墨玺的心房，缓缓而道：“我本是个没有七情六欲，冷冰冰的仙子，我，我也以为我会就这样下去。”

“却不想……”欢喜停顿了一下，抬起头便看到了眼睛里闪过一丝光芒的墨玺，随后勾起嘴角，说：“却不想，天庭派我来感化你。”

欢喜看着他，继续说：“我就这样，变成了你的欢喜娘娘。起初，我还真的觉得你就是一个恶魔，后来，渐渐地，发现你与他们口中的形象并不相同。”

“那是怎么样的？”墨玺下意识地询问。

“暴躁、爱发脾气、胡思乱想，能力很奇特。”欢喜随后笑了几声。

墨玺发现现在的欢喜特别爱笑，而他也发现，欢喜每笑一次，脸色就变得越白，甚至给他一种快要透明的感觉。

“这算什么不一样？”墨玺随后说。

“最重要的，我发现你会渐渐为了我而改变，我也发现后来的我，看到你误会我，我会心痛；看到你不顾我的意见囚禁我，我会伤心；看到你在乎我，我会开心。这本该是凡人的七情六欲，却出现在了我的身上。”欢喜说完，自嘲地笑了两声。

而墨玺每听一句，便更加抱紧一点欢喜。

他怎么能这么混账，为什么总是想些不该想的东西，为什么不能好好地和欢喜说。

原来，欢喜……他的欢喜其实是喜欢他的，她不是那冷冰冰的不近人情的神仙，她也有七情六欲，她只是不知道怎么表达罢了。

随后，欢喜慢慢地支撑起身体，环抱着墨玺的脖子，凑在他耳边，说：“虽然你急躁暴戾、爱胡乱猜疑，但只要是你，这些都不是问题，因为，我，我……都喜欢。”

说完，便松开了手臂，跌倒在墨玺的怀里。

墨玺在听到欢喜这一段话时，嘴角抽搐，手掌在轻轻颤抖。因为是他，所以他无论有什么缺点，她都可以接受，这是他从来没有听过的话语。

墨玺紧紧抱住欢喜，他抱她抱得是那么紧，紧得几乎要将她嵌入自己的身体，他低下头，在她的嘴唇亲了一下。

“欢喜，我不会丢下你的，倘若天要你死，那我就不顾一切把这天给震塌了；倘若阎王要你死，那我也不顾一切地把他的地府给端了，我一定要把你找回来。”墨玺急急发誓，唯恐晚一些，欢喜就会消失不见。

欢喜是他的命，别人若是敢取，他定要让他付出代价。

“墨玺，我还是你的，对吗？”一颗清泪缓缓从欢喜的眼角滑出，像是火栗子一样，烫疼了墨玺的手。

“嗯，怎么了？”墨玺把头埋进欢喜如云的鬓发中，此时的他没有世人所说的恶魔模样，更没有面对敌人以一敌百的气势，有的只是对心爱女子的心疼与愧疚。

是的，他愧疚，愧疚自己这么迟才明白眼前的欢喜是喜欢他墨玺的欢喜，并不是无情无欲的仙子。

欢喜心里酝酿好久的话，此时想开口却发现心头像是被石头压住一般。过了许久，欢喜压制好自己的情绪，随后便缓缓开口：“那就按照人间的说法，墨玺，我们相离吧。”

说完这句话，欢喜完全压制不了心中的情绪，背上的伤口之痛不及她心痛的三分之一，酸楚的水光在欢喜的眼睛里打转。

我们相离吧。这句话可能是她这一生说过最绝离的话语。

莲华师兄曾问她，将来想要嫁给哪位仙君。她那时只是疑惑，她不懂情，不懂爱，只知道去履行她的责任，嫁人不过是人间女子才会想的。

直到她遇到了墨玺，让她逐渐知道了情为何物，爱为何物，就连人世间的成亲嫁娶她也有了一丝期盼，但可惜，那时她已经是个娘娘，而墨玺也是个拥有后宫佳丽三千人的君王。

按照人间的说法，她并不是皇后，从名义上说，她只是一个王的女人，一个王的女人是不能说相离二字的，但她心里始终把墨玺当成唯一的夫君。

庸人之爱，只想着怎么疼惜保护对方，实际上，这只是成全了自己。王者之爱，却是不管付出多大代价，都要成全对方。这句话是她无意之间知道的，她没有王者之爱，但她无法眼睁睁地看着墨玺在她的面前离去，所以无论付出多大代价，她只想他平安，只想他开心。

以前的他，背负了太多太多，她不想她死后，再让他背负这些，况且，她已经与他表明了她的心意，她也无悔了。

现在的她奄奄一息，也许过一会儿她便要走了，既然要走，那她就不能让墨玺伤心。相离，是她能为他做的最后一步。

他日，若有佳人喜他，爱他，怜他，她也就放心了。

只是，当这一句话说出口的时候，她的心就好像被人狠狠撕裂了一般，很痛，很痛……

“不，我不准！”墨玺突然大喊出来，使出全身力气，紧紧地把欢喜抱住。

一滴眼泪滴到了欢喜的脸上，也滴到了欢喜的心里。

欢喜脑海里回忆着她与墨玺的点点滴滴，最后慢慢地闭上了眼睛，勾起了一抹浅淡的微笑。

墨玺，再见了，愿你一生戎马归来，佳人在旁，共结连理，一世鸳鸯。

墨玺这时方才明白肝肠寸断的滋味是如何。相离，这两个字生生地锤在他的心上，生生将他的最后一丝坚强击碎。

在他的心里，欢喜一直都是他的妻子，他唯一的妻子。只是，他无法想象，说出这句话的欢喜心有多痛。

“欢喜，欢喜！”墨玺低下头，看见了脸色全白，闭着眼睛，嘴角有着一丝浅淡的微笑的欢喜，任凭他怎么叫，怀中的女子都没有任何反映。

“欢喜，你醒醒啊！”墨玺抱着怀中渐渐冰冷的欢喜，痛苦而悲愤地大喊出来。

声音悲切，竟使山洞旁边的猿鸟都附和地悲啼了起来。

外面的目连也不自觉地流下了泪水，看着如王，眼里满是乞求，他想让他救救欢喜，可如王并未多语，转身便离去了。

如王回到天庭之后，差弟子去请了一位神仙过来。

过了半晌，那位神仙缓缓而来，此仙竟是提灯老祖。

“欢喜烟消云散了，墨玺此时正在山洞之中，声音悲切，猿鸟相啼，他定是恨极我了，我再劝他放下屠刀已是不成，所以方才请提灯你来。”见提灯老祖坐下，如王便将事情以三言两语说出。

提灯老祖叹了一口气，随后便道：“问人世间情为何物，到底终是如饮苦水。我曾与你说过，仙子虽然心怀慈悲，但墨玺与她之间终究有一丝情的牵绊，让你三思，你终究是让仙子下凡。”

如王顿了顿，想起了自己的女弟子，随后也叹了一口气，说道：“罢了，你且去将那墨玺收服便是，至于墨玺最后如何，任听你安排。”

“也罢，那我便去走一回。”

说完，提灯老祖消失不见，唯留上面的如王盘坐思考。

即使怀里女子的体温如同冰块一般，墨玺也并未松开，他将身上的外套脱下，紧紧地抱住她，仿佛这样就可以让欢喜温暖，让她醒过来。

此时的墨玺没有往日的俊美，有的只是满脸沧桑，就连那满头黑发在一夜间也有不少染上了雪白。

过了半响，墨玺抱着欢喜起来，面上没有一丝别样神情，拿起了地上的剑，向洞外走去。

到了洞口，一丝阳光射进来，闪到了墨玺的眼睛，墨玺下意识地捂住眼睛，但随后便慢慢地适应了。他低下头，看着没有一丝生气的欢喜，在阳光下变得有些透明。

墨玺颤抖地抚上欢喜的脸，手上传来冰冷的触感。

起码，她还在这里。

墨玺低下头，用脸贴住欢喜的脸，低喃：“欢喜，我说过了，若是这天要你命，那我就不顾一切把这天端了，他一日不还你，我便一日化成魔，这天下如果没有你，我墨玺，终是半人半妖，连魔都不是了！”

墨玺慢慢地抬起了头，走出了洞口，看着外面的天兵天将以及在天上伤心的目连，眸光瞬间变得狠厉起来。

随后想起了欢喜还在他的怀里，于是便赶忙停下凌厉的动作，脸上的表情瞬间变成了温柔，轻轻地放欢喜下来，生怕他会弄坏一般。

再次看向天兵天将的时候，脸上的温柔已全然消失，突然，墨玺抓住了手中的剑柄。随后他举剑大喊：“我要你们，为我欢喜偿命！要如王，还我欢喜性命！”

第一剑下去，一位天兵鲜血四溅，溅到了墨玺的脸上，墨玺像是激起了什么，所到之处，鲜血淋漓，人头陨落，万物扑腾，生生杀出了千里血路。

就在墨玺将手中的剑刺向最后一个天兵时，一道法力阻止了墨玺，生生把墨玺逼迫到了千里之外，只差一步之遥便可触碰到欢喜。

随后便看到了提灯老祖的身影，他看向墨玺，道：“情字弄人。墨玺，你与欢喜命里本就没有情缘一说，如今她魂飞魄散，我自会超度她，让她重新修练，你何必胡乱杀生？”

墨玺撑着剑，缓缓站起来，用布满血丝的眼睛看向提灯老祖，随后讽刺地笑了两声，威胁地说：“呵呵，你觉得我会信你吗？胡乱杀生？若非他们，若非如王，欢喜又怎会就这般死去。今日，你若不让欢喜活回来，我便上那天庭，屠尽所有人，杀了那如王！”

提灯老祖听到墨玺这话，拿出了一面镜子，双手合并，口中念念有词。

随后又说：“我手上拿着的便是可以查看红尘往事的红尘镜，你且看看吧。”

提灯老祖刚说完，便看到一道金光出现，提灯老祖手中的红尘镜逐渐变大，一幕幕画面出现在墨玺的眼前。

第一世，墨玺是一名书生，欢喜是一名富家千金。一次庙会的偶遇，让墨玺看到了欢喜挂在庙里姻缘树的诗——愿夫君相离之后，重戴玉冠，成一风流才子，选取良缘佳人，在那庙堂之上，战那戎马生涯，至此以后，一别两宽，各生欢喜。诗上虽是祝福之意，但那悲凄之情浓浓而上。

恰逢科举考试之时，墨玺不幸昏倒，得欢喜相救，于是便与她相识。过后方才知道，她已成亲半年，但不知道何因，两人便相离，相离之后，她那前夫君便一去不回，至今未归。

从那以后，墨玺常与她相谈，两人之间有了一种说不清道不明的情愫，欢喜只等墨玺开口便寻思答应，而墨玺却想等他考完试之后有了功名，再上门提亲。

后来，墨玺上京赶考，寒窗苦读十几载，终于考取功名，却不想，等他回来打算上门提亲之时，听到了欢喜已经再嫁的消息。

原来，她那相离之后的夫君在相离之日时离开那里，一路上京，逢圣上遇袭，便救了圣上，圣上一时大喜，便许了他高官厚禄。

他功成名就回来之后，恰逢庙会，去了庙下的姻缘树，看到了欢喜所做的诗，甚是感动，于是便再去求娶欢喜，欢喜最后答应了。

墨玺听后，怅然若失，不知他去了何处，又过十几年后便听到了墨丞相之大名。

而墨玺却并不知，欢喜等了他十几年。大婚当日，欢喜心心念念的唯有墨玺，于是她临时变卦不想再嫁，最后那男人也不再勉强，放了欢喜……

墨玺看到这里之后，刚才在不断杀戮的男人，眼角竟泛起了泪意。

第二世，墨玺是一个小国家的王，而欢喜是一位尼姑。

墨玺的国虽小，但世世代代风调雨顺、民风纯朴，这来自于一个虔诚的传承，国内的百姓每家每户需选出家中最有地位之人，去寺庙或庵堂吃斋念经一个月，感谢上天庇佑，为百姓祈福。

这一年，墨玺刚登基不久，尚未娶妻，他的母亲便来到古法庵里祈福，怎料刚到不久头疼病便犯了，墨玺担心母亲，便来探望。

墨玺来到古法庵，见到的便是年方十八，青丝被削，一身素衣的欢喜。那时她正在打扫，见到俊美的墨玺突然丢掉了扫把，眨着大眼睛，上前问他：“你是谁？你长得好生漂亮。”

墨玺当时脸便黑了，他最不喜别人说他长得漂亮的。算了算了，不过是一个没见过世面的小尼姑罢了，何必去计较。抱着这样的心思，墨玺看也不看欢喜，便走了。

墨玺决定在庵内小住，一是便于照顾母亲，二是代替母亲完成祈福。这个小尼姑似是认定了他一般，除了他上茅厕哪里都有她的身影，每天不断地在他耳边唠叨，也不管墨玺越来越黑的脸色。

直到祈福即将结束，墨玺的母亲也身体无恙了，欢喜便没有再继续烦墨玺。习惯了欢喜在他耳边叽叽喳喳的墨玺有些别扭，感到非常不适应。

临走的前一天晚上，墨玺看到了在古树下哭泣的欢喜，他竟感到心痛，便过去安慰她。然而欢喜却突然抬起哭得通红的眼睛看向墨玺，问他：“墨玺，你喜欢尼姑吗？我可能，有些喜欢你了……”

这便是欢喜，她单纯又很直白地与墨玺说。

墨玺一时脑子晕乎，下意识地便答：“若你有朝一日还俗了，下山寻我，我娶你。”

欢喜很是欣喜，然后亲了一下墨玺，很开心地走了。

然而，回到皇宫的墨玺，发现丞相趁着他祈福的这些日子笼络大臣，于是墨玺便开始了无休无止的夺权战争，那日古法庵内他承诺的话早已忘却脑后。

直到有一天，墨玺遭到暗杀，生死一命之时，一位身穿粉衣，青丝披散的女子挡在了他的面前，墨玺十分震惊。

随后便听到女子说：“你说好的，等我还俗，下山寻你，你便娶我的……”此女正是小尼姑欢喜。

还未等墨玺反应过来，欢喜早已没有了气息。

后来他才知道，在他走后的第二日，欢喜便还了俗，开始了寻他之旅，一直寻到了她满头青丝及腰。欢喜在古法庵时本就是不谙世事之人，后被一男子欺骗，最后竟将欢喜给……

于是，欢喜便疯了，青丝披散，整日嘴里只有一句：“你说等我还俗，下山寻你，你便娶我的。”

直至今日，欢喜即使疯癫，但一眼就认出了他的身影，还在千钧一发之际，救了他……

生生世世，他与欢喜都错过了情缘，而今世，这次的情劫也注定他们是生离死别的命运。

墨玺看完之后，用满是鲜血的双手捂住自己的脸，滚烫的泪水从他的指尖流下，怀里的欢喜没有一丝温度。

过了许久，墨玺抬头看向提灯老祖，问：“提灯老祖，可有解脱的办法？如果能让欢喜活过来，成就我与她的情缘，无论什么，我都愿意去做。”

提灯老祖看着眼前的墨玺，停顿了许久，便开口说道：“前尘往事，一笔勾销，算是为你，也为欢喜。”

墨玺听到提灯老祖的话之后，看向怀中的欢喜，随后像是下定决心一般，道："好。"

提灯老祖道："你先把你的尘缘了结。"

"是。"墨玺将欢喜平放在地上，随后便飞速回到赤羽国，看着眼前熟悉的社稷江山，往事一幕幕在眼前浮现，墨玺却没有时间去留恋。

他回到皇宫，让幸存着的紫晏和紫崖白把囚禁的所有天合教徒都放了，随后回到金銮宝殿，拟了一道圣旨，将皇位传给赤冰，同时遣散后宫嫔妃。

消息传出，举国震惊。

紫晏和紫崖白原想阻止墨玺，但墨玺却摆摆手，道："我只要欢喜。"

二人默默无言。

墨玺望着皇宫外面的白塔，心想，赤冰不像他父亲赤麟一般阴狠毒辣，反而有一颗纯真的赤子心，他将皇位传给赤冰，也到底能放心一些。

就这样吧，原本那睚眦必报、耿耿于怀的仇恨，以及欲望情爱，就在轻而易举之间荡然无存，墨玺第一次觉察到了大千世界的虚空和明净。

墨玺重新回到提灯老祖的药庐里，提灯老祖还替他守着欢喜。

墨玺如获至宝地抱起了欢喜，对提灯老祖道："菩提师叔，我已按照你说的一般，放了所有被囚禁的天合教徒，将皇位传给了赤冰，赤冰是个赤诚之人，一定可以好好管理赤羽国。凡尘俗世，已无我所眷恋的东西了。"

提灯老祖看着眼里不见半分戾气的墨玺，微微发笑，随后便道："那么，你与欢喜，想要什么样的结局？"

"我与她只要能相守，无论怎样的结局，我都能承受。"墨玺对着提灯老祖郑重承诺道。

"她的魂魄已散，成不了俗人，我也舍不得这丫头再入红尘受苦。"提灯老祖望着墨玺怀中的欢喜叹息道。

"那该如何是好？"墨玺道，"不如让我毁灭，我与她一块消失在尘世中，何如？”

提灯老祖却不回答，突然狡黠地问墨玺：“你愿意成仙吗？”

墨玺怔住了，半晌，才道：“我杀孽深重，如何能成仙？”

“如王老儿不是一直念叨着，放下屠刀，既往不咎吗？”提灯老祖哈哈大笑，道：“我就替如王践行他的箴言，也了却这心愿吧！”

“啊？菩提师叔，你意欲为何？”墨玺不解。

“你且抱着欢喜，合修教法，立地成仙。”提灯老祖阻止了墨玺的废话，嘴里嘟囔着：“你是魔王，必须酷一点才有看头。”

墨玺从来不知道，与仙子成亲竟然是一件很酷的事情。

他与灯草仙子大婚当日，天庭百花齐放，百鸟争鸣，龙凤齐飞，当真是一副喜庆又美好的景象。

墨玺人很高调，完全不顾如王郁闷的心情，将他与欢喜的婚礼大办，不但请来了天庭最好的乐师弹唱，更是买了酒仙最名贵的酒来宴客，要知道，酒仙的酒半斤便要五千仙币，何况是宴请这么多的神仙。

令仙大叹的莫过于，墨玺请来了织女用五仙云布为欢喜定制了嫁衣，并且百里红妆，仿佛要倾尽所有将欢喜迎娶一般。

“礼毕，送入洞房……”等提灯老祖冒充月老将所有的仪式都完成后，墨玺穿着一身红袍，喜气洋洋地将新娘迎入洞房。

其实为人为魔那么多年，他一直没有和人拜过堂，成过亲。而她，则更不必说了，清冷的性子，独自修行那么多年，哪里沾染过人世间的凡尘浊气。

但今日，就是要如此的世俗和热闹。因为提灯师叔说，这一场婚礼过后，他和欢喜，将要合体成为掌管人世间情侣恩爱的“恋爱之神”，虽然他向来狂傲，不将任何规章戒律都放在眼里，但如今，他有他的软肋，那就是欢喜。

只要能与欢喜长相厮守，天天相对，任由时空转变，别说是什么恋爱之神了，就是让他为奴千年他都愿意。

红烛高照，眼波流传，红盖头下，新娘美如玉；明月当空，菩提树下，轻轻私语，衷肠定终身。

“我让你受苦受难，遭受情劫，体无完肤，差点灰飞烟灭，你后悔过吗？”他问她。

她不答，只浅浅一笑。

他锲而不舍再追问，她抬起眼来，轻轻回他：“我……只是很欢喜。”

她只这么一句，而他无言，却将她揽进怀中，久久不能放。

这晚，墨玺将欢喜抱在怀中，二人坐在莲花宝座上，闭目凝神，口中念经，不一会儿，便发现自己周身金光闪耀，怀中的欢喜也化成了一道金光，飞向了天空，又落入他的怀中，与他合体。

耳畔，传来提灯老祖的笑声：“既然成仙，那就成欢喜仙尊吧。”

天地情爱，墨如欢喜。

过了许久，天庭。

如王在得知提灯老祖竟想要墨玺进入仙班之后，整个人都不好了。现如今，他要去提灯老祖住处——深山老林的药庐里抗议。

“我反对墨玺进入仙班。”还未进入提灯老祖的住处，话便提前传入了提灯的耳中。

“反对无效，如王，你勿要忘了，当日你请我去收服墨玺时曾说过，只要我将墨玺收服，他便任我处置，况且他二人已修成正果。”提灯老祖看着前来的如王，坦然地说道。

“你……”如王一时语塞，还自强辩，“那你也不能让这二人合为一尊仙尊呀！天地间，哪有这样得道成仙的？”

“他们本是夫妻情侣，历经苦楚，合体成仙，正好替你掌管人世间的情爱，也让月老少受些埋怨，这不是很好吗？”提灯老祖摆摆手，不以为然道，“你不知道，欢喜仙尊在尘世间的香火有多旺盛，有多受拥护。”

如王无言。

过了半响，提灯老祖听到了如王“噫”的一声，便走了。

提灯老祖抚须哈哈大笑，甚是得意。

后记

离赤羽国不远的地方，有一处庙宇，脊龙壁虎，檐雕墙刻，宏伟而壮观。

周围古老苍劲的大树直穿云天，整座寺庙就安藏在一片郁郁葱葱，遮天蔽日的树林之中，悬崖之下，令香客游人有一种肃然起敬、悠然怀古之心。

庙中有一尊欢喜仙尊，由一对男女互相紧拥而成。男者盘腿而坐，女者面向男者，坐于他腿上，两人眼眸相望，肢体相缠，合体成仙。

这男仙面目凶恶，就算是大白日里看了也令人望而生畏，而女仙则温婉柔美，慈爱典雅，他们融为一体，浑然天成。二者看上去形成鲜明对比，但刚柔并济，无比和谐。

虽然仙王面目凶恶，但这里常年香火旺盛，信徒络绎不绝。

传说中，只要来此寺庙求姻缘求多子，无一不灵验。

这座诺大的寺庙更是得到如今赤羽国国王赤冰的特许，常年有专人在寺庙中供奉欢喜仙尊。其中为首的两名寺庙主持面目俊秀，英气逼人，往往引得前来求姻缘的信女们的注意。

其中一个小庙祝整理好香案，暂时无事可干，站在庙堂里，听着芸芸众生在祈求欢喜仙尊让她们觅得如意郎君，早生贵子。

小庙祝听着女施主们在仙尊像前左一声“爱神”，又一声“欢喜仙”，想起尘封已久的往事，忍不住“噗”地一声笑出声来。

刚露出个笑容，脑袋就被人拍了一下，那人低声道：“紫晏，这是庙堂，严肃点。”

“唉，哥！”紫晏摸摸光秃秃的脑袋，也低语道，“你说，按照墨王以前的刚烈脾性，他要是知道这些人日日喊他爱神，他会不会浑身不自在？”

紫崖白抬手，又给了紫晏一个爆栗子，这才道：“有欢喜仙子在，再不自在，他也得忍着。”

一阵风吹过，神龛上的男仙尊眼珠子好像瞪得更圆了，但他怀中的女仙子依然笑得如山花般灿烂。

（完）